长玫瑰的土地

孔鸣 徐同伦 著

中国文史出版社

图书在版编目（CIP）数据

长玫瑰的土地／孔鸣，徐同伦著. —北京：中国
文史出版社，2024.8.
　ISBN 978-7-5205-4742-0

Ⅰ. I247.5

中国国家版本馆 CIP 数据核字第 20248FT084 号

责任编辑：方云虎
封面设计：江　风

出版发行：**中国文史出版社**

社　　址：北京市海淀区西八里庄路 69 号　　邮编：100142

电　　话：010-81136630

印　　装：廊坊市海涛印刷有限公司

经　　销：全国新华书店

开　　本：710 毫米×1000 毫米　　1/16

印　　张：20.25

字　　数：280 千字

版　　次：2025 年 3 月北京第 1 版

印　　次：2025 年 3 月第 1 次印刷

定　　价：79.00 元

目　　录

1.

拆迁占地通知

村头老槐树上突然吱啦一声响，两只麻雀从银灰色的喇叭筒里冲出来，丢下几声惊叫，箭一样射进了河边杨树林，随着麻雀飞出的是村支书兼主任的龙志生酒后醉马鸟腔①的声音——

"喂喂，大伙儿都注意了!"

一句简单的开场白，把田里忙碌的人们唤直了腰。

日头收了旺旺的火焰，呈现出它最美最圆最红丽的容颜，远山、近树、田野……全都浸泡在橘红色的霞光里。

"嗯，今天早上，这个乡政府又传达下来一个文件。为支持我市创建全国园林城市，乡里计划沿柴汶河两岸打造一条'绿色长廊'，也就是种上树栽上花，嗯，这个……啊……这个沿河两岸的村子要搬迁，咱们龙旗村五个自然村合并为一个村，村民全都搬到楼上去，以后这村也不叫村了，叫社区!跟城里人一样，叫社区!嗯，这个这个这可是新时代乡村振兴的大事!是好事!是天底下打着灯笼都找不着的好事!今儿个下午太阳落山前，在村委大院召开全村村民大会，每家每户都来个顶事儿的!我再强调一遍，必须来个顶事儿的!以往村里开会，有个别户让不懂事的娃子来，我看这纯粹是应付公事!孩子们又打又闹，把村委大院搅成了'六一'游乐场，这像话吗?开会时咱们学习一下文件内容，嗯，今儿个

---

① 醉马鸟腔，说话不利落、不清楚。

过节，为了不影响大伙儿过节，咱们落日头就开，啊，都快点来……"

龙志生病牛样的粗吼声爬上山坡，扑进洼地，让人感到刚才那份凉爽突然消失了，仿佛那下山的日头又跑回来悬在了当空。

漫山遍野的秋黄带着毛燥燥的甜味儿直往鼻腔里钻，溽热黏稠的风蛛网样往人身上裹。

男人们光着膀子，脖子上搭着满是汗臭的毛巾，年轻人则把毛巾缠在手腕上。女人们领着孩子，紧手紧脚地掰玉米棒子，玉米棒子被直接扔在地上，玉米地里全是噼里啪啦的声音。男人们手握镰刀，割倒玉米秆，再打成捆，运到地头，有的直接装车拉回家。满地里是白惨惨的玉米根茬子和穿着"黄马褂"的玉米棒子。下手早的人家，已经开始刨玉米茬子准备耕地了。

河边的树荫凉馋煞个人，可没人敢去站一站。少数几个身上多根懒筋的汉子斗胆去了一次，就被自家女人扯起嗓门一声懒汉坯子托生的骂了回去。男人心里窝火娘们不心疼自己，嘴里就脏脏地骂："熊娘们咋呼啥咋呼？又不是牲口！"

女人嘴里也不干净，回骂说："有本事去当官，天天坐在屋里喝茶看报，俺也跟着沾光享清福，穷命调子还偷奸磨滑，老天爷饿死你个驴熊也没人疼。"

没本事的男人想发火显威，可满地里是忙着收秋的人，只好把怒气憋回肚子里去，磨磨叽叽地走出树荫。肚子里也不知灌了多少凉水，鼓得像气蛤蟆被乱棍敲打过，孕妇样往前挺着，一走路里面就有咣当咣当的水响，嗓子眼却像烟囱干辣辣地直往外蹿火苗子。

钻天杨大暑后新生的叶子又卷曲了，塑料纸样蔫蔫地在树枝上垂挂着。知了躲在树叶下扯长了嗓子吼，声音像针锥直往人脑子里钻，钻得人阵阵头晕，只觉得这繁忙的秋野越发干燥。

男人们古铜色的脊背油光乌亮，浑浊的汗水如同村前的柴汶河咕咕往下淌，最后全部渗进脏兮兮的裤腰里；女人们也被湿漉漉的汗水浸透了背心小褂，像小孩尿布狗皮膏药似的黏糊糊地紧贴在身上，还袅袅腾起缕缕热气。

龙志生的喊话给田野里带来了一阵骚动，地头上站一站的人多了，歇一歇的人多了。

草帽下，龙有勇黑黢黢的脸上挂满了汗珠子，汗水把他的两眼淹得像熟透的山桃子。他左手扶犁，右手擎鞭，碗口样的大嘴不停地吆喝着在前面埋头拉犁的黄牛。

黄牛全身湿漉漉的像刚从河里爬上来，两眼流着泪，肚皮下的毛被汗水黏成绺，屋檐草样滴滴答答往下滴着水，听到主人连珠炮似的吆喝和无情的鞭啸，它的两条后腿惊慌地往下一挫，脖子挣得老长，拉着那具死死套在脖颈上的牛鞅子没命地往前跑。拴在犁头上的粗绳绷得像根直棍，犁铧过处，肥沃的土地泛起新鲜泥土的潮湿气息。

一畦之隔，龙有余和王春花两口子正给自家的玫瑰花剪枝。枝条太旺，影响来年挂花，趁秋后空闲剪些杂枝，等入冬三九天再剪一次闲枝，只待来年阳历五月摘花蕾就行了。他家年年种玫瑰，年年都发财，今年每斤花蕾卖到了十多块钱，又收入三万多！这让那些往年种小麦、种玉米的村民眼馋得不行，大多数村民割倒玉米后，准备改种玫瑰。

龙有余曾劝龙有勇也改种玫瑰，种上玫瑰，来年只忙一个月，花期一过就不用管了，平时该干啥干啥，像他有余，还不耽误春秋两季熬胶，又能收入几万元，比上班的工人强多了。龙有勇去征询龙志奎大爷的意见，龙志奎大爷说："我看种玫瑰不一定可靠，要是大伙儿一窝蜂都种，那玫瑰就不一定能卖上好价钱。母鸡多了不下蛋，老婆多了不做饭，这是常理。咱庄稼人还是老老实实种庄稼牢靠，虽说手头紧些，可也饿不着，再者说了，都不种粮食，那城里人将来吃啥？"

龙志奎大爷不种玫瑰，有勇也就死了这份心，收完玉米接着耕地准备播小麦。

等龙有勇耕到地头喊牛回头的时候，龙有余对他说："有勇哥，听到了吗？真要占地拆迁了！"

"没聋！唾！唾！"龙有勇往手心里吐两口唾沫，没好气地说，"老百姓没了地，住在楼上喝西北风啊？"他抬手抹了把满是油泥的脸，疑惑不解地看着龙有余。

龙有余说："占了地，搬到楼上去，就跟城里人一样了，城里人不干活也有工资，有最低生活保障。"

"俺不稀罕！"龙有勇把脖子一梗，跟龙有余顶牛似的说，"俺天生就是种地的命，享不了那个福！"

龙有余身后的王春花见龙有勇一脸较真的样，就跟他开玩笑说："光棍哥，我看像你这样无儿无女的倒也是福气，没了地不更好？见月有生活保障，一个人吃饱了全家不饿，跟公家人一样吃国库粮哩……"

王春花的话音刚落，龙有勇的脸一下就拉长了，如血的夕阳把他染得面红耳赤，他愤愤地瞪了王春花一眼，刚想破口大骂，话到嘴边，又生生咽了回去。

在沂蒙山，有个不成文的习俗，嫂子与小叔子之间可以没深没浅地嬉闹，而弟媳妇与大伯哥就不行，别说嬉闹，就是开个小玩笑也犯忌，让老人们瞅见，准会骂她是个少家教缺心少肺的半吊子二百五。大伯哥与弟媳妇之间是一板一眼的关系，如同隔着一层辈分。在龙有勇眼里，他是大哥，弟媳妇王春花应该尊敬他才是。他跟龙有余是从小一块光屁股长大的堂兄弟，碍于情面，他对王春花不好说啥，但在心里，他是越来越讨厌这个弟媳妇了。他讨厌她与公婆不和睦；讨厌她在四邻八舍和妯娌们中间乱嚼舌头挑拨离间；讨厌她身上没有山里人的淳朴、善良和实诚……总之，她身上处处都是碍眼的毛病。他龙有勇是光棍不假，但光棍也是人。这几年村里人都公开地喊他光棍子，这很伤他的自尊。在这柴汶河一带，光棍子在别人眼里还不如鳏寡孤独身份高呢，好像是被女人们抛弃了不要的废物。每当别人喊他光棍子的时候，他表面上虽然装出一副无所谓的样子，但在心里像吃了苍蝇一样难受。外人喊他光棍子时还不打紧，要是一家一户的人喊他光棍子，他就像被人捅了一刀，疼得他浑身打哆嗦，半天说不上一句话来。他是多么希望别人像对待正常人一样对待他啊，特别是那些年龄小辈分低应该尊敬他的人，比如有余媳妇王春花这种"辈分"的人。

王春花一声光棍哥，蝎蜇狗咬样伤了龙有勇的心，气炸了他的肺。她竟然说让他见月靠最低生活保障过活，这不是咒他下半辈子没个混路了？在弟媳妇面前都不能挺直腰杆充条汉子，在外人眼里自己就更不是个

"人"了。他愤愤地甩响手里的牛鞭，咆哮的鞭梢狠狠地抽在牛腚上，黄牛发出一声短促有力的嚎叫，挣起脖颈，撒开四蹄，死劲往前疾冲，插在泥土里的犁刀翻着土花，很快就把龙有余和他那个令人讨厌的臭女人抛在了身后。

看着龙有勇恼怒的背影，龙有余狠狠地瞪了春花一眼，赶忙放下手里的剪刀撵上去，急切地对他解释说："有勇哥，你弟妹天生就是这张臭嘴，你甭往心里去，她是一时心直口快，没有褒贬你的意思。"

龙有余的一席话消去了龙有勇心里的愤懑，他将信将疑地问："咱们搬到楼上去真能跟城里人一个样？"

龙有勇这话倒把龙有余给问住了，他一时竟没法解释有勇的疑惑。是啊，谁不想跟城里人一样啊？可他感觉那种城里人和农民上楼当城里人的概念不一样，可他又一时说不出不一样在哪里。

看着龙有余支支吾吾的样子，龙有勇好像明白了什么，一下喝住牛，嘿嘿一笑，两眼透出诡秘的神色，说："有余，别拿你哥穷开心了，你哥我可不潮。"

龙有余见龙有勇怀疑自己欺骗他，一把抓下头上的草帽，朝脸上呼扇着，说："我咋拿你当哥的穷开心了？"

龙有勇嘿嘿干笑着，说："我问你，咱们村共有五个自然村，合成一个村后，这腾出来的空地能不能种庄稼？"

龙有余点点头，说："能！"

龙有勇好像一下从有余嘴里得到了能够证明他在欺骗自己的足够证据，脸色顿时变得严肃起来，说："能种地你就成不了城里人！"

龙有余一怔，说："为啥？"他感到很是莫名其妙。

"农民嘛，有地种着，上了楼也是农民！跟现在还不是一个样？再者说了，这楼上能放镢锨锄头能养猪养牛？"龙有勇瞪着被汗水淹红的眼珠子，一眨不眨地盯着龙有余。他要看看龙有余还有什么话说。

龙有余一下被龙有勇逗乐了。他耐心地对龙有勇解释说："腾出来的地是能种庄稼不假，但人家不会让你种的！"

"为啥？"龙有勇瞪圆了两个大眼珠子。

　　龙有余说："腾出来的地要打造'绿色长廊'，栽树种花！"

　　龙有勇明白了事情的真相，急急地问："你说的可都是真的?"

　　龙有余说："我骗你干啥，是龙志生刚才广播的。"

　　龙有勇把脖子一梗，说："那开会时我得问问他！"

　　见龙有勇一副闹事的样子，龙有余又气又笑，对一棒子戳个心眼的他不知说啥是好，只是摇头苦笑着说："你真是头牛哩！"说完，戴上草帽往回走。

　　"你说啥?"龙有勇不明白龙有余这话是啥意思，听着像是夸他又不像是夸他。

2.

龙志奎穷死也不种玫瑰

　　清灵透澈的柴汶河风吹绸布样在群山间飘飘悠悠日夜不歇地游走。老榆山和青云山像两条饮水的长龙，盘踞在青云湖两岸。

　　青云山和榆山头尾平行而卧，两山之间便有一条十里宽三十里长的宽阔平川。三十里长的柴汶河就像山娃们手里的狗尾巴草，草梗上挂着一串"油蚂蚱"：龙池庙、龙西泉、龙西庄、龙廷、苗庄、沙坡、小栗峪、平子、呑阴、榆山前、北河庄、南河庄、龙旗村。

　　坐落在老榆山脚下的龙旗村是一个千户大村。据村委档案橱里的户口簿上准确统计，龙姓人家占了全村总人数的百分之九十五，其他张姓、李姓、刘姓、林姓等"少数民族"，才占百分之五的席位，龙家在村里占着一统天下的局势。

　　柴汶河北岸是一条年久失修的柏油马路，每天从柴汶河乡往返泰城的班车早午晚各一趟，龙旗村的年轻人就是沿这条路出外打工，挣到大把大把的钱后，再顺着这条路奔回家来。

　　在临近公路南侧的那块洼地里，龙大娘佝偻着腰，左手拄着镢把，右手攥棵玉米根茬机械地在镢头上磕打着，时不时地抬头往公路上张望。玉米根上的土坷垃脱落后，干干净净的根茬像多脚怪兽的爪子。在省城工作的三儿子有山都回来了，去龙廷村接儿媳妇的二儿子有胜却一直不见人影。

　　这时的龙有山和四弟龙有田，穿着一样的白色跨栏背心，肩并肩并排着走在前面，一步一镢，一镢一棵轻松地刨着玉米茬子。天旱地干，玉米秆长不高，根须不旺，往土里扎得浅。

龙大娘有心让有田去路上迎一迎二儿有胜，几次话到嘴边又咽了回去。有田一直看不惯有胜，两年来，他就从没喊过田俊容一声嫂子。

龙大娘一共生了四个儿子：有余、有胜、有山、有田。龙大娘挂在嘴上的一句话是：多儿多福。所以她嫁给龙志奎之后，肚子就没闲着，当年为了逃避计划生育，龙志奎挎上那个装有修磨工具的木匣子，龙大娘抱着两岁多一点的有余，一路为人修石磨，最后到了大兴安岭一个叫加格达奇的地方落了脚。这是胆小怕事老实巴交的龙志奎一生中最伟大的一次壮举！等他们生下四儿有田时，有余到了上学的年龄，在龙志奎的坚持下，他们带着四个儿子又一路给人修石磨，回到了龙旗村。他们一回来，乡计生办的人就找上门来了，交不够罚款，不给孩子上户口，也不分给地……

龙大娘家被乡政府当成了违反计划生育政策的典型。龙大娘说，老天爷饿不死瞎麻雀，她拉上几个孩子，沿着柴汶河挨村去要饭。沂蒙山人心善，龙大娘所到之处，人人同情，没有要不出饭来的地方。两年后，乡政府新调来一位党委书记听说了这事，大为光火，立马召开会议说："都什么年代了，还有要饭的？要是传到外面去，多丢咱革命老区的脸啊！"

乡党委书记的一番话，改变了龙大娘一家的命运。没有交够的罚款也不要了，还给有胜、有山、有田上了户口，分给了土地，从此龙大娘结束了四处乞讨的生活，过上了正常人的安稳日子。

村里人都羡慕龙大娘，说她因祸得福了。龙大娘却不这么认为："都是俺给政府添麻烦了！俺真不该生那么多孩子！"她是真后悔了。但后悔归后悔，龙大娘就是改不了"重男轻女"的思想。

等到有余长大成年结婚后，媳妇春花不遂人愿生了个丫头，龙大娘盼孙心切，所以等上学不够料的龙有胜刚成年，就张罗着给他定了亲。

从定亲到现在，扳着指头算已有两个年头了。过了农历八月十五有胜的生日，也就是今天，有胜就到法定结婚年龄了。前几天龙大娘打发有胜去接儿媳田俊容来过节，并嘱咐有胜顺便跟亲家商量一下两人的婚事，却不知咋着，有胜一去不见人影，按理说八月十五之前是一定要回来的，可眼下十五都快日落了，还不见两人的身影，她这心里就甭提有多焦急了。

龙大娘正在心里犯嘀咕，邻居玉明婶从路上走了过来。她肩上扛把镢头，企鹅样摇着肥胖的腰肢，一边走一边乐哈哈地跟龙大娘打招呼："嫂子，还不收工啊？"

山里人的嗓门高，打起招呼来洪钟似的震山响，老远都能听见。龙大娘听到招呼声，抬头见是有胜的媒人玉明婶，忙堆起笑脸说："哎哟，他婶子啊，这么早就收工了？"

玉明婶说："俺那口子急着去村委开会哩！"地里不见有胜，就忍不住问，"咋没见有胜和俊容？"

龙大娘叹口气，说："唉！也不知咋着了，有胜一去三天没回来，眼下日头都落山了还不见个人影，我这心里也火急火燎的。"

"俺嫂子家里缺劳力，有胜准是在那边帮忙哩！"玉明婶这么猜测着安慰龙大娘说。

龙大娘抓着路边斜坡上的杂草爬上公路，冲玉明婶发牢骚说："过节也得公事公办啊，总不能因为忙秋就不回来了吧？"话里含了几分对亲家的不满。

玉明婶听着龙大娘的牢骚，也不好替娘家人争理，可她不相信娘家嫂子会这么不通情理，就安慰龙大娘说："说不准他俩早从村后抄近路回家了哩！"

龙大娘听她这么一说，心里忽悠一下，忙扛起镢头，也准备提前收工回家，临走前回头再三叮嘱有山和有田："我家去炒菜，你俩多干会儿，去一个开会就行。"说完，也顾不上跟玉明婶聊天了，大步流星往家奔。

龙大娘家大半人高的篱笆墙上，爬满了密密匝匝的扁豆秧和丝瓜秧，黑油油的叶子簇拥着长成了一堵严严实实的绿墙。大秋天的，一簇簇紫红的扁豆花和鹅黄色的丝瓜花正开得喜兴，一串串老扁豆和长长的丝瓜沉甸甸地坠在秧上，风吹叶颤，瓜摇花抖。

龙大娘心急得来不及进家，先站在篱笆墙外，用手扒拉开茂密的扁豆秧和丝瓜秧，踮起脚尖往院子里撒目。

天井里堆着一座小山样的玉米棒子，腰疼不能下地的龙志奎坐在玉米堆旁，嘴里含着长长的旱烟杆，嘴角不停地翕动着，发出"吧嗒吧嗒"的声响。他一边哄着三岁的孙女平平，一边剥玉米。

平平依在爷爷身边，手里玩弄着流苏样的玉米缨子，嘴里唱着刚从爷爷那里学来的童谣：

> 小老鼠，
>
> 上灯台，
>
> 偷油吃，
>
> 下不来，
>
> 叫娘抱，
>
> 娘不在，
>
> 叫爹抱，
>
> 爹在外，
>
> 叫来一只老花猫，
>
> 叽里咕噜滚下来……

唱完了，平平摇着龙志奎的胳膊问："爷爷爷爷，我唱得好听吗？"

龙志奎取下旱烟杆，连声夸赞说："好，好，平平唱得真好听！"

龙大娘一看就明白，有胜和俊容压根儿就没回来。但她还是有些不死心，就急急地推开柴门走了进去。

听到柴门声，平平机灵地抬起头，高兴地喊着奶奶，像小燕子一样抡撑着双臂飞奔过去。

龙志奎抬起头，见老伴身后没有别人，就忍不住问："有胜他……"

龙大娘反问："有胜他没回来？"

龙志奎把手里的旱烟杆送进嘴里，"吧嗒吧嗒"地咂摸起来。

心中的期盼像缕青烟忽悠一下飘散了，浑身也跟散了架样顿时松懈下来，脑子里混沌成一锅糨糊。龙大娘只觉得两腿发软，一腚坐在玉米堆上，两眼痴痴地瞪着，嘴里喃喃重复着："这是怎着了？这是怎着了？有啥事也应该……"

平平钻进龙大娘怀里，搂着她的脖子娇憨地问："奶奶，二叔为啥还不回来？"

龙大娘垂头丧气地说："唉，谁知道呢？"

"爷爷都领我去村头看过好几回了。"平平噘起小嘴生气地说。她盼着看新婶子盼了一整天了。

龙大娘的心里酸酸的，瞅了一眼抽闷烟的龙志奎。她知道，少言寡语的龙志奎心里也不好受。

"我还等着吃月饼哩，二叔为啥还不回来？"平平使劲摇晃着奶奶的身子又问，"还有俺二婶子，你说呀？"

龙大娘不知咋回答平平才好，就推开她说："奶奶也不知道，平平乖，自己玩去。"

平平乖顺地又跑到龙志奎脚下，捡起地上的红玉米，哼唱刚才的童谣。

龙志奎一直盼着有胜回来去地里忙秋，现在看来，指望不上了。他长长叹口气，抱怨说："唉！这孩子办事咋就这么不让人省心……"他忽又想起龙志生在喇叭里的讲话，忙问，"有山还没收工？"

龙大娘心不在焉地说："落了日头凉快些，让他们多干一会儿，我早回来炒几样菜，今晚都喝几盅。"

"有山回来一趟不易，是得弄几样菜好好喝几盅。"龙志奎为有有山这么一个有出息的儿子打心眼里高兴，"我这腰疼病早不犯晚不犯，偏偏在这忙秋的节骨眼上犯，这地里的活就全指望有山和有田了。"

龙大娘听完龙志奎的话，使劲点了点头。

"今年秋热，墒情咋样？"龙志奎问。

"现在就下种，还能出齐苗。"

"地茬抓紧刨，耕完地立马就播种，不然保不住墒。"

"播种早了秋热霜迟会蹿苗，麦苗过不去冬咋办？"

"顾不上那么多了，咱这里十年九旱，到冬至也不见有雨情，播晚了不行。"

龙大娘忽然想起什么，说："不如过些日子等秋凉了，用龙廷小宋的小水泵灌遍地再播，那样会保险些。"

龙志奎一听，立马把头摇得像拨浪鼓："那不合算，浇地的费用要多打多少粮食才能换回来？"

"可总比这早不成晚不行的好。"

龙志奎听了也有一些犹豫。他想了想，问道："你没听说别人家有啥打算？"

龙大娘摇了摇头，说："有几家有这种打算，也是嫌贵，浇一亩地要花二百多块钱哩！"

"就是！"龙志奎突然粗声大气地说，"啥法子也别想，还是老庄稼活，早耕早耩，到霜前看麦情，麦苗长势旺就用碌碡碾。"

"要是那样播种时就得少用化肥，等明年开春时再追肥也不迟。"

龙志奎又摇摇头，说："我看还是不用好，光用土肥就行。"

龙大娘反对说："那咋行？"

龙志奎说："这地里的事，你有我懂？天旱地干墒少，烧了种子可没法治。"

"要不咱也改种玫瑰？"龙大娘试探地看着龙志奎，"村里人大都改种玫瑰哩，玫瑰抗旱！"

"不行！"龙志奎想都不想就打消了龙大娘的念头，"就是穷死也不种玫瑰！农民要是都不种地，往哪里去买粮食？"

龙大娘听了就不再言语。过了一会儿，她忽然想起什么，用商量的口气说："喇叭里咋呼着拆迁占地哩，这地种了也是白种。"

龙志奎使劲抽了几口烟，说："等有山开会回来，听听具体是个啥情况再说。"

龙大娘费劲地从玉米堆上站起来，反手在身后捶打着腰，一边往屋里走，一边自言自语："村里要是没了地，咱往哪去讨生活啊？"

3.

无礼的河道

日头像熟透的山柿子终于从树上掉到了地上，一道道晚霞被鲜红的柿子汁浸染得浓稠，湿淋淋地挂在天边凝滞不动。

灰玄的薄霭从青云山上绸布样漫下来，扯挂在河边的杨树林里，会同各家各户袅袅升起的炊烟，似游非游，似动非动，如梦如幻，天地间顿时变得清凉了起来。

鸟儿啁啾着回巢，年轻的母亲亮着嗓子召唤自家孩子乳名的声音响彻了山村。

有山和有田在河边放下肩上的镬头，脱下鞋，挽起裤腿，走进河水里，让河水冲洗沾在腿上的泥土。温暖的河水像母亲慈爱的手在轻柔地抚摸，让有山和有田从心里透出说不出的轻松和愉悦。两人哈着腰，双手掬水，冲洗着身上的尘土和疲惫。

正洗着，有山从两腿间的裤裆里，看见有勇赶着牛走了过来，只见他把肩上的犁把往岸边一扔，让牛在树林里自己溜达，带着穿了整整一个夏天的短裤，泥鳅样钻进了河中央的一个深坑里。那个水坑刚好漫腰，他一会儿像个乌龟把身子深埋进水底；一会儿又像条鲅鱼泼刺泼刺地蹿上蹿下，把整条河折腾得呼哧呼哧直喘粗气。

有山直起身子对有勇喊："有勇哥，三十多的人了还没个礼貌性，没看见路上来来往往收工回家的男女老少？"

有勇用手撸一把脸上的水，反驳有山说："年纪不大，还人五人六的，整个俩小封建！没听说有理的街道无礼的河道？"

有勇从小就死了娘，后来他爹又离家出走，一走就是几十年活不见人死不见尸，是龙大娘把他从小拉扯大的。有勇十五岁那年，他觉得自己能下地干活养活自己了，就回到他那三间破草房里，开始自立锅灶过起了日子。

有勇长大后没失良心，四邻八舍的有啥事总是跑前跑后抢着干，眼下三十出头了，还没个家口，村里龙姓人家的大娘婶子们没少为他操心，可不知为啥，就是没那个缘分，日久天长，这事就给耽搁下了。

有山不想跟有勇闲扯，就问他："你的地都拾掇利索了？"

"快了，一口人的地好拾掇，今年天热玉米熟得早，耕地也早。"

"听你大娘说，你好几天不去家里玩了，还有啥忙事儿咋着？"

有勇把头摇得像拨浪鼓，甩净了头上的水，站起身说："忙秋忙得人困身乏，放下饭碗就想上床，也不知大爷的腰疼病现在咋着咧？"

有田接话说："还不能下地干活呢！"

"年纪大了看着活心急，一天掰那么多玉米棒子，又没个牛拉车，全靠肩膀挑哪受得了，不扭腰才怪哩！我跟有余商量好了，过几天等你们刨完地茬，两家的牛合在一起耕地，一起下耩。"

"那敢情好了，就是累了你的牛。"有山扭头望望在岸边吃草的牛说，"我们家那头都老得走不动路了。"

有勇又把身子缩进水里，只露个脑袋在外面，唠唠叨叨地说："你家那头牛早就该卖了，卖了再买头牛犊喂着，庄户人家离开牛哪行？"

有山说："你大爷早就有这种打算，就是没打听到合适的主。"

有田这时忽然想起去村委开会的事："哥，咱还去开会不？"

有山说："晚不了，咱跟有勇哥一块去。"说着，扭头冲有勇喊，"有勇哥，今天过节，晚上过去一起吃吧，你一个人孤孤单单地也没啥意思，再说咱哥俩也老长日子不在一起喝酒了。"

有勇听了，低头想了想，说："是老长日子了不假，从过完年你出去就没见面，还不老长日子了？今天过节，按说我应该过去一起吃个团圆饭的，可还得去村委开会，弄得怪晚的，我看我还是不过去了。你回来一趟不易，还不在家多待几天？"

有山说："这可没个准，我忙完秋就回去，你今天晚上还是过去吧！"

有勇听了这话，犹犹豫豫地说："有胜媳妇在这里，我一个光棍子大伯哥，咋好意思上桌呢？"

"嗐，都啥年代了，还讲究那一套，亏你还说我俩小封建哩！再说天都到这个时辰了也不见他们回来，看样子是要在他媳妇家过节了。"

"啥年代也不能没大没小！再说我把过节的东西都备齐了，等村里散了会回去吃点就行了，秋乏得只想睡觉。"

有山见有勇执意不去，就不好再让。这时有人站在远处的桥头上喊有勇，三人扭头循声望去，原来是村里的小寡妇何长英。她肩上扛着镢头站在桥头上，右手打着话筒，破着嗓门嚷："有勇，有勇，听说你的地快耕完了，过些日子帮你大姐耕耕行不？"

何长英死去的丈夫龙有成比有勇小五岁，按理说她应喊有勇哥才对，可不知为啥，她总以大姐自居，有勇也乐得以小弟自称，借此向她讨个嬉闹。有勇见喊他的人是何长英，一下就来了精神，也大声嚷嚷说："你咋呼啥？别在这出你兄弟的丑，没听人家说光棍子门前是非多吗？你往我面前一站，还不让你给惹一身骚？我光棍的清白到时候跳进黄河也洗不清了咋办？"

有勇故意把"寡妇门前是非多"说成"光棍子门前是非多"，逗得有山和有田忍不住嘿嘿笑。

何长英原本就是个泼辣主，一张嘴也骚得厉害："光棍子，你嘴里甭屙屎，老娘就是脱下裤子，你也没那个贼胆。"

"我就是有那个胆，也没那个心，我光棍汉还守着贞洁呢！"

何长英气不打一处来："光棍子你听着，老娘就是守一辈子寡，也算是在这人世上走过一回了，你小子算个啥？你还不如个吃奶的孩子哩！"

有勇跟女人耍嘴皮子贼精得很，他不急不躁地说："你还别小瞧我是个光棍子，我没吃过猪肉，可见过猪跑。夜来后晌有个骚女人敲开我的门，跟我同床过的夜你知道不？"

何长英知道有勇这是在胡诌，把嘴一撇，嘲笑说："光棍子，你甭在这瞎吹牛逼不上税，不知是谁家的老母猪拱错了圈，钻到你被窝里去了！"说完这话，她自己先忍不住咯咯地笑起来。

何长英的话一点儿也不让有勇生气，他一脸惊讶地说："哎呀，你咋知道她长得像老母猪来着？敢情你知道她是谁吧？"

何长英不知是计，大声嚷道："这种恶心事，还是你自己说吧，我倒是想知道是谁家的猪圈没关紧。"

有勇嬉皮笑脸地指着何长英说："夜来你赖在我床前不走，说你一个人在家心里空得慌，要跟我拉拉呱，说着上前搂住我的脖子直亲我，说你打心眼里喜欢我，还说我是你的亲男人来着，咋？现在不承认了？看来你也是个假正经！"说完，他憋着笑把嘴脸埋进水里，像鳄鱼一样只露着头顶和两眼盯着何长英。

有勇说得连枝带叶这么真，当着有山和有田的面，何长英脸上挂不住了，咬牙切齿地说："有勇你这个驴熊，你真不要脸！你想占老娘的便宜，你……你是癞蛤蟆想吃天鹅肉哩！"

有勇仰头冲何长英吐了口河水，不屑地说："呸！还天鹅肉呢，皮松松的还不如老母猪那买卖哩！"

这话可让何长英架不住了，她扔下肩上的镢头，风风火火地从桥上跑下来，泼辣地骂着："老娘今天就看看你这个小光棍有没有那个贼胆，老娘脱了裤子看你敢不敢，我把你这个……"

有勇见何长英不管不顾地奔过来，忙起身往对岸跑。他领教过这小寡妇的厉害，两人见面就闹，闹急了她就会没头没脑地在他身上乱抓挠，他现在赤身裸体，让她抓挠几下就不轻。何长英见有勇精赤着上身上蹿下跳的狼狈样，笑得前仰后合直不起腰。等她笑够了，一扭脸看见有勇的牛正站在河边饮水，就气冲冲地走过去，摸起块石头照准牛腔砸去，砸得牛儿"哞哞"直叫。因为有山和有田在场，她没有太泼辣地咒骂有勇，只是冲对岸的有勇发狠说："光棍子，你等着！"然后骂骂咧咧地往回走。

等何长英走远了，有勇才敢从对岸的树林里走出来，讪讪地对有山说："这小寡妇真厉害！"

有田看着有勇的狼狈样，笑得直不起腰。

有山强忍着笑问有勇："有勇哥，她夜来真去你家了？"

有勇开心地说："逗她开心呢！"

"那你咋说得有枝有叶跟真的一样？你看把她气得，恨不得一口把你吃了！我还以为你俩真有一腿呢？"

有勇听了，一下板起脸，训斥有山说："别瞎说！本庄本院的，抬头不见低头见，你哥还能去干那些丢人现眼的事？"说着，他把脑袋扎进水里，憋了老长一会儿，才从水里钻出来，呆板的面孔舒展了，满不在乎地说，"跟这帮野娘儿们见面就得闹，你不闹她们，她们也拿你穷开心，一个村里天天见，哪能老拣好听的说？"

有山笑了笑，没有吭声。有勇跟这小寡妇的事，他多少也有些耳闻。他听说人家刚守寡的时候，有勇就对她动过心思。娘知道他的心思后，就让春花嫂子去找小寡妇牵这个线。春花与小寡妇何长英的娘家都是龙廷村，两人从小一块长大，还是表姐妹，无话不说。可是春花把有勇的心思跟她一提，她想都没想就一口回绝了。春花问她为啥？她说啥也不为，就因为有勇长得丑，家里穷，人邋遢，不像过日子的样。这话传到龙大娘的耳朵里，龙大娘在心里好一阵难过，就劝有勇死了那份心。有勇却不听，仍是剃头挑子一头热。

有山觉得有勇跟这小寡妇虽然表面上打打闹闹好像没啥事似的，说不定暗地里有戏，所以就问："有勇哥，你俩平时除了耍个嘴，就没发展个别的？"

那年提亲的事有勇知道瞒得过有田瞒不过有山，可他跟小寡妇也确实没有发展个别的，就理直气壮地说："你这是说的啥话，我就是打一辈子光棍也不会找她！"

有山心里一怔，问："为啥？"

"还为啥呢，"有勇不屑地说，"她男人是咋死的你不知道？这女人太泼辣，气得她婆婆天天要上吊跳河，她男人草包一个，打不过她就一气之下喝了敌敌畏。"

有山说："你别瞎说，她男人可是得了癌症，怕给家里欠下一屁股债才喝药的。"

有勇说："反正与这两件事都有关！"

有山说："有关无关的碍你啥事？有关那年你还……"有山没有说完，看见有勇一下就脸红了，赶忙把后面的话咽了回去。

有勇脸红得像抹了胭脂。他自己的心事自己最清楚。他曾为她夜里睡不着，为她醉过酒，也曾为她鼓起过短暂的对美好生活追求的勇气。她嫌他长得丑，这是爹娘给的，没法子改了，可家里穷人邋遢这个好办。第二天一大早，他就去镇上买来一身新衣裳穿上。在很长一段日子里，他都坚持着每天夜里洗澡，衣服扣子整整齐齐，领口袖口干干净净。他还养成了不挽裤腿的习惯。这一切都是为她才改变的，可人家好像没看在眼里，就连平时耍嘴时也没听她提起过。"这娘们眼眶子还真怪高来！"想到自己只能跟她耍个嘴皮逗个闷子，其他的啥也捞不着，他这心里就来气。可是令他纳闷的是，这几年来，人家寡妇还是寡妇，自己这条光棍也还是条光棍，不同的是，人家回绝了所有前去提亲的人，而他龙有勇却被所有提亲的人家回绝了。

有山看着有勇尴尬的神情，慢悠悠地说："我看那寡妇的地最好还是去帮着耕一耕，不冲别的，就冲她们孤儿寡母也应该过去帮一把。"

有勇的脸又红到了耳朵根，烧得他心里一阵燥热，忙又蹲下身，把头脸埋进水里，等脸上退烧后，才把脸仰在水面上，两眼瞪天沉思默想。

有山接着说："人家男人为啥喝药？还不是怕给她们娘俩欠下还不清的债？你整天光知道喝酒，有人家那条过日子的恒心？寡妇在娘家时，十八岁就当村妇女主任，常到乡里去开会，她男人当时在咱乡里也是个小职员，政府精减干部才回村。你知道那么多给她介绍对象的，条件都比你好，她为啥就不同意？"

有勇迫不及待地从水里站起来，凑到有山跟前问："为啥？"

"为啥？她儿子要给他爹守三年孝，人家刚死了男人你就去提亲，你想，人家能应？"

有勇听了，自忖了一会儿，说："这倒也是。"

"听春花嫂子讲，她男人死前只求她一件事。"

"啥事？让她守一辈子寡？"

　　有山见有勇焦急的样子，感到有些好笑："那倒不是，她男人说他娘年老多病，就他一个儿子，生活又困难，看在他们夫妻多年的份上，照顾好老人的晚年。"

　　"那老婆子不是第二年就随她儿子去了？"

　　"你咋这么糊涂，有勇哥，死了老人不是还得守三年孝？咱柴汶河一带有这风俗你不知道？"

　　有勇恍然大悟，嘴里一个劲念道："怪不得哩！怪不得哩！"这时他回想起寡妇跟自己开过的玩笑，就感觉句句都有深深的含义。看来这寡妇的地还真得去帮她耕才行哩！想到他跟寡妇一起下地，一起回家吃饭，一起……他的两腿突然一热，慌忙把下身蹲进了水里……

4.

烫手的喜柬

　　天黑下来了，路上行人影影绰绰看不清。月亮还没升上来，稀稀拉拉的星星跟死鱼眼样撒在天上。田野里突然静下来，村里家家户户亮起了灯。篱笆墙根的蛐蛐偶尔怯生生地叫几声，又赶紧憋回去。

　　龙大娘把饭桌摆在了院子当中。饭菜和月饼是招待未过门的儿媳妇田俊容的，丰盛得跟过年一样，显得铺张。庄稼人讲究再穷也不能穷了过节，更不能在未过门的儿媳妇面前显得寒碜，所以有鸡有鱼，跟接天神一样。

　　有田从塑料桶里汩汩地倒出一白瓷壶用地瓜酿制的白酒放在桌上，又摆好碗筷，说："等俺三哥回来就动筷。"

　　有胜不回来，这个节也得过，尽管心里感到欠缺得慌。龙志奎叹了口气，赞同有田说："行！忙秋忙得都怪累，早吃早歇着！"说完他又埋怨龙志生不该在晚饭前开会，这一破常规还真有些不习惯，"都忙一天了，怪累怪累的，又都空着肚子，这个会就该放到吃完饭后再开！"

　　龙大娘反对有田说："不成，有山回来也不能动筷，说不定有胜两口子还回来，等等他们再说。"

　　有田满脸的不高兴："不干活还等他吃饭，他有多大的功劳？"

　　龙志奎见老伴疙皱着眉头，脸上霜着一层厚厚的焦虑，就对有田说："等你三哥回来，你们哥俩先吃着，年轻人不经饿，我跟你娘等有胜。"说着他朝篱笆墙外瞭了一眼，又安慰老伴说，"兴许等会儿能回来，大过节的还能不回来？说不定月亮爬上山就回来了哩。"

龙大娘瞅了有田一眼，没吭声。有胜不回来忙秋，有田心里对他当然有气。秋忙人累，有田肯定早饿了。还有龙志奎，上了年纪吃不动多少饭，每天就馋那几口酒。也许真让有田说中了，有胜今夜真不回来了，要是那样，等到天明不也白等？可她就是不死心，万一他们回来了，这炒好的菜动了筷，再拿啥来招待人家？就让人家吃剩菜余汤？想到这儿，她对有田说："等你三哥回来，咱们先动着筷，只给有胜留这鸡和鱼吧，俊容最爱吃鱼了。"

听了龙大娘的话，有田拿起个月饼哄平平玩。龙志奎只管闷头抽旱烟。龙大娘坐在炉灶旁，两眼盯着锅底呆呆地想心事。这时，趴在篱笆墙根的小花狗站起来叫了几声，众人抬头望去，只见有胜骑着自行车撞开柴门，叉着两腿站在了门口。

龙大娘噌地一下跳起来，惊喜着一张满是褶皱的脸，激动得她手足无措地扑打扑打围裙，又拢拢脑后的发髻，迫不及待地迎上去，笑盈盈地问："有胜回来了？咋这空才回来呢？"语气里虽有些责怪，但没有半点生气的意思。

"我在那边帮了几天忙。"有胜两腿叉在自行车大梁上，声音疲惫得像所有忙秋的勤快人。

"噢，噢。"龙大娘机械地点着头，只要他能回来她就心满意足了。

她两眼热切地盯着有胜的背后。这几天盼星星盼月亮盼的就是儿媳妇来，现在可算盼来了！

有胜从自行车前梁上拿下腿，低下头，声音像蚊子哼哼："她……她家里忙，没……没来！"

有胜的话像三九天的冰水，迎头浇了龙大娘一个透心凉。她浑身抖着，两手死死抓住有胜的车把，颤心迭声地问："干啥忙？忙就不来了？有啥事也总得公事公办吧？孩子不懂，亲家婆还能不懂？这事传出去四邻八舍的问起来让我咋说？是咱失礼还是有啥地方得罪了人家？这么大的事就随随便便……"说到这里，她竟带了哭腔，嗓子哽咽着说不下去了。她跟跟跄跄地走到炉灶旁坐下，"你让我这老脸往哪搁？哪怕是来站一站就走……"

炉膛里烈烈的火舌贪婪地舔着锅底，锅里的水嘤嘤哭泣，火光映着龙大娘的脸，脸上的肤色像被日头晒干瘪的地瓜皮。龙大娘往炉灶里续了一把柴草，嘴里仍是唠叨说："有这样不懂事理的吗……"

龙志奎蹲在门前的石阶上，又装上一袋旱烟，然后凑到炉灶前，就着灶火点上，猛吧嗒几口，慢条斯理地劝慰老伴说："咱这人情礼仪都做到了，亲家不随俗，咱也没法子，现如今这社会谁还讲究这些，我看不来也罢，省得这大忙季节的全家人好几天不得安生。"

有田也忍不住插嘴说："对，不来正好！"

龙大娘听到这话，气不打一处来："就你们想得开，丢人不知丢人，还当沾光哩。四邻八舍的问为啥不来？是咱啥地方对不住人家了？还是两家闹了矛盾？"

龙大娘注重名声，在她眼里别说是耽误几天忙秋，就是这个秋不去忙，只要儿媳妇能好好地来，好好地走，也就称了她的心，遂了她的意。

龙志奎说："邻居有问起的，就说明年有胜结婚，儿媳妇在娘家过最后一个团圆节。"

龙志奎的话说到了点子上，让龙大娘一下想起了另外一件要紧的事。有胜这次去龙廷，一是接儿媳妇来过节，二是跟亲家商量两人的婚事，刚才把她给气糊涂了，没想起这码事来。她脸上的愁眉一下舒展了，眼神又活泛起来，赶忙起身招呼有胜坐下。

有胜把自行车停靠在篱笆墙上，走到饭桌前，挨着有田坐下。天热不说，又赶了三十多里路，他口干舌燥嗓子眼直冒火。他瞥一眼正在喝水的有田，推过一只碗去，不满地说："只顾自己喝，给我倒上一碗！"

有田白了有胜一眼，提起脚边的暖壶，极不情愿地给他倒上一碗，阴阳怪气地说："你丈母娘没管你水喝？"对有胜这个哥，他早就憋着一肚子火，要不是三哥有山回来，自己这几天非累趴下不可！

龙大娘喜滋滋地问有胜："那事咋样了？"

有胜吸溜着喝口水，一时没明白问的啥，就放下碗反问："啥事？"

"你俩结婚的事，亲家就没表个态？"

"噢。"有胜想了起来，"我问了，俊容她娘开口就要房子，还找人写了礼单。"说着从怀里掏出一张红纸帖子，递给龙大娘，"她说只要备齐这帖子上的款项，啥时娶人都由咱说了算。"

按照沂蒙山的风俗，儿女在成亲之前，女方把开有各种花费款项的喜柬送给男方，男方把喜柬上列的各种款项备好后，再送回女方，这叫下柬。

盖新房不用说，亲家没提这条件自家也要盖，总不能把媳妇娶过来分到大街上过日子去。可喜柬上的款项有多少就得好生看看了。龙大娘接过喜柬又递给有田，起身去拉开屋檐下的门灯，让有田念念上边写了些啥。

有田打开喜柬，一字一顿地念道——

服装费：春夏秋冬各一套，肆仟圆
嫁妆费：三金一木，万里挑妻，壹万柒仟圆
送亲费：长长久久，玖仟玖佰圆
总计：叁万零玖佰圆

有田念完后，合起喜柬又递给了龙大娘。

龙大娘接过喜柬，平放在腿上，说："人家都是万里挑一，咱咋就万里挑妻？"

有胜端起碗喝口水，说："俊容说了，现在美国跟咱打贸易战，啥都涨钱，她们村都是万里挑妻。"

有田沉不住气，撇着嘴说："涨钱还扯上贸易战，她可真行！"

龙大娘不懂什么贸易战，人家提出来的条件她也没啥理由反驳。她两手捧着火红的喜柬，就像捧着一块刚出炉的铁饼子，手上烫死，心里却直冒凉气。一万一也难凑齐，凭空多出了这六千，往哪里去讨借？假设这喜柬上的款项如数凑齐，半路上别出差错，顺顺当当地办了婚事也算素净，怕就怕俊容还有别的花样。邻村就有一个，临去领结婚证了，女方非要玖仟块钱不可，要不就不去。有胜从订婚到现在，啥订婚钱、见面钱、认门钱、喊爹喊娘钱，等等，不知道花过多少钱了，不说别的，就说这见面钱，小见面一千，大见面一千一（千里挑一），另外，年年的中秋节、正月十五，都要"倒孝"去请儿媳妇，两年下来花在俊容身上的钱少说也上万了。

需要用钱的地方多的是，龙大娘不敢再算下去。钱多钱少都要给，这不是做买卖能讨价还价，无论去哪里找媳妇都得花钱，甭指望会白捡，有丢金子丢银子的，没有丢闺女的，有人想花钱还没人要哩！比如有勇，到现在还打光棍，她这当大娘的心里干着急没有半点法子，所以这钱多钱少的也甭认真计较，只要有人要就行，就怕没人要。这么一想，她心里倒宽展了，踏实了。俊容没来不要紧，喜柬来了就行。她两手轻轻摸着喜柬，心里竟有些热乎乎疼燎燎的，就关心地对有胜说："你也害饿了吧？"

下午收工后就急着往回赶，三十多里路一阵猛蹿，有胜又渴又饿，看着满桌香喷喷的饭菜，早就沉不住气了。他急吼吼地抓起筷子，从碗里夹块鸡肉塞进嘴里，边嚼边问："菜都齐了，咋还不吃？等谁哩？"

有田狠狠地瞪他一眼，没好气地说："你不回来谁敢动筷！"

有胜知道有田对他有意见，嘿嘿干笑了两声，说："我这不回来了，来来，动筷子！"

有田鼻子里哼了一声，把身子转到一边，不屑搭理他。

龙志奎怀里的平平挣起身子说："三叔还没回来呢！"

有胜吐掉嘴里的骨头，问："有山回来了？"

龙大娘把喜柬揣进了怀里，转身往炉灶里添了把柴，说："回来了！你爹前天收棒子扭了腰，这几天倒地茬多亏了他，要不得把有田一个人给累死！"

"那他干啥去了，这么晚了还不回来？"

"去村委开会了。"

"噢。"有胜嘴上应着，筷子不停地往嘴里捣菜。

有田看着有胜那副德行，心里更加厌恶："就你知道饿？等一会儿就能饿死你了咋着？"

"晌午饭在地里吃的，缺菜少水的就没吃饱，下午放工晚又急着赶回来……"有胜像个有功之臣，想用辛苦和委屈唤起有田的同情，谁知有田听了，心里更加气愤，"给你丈母娘当牛做马，卸下套跑回家里来吃饭，这里可不是饭店！"

有田的话一下激起了有胜的不满："有田你管得也太宽了吧？这里还没有你当家作主说话的分！你算老几？"

有田呼的一声站起来，指着有胜的鼻子说："你说我算老几？"

有胜吓了一跳，往后趔趄着身子，嗫嚅着说："我……我说你几句还不行吗？你想干啥你？"

龙大娘大声训斥有田说："有田你给我坐下！赶明儿让你二哥多干点儿不就是了？就让你二哥先吃点，垫垫心口窝。"儿子毕竟是儿子，哪个儿子都让当娘的牵肠挂肚，龙大娘说着，随后拿起一块月饼，塞进有田的手里。

有田哼了一声，气鼓鼓地坐下，强压怒火不再吭声。

这事本该就此罢了，有胜却不知好歹犟劲地说："明天我还得回去，忙完秋我再回来。"

有胜的话就像个炸弹，炸得有田忽的一声跳起来，一把夺过他手里的筷子，狠狠地摔在桌子上，砸得碗盘"哗啦啦"一阵乱响。他指着有胜的鼻子大声吼道："你现在就给我滚！滚得越远越好！有饭喂狗还看门哩，给你吃了有啥用？"有田两眼喷火，吓得有胜站起身倒退了好几步。有田越说越有气，把心里的怒火一股脑儿全泄了出来："你真不要脸！还没结婚就变成这个熊样，结婚后怕是连亲爹亲娘都不认哩！你自己说，自从有了那个女人，这里还是你的家吗？也不打听打听外面流言蜚语都说些啥？村里人都说咱娘白养了你这么个儿，养到二十多让人家'过房'（当儿）去了。你不要脸，家里还嫌丢人呢……"

有胜跟俊容订婚前，俊容她爹就过世了，俊容上边虽有个姐姐，可早就嫁人了，家里就剩下俊容和她娘。俊容人懒嘴馋爱打扮，她娘五十多岁的人更干不了地里的力气活，大女婿又不孝顺，于是这地里的活就全由有胜一个人顶着。

龙大娘有时也想，有胜在自家不爱干活，去那边干点也好，如果亲家婆有良心，到儿子成亲时，说不定会少要些彩礼钱，按万里挑一——万一送喜柬帖子哩！可她做梦也没想到，事到临头，这喜柬帖子上反倒凭空多出了六千块，她这心里也有气，只是因为要娶人家的女儿，她嘴上不说罢了，她也不乐意有胜再过去帮忙，可有胜硬要去，她也拿他没办法。再说儿子跟俊容狗吊秧子似的形影不离，总比疙疙瘩瘩地闹别扭强。虽然四邻八舍红嘴白牙嚼舌头有说三道四的风凉话，但她一个耳朵听一个耳朵冒，就不往心里去。现在听着有田一个劲儿地数落有胜，她也不知该说些啥好。

有胜容不下有田的刻薄奚落，把手里的月饼气急败坏地扔进碗里，说："好，我不要脸，我给你们丢人，我走！"有胜瞪了有田一眼，起身悻悻地推起自行车往外走。

有田看着有胜的背影，气愤地往地上吐口唾沫，骂道："败家子！"

龙大娘伤感地叹了口气："唉！"

有胜推着自行车气冲冲地往外走，差点撞上刚开完会回来的有山。有山看见有胜，忙跟他打招呼："二哥回来了？"

有胜哼了一声，算是回答。

"俺二嫂呢？"

有胜气鼓鼓地往外走，也不吭声。

有山不知他有啥急事，就关心地问："二哥你去哪？你不在家过节？"

"这里不是饭店！"有胜气呼呼地说完，一抬腿跳上车，身影很快就在夜色里消失了。有山看着有胜消失的方向，愣愣地站在那儿，半天都没动窝。

"你站在这里干啥？"有人在有山身后问，有山忙回头，见是大哥有余，忙说："没啥，没啥。"两人就一前一后地走进院子，看到气呼呼的有田，心里就明白了八九分。

平平听到爸爸的声音，从爷爷怀里跳下来，扑进有余怀里说："爸爸，四叔跟二叔又吵架了！"

有余问有田："又为啥？"

没等有田开口，龙大娘从怀里掏出那张喜柬递给有山，有山打开看了一遍，无奈地叹了口气，递给了有余。

有余看完后，说："这事也不能全怪有胜，风俗习惯又不是他定的。"

有田余气难消地说："不是为这，是他不把这里当家。家里忙得没白没黑累死累活，盼他回来能帮点忙，好歹盼回来了，说啥明天再回去，这不是存心气人吗?"他一边说着，一边起身给有余让座。

有余本来是接平平回去的，可有几句话想跟爹说，也就没有推辞，随家人一起坐下了。

5.

喇叭一响，村民赶紧放碗放筷

院子里春蚕抽丝般的静，门灯下飞舞着许多不知名的扑蛾和蚊虫，几只大壁虎磁铁样吸在墙上一动不动。不知啥时，月亮新嫁娘一样羞涩着一张红艳艳的圆脸爬出了山谷。月光柔和静谧，银纱样洒落一地，让夜溢出万般的朦胧和神秘。

沂蒙山的月夜美得让人心里生出一种想唱一唱或哭一哭的感觉。龙大娘触景生情，叹口气说："唉，要是有胜和俊容在多好啊！"

一句话又勾起了众人心里的不悦，有田不耐烦地说："你少提那个败家子！"

有山看了有田一眼，刚想张嘴说句啥，话到嘴边又咽了回去，接着也怅上一口气："唉！"好像他也有多大的心事。

有余端起酒盅说："有山，来，喝酒！"

有山忙端起酒盅，说："喝！"

月亮笑盈盈地爬上了村头那棵老槐树，与树上孤高冷傲的大喇叭碰个正着，大喇叭突然扯起嗓子"吱"了一声，把月亮的脸一下吓白了，静谧的夜里立刻有了嘶嘶啦啦刺耳的噪声，家家户户的看家狗也伸长脖子，冲天长一声短一声地狂吠。不用问，这是龙志生又要讲话了。喇叭一响，村民赶紧放碗放筷。

龙志生的讲话像蝙蝠样忽高忽低地飞进了各家各户的院子里——

"大伙儿听着，嗯！我把今晚开会的情况再跟大伙儿说几句，嗯！本来今天只是个碰头会，把上级的文件传达下去，可有个别人不听不说，还煽风点火给出难题！嗯！别以为你上过几天大学就长了本事，你小胳膊拧不过大腿！这环湖路是市委书记亲手抓的项目，乡长和书记立了军令状的，谁也挡不住！谁要破坏新时代乡村振兴，谁就吃不了兜着走!"

龙志奎和龙大娘心里一抖，被火炭烙了手样差点扔了手里的筷子。有田也放下酒盅，疑惑地看看有山，又看看有余。

龙志奎刚才就为有胜的事心烦，现在听到龙志生的话，看看有山悒悒不言的神情，心里顿时明白了八九分，就知道他又捅娄子了。

龙志奎缓了口气，问："都说啥来着?"

有余看了一眼有山："有山说规划社区的事，得尊重村民的意见，拆迁占地要有明确的赔偿条款，龙志生霸道惯了，两人顶撞了几句。"

"就为这?"

"就为这。"有余说，"没啥大不了的事。"

有山哼了一声，愤愤地说："我是为村民争取合法权益!"

龙志奎见有山闯了祸还嘴硬，生气地用烟锅敲得桌子"当当"响，"你还不服，这娄子你捅大了!"

龙志奎的声音高得震破天，吓得有山低下头不敢吭声了。有余本想劝几句，见爹恼怒的样，知道在气头上劝也没用，也就随着有山没吭声。见有山不吭声，龙志奎的气也就消了一大半，伸手捏起酒盅一仰脖子灌下去，烧酒辣得他两眼一闭，眼泪差点儿淌下来。他放下酒盅，也没动筷子，装上一袋烟点上，咝咝吸着，吸完这袋烟，才开口说："啥朝啥代都不能抗上，都得当顺民……年轻人出门在外少说话没人拿你当哑巴！这俗话说得好，'孝敬父母不怕天，交上皇粮不怕官'……"

龙志奎没完没了地絮叨，坐在旁边一直默不吱声的龙大娘就沉不住气了，抢过话茬说："你就少说两句吧，有山还不是说实话？占了人家的地还不赔偿？"说着，她又从怀里掏出那个喜柬，"明年开春有胜就成亲!"

龙大娘埋怨老伴絮叨，自己说起话来却又没完没了："我原想过几天卖了牛，凑齐这喜柬钱给田家送过去，谁承想又要拆迁，咱们是拆还是盖?"她真是烦透了这个龙志生。

　　看着爹娘一脸的愁苦，有余心里蚊叮虫咬般一阵难受，就安慰娘说："娘，这事你甭犯愁，这房还得盖，盖了再拆才有赔偿。"

　　龙大娘和龙志奎点点头，说："嗯，是这个理!"

　　龙志生的讲话又传出来——

　　"……不给你点颜色看看，你不知道火神爷的厉害! 到时候，你不拆也得拆，别以为管不了你了，夜里睡不着都给我掂量掂量……对这种不听话的人，就要好好地加强思想政治教育!"

　　龙志奎僵直地坐在座位上一动不动，龙志生的喊话像块石头重重地砸在了他的胸口上，让他透不过气来。看来有山这是惹着他龙志生了，才在这喇叭里上纲上线说这种话吓唬人。盛在碗里的饭菜一口未沾，龙志奎就让老伴搀扶进屋，坐在炕头上抽闷烟。龙大娘扯过棉被给他盖住脚腿，把熬好的汤药端来放在窗台上。

　　龙志奎闷着头吧嗒吧嗒地抽烟，像是要决定什么大事似的对龙大娘说："忙完秋就让有山快回去，别在家给我惹事!"

　　有山坐在院子里心烦透了。今天这事他心里明白，自己一点也没错。可爹他……他不愿再想下去，就一个劲儿喝闷酒，几盅酒落肚早已脸红脖子粗。

6.

儿媳妇不是婆婆生的

　　夜像白天一样亮堂。树影婆娑，各种虫儿的鸣叫长长短短起起落落。月亮底下，一群小姑娘在街上玩着一种"拍月饼"的游戏。她们把腿勾在一起，围成一圈，拍着双手在地上蹦蹦跳跳地唱着——

　　　　拍，拍，拍月饼
　　　　拍完月饼打花灯
　　　　花灯亮到二十八
　　　　年轻的姑娘过婆家

　　　　拍，拍，拍月饼
　　　　拍完月饼打花灯
　　　　花灯亮到二十八
　　　　年轻的姑娘坐下吧

　　　　拍，拍，拍月饼
　　　　拍完月饼打花灯
　　　　花灯亮到二十八
　　　　年轻的姑娘别走了
　　　　……

長玫瑰的土地

　　头昏脑涨的有山躺在床上，听着外面童稚的歌谣，禁不住想起了自己的童年。那时的他虽然在大兴安岭被当地人称为盲流，但上有爹娘的疼爱，下有弟弟有田小狗样形影不离地陪伴，整天无忧无虑开心极了。现在自己长大了，爹娘却老了……有山越想心里越烦乱，最后一骨碌坐起来，穿上鞋去了村街。

　　村街上空气清新鲜亮，有山郁闷的心情一下舒畅了。他听着那唤起他对童年美好回忆的歌谣，不由自主地循声走去。他真想加入到她们这些小姑娘中间，跟她们一起尽情地跳、尽情地唱。

　　童心大发的有山刚走出几步，却又忽然站住了。晚上他多喝了几盅闷酒，现在被风一吹，酒劲一下涌上来，接连打上几个酒嗝后，"哇"的一声全吐了出来，浓烈熏人的酒气顿时在大街上汪汪洋洋地流淌起来。

　　有山弓着腰蹲在地上，往地上吐着酸水，心里竟生出一种想哭的感觉。他一下想到了大哥有余。从小到大，他最佩服的就是大哥。大哥为人宽厚老实，处事稳重谦和，在家里人缘最好，每当自己有啥苦衷、有啥犹豫不定的事，总是去找大哥寻个安慰和主意。有余也偏爱他这个与自己性格相近的三弟。这么一来，两人的感情就显得比其他兄弟深厚几分。

　　有山蹲在地上大口喘气，等胃里好受了，才使劲晃晃脑袋，起身朝大哥家走去。好在离大哥家不是太远，他晃晃悠悠地走，不大会儿工夫就到了大哥家的院门外。院门开着，屋里亮着灯，他刚想张嘴喊大哥，又赶忙憋住了。透过门窗，他看到大嫂两手掐腰，正气呼呼地冲大哥嚷："没钱？不是说过几天就卖牛吗？"

　　有余耐着性子给春花作着解释："有胜送来了喜柬，那牛别说现在还没卖，就是卖了也不能随便动，花净了拿啥去买牛犊？"

　　春花不听这些，声音依然火爆："你倒是怪大方，张口咱给垫上，咱家的钱是大风刮来的？"

　　有山一听就明白了，这是大哥帮二哥的事遭到了大嫂的反对。他想这个时候他还是不进去的好，于是就站在篱笆墙外静听。

　　有余为了熄灭春花的怒气，他把声音压得低了又低："还担心不还你咋着？"

"还还还，就有胜那个德行，还有那个俊容，好吃懒做，下辈子也甭指望还！"

屋里有余仍不紧不慢地说："你娘家大哥这几年不也常来咱家……"

没等有余说完，春花急急地插嘴说："他不会欠咱们的，一分一厘将来都会还咱！"

"家里咱爹咱娘说不还你了咋着？"

这话有分量，将心比心不是都一样？春花她哥的孩子在城里上学，经常隔三岔五地来借钱，只要有余手里有，就不让他空着手回去。这不，前几天为给孩子交生活费，又刚从他手里拿走两千。

春花自知理亏，就不再在这件事上争吵下去，她后退一步，一腚坐到沙发上，气呼呼地说："今秋还想用咱家的牛，想得倒怪美！"

有余一下抬起头，怔怔地看着春花，问："又咋了？"

春花撇着嘴，说："自己有牛卖钱花，耕地的时候用别人家的，可倒怪会算计！"

有余这回不耐烦了，他停下手里的活，拉个小板凳坐下，说："家里那头牛还能用咋的？老得连步子都迈不动了，你还指望它去拉犁？"

"那也应该早买一头！"

"四邻八舍的打听过多少家了，大的小的就没头合适的，你又不是不知道？去集上买又怕是病牛。"

春花见有余不耐烦地顶撞她，火气一下又涌上来，恶声恶气地说："那又咋样？自家没牛就用镢头刨！"

有余见她发火，就不再吱声，这是冷落春花的最好对策。过了一会儿，他才不紧不慢地说："有勇都去，咱能不去？"

有余不提有勇还好，一提有勇，春花这心里又生出一股气："你给我少提有勇！在地里我喊他一声光棍哥，他就给我脸子看。这个光棍子外表憨心里秀哩，嘴上说说好听，到时还不知去不去哩！自己的牲口他自己不知道心疼？"

"人家才不像你这么小里小气哩！"

"他大方，大方也不一定就能去得成！"

有余听了这话，心里又一怔，是有勇先约他过几天回家帮忙的，还能半途变卦不成？他忍不住纳闷地问："那为啥？"

"为啥？"春花阴阳怪气地说，"何长英跟我说了，今秋的地要找有勇耕。这光棍见了寡妇跑掉鞋，还有闲心管别人的地？你别认为平时见面一声哥一声弟地叫得怪亲热，到用得着的时候就知道了！"

有余半信半疑地说："那倒难说，两人这么多年也没发展出个道道来，前几年她让有勇热脸碰了冷屁股，这事他不可能去啰啰她。"

春花是何长英的表姐，她十拿九稳地说："那你就等着瞧吧，要是错了我的眼神才怪哩！"

"就是有勇不去咱也要去！"

"哼！"春花鼻子里哼了一声，竭力反对说，"我就是不让你去！你凭啥去？分家立灶各种各的地，各吃各的饭，还欠他们的咋着？"

这话一下又把有余惹急了，他瞪着春花说："你这人咋就这么没良心呢！不说别的，就说咱爹天天在家哄平平，腾出时间让咱下地忙秋，就是工换工也该去帮帮忙吧？"这句话一下就把春花的嘴堵上了。

有余接着又说："今秋咱爹的腰疼病犯了不能下地，有胜躲在外面又不回家，咱不去帮一把，还不把有山、有田累坏喽？"

春花没好气地大声吼道："就你心疼他们，就我狼！有胜在他女人家一住几天不回来，家里忙得没白没黑他不管不顾，这个吃里爬外的败家子让那个小妖精迷了心窍，这跟倒插门有啥两样？对待丈母娘比亲娘还亲八辈子，不是我王春花咒他，他有胜以后的日子，吃屎都赶不上热乎的！"

"这话你少说！今天下午为这事有田跟他吵了一架，有胜没吃饭就回去了。"

春花听了，有些幸灾乐祸地说："谁让有胜不争气来着，打成一窝猪才好呢！"

篱笆墙外的有山心里一震，对春花感到更加厌恶。她以前不是这个样的。她刚过门来时，既通情达理又温柔贤惠……

有余起身把平平抱到床上，一边给她脱衣裳，一边说："你巴不得家里乱了套是吧？"

春花气哼哼地说:"气死那个老太婆才好哩!"

有余浑身一震,回头狠狠地瞪着春花。春花也面无惧色地瞪着有余,脸上充满了挑衅。两个人跟斗眼鸡样斗了一阵,最后有余软了下来,长叹一口气,回头继续给平平脱衣服。自己的亲娘理亏,他这当儿的向人难向理。春花刚过门时,跟娘的关系还算融洽。家里家外的活儿抢着干,农闲时就为爹娘和下面的兄弟们做千层底的鞋,纳绣花的鞋垫子。自从春花怀上平平后,娘就帮她早早地做好了小孩衣服,婆媳俩和和睦睦地过日子,村里没有不夸好的。可是春花一生下平平,娘就埋怨春花不争气,没给龙家生下个传宗接代的孙子,她一气之下,一个月没踩自家的门,更别说来伺候春花坐月子了。从此这婆媳间融洽亲密的关系就破裂了,一提起婆婆,春花就气得浑身哆嗦。

"老太婆欠我的债,这辈子我没法忘!"春花恶狠狠地冲有余吼叫说。

"我承认那是咱娘的不对,可平平从小还不是她一把屎一把尿地拉扯大的?"

有余这话一点也不假,龙大娘虽然没给春花侍候月子,可事后心里转了弯,为向儿媳妇表示悔过和补偿,从小就对平平狗咬蝎蜇样疼爱。平平天天长在奶奶家里,从小就觉得奶奶对她最好,也打心眼里跟奶奶亲。她听见妈妈又说奶奶的坏话,就站在床上大声对春花喊:"不许你说奶奶坏话!"

有余冲平平笑了一下,然后又冲着春花嘿嘿直乐。这下春花更恼了,她站起身,两手叉腰冲有余嚷道:"那是她孙女,她自己的孩子,那不是对待我!"对婆婆的付出春花竟然不领情。

平平不明白妈妈大声吼啥,也学着她的样子,两手叉腰,瞪起眼大声嚷:"不许你说奶奶!奶奶好爷爷好三叔好四叔好……"

有余又被平平逗笑了,春花也想笑,但她没笑,她使劲忍着没笑。她虎着脸训斥平平说:"大人说话,小孩少插嘴!快躺下睡觉!"

"嗨——"平平伸长舌头冲春花做个鬼脸,麻溜钻进被窝。

有余走到春花跟前,端起茶几上的水杯喝了一口,说:"过节你给她姥娘家送去的酒、肉,还有点心是不是?咱爹腰疼了这么多天你过去问一声了没？"有余压一压自己的情绪，让语气尽量显得沉稳平和，"爹娘都是一样的爹娘，将心比心，就不应分薄厚里间外间。咱娘过去是错了，可现在她知道自己错了，这就够了，总不能让她一个当婆婆的向你低头认错吧？"

春花仰起头，阴阳怪气地说："那可折了我的寿！"

有余叹口气，说："你知道不，婆媳不和让外人看笑话哩！"

春花听了这话，好像一下逮住了理："她当婆婆的压根儿就没这么想，你让我这当儿媳妇的还能咋样？"

有余皱着眉头瞟了春花一眼，没有吱声。春花这几年越来越不像话了，连村里人都在背后讲她的不是，那些话传到有余的耳朵里，有余这心里是啥滋味就甭提了。他叹口气，既像自言自语，又像是说给春花听："过几天有勇去帮忙时，我也跟他一块去帮家里耕耕。"

春花显出极不耐烦的样子嚷道："我跟你说了，有勇不会去！"

"你咋就知道他不会去？"

"是何长英亲口跟我说的！"

提起何长英，有余心里就来气。他把声音提高了几度："我跟你说过多少遍了，那个女人不是个好东西，天天像个溜门子精，就会挑拨离间搬弄是非，在咱村里闹得多少妯娌婆媳不和？不让你跟她来往你偏不听，跟那种人在一起你能得到啥好处？"

王春花和何长英的娘家都是龙廷村。王春花嫁给龙有余后，第二年她就做媒把何长英介绍给了当时在柴汶河乡政府干临时工的龙有成。春花的爹娘也乐意何长英嫁到龙旗村来，跟女儿在一个村相互间也有个照应。

何长英从小性格就泼辣。她一个十八九岁的姑娘家，高中刚毕业就在龙廷村任妇女主任，天天跟在刚出阁的新媳妇腚后搞计划生育，不泼辣能干得下去？第二年她嫁到龙旗村后，村里也想让她任妇女主任，龙有成死活不同意，她就没干成。虽然没干成，但她的泼辣性子很快就出了名。当时她死活想干妇女主任，龙有成不同意，两人为此大吵起来，婆婆过来劝架，她说："俺两口子的事，你少管！"说着她就撵婆婆回自己屋去，婆婆不走，她就用手往外推，结果她手下一使劲，婆婆腿脚不灵便，一个趔趄摔倒在了地上。龙有成见她把娘推倒在地，气得脸色发青，攥起拳头就想揍她，可何长英没等他近身，抬腿一脚就把他踢进了床底下，窝囊得龙有成娘俩抱头哭了一晚上。

关于何长英的泼辣事，有余去丈人家时，常听龙廷村的人讲起，她又常来自家找春花，所以他不赞成春花跟她来往，近朱者赤，近墨者黑……

站在院门口的有山无心再听下去，也不想再找大哥谈心了。他的大脑已经彻底清醒，刚才走在街上的那种醉意也随风散尽了。

有山扭头绕了半个村去三叔家找龙有才。可是有才不在，只有常年生病的三婶和喝得不省人事的三叔在家。有山离开既像药房又像酒坊的有才家，心事重重地去了后山。当他走到后山坡下的槐树林时，忽然听到有人在里面争吵。他忙止住步，好奇地侧耳静听。他听到的却是有田和本村张光德的女儿张小妹的声音，两人的声音忽高忽低忽大忽小，后来变成窃窃私语听不清说些啥内容，他不由在心里笑了："这小子！"他担心被他们发现，就转身朝另一个方向走去。

有山独自走在后山的羊肠小道上，山头上的那轮圆月鲜亮皎洁……

7.

有山诈出了有田的秘密

天近中午，太阳正烈，白灿灿热辣辣的阳光哧啦啦地落到地上，草们树们人们像抽了筋蔫蔫地打不起精神。有田夜里没睡好，像个大烟鬼浑身无力呵欠连天，有好几次拄着镬把差点儿睡着了，身子一歪又吓醒了。

眼瞅着别人的田里动起了耩子，急在心里的龙大娘对有田唠叨说："人家都动耩子下种啦，咱家的地到现在还没动犁，今秋怕是又要扯牛尾巴了，等到咱耕完地下种，还不知要比别人晚几天哩！"

有田两手抱着镬把，身子慢慢地滑下去，最后一腚坐在地上，不满地顶撞说："小麦又不是玉米，晚种个半月二十天，哪怕是到了寒露霜降，明年麦季照样跟早播的一齐熟。"有田从小长在农村，又整天守在爹娘身边，耳濡目染，啥时令该种啥收啥他一点儿也不含糊。他说这番话的意思是没必要把秋种搞得这么紧张，完全可以有张有弛，并非他想偷懒磨滑。

龙大娘当然听得懂有田的话意，可她有她的顾虑："这么毒的日头，烤一天这地里不知要跑多少墒哩！误了墒情下不了种咋办？接下来还要收地瓜收棉花，这么多的活赶着趟儿等着人哩！"

有田懒得理睬这些，他已经困得不行了。他索性一下坐在地上，两手抱头趴在膝盖上，嘴里嘟嘟囔囔地发泄着满腹的牢骚："人又不是铁打的机器，有油有电就能不歇乏地干，人得需要休息才行，不会休息就不会劳动！"

不远处的有山听着有田这么偷梁换柱地蒙哄娘，憋不住嗤嗤直笑。

龙大娘挂念地里的活，庄稼人就指望地里的出产过活，季节性的农活由不得人，该种时就抢种，该收时就抢收，所以她对有田没个紧趁劲感到有些不悦，就倚老卖老地训斥他说："你七老八十了咋着？要不是你夜来把你二哥撵跑了，他在家还不多少帮衬着干点儿？"

提起二哥有胜，有田这气就不打一处来。他憎恨好吃懒做的有胜，而娘却处处偏向着他，他这心里就感到很不平衡，觉着自己的付出超出了应该付出的界限，于是猛抬头没好气地说："你是活该！有胜是你的亲儿，俺不是！"

有田这话重了，刀子样从龙大娘的心口划过。阳光下，龙大娘脸上的汗水顺着鼻凹流进嘴里，又苦又咸。她抬手在脸上抹了一把，然后慢慢坐到了地上。

有田说完就后悔了。他不该对娘这么说话，虽然他是说气话。他很是不安地偷看了娘一眼，忙又低下头，等着她的数落。

前面的有山也停下来，回头担心地看看娘，又看看有田。

龙大娘坐在地上，缓和了一下情绪，口气生硬地对两个儿子说："说啥你哥俩今天也得把这玉米茬子倒出来，赶明儿找找石界打打垄埂儿，撒上土粪等着，你大哥和有勇后天就来帮咱耕地……"

有田听娘这么一说，就知道她生气了，再也不敢吭声，乖乖地站起身，抡起镢头继续刨茬子。

有山看着有气无力的有田和一脸劳累的娘亲，心里也很不是滋味。有田夜里睡得晚，已经跟娘唠叨过好几次了要去歇歇乏儿，娘怕误了墒情就一直不同意，这不，有田就跟娘闹上了情绪，惹她老人家生气，这个有田，还是没长大，一点儿也不懂事。唉！他叹了口气，就跟娘商量说："娘，墒情不等人，下午如果倒不出地茬，到晚上出了月亮俺兄弟俩来加班，现在咱们就都歇会儿，还真让这鬼天热得够呛哩！"

龙大娘听有山这么一说，想都没想，就爽快地答应了。儿子都向她保证了下午完活，她这当娘的也就不便再说些啥，再说下午就是完不成活，也是没办法的事，总不能真像有山说的那样，让他兄弟俩来打连场，自己那么说，只是给他们上上弦，好让他俩有个紧趁劲，再急的活儿也不能急到摧残孩子的地步，拉一天犁耙的牲畜到夜里还要卸卸套哩，何况是人！

有田听到娘松口让他们去歇一会儿，火急火燎地把手中的镬头一扔，跑到地头抱起几捆玉米秸，很快搭成一个看瓜棚子样的凉棚，然后一头扎进去，呼呼大睡。

有山关心地喊娘也去歇会儿，可龙大娘说自己只管磕打玉米根上的土坷垃，活儿轻不觉得热，仍是固执地忙碌着手里的活。她把有山和有田刨出来的玉米根，一个一个地抓起来，狠狠地在镬头上摔打着，直到上面的土坷垃掉净，才扔到一个固定的地方。田里已经堆了几十个玉米根堆，在炽烈的毒日下泛着白惨惨的光。

有山放下镬头，走到有田搭起的凉棚旁，找块阴凉坐下。他解开汗衫，撩起衣角抹把脸上的汗，然后抓下头上的草帽，在胸前一下一下地扇着。他胸膛上起了一层密密麻麻火红火红的热疙瘩子，现在被汗水一淹，针扎样火燎燎地生疼。他身上穿的那件白色跨栏背心，早就被汗水和灰土浸黄了，像块狗皮膏药贴在他身上，结结实实地裹得他几乎透不过气来。他真想把这件背心扒下来，让汗淌个痛快，可他又怕被太阳晒脱一层皮。待他缓过劲来，伸手提起脚旁的塑料水桶，仰起脖子对着桶嘴灌了个痛快。放下水桶，听见身后的有田竟然响起了鼾声，只见他四仰八叉地躺在地上，张着大嘴睡熟了。有山在心里一笑，顺手从地上捡起一根草梗儿，悄没声地探过身去，在有田的耳朵眼里轻轻地旋转、捻动……

熟睡中的有田下意识地抬起右手在耳边扑打了几下，咂巴了几下嘴，然后侧转身去。有山见他没醒，就继续戳他左边的耳朵眼。有田又抬左手扑打了几下，把身子转了过来。有山见他不睁开眼，就继续痒他。翻来覆去折腾了几回，有田的鼾声终于没了，他睁开眼怔怔地琢磨是啥东西作梗打搅他的酣梦，猛一扭头，看见坐在他身边的三哥正看着他笑，手里拿着根草梗儿，一下明白是他在作怪，就恼火地嚷道："你干啥你？昨晚你倒是睡得怪香，真是！"说着愤愤地转个身，给了有山一个热脊背。

有山笑了一下，把嘴凑到有田耳边小声问："昨晚回来几点了？"

有田的眼皮像被糨糊粘住了，翻都没翻一下，嘴里咕咕哝哝地说："快十一点了……"

见有田跟自己撒谎，有山把嗓门一下提高了八度，说："放屁！我回去时都十二点多了，咋就没见床上有你呢？"

"不可能吧？"有田这回慢慢地睁开了眼，仰起脸不安地反问有山。

有山懒得跟他兜圈子，单刀直入地问："我问你，昨天夜里跟人家为啥吵架了？"

有田心里一怔，一骨碌从地上坐起来，满脸惊疑神色紧张地瞪着有山，一连串地反问："我跟谁吵架了？我咋跟人家吵架？你咋知道我跟人家吵架？我跟谁吵架我……"

看到有田的紧张样，有山心里直想笑。他知道有田的心理防线已被攻破，就轻松地一笑，说："我眼观六路耳听八方，你那点小隐私还能瞒得过我？"

"昨晚你不是去大哥家了吗？"有田疑惑地盯着有山的脸。

有山一脸的神秘莫测，说："我是去大哥家了不假，可这并不影响我知道你去干了些啥呀？"

"你知道些啥？"有田心里一紧，白菜心样细嫩的脸上现出少年初恋的慌乱和羞色。

"你啥也瞒不了我。"有山仍是一脸莫测的神秘。

有田疑惑地打量着有山，心里飞快地做着各种猜测和假设：或许他听别人捕风捉影地说过啥，未必就知道详情，他这是设套让我钻哩，我才不上他的鬼当，想到这里，他镇定自如了许多，就满不在乎地说："你啥都知道还用问我？"说完复又躺平身子，合上眼皮，不再搭理有山。他在想，只要自己守口如瓶，他又能从自己这里套到啥情况去呢？这么想过，他心里竟有些沾沾自喜。

有田猜测得一点儿也不错，有山压根儿不知道他和张小妹的具体情况，他只是偶尔发现了他们的秘密关系。他也的确想设个圈套套有田，让他自己从嘴里吐出实情来，可有田这家伙贼精，牙口咬得死紧。有田这事家里人肯定不知道，家里人要是知道的话，爹娘早就跟自己说了，就是爹娘不说，有田本人也会主动跟自己说。不过有山想，有田既然不让别人知道，就一定有他自己的道理，说不准是人家张小妹不让他说哩，女孩子怕羞，这可以理解，问题是有田为啥跟人家吵架呢？口气还那么凶？有山从小就关心有田，他想问明情况，好帮有田出出主意，告诉他跟女孩子说话不要那么凶，像咬人的狗样，那样会把女孩子吓跑的。可是他这里一腔热血好心，人家有田却对他莫大的不信任，压根儿不想给他吐露半句信息。有山看着佯装熟睡的有田，眼珠一转，忽然冲着在地里干活的龙大娘大声喊："娘，你知道有田为啥这么困？他夜来去跟……"

没等有山喊完，有田果然中计，他腾地一下从地上弹起来，伸手捂住有山的嘴，急急地说："你别说！"

有山打开有田的手，看着他那紧张模样，忍不住笑了，说："就凭你那小伎俩还想耍我，嫩着哩！今天你要不老老实实地给我交代清楚，我就……"

这时地里传来龙大娘的问声："有田夜来咋着咧？"

有田忙冲有山挤眉弄眼表示答应告诉他。

有山得意地冲有田笑着，大声对龙大娘喊："我也不知他去哪了，反正回来得怪晚……"

"准是又跟有才忙去了，八成又是半夜回来的，你看他今儿个在地里跟丢了魂样……"

有山无心听娘对有田埋怨些啥，而是板起面孔冲有田直接问道："说！那是谁家的闺女？"

有田翻起眼皮白瞪了有山一眼，没好气地说："你眼观六路耳听八方还用问我？"

"我是看你老不老实交代！"

有田刚一犯犹豫，有山就往外努努嘴，吓得有田一下又老实下来，乖模乖样地说："张小妹。"

"两人在一起多长了？"

"不懂你是什么意思！"

"我是问你恋爱史有多长时间了？"

有田对有山的这种提审式的问法大为不满，态度强烈地抗议道："你干啥你？是不是还要问性别年龄家庭成分政治面貌？你审犯人呢你？真是！我拒绝回答！"

有山一下被逗乐了："好好，咱们换成平等对话。"

"这还差不多。"

"你俩啥时待在一起的？"

"俺俩从小学到高中毕业，老在一块，从小就好，这恋爱史还真不好确定是从哪一天开始的。"

有山风趣地说："是青梅竹马？"

有田说："算是吧。"

有山笑问："夜来为啥吵架？"

"你耳听八方就没听到？"

有山不好意思了："我一个当哥的，咋能去听弟弟谈情说爱？"

"我想也是。"

"别打岔，老实交代！"

有田抬手挠挠头，难为情地说："都跟你说了，你可要为我们保密。"

"这个你放心好了，不过也得看你交代得彻底不彻底。"

有田虎起脸，挥着拳头对有山说："你要敢做叛徒，我认你是哥，它可不认！"

有山也虎起脸，说："你敢！现在是法治社会，依法治国，坦白从宽，抗拒从严！"

有田是信任有山的，从小就没有啥秘密隐瞒过他，唯独这件事，他一直瞒着家里所有人。小妹要他找媒人去她家提亲，省得见天有人去她家给她张罗婆家，而他却坚决不同意，为此两人就吵了起来。

"小妹都同意，你还犹豫个啥？"有山说。从昨天夜里，他就替有田感到高兴：有田谈恋爱了！恋爱对象竟是全村首富张光德的女儿！

张小妹是个既漂亮又文静的姑娘，模样长得跟她爸的财产一样，在柴汶河一带数一数二，她能看上自家的弟弟，这不仅是有田的福气，也是全家人的福气，说不准两家结了亲，人家张光德还能帮他们家哩，虽然他们家不会接受那种施舍似的恩赐，但总可以让有田去他的毛刷厂谋份职。

由于两家的家境不同，有山担心张小妹的父母会干涉这门亲事。张光德就俩孩子：女儿张小妹，儿子张小冬。他们家条件这么好，如果讲究个门当户对，自家的门槛可没人家的高哩。特别是在偏远山区的农村，儿女们的婚姻大事仍讲究个"媒妁之言，父母做主"。如果有田跟张小妹的事能成的话，这对龙家来说，真是上辈子烧了高香。农村比不得城里，山里比不得山外。在有山打工的济南，虽然同样是山区，但是人家那地方出煤、出陶瓷，有的是钱，当地的小伙子到二十四五不找媳妇很正常，在柴汶河这一带就不成，十八岁以后要是定不上亲，会被村里人看不起，不是说你家里穷说不起媳妇，就是说你长得丑没人愿跟。一个地方一个风俗，有山觉得柴汶河这一带的风俗就很不好，主要是这里的人太愚昧、太落后。

"我……"有田嗫嚅了老半天才吐露真情，"我想去复课！"

有山听了，又喜又忧。喜的是有田开窍了，有上进心了；忧的是家里这种情况，拿啥供他？这可不是件小事，光复课费就是好几万！

有田有心去复课，家里就是砸锅卖铁也应该供他，有山沉思默想了一会儿，最后像是下了很大的决心，说："你复课的事我来想办法，昨晚我考虑了一宿，忙完秋不打算回去了。"昨天夜里他是这么想过，现在他决定留下来不走了。

"啥？你不走了？"有田对有山这突如其来的决定大吃一惊，"你不走留在家里干啥？种地？这土坷垃里还真能刨出金蛋子？"他揣摸不透有山的心思。这几年三哥的汇款无疑是这个家的主要经济来源，他虽然上的不是什么名牌大学，但他是通过考学离开的龙旗村，并在省城找到了一份体面工作，家里也都以他为傲哩，现在他却决定留在家里不走了，这事换谁都难理解。

有山看着眼前的柴汶河，既像是对有田解释，又像是自言自语："我虽然每月都能汇回几千块钱，可对这个家又能带来啥起色呢？日后家里的开支越来越大，别的不说，就买房……"说到买房，一下触到了有山的痛处，他说不下去了。他深吸一口气，接着说，"我翻来覆去想了又想，留在家里创业更适合我！"

有田两眼直直地看着有山，忍不住问："那你想干啥？"

有山说："你昨天不是跟我讲过，大哥要上烘干机，回收玫瑰吗？"

有田一下来了精神，兴奋地说："可不咋的，你看大哥，一开始是自己种玫瑰，现在又发展种植户，回收玫瑰，越做越大了，听人说，玫瑰不仅仅能提炼精油，还可以做玫瑰酱、玫瑰酒哩！听小妹说，玫瑰精油贵着哩，那可是高科技，大哥要是也会提炼精油，远销巴黎去，那可就厉害啦！"

有山脸上现出了笑意："大哥要上玫瑰烘干机，那熬胶的项目不会扔下吧？我琢磨来琢磨去，我想在家熬胶，销路上有大哥，尽管放心大胆地干，准没错。"

有田担心地说："我看这事悬，咱爹娘不一定同意你留下，你孬好可是个大学生啊！"

"大学生回乡创业早就不是什么新鲜事了！我在家里也是挣钱，说不定比上班挣得多哩！"

有田最崇拜的就是有山："你要是创业成功，我就不去复课了。"

有山说："创业成功赚的第一笔钱，就供你去复课！"

有田抓抓耳朵："可这本钱从哪里来啊？"

有山信心十足地说："我有办法，等秋后咱俩就跟着大哥好好干，用不了几年，家里就能脱贫。"

有田两眼放亮，心里升腾起一股无穷的力量，身上的疲倦和困乏荡然无存。在他的心目中，三哥一向说一不二，凡是想做的事就一定去做，并且大多数都能做成。

兄弟俩兴致勃勃地憧憬着美好的未来，地里传来龙大娘的吆喝声："你俩别拉呱了，快来干活吧！"

龙大娘一直在地里干活，没有停下来歇一歇，她已经把他兄弟俩刨下来的玉米根茬全磕打完了。

有山和有田同时起身，一边拍打着腚上的土，一边朝地里走。有山看着满脸是汗的龙大娘，心疼地说："娘，你快去凉棚里歇歇吧，俺俩一会儿就刨完。"

有田也对娘说："要不你回家吧，俺俩多咱刨完多咱回家。"

龙大娘却说："你俩就紧手刨吧，我跟得上，咱早刨完早利索。"

有山和有田听了，就不再吱声，把劲全使在了镢头上……

8.

男人是骨女人是肉

这是一个喜鹊登枝的早晨。

这个早晨，小寡妇何长英亲自登门求有勇去帮她耕地，这让有勇的心里甭提有多滋润了。有勇早早地喂上牛，还特地泡上一盆豆饼水让它喝了个饱。他心情愉快地吹着口哨，脸上挂着蜜一样的笑。

何长英这么主动上门来求他有勇，就让他有勇理直气壮毫无顾忌地应承了下来。她一个女人家，孤儿寡母的种地不容易，不顾"光棍子门前是非多"求到他门下了，不伸手帮一把哪能说得过去？再者说了，四邻八舍的谁还用不着谁？石头用着还能擦擦腚哩，何况是人？这种名正言顺的正当理由，让村里那些爱嚼舌头的婆娘也挑不出啥毛病。谁能保证自己一辈子不求人？谁又能保证一辈子不去帮别人一回？恐怕谁也保证不了。既然保证不了，那么何长英求人帮忙就是正常的事，他去帮何长英耕地更是正常的事。当然喽，能帮她何长英耕地，这也是他有勇擦亮犁头盼望已久的事。

他整天想着她、念着她，一天不见她就心里发慌，吃饭不香，干活也没劲，要是长期这么下去，他真就让她给折磨毁了。每次去河边水井担水，他两眼总是东张西望四处撒目，希望周围能有她的人影；要是碰上她也去挑水该多好，那样他就可以跟她没深没浅地开玩笑，哪怕逗起她的火，让她在他身上没轻没重地抓挠几下也浑身舒坦啊。可小寡妇家人口少，不是每天都去挑水，人家挑担水要吃好几天哩……为了能见到她，他一改过去到村后山坡和村前河边放牛的习惯，偏偏把牛赶到野草不肥的村西黄土梁子上，因为小寡妇的家就在黄土梁子下。他在那里，总是可着嗓门吆喝牛，好像那头只顾低头吃草的黄牛不听话乱跑似的；为了见上她一面，他绞尽脑汁地去琢磨她会去哪块地里干活，然后他也扛上家什找块与她家挨着不远的地忙活，至于地里有没有活干他才不管哩……

现在他有勇再也不会拿她何长英的话当耳旁风了，包括那些与自己有关无关的玩笑话，他都要放在心上十二分认真地去掂量。就是何长英走在街上随意跟别人说几句某某男人的坏话，他也怀疑她这是暗示自己有啥毛病要改正。柴汶河一带有给意中人提毛病的习俗。有勇希望何长英最好是找人捎信给他，那样别人问起他的时候，他就可以理直气壮地说，是谁谁捎信让他帮忙的，不信去问谁去，当然，知道的人越多越好，更能证明不是他有勇主动赶上门去帮她耕的地。他有勇是个有自尊的人。但是不管有勇咋想，不管他的理由有多么充足，在每个村民的心里，这光棍给寡妇耕地，多多少少会产生些非议，好像他俩曾发生过啥事或将要发生啥事。

趁着早晨凉快，龙旗村的人都早早起床去拾掇地，原本就窄的地头羊肠小道，人来人往的像赶集。路边疯生疯长的野草几乎覆盖了路面，草尖上滚滚的露水打湿了过往行人的裤腿。有勇肩上扛着犁耙，赶着牛，屁颠儿屁颠儿地跟在何长英身后。

在何长英家地头，有勇卸下犁耙，也不喘口气，就忙着给牛儿套上了套。何长英让他抽袋烟再耕不迟，他说趁着凉快，早耕完早利索。以往有勇在何长英面前，除了满嘴骚话外，就是相互撩一捶摸一把，从来就没正经过。这一天他却乖得像个小孩子，不言不语地只管干活。其实他心里也想跟何长英要个嘴逗个笑什么的，可是两人一个在前面耕地，一个在后面敲坷垃，夫妻似的，就让他不知该说些啥好。中午回家吃饭时，何长英又关心地问有勇热不热、累不累，这就让他更加无法张嘴跟她调笑了。在何长英家，有勇把他那件被汗渍和泥土沾污得不见本色又散发出浓浓氨水味的白土布褂子扔在了床头上，何长英便悄没声地给他泡进水盆里，打了不下十遍香皂才见本色，最后淘出来晒在了院子里两树间的尼龙绳上，等有勇吃完饭，这褂子也正好晒干。洗净后的褂子白里透亮，又轻又柔，还散发出一阵淡淡的怪好闻的香皂特有的馨香。这种默不吱声的关怀，一下就把有勇感动得够呛，让他这心里热乎乎的大半天没能平静。就冲着这份默默的关心，也为了长久保持衣服上的馨香和清新，下午耕地时，有勇愣是精赤着上身舍不得穿，任火辣辣的毒阳把他的脊背晒脱了一层皮。虽是这样，他竟然一点儿也没觉着热，也没觉着累，很快就把地全部耕完了。下午收工时，有勇还误认为是回去吃晌饭哩，这让他在心里直埋怨天短。

这一天就这么很快地过完了。虽然有勇心里埋怨这天短，可在这短短的一天里，他感受到了何长英让人心动的一面——温柔。这是他从小到大从来没有感受过的。他在心里想，这世上的女人成千上万，这女人的温柔也是成千上万种各不相同哩，有的打眼一看，从外表上就怪温柔，一下就让人产生爱怜；有的就不行，外表泼辣得很，就像小寡妇这种，不走进她的心里去，你就感受不到她的温柔。这种女人的温柔是有方向的，就像手电筒，照着谁，谁才有缘分去享受。

有勇也说不出个啥，虽然他曾经对人家害过单相思，但他从心里厌恶她的泼辣性格，可他现在又鬼使神差地享受起人家的温柔关怀来，这使他心里有些犯迷糊，不知过去的她是真正的她，还是现在的她才是真正的她。不过在他眼里，今天的她是美丽、温柔、体贴定了。

更让有勇激动的是晚上在何长英家吃饭。何长英先把孩子哄睡下，然后两个人面对面坐在一张桌子上喝起了小酒。几盅酒下肚，何长英的一张粉脸桃花样灿烂妩媚好看。她细声慢语地跟有勇啰啰着家长里短，对他嘘寒问暖，撩拨得平日一斤酒量的有勇，没喝几盅就感觉两眼发直醉得不行了。

两个人好不容易才吃完这顿晚饭。何长英收拾好碗筷，然后从衣柜里拿出一百块钱塞给有勇，说是今天耕地的工钱。有勇一听就急了，伸手夺过钱一下扔在了地上，说："你瞧不起人！"

何长英哈腰把钱从地上捡起来，依然嬉皮笑脸地对有勇说："这点儿钱不算多，你挣的可是血汗钱哩！"

有勇说啥也不拿，只说："你们孤儿寡母的过日子，攒点儿钱容易吗？我不拿!"

说得何长英两眼潮潮红红的，颤着嗓音说："就算我借给你的，你以后有了再还我行不行?"

听她这么一说，有勇不好说啥了，她让得这么实在，再不拿就伤人家的一片诚心哩！他把钱攥在手里，心里却感到炽热得很。这个平日里有说有笑、有打有闹的女人，拉扯个四五岁的孩子过日子，肯定不容易。他为难地看着她，说："你家也没个整劳力，又没啥大收入，一年到头就靠母鸡下蛋和田里那些出产，我咋好意思收这钱?"

何长英冲有勇笑了一下，说："家里还有些积蓄，都是孩他爹生前留下的，现在孩子还小，花不着，俺娘俩除了平日置办些生活用品外，别的又没啥花项，日后手头紧，尽管过来拿就是，没啥不好意思的，咱们……都不容易……互相有个照顾是应该的……"说完这些话，她那张粉红的脸越发红艳了。

有勇虽然从小吃地瓜长大，可他不笨，他听懂了何长英话里的意思。他强忍着内心里的激动，长长叹了口气，说："唉！你一个妇道人家，这几年又当娘又当爹拉扯个孩子支撑这个家，里里外外全靠自己，多不容易呀！特别是咱这山沟里，挑粮种地净是些力气活，也不知你是咋熬过来的，唉!"他连连叹着气，好像是在细细地品味她这几年所经历的酸甜苦辣，顿了顿又说，"日后有啥干不动的力气活，就打发人过去言语一声，反正我光棍一根，闲着也是闲着……"说到这里，他觉得这话有些不大合适，忙又解释说，"你别多心，我是说咱一个村里住着，四邻八舍的，有啥困难就应该互相帮助才是。"说着，有勇抬手擦了一把额头上的汗。他从来没有这么理解过一个女人的难处，自己早就应该主动帮帮她，他在心里直骂自己是个傻瓜，过去咋就没能想起来过?

有勇的一番掏心窝子的话，把何长英说得眼圈发红、鼻子发酸，真想扑进他怀里痛痛快快地哭一场哩。多少年来，从没有人这么关心过她，特别是一个男人。女人是肉，男人是骨，这没有男人的家就是个没有主心骨的家啊！她真想、真想……她最后还是忍住了。她要是不够坚强的话，她能一个人守寡把日子熬到现在吗？可她还是鼓足勇气对有勇说："以后俺少不了给你添麻烦!"

有勇说:"嘻,你这么说就见外了,谁还用不着谁啊!"

何长英长长叹了口气,为自己,也为有勇:"你孤单单地一个人过日子也不容易,屋里没个女人做饭,整天饱一顿饥一顿的,那衣服缝缝补补、洗洗晒晒的全靠自己,更甭说有个病呀灾的,身边也没个人守着……日后家里有啥需要女人做的针线活,就过来说一声……"

"哎,哎……"有勇面红耳赤地答应着,低着头不敢正眼看她。

何长英见有勇这么一个大男人也会害羞,自己也感到有些不好意思,就不再说下去,接下来就是有些尴尬的沉默。

一个是光棍,从心里希望自己的孤独能得到一个女人的温柔和体贴;一个是寡妇,渴望自己的寂寞能得到一个男人的关心和疼爱。两个人心里期盼的是同一件事哩。

为了打破沉默,何长英扯句闲话说:"以后一个人在家闷得慌,就常来坐坐。"

大勇嗫嚅着说:"不……不了……"

何长英一怔,诧异地看着大勇:"为啥?"

大勇赶忙低下头,避开她的目光。不知为啥,他害怕与她对眼。他渴望她眼里有自己,却又胆怯她的目光:"你家又没那么多地耕……"

何长英脸上忽然浮起少女的羞云:"没地耕就不能来?"

"也总得有个理由,"有勇难为情地说,"不然外人……"

何长英大方地说:"嘻,没劳力的家庭多的是活儿,随便讲一样就是理由,说来给我修修房子,这房子从他死后就没修过,下雨就漏水。"

"我还要帮村里人耕地哩。"

"啥时有空啥时来,不慌。"

"那……行!"

"别光知道干活,不怜惜自己的身子骨。"

"嗯……"

……

两人守着孤灯,惺惺相惜地唠着,不知不觉夜就深了。这时有勇感到有些憋尿，又不好意思在人家家里解决，就想找个借口回家，想来想去，就说天不早了，他该回去了，说着起身要走。何长英一肚子的话还没说完，就嗔怪地瞪他一眼，说："寡妇门前是非多，多坐会儿就真会惹你一身臊？"

有勇的脸又一下红到了耳朵根。他直后悔过去没深没浅地跟她开过那么多玩笑，没想到两个人的关系会发生这么大的变化哩。听她这么一说，他就不能执意真走，也就顾不上憋尿不憋尿了，把抬起的屁股又坐回了板凳上。这时何长英起身去倒上一碗水，一脸柔情蜜意地端给有勇。有勇接过碗去，脸上虽然堆满感激，心里却暗暗叫苦。他把嘴凑到碗沿边虚量着喝了一小口，然后放在了桌子上。就这样，两人互相诉说着自己的苦衷，相互体谅着对方的难处，谈论着村里村外的新闻，盘算着来年的收成，最后谈到何长英当年回绝有勇求亲那桩事……

有勇和何长英聊着，竟忘了自己憋尿，不知不觉听到外面传来第一遍鸡叫。

听到鸡叫，有勇就再也坐不住了，起身执意要走。何长英欲言又止黏黏缠缠地把他送到门口，就在有勇一条腿迈出门槛时，何长英突然上前把他拦腰抱住了。

有勇心里忽地一热，身子一下就炸了，猛回身也把她抱紧了。但他突然发出一声短促的低吟，松开她的两手抱着小腹，脸上往下滴着豆大的汗珠子，龇牙咧嘴说："我……转天……名正言顺来娶你……"

何长英不明白发生了啥事，等她回过神，有勇竟从眼前消失不见了。

夜是那么的静谧，牛在圈里安详地倒嚼着日子，远处传来一两声狗叫和不知谁家婴儿惊梦的短啼，接着一切又沉浸进无边的静寂里……

9.

大学生回乡创业早就不是啥新鲜事了

有山起床后去找有勇，有勇家房门紧锁，就扭头去找大哥有余。

等有余和有山赶到田里时，有勇已经耕了大半亩地了。有余有些不好意思地责怪有勇说："有勇哥，你起这么早，咋不去喊我一声？"

有勇笑了笑，说："嘻，早来晚来有啥两样，又不是给外人干活。"

有山看着有勇满脸是汗，就跟他开玩笑说："有勇哥，昨天给小寡妇耕完地，是不是激动得睡不着，天不亮就来了？"

有勇听了，喜滋滋地对有山说："这回你可说错了，夜来后晌我睡得香着哩！"

"没梦见小寡妇钻你的被窝吧？"

有勇一下就脸红了，抬手抹一把脸上的汗，半真半假地说："一个小寡妇，还用得着我梦里去想她？"

有山瞪大了两眼："你的意思是……你俩……你在她家住下的？！"

有勇神情一怔，脸红红地说："你别瞎说你！"

有山唬起脸，说："做都做了，还怕说呀？夜来你出了不少汗是吧？"

有勇被有山逗得气也不是笑也不是，索性说："这些日子哪天不出汗来着，不过夜来……"

"夜来咋了？"

有勇很是不好意思："夜来可能比平时出得多一些。"

有余和有山都被有勇的憨相逗乐了。这时有田也扛着镬从家里赶来，见大哥三哥冲着有勇乐，忍不住问："你们乐啥哩?"

有勇正找不着台阶下，见有田插话，就没好气地训斥他说："大人的事小孩子别插嘴!"

有田莫名其妙地挨了有勇的训，就像丈二的和尚摸不着头脑，反问道："我咋了我?"

有勇也不理他，挥起牛鞭甩出一声脆响，扶着犁走了。有山望着有勇的背影，只是嘿嘿笑。

赶在吃晌饭之前，有勇把耕过的地耙了两遍，这才算是彻底拾掇利索，单等起垄动耩下种了。这天上午，龙大娘没来下地干活，她在家里围着炉灶忙活了半天，炒了几样菜，准备让有余和大侄子有勇来家里吃顿饭，算是略表心意。

有余等有勇耙完地，帮他牵着牛去河边饮牛，有山和有田就用镬把撅着犁犋提前回家。

龙大娘早就把饭菜置办好摆在了饭桌上。有山和有田先在院子里洗涮一通，然后才进屋。有田看见桌子上的饭菜，使劲咽口唾沫，说："哎呀，这么多好吃的!"就迫不及待地抓起饭桌上的筷子，夹起一块肉填进了嘴里。

在床上忙着收拾衣物的龙大娘瞪了他一眼，半愠半怒地骂道："你饿死鬼托生的你? 等你有勇哥来了再吃!"

有田冲龙大娘撇了撇嘴，放下了筷子。

龙大娘认认真真地把一件件的衣服叠好，然后铺开包袱，把叠好的衣服整整齐齐地放上，再把包袱的四个角角对角系成了死扣。

跟在有田身后的有山，一进门就认出龙大娘收拾的衣服是自己的，忍不住问道："娘，你给我收拾衣服干啥?"

龙大娘说："我前些日子把你的毛衣毛裤都洗了一遍，秋后这天说凉就凉，你走时带上。"

"啥?"有山不等龙大娘说完，急赤白脸地嚷道，"你这就撵我走啊?"

龙大娘慢悠悠地说："现在地也耕完了，下耩用不了多少人，你爹说让你早一天回去，省得在家净惹是生非，让他生气。"

有山一听是爹撵自己走，赌气似地说："我早把工作辞了！"

龙大娘大吃一惊："啥？你把工作辞了？"

有山缓和了一下情绪，一本正经地说："我不回去了，我回乡创业！"

龙大娘被有山这突如其来的决定弄蒙了。有山在省城的工作风刮不着雨淋不着，体面着哩，每月还有万儿八千的收入，咋能说不去就不去了？她不相信有山的话是真的。她认为这是有山在跟自己怄气，怨她忙完秋就撵他走。也是，这几天没黑没白地忙，刚忙出个眉目来，还没歇几天，就让他回去，换谁谁都有意见。想到这，她缓着口气对有山说："你想在家闲几天也行，最多不能超过大后天，你爹说让你明天就走哩，啥都给你收拾好了，这事可由不得你。"

有山不想跟娘明说他不走的原因，他想再考虑两天再做最后决定。于是，他往床上一躺，两手垫在脑后，两眼盯着黑漆漆挂满蜘蛛网的屋顶，耍赖似地说："我说不走就不走，天王老子也甭想赶我！"

院子里坐在树荫下掰玉米棒子的龙志奎，一直支着耳朵倾听屋里有山和龙大娘的对话。他听到有山跟老伴嚷着不走，就再也沉不住气，起身冲进屋里，劈头盖脸地冲有山说："有山你说啥？你是不是想存心气死我？"

见爹动了真气，有山心想，自己留下来熬胶的事，现在看来不能埋在心里不说了，于是就没好气地对爹说："你们以为我留在家里图玩哪，我留在家里也是为了挣钱，说不定比去上班挣得多哩！"

见儿子跟自己顶嘴，龙志奎更是气不打一处来："挣个屁！就那几亩薄地，土里还能刨出金蛋子来？"

有山继续顶撞说："俺大哥没出去打工，不是小轿车都开上了？在这柴汶河一带谁不知道？"

有山已经是个有思想、有主见的大人了，不再是从前那个只知道附和大人心思的孩子了。龙志奎一下被儿子一连串的顶撞顶得说不出一句话来，一张脸憋成了红脸关公。有山说得没错，有余就是身边实实在在让人心服口服的例子，他憋了半天也没憋出一句能够反驳有山的话。

有山见爹闷了葫芦头，便进一步解释说："我在外边也是给人家打工，虽然每月总能往家里汇几千块钱，可家里就像个填不满的穷坑，挣多少也攒不下一分，我这心里能不着急？"

龙志奎长长叹了口气，在门槛上蹲下，从腰里抽出烟袋杆，把烟锅插进用牛皮缝成的烟布袋里，掏挖了半天，才掏挖出一烟锅旱烟丝，他用左手拇指在烟锅上按了按金黄的烟丝，然后自言自语地说："那还不是你们兄弟多，花项多？"

有山反驳说："那是因为咱家挣钱的门路窄！"

"所以靠你们自己出去挣嘛！"

"外面的钱就那么好挣？再者说了，我总不能在外面打一辈子工吧？"

龙志奎一下又没话说了。他从兜里摸出火柴，哆里哆嗦地捏出一根，"哧"的一声擦着了，颤抖着手小心翼翼地举到烟锅上，凹瘪进去的腮帮子用力地吸着烟嘴，火柴梗上的火苗向下燃烧，遇火就着的烟丝一下又红红地膨胀起来，等从鼻嘴里吐出呛人的青烟，他才把火柴梗扔在脚下，然后又用左手拇指在烟锅上按按火红蓬松的烟丝。由于旱烟劲大，再加上抽得又猛，呛得龙志奎粗声大气地咳嗽起来。

当爹的咳嗽声锤敲钉锥般钻进有山的耳朵里，听得他心里疼燎燎地一阵难受，口气顿时变得软软地说："爹，俺们现在都长大了，不能啥事都靠着你，你们都奔六十的人了，就是榨了骨头卖油还能卖多少钱？我在外面倒是比在家里好混，比农民工强多了，也能挣回钱来替你们减轻些负担，可那样又能解决啥问题呢？"

有山的一番话听得眼窝浅心肠软的龙大娘坐在床沿上一个劲儿抹眼泪。龙志奎蹲在门槛上，有好几次抽出烟袋嘴，手颤嘴抖地长吁短叹。为了节省几个钱，他从来不去理发铺刮胡子，总是自己动手用剪刀剪，花白的胡子被他剪得七长八短，现在在瘦削的下巴上剧烈地颤抖着。有山的话挺在事理，不应该阻拦他，既然自己不能给儿子们置下家业，没有为他们闯下条出路，就让他们自己去闯吧，何况他们也是为了自己的前程，为了这个家呢！自己不能为他们操持好一切，他们自己为自己的前程着急了，做家长的还不应该支持他？想到这里，龙志奎心里亮堂了许多，但还是不甘心："你可是个大学生啊！"

"现在大学生回乡创业的多了，都不是啥新鲜事了！"

"那你能干啥?"

"熬胶!"

不用有山再往下说,龙志奎就知道他要走的是哪条道了。有山走哪条道都行,偏偏走的是这条道,这让他有些拿不准。这几年大儿子靠熬胶富了起来,他也眼馋心热,可他也亲眼见过有余赔钱时的惨状。那年有余一下投进去几万块钱,结果熬出来的胶销不出去,全压在了手里,那晦气劲儿让人眼圈子都发黑。有余一整年都愁眉苦脸打不起精神……

龙志奎到底是一家之主,凡事也只有他说了才算。有山是去是留可不是件小事,外面有个进钱项,家里的大小开支才有保障,他这心里才不着慌。要是让有田跟着有余干就好了,可他又担心有田年少不更事。要是有胜能出去打工最好不过了,可那个懒熊不听他的,不知撺过他多少回了,他都赖着不出去,现在对他是再也不抱啥指望了,单等给他盖上房,一脚踢出去算完,省得他在家好吃懒做是个累赘。他心里跟明镜似的,有胜分出去不会像有余那样过上好日子,那个俊容跟有胜是一路货,两个人走在一块能有啥好光景?可这也是没法子的事,自己穷得叮当响,这么多孩子照应不过来,分出去过好过孬靠他们自己去闯吧。

有山见爹一副犹犹豫豫举棋不定的样子,就说:"爹,俺二哥的喜柬都送来了,忙完秋就得给他盖房子,你腰疼不能干,有田还小,我应该留在家里。"

有山这话提醒了龙志奎,秋后说啥也要勒紧裤腰给有胜盖房,上山打石头盖房人手不嫌多,这可不是棚鸡窝,三两个人就能忙得过来,这一点他这个老石匠心里跟明镜样。

有山到底是去是留,正当龙志奎犹豫不决时,有余和有勇从外面进来了。龙志奎忙从门口站起来,龙大娘也忙揩一把眼窝,堆起一脸的笑容,起身去招呼有勇快进屋里歇着。

龙大娘一边让有勇饭桌上坐,一边责怪老伴说:"天都晌午歪了,人都饿坏了,见面就知道问这问那。"

等全家人围着饭桌团团坐下,有山就给每个人面前的酒盅倒酒。有余是个细心人,看出爹娘和有山脸上挂着心事,就忍不住问:"爹,家里有啥事？"

龙志奎叹了口气，"唉，有山不准备回省城了，说啥回乡创业！"他指了指床头上的包袱，"你看，啥都给他收拾好了，说不走就不走，我心里转不过这个弯来，也拿不准个主意，难道他这大学就这么白念了？"

心直口快的有勇听说有山要留在家里熬胶，没等有余开口，他先叫嚷起来，"咱家好不容易出你这么一个大学生，又回这个鸟不拉屎的地方来干啥？"

有田忍不住插话说："有勇哥，你不懂，这叫大学生回乡创业，是时代潮流！"

有勇吐了一下舌头："俺可头一回听说，敢情是件新鲜事哩！这样的话那有山准成！等有山创业成了，先买上一辆小轿车！"

有田说："买上小轿车让你先开，你拉上小寡妇去泰城兜兜风！"

有勇半愠半怒地瞪着有田说："你个老四没个礼貌性儿，小寡妇也是你叫的？"

有田说："不叫小寡妇那叫啥？总不能现在就改口叫嫂子吧？"

两人这么一番对话，惹得一家人大笑起来。热心肠的龙大娘对有勇说："你俩要是能成事，大娘这心里也高兴哩！过了三十奔四十的人了，成个家有多好啊！"

有勇惭愧地垂下头，长长叹了口气："唉！前几年咱年轻时人家都看不上咱，还给咱提了几样缺点，现在这几样缺点一样也没改，又是快奔四十的人了，人家还能看上咱？"顿了顿，他又自卑地说，"人家让咱去帮她耕地，是见咱闲着没活，工钱又低，别人家耕一亩地六十块哩！"

龙大娘听完有勇的话，伤感地叹了口气，安慰他说："你甭想那么多，她也不是神仙，你长一年她也长一岁，她现在也不是年轻时的她了，大娘跟她说不上话，转天让你弟媳妇再去给你牵牵线。"

坐在有勇身边的有余没吭声。他从心眼里不赞成有勇跟何长英的事，就是她答应嫁给有勇，他也不为有勇高兴。他讨厌那个爱搬弄是非、挑拨离间、泼辣野蛮的女人。可他又不忍心眼睁睁看着有勇打一辈子光棍，所以他这心里就矛盾得很。他也自己劝自己，管她好女人坏女人，屋里有个女人才算是个完整的家哩！有勇孤零零地一个人过日子也不易，单单出于同情也不能站出来阻拦这事，所以他就没说话，表示他对这事的态度是既不赞成也不反对。

龙大娘见有余没个反应，遂不悦地说："有余你听到没有？"

有余一愣，从沉思中惊醒，看看娘，又看看有勇，心不在焉地说："行，回去我跟春花说说。"他嘴上这么说，心里却在想，有勇有朝一日真娶了那个女人，婚后的生活未必就比光棍生活好到哪里去，因为春花从小跟她一块长大，现在又整天混在一起，就凭耳闻目睹，他也一眼能看透那个女人是啥心性。可这话他又不能对别人明说，他心里一阵烦乱，就端起酒盅劝大家喝酒。

龙志奎也张罗着让大家喝，他端起酒盅送到嘴边，定了定神，却又把酒盅放下了。一旁的有余看在眼里，就知道他对有山的事心存顾虑。这也难怪，自己当年压货的时候，爹娘也跟着犯了一年的愁。为了消除爹的顾虑，有余放下酒盅说："爹，有山回来创业的事，有我哩，我帮他！"

有余的这番话，让龙志奎脸上有了笑意，他好像吃了定心丸，朗声答应说："行，就让他留在家里干上一年看看！"

10.

龙大娘想迈过炉灶上炕

柴汶河两岸的麦田里终于消停下来了，人们播完了冬小麦，这秋就等于忙完了一半，剩下的一半就是收杂粮、刨地瓜。三伏天下籽的荞麦，绿油油的叶子像六月里的嫩草，三角荚里的籽粒还不充实，须过些日子才能动镰。今年雨水不顺，秋粮歉收，即便是这些最不值钱的杂粮也该倍加珍惜哩，让它熟透了再收不迟，饱成的籽粒总要比秕粒多出粮。还有地瓜，三伏前旱得没能拉开秧子长，要等到寒露，甚至过了霜降才能刨，虽说秋分过后地瓜就不长个了，但现在正是上粉的好时候，肥猪吃了含粉高的地瓜干上膘最快。这是节气错赶出来的几天空闲，趁着这段闲空，赶紧忙忙家里的杂务事，省得到刨地瓜时，坡里家里两头忙，既耽误了城里又耽误了乡里，要是碰上阴雨天，那可就奶奶了。

龙大娘前段日子光顾着忙麦，就把家里的要紧事耽误了。现在忙完了麦，她心里就盘算着把有胜的喜柬给亲家送过去。喜柬放在自家日子久了，亲家那边会不高兴，到底是不答应喜柬上的"价码"，还是对儿女的婚事不上心？无论亲家从哪方面猜疑，对自己都不利。

给儿女亲家送喜柬可不是想送就能随便送的，这事得劳媒人的大驾，什么样的公事找什么身份的人，这是有讲究的。送喜柬可是一件正儿八经的大公事，不能两个肩膀扛个脑袋去，须置办个大红包袱像模像样地提着去。大红包袱里装上点心、糖果、烟酒之类的东西，走在路上外人一看，就知道是办红公事儿的。大红包袱自家有，考虑到儿女多，早晚用得着，大儿子有余那年去春花家送喜柬时，就多扯了几个，现在就派上了用场。正好明天是龙廷集，让老伴龙志奎去集上走一趟，买些烟酒糖茶地支撑包袱，她也要提前到李玉明家坐坐，跟俊容她姑拉拉呱，把这事托付给她，让她抽出一天的空去把这事办利索。

这天吃过晌午饭，龙大娘就心急火燎大步流星地去了邻居李玉明家。

李玉明吃完饭去了磨坊，二女儿雨芹去皮鞋厂上班了，家里只剩下玉明婶坐在沙发上喝茶看电视。她见龙大娘喜着脸走进屋，当时就对她的来意明白了八九分。

龙大娘被玉明婶让到了沙发上，伸手接过玉明婶递过来的茶碗，送到嘴边小心翼翼地嘘了一小口，又把茶碗放到了茶几上，茶水太热，只能润润舌头尖。放下茶碗，她瞟一眼电视上那个唱歌的胖女人，清清嗓子开门见山对玉明婶说："他婶子，我盘算着快把这喜柬送过去，喜柬上的数目不算多，亲家知道这边家底薄，没难为咱，没给咱山头爬，总共才要了三万九，这是你娘家大嫂照顾咱哩……"

玉明婶的两眼虽然盯着电视，但她两个耳朵却半句不存地认真听着龙大娘的场面话，等龙大娘话音一落，她立马笑着接话说："嘻，也没啥照顾不照顾的，过去论起来，两家还是拐弯抹角的亲戚哩！两个孩子结了姻缘，这是亲上加亲，两家有啥事都好办哩。"

"那是，那是。"龙大娘连声应着玉明婶卖给她的这份人情，觍着脸显出少有的亲热，"你娘家嫂子是个直性人，说话办事儿直来直去，为人痛快着哩，我就喜欢她这种脾性，乐意跟她在一块拉呱哩。那年玉明兄弟伤了腿，亲家婆在咱这一待就是俩月，有闲空俺俩就坐在一块拉呱，她真是个好人哩……"

龙大娘跟玉明婶套近乎，费尽口舌说了亲家母一大堆好话，可人家玉明婶并不买账，接过话茬不冷不热地说："大嫂啊，我看咱们就新事新办吧，赶明儿有去龙廷赶集的，给有胜捎个信，让他带俊容回来一趟，中秋节忙秋抽不出空来，现在消停了，一块回来看看你和俺志奎哥，也顺便把喜柬捎回去就行了。"

俗话说，吃饭品滋味，听话听下音，玉明婶这话说得可有些离谱。龙大娘听了顿时大惊失色，连连摆手说："这可使不得，这可使不得，送喜柬跟送结婚日子一样是大事儿，没有你和两家大人出面咋成？"

玉明婶却满不在乎，笑吟吟地说："嘻，孩子都快结婚了，没啥使得使不得的。"

龙大娘听完玉明婶的话，越琢磨越觉得她这话里有话，心想这哪里是撮合婚姻，分明是拆戏台哩！她心急火燎地把屁股朝玉明婶跟前挪过去，几乎是趴在玉明婶耳朵上说："他婶子，俺的好妹子，那样做不合适，不合适啊！"她一双焦虑的目光紧盯着玉明婶，不明白她今天是咋了？看着这尊难请的"大神"，她几乎是哀求说，"没你出面这事谁也办不好哩！"

龙大娘越是着急，玉明婶倒是越沉静了。她慢条斯理地端起茶碗呷口茶水，眼睛看着前面的电视说："大嫂，你这是说的啥话，我去不去还不是一个样？取喜柬时我没去，这喜柬不也照样拿回来了？"

"啊！"龙大娘心里咯噔一下，倒吸一口凉气，脑门上立马沁出一层层密密匝匝的绿豆汗。玉明婶这话里藏着刀子哩！按沂蒙山的风俗，这男女双方商量着取喜柬，是应该由媒人出面的，可有胜自己就把这喜柬拿回来了，这么一来，不等于把媒人晾到一边了？龙大娘也是聪明一世，糊涂一时，这么大的事竟然马虎了。取时没用人家，现在送的时候又用着人家了，你拿人家当啥呢？拉屎唤狗呢？她看出玉明婶这是故意为难她，可错在自家身上，她只能向人家服软道歉："哎呀他婶子，这件事你听我说，喜柬是有胜捎回来的，事先我也不知道，孩子年轻不懂事，办事鲁莽欠考虑，大妹子你千万甭往心里去，千错万错都是我这当娘的错，忙秋忙得脑子糊涂了，你大人不计小人过，就甭跟俺娘俩一般见识，这送喜柬的事还得公事公办，要不你娘家嫂子也会埋怨咱拿儿女们的婚事当儿戏，让外人知道了笑话哩！"

玉明婶对龙大娘说的话压根儿就不动心，她从龙大娘迈进她家门槛的那一刻起，她就在心里打定主意给龙大娘出个难题，表面上她却装作帮着龙大娘说话："你就放宽心吧嫂子，外人笑话也不笑话你，笑话俺娘家人哩，过节时她都不让俊容来看你，是她先不入俗的，她既然不入俗，那咱还讲究个啥？新事新办又不是咱兴的，国家也号召支持哩！"

儿媳妇没来婆家过八月十五，龙大娘想起这事就对亲家母有意见，自己真来个新事新办，省钱不说，还省心，也算是以牙还牙，给她个脸色看，出出心里这口闷气。可她胆小怕事，儿子的婚事是人家说了算，一个不答应嫁闺女就治死你，你就是有钻天入地的本事也白搭，她不想在这种鸡毛蒜皮的小事上自找麻烦，所以她还是低声下气地对玉明婶说："孩子没来看俺，是因为秋上忙，家里人手少脱不开身，我跟你志奎哥不介意。"

玉明婶见龙大娘就是不上自己的套，就有些不耐烦："我看就这么办吧，那边是俺娘家，这边是左邻右舍的老姐妹，两边说远一样远，说近一样近，我谁也不偏向，再说了，俊容来了总要到她姑我这穷家小院里坐一坐，有啥解不开的疙瘩来找我好了。"

龙大娘听玉明婶这么一说，多少也有点开窍了。其实，一辈子精打细算过日子的龙大娘，打心眼里赞同玉明婶说的"新事新办"，自家不去人送喜柬，省下包袱不说，也给自己出了口闷气哩！这包袱里的烟、酒、糖、茶少说也得几百块，一头小猪崽哩！她不让俊容来过节，让自己这个做婆婆的在村里老姐妹面前像做了贼样抬不起头来，这回送喜柬自家不去人，也是给她脸上抹灰哩！让她也尝尝脸上无光的滋味。可就怕亲家母咽不下这口"窝囊"气，到时来个不嫁闺女，为这事两家闹僵了咋办呢？她不能不掂量后果："捎个口信怕是不大好吧？亲家母不让俊容来，或者俊容自己不愿来咋办？"

玉明婶见龙大娘入了自己的套，顿生暗喜，嘴上却大包大揽地说："到时就说我没空去，是我叫她来的，俺嫂子那边出了啥事我双手捧！"

"那敢情好，有你这么一句话，我就吃了定心丸哩！"龙大娘更是喜不自禁，虽然她明知这么做不妥，可玉明婶一口一个新事新办，那就听她的好了，反正这个媒人是得罪定了，她这是想半路撂挑子成心看自家的热闹出自家的丑哩！管她呢，她口口声声地打保证，日后出了啥事脏水就往她身上泼，反正是个得罪了。

龙大娘听有胜说，现在亲家婆跟玉明婶的关系不大和睦，原因是玉明婶的大女儿雨华在山外的一个路边饭店里做"小姐"，亲家婆听说后嫌丢人，就趁玉明婶回娘家时，要她好好管管雨华，别让她在外面待野了心不学好。没想到玉明婶驴脸一拉老长，说她的闺女她自己会管，不用别人瞎操心，气得亲家婆浑身哆嗦差点儿晕倒在地上，到现在亲家婆还没气完哩！亲家那边让有胜捎回喜柬来，说不定是故意冷落她哩，说明人家也没把她这个小姑子放在眼皮上。再者说了，有胜跟他媳妇俊容天天黏在一起，狗吊秧子似的形影不离，肯定早就把生米做成熟饭了，别人想从中作梗也不会影响他俩的婚事。儿子年年给亲家当牛做马，亲家还能没半点人情味？因为怠慢了媒人就给小鞋穿？石头揣在怀里时间长了还热哩！想到这些，她顿时就觉得腰杆挺硬了。大年三十的兔子，有你没你照样过年，我干啥在你面前低三下四求爷爷告奶奶似的求你？但她在嘴上却这么说："他婶子，这事就听你的，我这就回去找人赶明儿捎信过去。"说着，起身往外走。

玉明婶见龙大娘彻底入了她的套，心里就甭提有多高兴了。她假惺惺地把龙大娘送出大门外，神秘地说："俊容这闺女，从小就爱找我，就是不听她娘的话也不敢不听我的，我叫她来，她准来！"

龙大娘脸上堆上干笑，连声说："那就好，那就好！"

送走龙大娘，玉明婶真是心花怒放。她想她也得捎信给娘家嫂子，叫她不要让俊容来，到时龙大娘来问时，她就说她也没想到俊容现在竟连她这个当姑的话也不听了，闺女大了，能自己拿主意了，她这个当姑的也没啥好咒念了。

玉明婶打定主意要给龙大娘一些颜色看，让她知道没有自己这个大媒人就不行，俊容不来，你们龙家就甭想办成公事，哼！想迈过炉灶上炕，没门！

11.

卖糖葫芦的龙有才

龙廷村是个百年老村，北依龙堂山，南偎柴汶河，村西南二里外便是穿越八百里沂蒙山的沂河，由北向南奔流不息的沂河流经此地，分出柴汶河这条支流后，依然那么从容、平缓地向前流走。

龙廷村是乡政府所在地，整体格局是一条街，它穿越百年的历史风雨横亘在柴汶河的源头。遗憾的是，它没有像香港、青岛那样发展成一个举世瞩目的大城市。谁让它坐落在交通闭塞的沂蒙山呢？跟人一样，这也是命！它待的不是地方。不过现在的龙廷村已经有点儿城市的模样了。窄长的街面上星星点灯样建起了几座二层小楼房，不过这些楼房大都是工商、银行、邮电所、供销社、乡政府等单位办公的地方。在用青石茅草砌就的低矮民房群里，乍冒出这些贴着白得刺眼的马赛克楼房，让人猛丁一瞧，还有些碍眼哩！说不上是洋楼带来点"洋味"，还是旧草房扯着几分"土气"，总之，让人心里感到怪别扭得慌。

这天来赶龙廷集的人特别多，主要是在秋忙季节里难得有这几天空闲，人们好不容易松口气，就想着来人多的集上转一转，凑凑热闹散散心，顺便买些急需的生活用品，所以龙廷周围十里八乡的人们都早早赶了来，集上就像赶庙会一样热闹。狭窄的街道两侧，用白帆布做成的遮阳棚豆腐块似的一个挨着一个，像两条白龙排出了二里路长。篷布下摆的是卖花布、鞋帽、烟酒、山货、锅碗瓢盆等摊点；沂河岸边是牲口摊，鸡鸭牛羊猪……咯咯嘎嘎哞哞咩咩哎哎——叫声此起彼伏吵成一片；摊贩们的吆喝声，买主的讨价还价声，困在人群里走不动的汽车喇叭声，女人叫、小孩哭，甭提有多热闹了。

有山和有田也坐车来赶龙廷集了。龙大娘本想让龙志奎来的，但龙志奎腰疼病没好利索，就打发有山来了。她让有山专程给有胜送喜柬。有山去龙廷，有田当然就跟着了，他像小时候一样，还是有山的跟屁虫。有田不愿看见有胜，有山就让他在乡中学门口等着，自己去打听田俊容家。他走到集市头上，刚要张嘴去问一个卖山蘑的村民，就听有人喊他："龙有山！"

有山扭头一看，竟是自己的高中同学宋学理。有山心里一喜，这下不用打听别人了，宋学理就是龙廷村人。宋学理一听"田俊容"三个字，脸上立马露出不屑的神情，说："她呀？"

有山心里一怔，问："咋了？"

宋学理撇着嘴说："她可是俺村的风流人物哩！连三岁的小孩都知道她那些风流事儿。大白天跟她未婚夫上大街，跟外国人样又搂又抱又亲嘴的，还没结婚哩，两人就睡在一块了，见天睡到太阳晒到屁股也不起床，早晨饭还要她娘一遍一遍地请哩，把她喊急了，就躺在床上骂她娘眼瞎了，没看见人家正忙着嘛……"

宋学理嘴上没遮没拦无所顾忌，说得有山脸上红一阵白一阵，甭提有多尴尬了，当宋学理发现有山神情有异时，这才忽然感觉自己太冒失，嘴巴就像断了电的音响，"嘎"一下噤了声，疑惑地问："你跟田俊容啥亲戚？"

有山看着一脸不解的宋学理，一时不知咋回答好。他心里恨恨地咒骂着伤风败俗的有胜，让自己也跟着丢人现眼，有田早就说他顶风也能臭十里，那时他还训斥有田胡说八道糟践二哥，现在看来，二哥不止顶风臭十里，从龙旗村到龙廷村，三十里哩！早知道他这副德行，他跟有田一样，才不答应娘给他捎信哩！不过事已至此，他也不好说别的，只能如实对宋学理说，田俊容是他二嫂。

宋学理听了，脸上也有些小尴尬，但他这人头脑灵活，处事也圆滑，为了岔开话题，他对有山说："走，你去俺家，咱俩好几年不见面，还怪想得慌哩!"

有山见宋学理对他这么亲热,也不好意思拒绝,但他又实在脱不开身,有田还在学校门口等他哩。正当他左右为难时,远处有人喊宋学理,宋学理循声找去,是他妹妹玲子,忙答应一声,问啥事?玲子说家里有人找他借水泵浇地,都等他大半天了。宋学理一听,忙跟有山道别。有山灵机一动,掏出喜柬递给宋学理,嘱咐他说:"你给我二哥捎去算了!"

宋学理对有山说:"你就放心吧!"说完,跟着他妹妹急匆匆地走了。

有山眼看着宋学理和他妹妹湮没进人海里,刚想转身离开,就被身边一个买鸡蛋的中年妇女踩了一脚,疼得他扯腮咧嘴愣没敢出声。他忍着疼,刚想转身去学校找有田,一抬头却看见了龙有才。

龙有才虽然衣着破旧,浑身上下却干干净净,浓眉大眼炯炯有神,就是脸色不大好,黄秧秧地挂满了憔悴。他肩上扛着插满糖葫芦串的麦秸把子,逆着人流边走边喊:"冰糖葫芦来——又酸又甜的冰糖葫芦——"

有山和有才是同年同月生人,只是有山比他早半月,两人从小一起上学,跟亲哥俩一样。有山高中毕业考取了山东石油化工大学,有才考取了青岛海洋大学,后来因家庭变故退学,进了村里办的制胶厂,两人见面的机会就少了。正因为见面少,有山每次从外面回来,都要去找有才。八月十五晚上,他去找有才,有才却不在家,两个人就一直没见上面。现在有山远远看见了有才,心里咯噔一下,不敢相信眼前的情形是真的:有才竟然卖起了糖葫芦!

其实,有才不仅卖糖葫芦,白天还抽空走街串巷收酒瓶子、废铜烂铁旧塑料。有才娘患有尿毒症,长年累月卧床不起,是个被医生判了"死刑"的人。据医生说,按当前的医学水平,可以换肾,但是手术费相当贵,再说老人的年纪也大了,没必要换肾。

听人说尿毒症遗传,有才他哥就是个例证。有才他哥龙有仁结婚不到两年,忽然有一天吆喝头痛,接着恶心、抽筋,等送到医院,人已经不行了。据医院里的人说有仁是食物中毒,可村里人却四处传播说他得的是尿毒症,跟他娘一样!

有仁走后,媳妇周玉珍一个女人家,又拉扯个孩子,这日子过得啥样就可想而知了。因此周玉珍就动了改嫁的心。有才娘伤心地跪在周玉珍脚前，说小龙还小，哀求她留下，让她跟有才结婚。

周玉珍听了有才娘的话，气不打一处来。她恨恨地对有才娘说："你觉得你们龙家害得我还不够吗？你那种病能遗传给有仁，也能传给有才，小龙也逃脱不了！我不想过几年再死一个丈夫和儿子，我受不了，我也耽误不起……"

听周玉珍这么一说，有才娘放声哭了。她死死抱住周玉珍的两腿说："龙家的名声是因为我这种病传臭的，有才以后就是没病怕是也说不上媳妇了，谁家的闺女肯往这火坑里跳？你不肯留下也行，俺求你晚几年走，等把小龙养大，也算是对得住龙家了……"

周玉珍也哭了，她泣不成声地对有才娘说，自从她嫁进龙家的门，就没过上一天舒心日子，这个家她是一天也不想待下去了。

跪在周玉珍脚下的有才娘彻底绝望了，她松开儿媳妇的两腿，说："要走你就走吧，龙家这棵小苗苗也不要了，小龙还小，离不开娘，你就带上他走吧，饥一顿、饱一顿地拉扯着，也算是你跟有仁夫妻一场的情分。"

周玉珍双膝一弯，扑通一声给有才娘跪下了，哭着说："娘，这孩子我不能带，我不知道给小龙找个啥样的后爹，万一那种病遗传，我不想看着他跟他爹那样是个短命鬼，那样我受不了我受不了啊，娘，呜呜……"

有才娘一口气没上来，咕咚一声昏倒在了地上。

周玉珍把婆婆扶到床上，又扑通跪下冲床上磕个头说："娘，小龙就交给你了，等他长大问起他爹他娘，你就说他娘跟他爹早就死了……"说完，她咬咬牙，狠狠心，从地上爬起来，头也不回地往外走，走出屋门，看见有才爹龙志远蹲在门外的墙根下一脸恓惶地望着她，她心里一阵揪疼，又扑通一声跪在地上，给他磕个头，说："爹，我走了……"然后爬起来，跌跌撞撞地出了龙家的大门……

大儿子走了，儿媳妇也走了，留下一座空落落的宅院和嗷嗷待哺的孙子，老伴又得了那种病，早晚也得走，说不定小儿子有才也有那种病，连不满周岁的小孙子小龙也是这种命……有才爹想到家破人亡的将来，越想心眼越窄，一下就灰了心，从此整天借酒消愁，家里的事不闻不问，谁要找他劝慰几句，他就放声大哭，哭他的命不好，上辈子做了伤天害理的事，这是老天爷惩罚他哩，人不跟命争，他龙志远算是想开了，该吃吃，该喝喝，他没啥可牵挂的，反正他要断子绝孙了……

有才娘是个"药罐子"，一天也离不开打针吃药，离开针药她一天也不能活，再加上要买奶粉喂小龙，龙志远这么破罐子破摔，对这个多难的家来说，无疑是雪上加霜。

家里出了这种状况，龙有才只好退学回家。恰好村里投资建制胶厂，有才有文化，厂里送他去沂源培训了半年，回来后成了厂里拿得起放得下的技术骨干。有山曾为有才的幸运高兴过，总认为他从此走上了阳光大道，可眼前卖糖葫芦的有才让他心里咯噔一下，这是咋了？他赶紧朝有才走去。

等有山走到有才跟前，有才惊喜得差点儿跳起来。有山亲热地拉着有才的手，急切地问："有才，八月十五你去哪了？我去找过你，俺三婶跟你说了吗？"

有才用手挠了挠乱蓬蓬的头发，不好意思地说："我知道你回来了，心里老想去找你，可白天我得出门挣钱，晚上又得去刨地，总也抽不出空来，我还以为你这次回来咱俩见不上面了哩！"

有山听有才这么一说，心里顿时揪紧了，满脸愧疚地说："我咋没想到你家三口人的地全是你一个人干呢？我真笨！你家糯上麦子了吗？赶明儿我叫上有田……"

不等有山说完，有才打断他的话说："今秋俺大爷腰疼不能下地，有胜哥又不在家，地里就全指望你和有田，这些有勇哥都跟我说了。"提起有勇，有才一脸感激地说，"今秋多亏有勇哥连人带牛帮了大忙，要不还真得去叫你哩，那还不把你累个够呛？"

有山心里很不是滋味，有些生气地责怪有才说："我每次给你写信都叮嘱你，急用钱就去跟你大娘说一声，我每月都往家汇钱，没有多还能没有少？多少总不会让你空手的。"

"算了吧，你家的事也够多了，听有勇哥说，有胜捎回的喜柬钱是三万九!"

有山苦笑着摇了摇头。这时有人要买糖葫芦，有才忙转身去招揽生意，等他忙完一阵，回头冲有山一笑，拔下一根糖葫芦递给有山。

有山知道有才挣钱不容易，连连摆手说："我不敢吃糖，我一吃糖就犯牙疼。"

"真的假的？"有才半信半疑看着有山，拿糖葫芦的手定在那里。

有山说："真的，天热上火就牙疼，一吃糖更厉害，你还是收起来吧，别害我。"

有才把糖葫芦插回麦秸把子，等他回过头来，有山突然想起什么，问："有才，你咋……你今天不上班？"

有才脸上的笑容跟冰块一样冻住了，神情悲愤又无奈。他长长叹了一口气说："唉，甭提了，制胶厂管理不善，从外地的皮革厂购进一批烂了边的下脚料，熬出来的胶黏度不够，没人要，现在堆了满满一库房哩！从春上就开不出工资，银行的贷款一时还不上，人家就不给再贷，到了夏天，厂里因为没有周转资金，加上天又热，厂里没有制冷设备，熬出来的胶冷不成冻，只好停产。树倒猢狲散，我……我也没啥好门路……"有才满脸沧桑愁苦，"你三婶的病离不开钱哩！还有小龙要吃要喝的，你三叔也离不开酒……"

有山听闻胶厂的现状后很是惊讶："这全村集资建起的厂子就这么撂挑了？"

有才又叹了口气："那有啥法子？跑供销的是龙志生的小舅子，销售渠道不正，吃饱回扣抬腿走人，扔下厂里的工人喝西北风……"有才恨恨地骂着坑垮了厂子的供销科科长。

有山说："你是技术员，生产、质量方面的事你都懂，你把它接过来不行吗？不能让大伙儿集资买来的设备白白躺在那里睡觉啊！"

有才苦笑："我哪有这个能耐！"

"咋没能耐？"有山固执地看着有才，"你有技术！"

有才还是一脸苦笑："技术当然重要，关键是钱！谁放心把厂子交给一个连家里人都养不好的穷光蛋？"

有山扭脸看着身边熙熙攘攘的人流,半天没有言语。他一时不知该对有才说些啥好。有才见有山为自己的事犯愁,就故作轻松地一笑,说:"别想那么多了……"

有山看着有才,忧心忡忡地问:"你总不能就这么下去吧?"

有才摇了摇头,一脸的茫然:"我不知道……"

有山看着一脸愁苦的有才,心里酸楚得不行,但他又帮不上什么忙,只能安慰他说:"世上没有过不去的火焰山……"

有才无奈地说:"我要是能出去打工就好,可这个家离不开我!"

"你不能走!"有山好像是在劝一个啥大人物,"我们在家里也能创业!我准备在家创业了!"

有才吃了一惊:"啥?你也回乡创业?"

有山把回乡创业的打算从头到尾跟有才说了一遍,有才脸上现出了喜色,连声说:"太好了!太好了!你一定能成,你看有余哥,现在过得多体面!"

有山见有才这么羡慕大哥,就知道他心里还是有股冲劲的,主要是受这穷山恶水的限制,让他怀才却没有用武之地。如果志远叔能好好活人,像模像样地支撑这个家,加上有才这么能干,这个家也不会败落到现在这种地步。

有山看着卖糖葫芦的有才,一阵心疼:"有才,咱一块干,我就不信咱们不能脱贫致富。"

有才猛然抬起头来,惊喜万分地看着有山,两眼放出熠熠的光亮,可这光亮立马又熄灭了,他伤感地对有山说:"你看俺家败落成这个样,你家里也不富裕,我不能连累了你……"说到这里,他鼻子一酸,两眼湿了。

有山看着愁苦无助的有才,一时不知该对他再说啥好,熬胶的事他也没有十分把握,成了还行,万一赔了呢?这么想着,他叹上一口气,抬头朝集市上看去,集上熙熙攘攘的人群已变得稀稀落落,这天已过正午,快散集了。

有山说:"快散集了,咱们也走吧!"

有才扭头朝集上看了一眼，立马灰了脸，连声念叨说："坏了坏了，误了大事了！"

有山一惊："误了啥事？"

有才用手背抹把脸上的泪痕，焦躁不安地说："你婶子的病早就该去医院做透析了，我还没攒够做透析的钱哩！"

看着集上忙着收摊的商贩和四散的人群，有才急得团团转。刚才遇见有山，光顾跟他聊天了，把生意忘到了脑后。因为节气没到霜降，山楂没熟透，就是蘸上厚厚的一层冰糖，也遮不住生硬的酸涩。没落霜的山楂不中吃，所以现在做糖葫芦生意还不是季节，冬天五毛一支的冰糖葫芦，现在一毛一支也没多少人买，也就是那些馋嘴的小孩偶尔买上几支吃着玩。有才即使碰不上有山，他也不会有多大收入，现在熟透了的大枣、苹果和从南方运来的蜜橘都染红了大街，谁还傻着去买酸涩倒牙的山楂？有才没有啥挣钱门路，万般无奈才卖糖葫芦的，闲着也闲着，挣一分就比不挣强，一天能挣十几块钱，积攒一个月就够给娘看病了，可他现在连五块钱都没卖到，他急急地对有山说："你先回去，我再去街上转转，然后下乡，从龙廷到龙旗村有十几个村哩，一路过去，或许还能卖两个！"说完，扛起插满糖葫芦的草把子就走。

有山一把拽住他，说："你甭去白张罗了，这种酸山楂谁会要，回家吧，俺婶子的病可不能拖，赶明儿你就坐车跟俺婶子去医院，钱的事我回去给你张罗。"

有才急急地说："这哪成，有胜哥的下柬钱就是个负担了，我咋能再从你手指头缝里抠钱呢？"

"下柬也不差这点钱，你就别犟了！"有山一脸神秘地说，"我自己存了一大笔私房钱呢！"

有山说自己有一大笔私房钱倒是真的，但这笔钱不在他手上，他这样说是为了安慰有才，不让他有心理压力。

有才眼里含着感激，就不再推辞。他现在身无"分文"，是多么地需要钱啊！他跟在有山身后，一起去学校门口找有田。

有田见到有才，伸手就摘下一支糖葫芦往嘴里塞，有山毫不客气地训

斥他说："不能白吃，吃完了帮有才去卖糖葫芦！"

有田撇着嘴说："我不去，让同学看见了不笑话死我才怪呢！"

有才说："不用不用，你们坐车先回去吧，我下乡转转去。"

有山略一沉吟，索性对有才说："要不这样，有田坐车回去，我跟你一块下乡！"

有才惊喜着两眼："真的？"

有山一把夺过有才的草把子扛在肩上，说："你当我跟你说着玩哪？走！"就头朝苗庄村方向走去。

有山和有才从苗庄村开始，沿途经过沙坡村、小栗峪，在小栗峪村，草把子上的糖葫芦卖去了一大半。两人离开小栗峪，没有去平子村，而是直奔呑阴。呑阴是柴汶河乡政府所在地，剩下的糖葫芦不愁卖不掉。就是卖不掉也不怕，还有榆山前、北河庄哩！

以通往泰城的那条公路为界，坐落在公路北边的那座规模最大的三层楼，就是柴汶河乡政府的办公楼，也是柴汶河乡的政治、文化中心。办公楼东侧的那几排青砖红瓦房，是柴汶河乡联中，联中东边的那个独院，就是联小。公路南边是柴汶河乡的工业区和商业区。乡里办的果品批发市场、皮鞋厂等都集中在这一带。有山和有才先奔着乡政府旁边的联小走去。两人经过乡政府门口时，却意外地发现了有勇。

有勇好像刚从龙廷赶集回来，手上提着两盒比较"高级"的盒装酒，在乡政府大门外走来走去，额头的汗珠子在阳光下闪闪发亮。

"有勇哥，你在这里干啥？"有山冲有勇大声喊。

有勇抬头看见有山和有才，赶紧走过来问："乡民政所在哪？"

有山疑惑地指着有勇手上的酒问："你打听民政所干啥？找啥人？"

有勇抬起胳膊，抹了一把脸上的汗，吞吞吐吐地说："不……不找啥人……"

有山疑惑地看着有勇，捉摸不透他葫芦里卖的啥药。这不过年不过节的，他就连他姥娘家的门都多年不踩了，更没听说民政所有他的啥熟人。

有勇嘿嘿傻笑了一阵，理直气壮地说："我想让民政所给我办个低保！"说着，他又拍拍怀里揣的那条"将军"烟，"我……我想找民政所所长……"

有山和有才听后，忍不住捧腹大笑。

有勇神情尴尬地说："你俩……你俩笑啥？"

有山把手贴在有勇的前额上，嬉笑着脸说："有勇哥，你是不是……发烧了？"

有勇打开有山的手，不高兴地说："你就不盼你哥个好。"

"那你一定是睡昏了头。"

有勇被有山说得有些恼怒："去去去，你才睡昏了头！"

"那就是小寡妇难为你，跟你提出个条件，你吃不上低保就不嫁给你。"

有勇见有山拿小寡妇取笑自己，脸羞得像块红布，气呼呼地说："你就知道拿你哥取笑，这个低保，我才不要哩，我一个整壮汉子，吃低保多丢人啊，我要低保是为了……"有勇看了一眼有才，没有把话说下去。

听有勇这么一说，有山不笑了，纳闷地问："那你是为了谁啊？"

有勇又看了有才一眼，神秘着脸凑到有山耳边，压低声音说："我想办了低保转给志远叔。"

有山听后，一下对有勇肃然起敬。这事要是办成了，对有才来说可是一件大好事！但这可不是他有勇就能办成的事，这事得村主任龙志生出面才行。他拉一把有勇，小声对他说："走吧有勇哥，你还是回去吧！"

"为啥？你也不知道民政所？"

不明就里的有才在一旁插话说："有勇哥，这大白天的你就明目张胆地去送礼，人家谁敢收？"

有勇挠挠后脑勺，恍然大悟："对呀，我咋就没想到哩？"

看着憨厚的有勇哥，有山摇了摇头。听有余哥说，村里几个吃低保的名额，都被龙志生硬给退回去了。他说现在是新农村了，家家早就脱贫了，都嫌丢人，没有吃低保的了！村里不接受，你一个平头百姓送礼走关系顶个屁用？于是他毫不客气地对有勇说："你就别操这份闲心了！"

有勇脖子一梗："啥叫操闲心？"

有山不想跟有勇解释。有勇听出有山话里有话，气呼呼地说："你不说拉倒，我就不信我提着猪头找不到庙门？"说着他就往乡政府大院里走去。

有才见状，上前一把拉住有勇，小声对他说："我听说乡里给了咱村几个名额，可村里不要，给退回去了，你想吃低保，也得村里同意才行，这事得找龙志生！"

有勇把两眼瞪得像牛眼，粗声大气地问："他龙志生为啥不要？你看你家，比我过得都穷，为啥不给争取个低保户？"

有才知道有勇一根筋，只好跟他说了实话："龙志生说乡村振兴不能有低保户！"

有勇一下就火了："他凭啥替我当家作主？不行，我非找他问个明白不可！"

12.

"小兄妹"和"小夫妻"

　　落日的余晖把柴汶河染红了，红彤彤的河水汪汪洋洋地往前涌，金波玉浪，红光闪闪，把沿河两岸的杨树林也映得火红一片，红的水，红的树，红的山，红的天，什么都是红的，就连站在桥头等人的张小妹都变成红的了。

　　张小妹跟有田同年生人，今年刚满十八岁。深山出俊鸟，甭看张小妹是个农家女，可柴汶河的清水把她养育成了个漂亮坯子：皮肤白皙，身材颀长，一头黑发瀑布样衬着白净细嫩樱花样的圆脸，一双汪汪亮的眼睛清泉样能照出人来哩。小妹的"牌子"跟她爹手里的票子一样在柴汶河一带数一数二！

　　自从八月十五夜里小妹跟有田吵过嘴后，两人到现在还没见上一面。这个该死的有田，真狠心，忙起秋来就把人家忘了哩。小妹有话要跟心上人说，打他手机，手机里老是说你拨打的电话已停机，这让小妹又气又急。两人的关系还处在"地下"阶段，有田坚决不公开，她就不敢贸然上门去找他。每天下班后，她有事没事就往村头自家开的小商店跑，盼着有田能去打斤酱油买瓶醋，或者下午收工经过商店门口。可有田好像故意躲着自己，一连几天都不见人影，害得小妹像得了相思病，整天失魂落魄的样，以致上班时分心，让飞跳的缝纫机跑偏了好几双皮鞋帮子。

　　今天早晨，小妹和雨芹每人骑一辆电瓶车去上班，刚出村头的杨树林，就远远看见有山和有田在路边等车去赶龙廷集。小妹老远就下车跟有山打招呼:"有山哥,在等车啊?"

有山回头见是小妹,忙热情地答应:"啊,是小妹啊,你去上班?"

小妹说:"去上班。"她一边跟有山说着话,一边拿眼狠狠地瞪有田。

有田知道小妹为啥瞪他,当着三哥的面,他很是不好意思,因为三哥知道他俩的关系,有田冲小妹一个劲挤眼努嘴,让她快走,小妹却故意气他,假装看不见,站在那里跟有山说话。有田就冲雨芹挤眼,让她催小妹走,雨芹明白他的意思,故意催促小妹说:"快到点了,咱快走吧!"

小妹脸上一红,说:"离上班还早着哩!"

雨芹冲小妹一撇嘴,噢了一声,假装看一眼手腕,斜着眉眼说:"我说哩,我这表昨晚刚跟电视上对的,咋说快就快了哩?"

小妹恨恨地瞪了雨芹一眼,吓得雨芹赶紧闭上了嘴。小妹跟雨芹是最要好的朋友,她跟有田的事,小妹从没隐瞒过她,她的苦恼,她的欢喜,全都跟雨芹说,雨芹呢,也把自己的心事跟小妹说,两人是闺密哩!

有山和有田心里跟明镜似的,一下就猜透了小妹的心思。有山假装没事人似的问:"小妹,你们几点上班啊?"

小妹说:"九点。"

有山抬手看了一眼表,说:"这才八点半,还有半个钟头哩,你们去得可真早。"

没等小妹说话,雨芹抢着说:"她呀,这几天跟丢了魂一样,上班都不安心,也不知咋了,昨天跑偏了好几双皮鞋帮子,让厂长训了一顿,今天一大早就把我叫起来,早去帮她返工哩!"

听雨芹这么一说,有山抬头瞅了小妹一眼,见她脸色红红的,心里好像明白了什么,就不再往下问了。站在有山身后的有田看着满面娇羞的小妹,想对她说句啥,可当着三哥和雨芹的面又不便说,他抓耳挠腮地想来想去,才突然想起两人经常约会的杨树林。他干咳一声,引起小妹注意后,朝她悄悄指了指身后的杨树林,小妹见了,脸上一下就笑开了花,甜甜地冲有山说:"有山哥,俺先走了。"

有山叮嘱她说:"你俩路上慢着点儿骑,靠边走!"

小妹和雨芹答应一声,像两个花蝴蝶样翩翩朝制鞋厂方向飞去了。一路上，雨芹不时找话取笑小妹，小妹却一点儿也不恼，心里跟灌了蜜样从眉眼里往外溢着甜滋滋的笑。她总算等来了跟心上人见面的机会，几天不见，还真想煞个人哩！

小妹好不容易熬到中午下班，临进村前，她借口去自家田里看麦苗出没出土，打发雨芹先回家，独自留在杨树林里那座无名小桥上等有田。

杨树林里成群成群的麻雀在林子上空飞起飞落，叽叽喳喳吵成一锅粥，吵得小妹心情烦躁，不时地抬手看表。眼看天就黑了，有田还不来，她焦躁不安地在桥上织布样走来走去，最后索性走出杨树林，沿着公路一直往前走，都快走到北河庄村口了，也没看见有田的人影。她在路边站了一会儿，路上人来人往的净些熟人跟她打招呼，她不敢久等，就转身磨磨蹭蹭地往回走，一边走一边在心里发狠：有田要是敢不来，她就找到他家里去！这么想着，不知不觉又回到了村前的杨树林。在河边的一棵垂柳下，小妹坐下来，望着林间斑斑驳驳的秋景，她禁不住想起三年前的一件往事来——

那年她和有田一起考上了龙廷十中。从龙旗到龙廷三十多里路，骑自行车一个钟头，所以龙旗村考上十中的学生都住校。学校里有食堂，家庭条件好的可以吃住在学校里，条件差的就从家里自带饭菜。小妹家条件好，可以花钱吃食堂，有田家不是太富裕，他每个星期都从家里带够五天的饭菜。

每到星期五下午，大多数学生都回家，为了回家方便，张光德专为小妹买了辆电瓶车。张光德对小妹心疼着哩，怕她路上摔着，路远累着，路上遇到啥坏人啦，就私下找到有田，让他对小妹多照应着点，并征得有田的同意，买了这么一辆电瓶车，让他骑车带着小妹去上学，回家也一样，两人一块回来，这样他才放心。

有田家里兄弟们多，仅有的一辆自行车让二哥霸占着，这件事对他来说是求之不得哩。小妹呢，也怕路上碰上坏人，心想让有田带着自己还轻快，就听从她爸的安排，让有田当了她的"车夫"。

自从有了电瓶车，有田隔三岔五就往家跑，有时夜里上完晚自习也回来。有田往家跑的原因是付不起顿顿在食堂用餐的伙食费，那年结婚后的有余刚跟家里分了家，挣的钱不再往家交，有山正读大学还没参加工作，有田就懂事地常跑校，这样就可以减少伙食开支。

小妹不常回家，那辆电瓶车几乎成了有田的专车，后来他索性不住校了，天天往家跑，跟工人上下班似的。小妹见有田天天往家跑，开始还让他从家里往回捎东西，后来也干脆不让他捎了，让他见天带她回家。有田当然就对自己的"车主人"倍献殷勤，人家买车给自己带来了极大的方便，后车座上带个小妮子算啥？

小妹呢，为了感谢有田，每天中午吃饭的时候，总是从食堂打两份饭菜，自己一份，给有田一份。这么一来，两人的关系就很不一般，虽然里面还有一层互相利用的关系，爱开玩笑的同学们当面说他俩是一对"小兄妹"，背后却说是一对"小夫妻"，他俩听了，心里一点儿也不介意。

张光德见有田天天带着小妹回来，开始还念叨这么着咋行，人家有田多累？后来时间长了，也就不挂在嘴上了，只是嘱咐小妹，见天跟有田早走，别走太晚了，两个小孩子走夜路，大人不放心。

好像大人担心啥事，就发生啥事似的，有一天上完晚自习，两人乘着月色回家，电瓶车从公路上拐进村前的杨树林，月亮没了，有田让小妹下车头里先走，自己急吼吼地钻进了树林里。临走前他在学校里灌了一肚子凉水，现在肚子突然疼得厉害。树林里的月光像害了皮肤病样斑斑点点眼前十步之外啥都看不清。小妹怕黑，一个人不敢从树林里走，就站在林间的土路上等有田。有田在树林里一蹲就是大半天不见出来，小妹等得心虚，正想张嘴喊他，看见一个人影从树林里闪了出来，她认为是有田，就冲他埋怨说："这么半天才出来，也不管人家害不害怕。"

那人也不答话，直直地冲小妹奔来。凭感觉，意识到那人的身影不是有田，小妹心里一惊，忙朝路边躲，那人却伸出两爪朝她扑过来，小妹妈呀一声尖叫，拔腿就跑。那人狞笑着随后紧追。小妹在前头一边跑，一边拖着哭腔颤心迭声地喊："有田……"

有田就在离路边十步开外的一棵杨树后面，听见小妹的惊叫，他心里一紧，忙起身从树林里冲出来，急急地问："咋了小妹……"

追在小妹身后的黑影听见有田的声音，突然掉头朝树林里跑。有田冷丁猛醒过来，嘴里骂了一声狗日的，往哪跑？哈腰从地上摸起块石头砸过去，咚的一声，石头砸在树身上，吓得那家伙惊叫一声，很快钻进树林深处不见了踪影。有田又从地上捡起几块石头，朝着树林深处一阵乱扔乱砸，砸得树叶哗哗下落，惊起树上的小鸟在树林里碰碰撞撞乱飞乱叫。砸过一阵，有田回头去看小妹，小妹一头扎进他怀里，嘤嘤哭着，整个身子膏药样死死贴在他身上，生怕他再撇下她走了。

……

后来，两人就相爱了，并且常在出事的这个地方约会。每次约会，两人总是先找好一堆石头放在身边，这叫有备无患。他俩管这个地方叫"老地方"。

天上黑影，路上行人影影绰绰看不清，小妹想起前年发生的事，心里一紧，赶忙起身去捡石头，刚捡两块，就听身边有脚步声，果然是有田，他正歪着头冲她笑哩。小妹脸上一红，笑成一朵光灿灿鲜艳艳的月季花，忙不迭地丢了石头，花喜鹊样朝有田飞过来，大方地扑进他怀里。

有田慌慌地推开小妹："别这样，路上还有人哩。"

小妹一下就噘起小嘴："你这人真没劲！"

有田脸红脖子粗地说："路上还有人哩！"

有田和小妹虽然不知有过多少次的热烈拥抱和亲吻，但那是在夜里，没人看得见。有田知道小妹不高兴，就领着她朝树林深处走。

在树林里一处幽静的地方，有田和小妹的身影渐渐靠拢到一起。小妹在有田怀里撒着娇，两手在他胸前抓挠着，一会儿埋怨他好几天不露面，想得她好苦；一会儿嗔怪他今天的约会来得这么晚，让她等得心焦。有田说了一大堆甜言蜜语，才算把她哄欢喜。见她高兴了，有田这才舒口气，说："要不是为了你，我就跟着三哥帮有才去卖糖葫芦了。"

小妹关心地问："你和三哥这几天都忙啥哩？"

有田长长叹口气，就把熬胶的事给她说了。小妹见他心事重重的样子，就小心翼翼地问："你上回不是说大娘不让你跟大哥干吗？"

有田说："不是我干，是三哥想干。"

"三哥在省城不是有工作吗？"

"他要回乡创业。三哥这个人，只要是他认准的路，走到黑也不回头，我最了解他了，我也觉得他能行，就是……"有田没有把话说下去。

小妹不用问也知道有田的心事，看着他忧心忡忡一筹莫展的样子，就旁敲侧击地说："大哥这几年熬胶可没少挣哩！"

有田秒懂小妹的话意："大哥帮衬家里太多了，咋好意思再去跟他借？"

小妹冰雪聪明，凭感觉就知道有田没跟自己说实话："几万块钱对大哥来说可是九牛一毛！"

有田当然知道几万块钱对大哥来说是九牛一毛，他不把真相告诉小妹，自然有他的"小九九"。在他眼里，他现在不能完全把小妹看成自家人，她毕竟是一个没有半点儿名分的"女朋友"，家丑不能外扬哩！

其实，世上没有不透风的墙，何况这前后左右一个村的邻居？春花跟龙大娘婆媳关系不和睦，小妹早有耳闻："你少跟我打马虎眼，我看是春花大嫂不肯借吧？"

有田神色一怔，脸上现出被捉了奸样的尴尬，讪笑着承认说："啥事也瞒不过你！"

小妹问："你们想借多少？"

"一万就行，咋？你想帮忙？"

"想是想，就怕有人不领情哩！"小妹笑着在林间草丛中转了个身，调皮地看着有田。因为她知道有田的心思，上回有田说想去复课，她的意思是两人一起去复课，复课费由她想办法，因为那种复读学校一年下来不是小数目，没大几万下不来。可有田死活不同意，他说他自己的事情自己解决。小妹说他是自尊导致自负，为此两人就争吵了起来。

现在，有田为了支持三哥创业，却一反常态，紧步上前，两手扳着小妹双肩，眼里闪着星星样的亮光，说："谁不领情了，你是雪里送炭哩！"

小妹脸上现出一副傲气，调皮地学着春花大嫂的腔调说："不就是一万块钱嘛，看把你难为成啥样了，都快白头了！亏你还是个男子汉哩，芝麻大的屁事就愁眉不展唉声叹气，带着个没出息的熊样……"

小妹学春花大嫂学得惟妙惟肖，听得有田笑也不是，不笑也不是，心里酸溜溜的，脸上热辣辣的，心里甭提啥滋味了。但为三哥，他顾不上这些了，小妹不懂事，只是觉得好玩才这样的，他不能生她的气。这么想着，他心里慢慢平静下来，脸上也恢复了自然的神情。

树林里光线幽暗，像个孩子样天真无邪的小妹没有留意有田脸上的微妙变化，依然像个快乐的小鸟叽叽喳喳地有说有笑。

有田因为有心事，咋也高兴不起来。他在心里想，跟小妹借钱的事要不要跟三哥商量商量？不过这种从天而降的好事对三哥来说是求之不得哩。既然他赞成自己跟小妹的恋爱关系，那也一定照样同意来自小妹的热心帮助。求谁不是求呢？况且小妹早晚也是一家人哩。再者说了，张小妹家有钱哩！别看万儿八千的钱在自己眼里是个天文数字，可人家压根儿瞧不上眼！这个忙她完全有能力帮。她每月的工资也有小两千，这一万块钱对她来说是小菜一碟，但他还是不放心地问小妹："你去哪里弄这一万块钱？"

"跟我爸要！"小妹直截了当地说。

有田最担心的就是这个，他现在还不想让张光德知道自己跟他的女儿相好的事："你咋跟你爸开口？总不会说是借给我吧？"

小妹狡黠地一笑，故意吓唬有田说："我就跟我爸直说，他的乘龙快婿有田要做大买卖了，急需人民币一万元整，希望岳父大人成全！"

这回有田被小妹的油腔滑调逗乐了，他伸出两手，一下把她平地抱起，在树林里打了几个转，转得小妹头晕眼花直告饶……

就在这时，一阵刺耳的警笛拖着长鸣从乡政府方向沿着柴汶河急急蹿过来，两辆白色的警车一前一后钻进杨树林，怪兽一样穿过林间公路，转眼间就进了龙旗村。

树林深处的有田听到警笛声，心里一惊，忙放下小妹。不知村里出了啥事，两人瞎猜起来，有田拉起小妹跑出树林，骑上车要回村看个究竟。

在村头的老槐树下，有田和小妹与那辆警车迎个正着。警车从两人面前擦身而过的一瞬间，被挤在路边的有田和小妹隐约看到，警车里有勇挥舞着戴手铐的两手，被两个警察夹在后排中间座位上。

有田被眼前的一幕惊蒙了，呆站在路边木头橛子一样一动不动，小妹连推带喊才把他唤回神来，这时警车已经嚎叫着驶过村前的小桥，钻进树林里不见了。

13.

有勇一打村主任

　　龙志奎铁青着一张锅底似的老脸，太阳穴上的两根青筋突突跳着，就像被拦腰切断满地打滚的蚯蚓；下巴上七长八短的山羊胡也一抖一抖地，就像冬天的一把枯茅草在冷风中打着寒战；他那双干瘦如柴布满老茧的手里，紧攥着一根胳膊粗的顶门棍，又像一个视死如归的守城老将军，威严地站在自家的院门口，把气势汹汹的有山和有才堵在了院子里。

　　有山和有才手里都拿着家伙。有山手里拿的是根钢管，有才的手里拿了一把寒光闪闪的菜刀。两人的眼里射出仇恨的凶光，斗鸡样跟龙志奎对峙着。

　　有山和有才到家时都过晌了。有山一进门就跟龙大娘要钱，说是借给有才去给志远婶看病。前几天龙大娘去有才家串过门，知道有才娘的病又犯了，她打心眼里也想帮有才一把，钱多钱少的是份心意，可手头上那些积蓄不能乱动哩。早上有山给二儿媳妇捎去了喜柬，说不准人家转天就来拿，万一借出去让人家白跑一趟，这不成了成心要弄人家吗？龙大娘心里起起落落地犯难，龙志奎从旁开了腔："他婶子的病要紧，你先给他拿五百，要是不够，就让有才再去有余家里跑一趟。"

　　有才忙说："二百块钱就足够了，我身上还有有山哥给的三百块钱备着哩！"

　　龙志奎抬头看了有山一眼，脸上现出赞许的表情。

　　龙大娘给有才拿了钱，又张罗着炒了个鸡蛋丝瓜和辣椒土豆丝，另加一碟咸花生米，让有山跟有才喝着酒聊天。有才不像前几年一有闲空就来自家了，他整天忙碌着挣钱养家。

看着有才一张消瘦的脸单薄的身子，龙志奎心里疼燎燎地，重重叹口气，冲有才说："有才，少喝酒，多吃菜！"

有才答应一声，鼻子一酸，心里热乎乎地差点儿掉泪。

龙志奎蹲在门槛上吧嗒吧嗒地抽着旱烟，疙疙瘩瘩着眉头想心事。他想世上的事啥叫高啥叫矮？根本就无凭无据哩！有高比着就是矮，有矮衬着就是高。年画上写得好哩，"世人纷纷道不平，人家骑马我骑驴，回头看看推车汉，比上不足比下有余"。自家几个儿子天天嚷嚷家里穷，那是跟村里有钱人家比，比起有才家来，自家还是好光景哩！当然，人还是往高处攀好，在龙旗村，像有才家这样的困难户毕竟是少数哩！都说有啥别有病，没啥别没钱，可不就是这么个理？志远家里有这么个不除根的毛病，看把那个家拖累成啥了？

想到这里，他又重重地叹口气，心里就开始气恨起志远兄弟来。家里有个病秧子就够人受的了，可他五十多岁的人了还不知道往人道上走，整天醉死醉活地正事儿不问，里里外外全让有才这孩子操持，他都这么大了，也该张罗门亲事了。这么好的一个小伙子，你看现在被折腾成啥样了？就像个小老头儿！这是给孩子找罪受哩！

就在龙志奎忧心忡忡地替有才犯愁难过时，有余从外面风风火火地闯了进来。

"爹，派出所的来抓有勇了……"有余站在天井里，气喘吁吁地对龙志奎说。

"啥？"有余带来的这个坏消息，让屋里的人大吃了一惊，有山和有才一下从屋里蹿出来，急赤白脸地问："你说啥？派出所的来抓有勇？为啥？"

有余撩起褂子胡噜了一把脸，大口喘着粗气说："有勇在村委把龙志生打了！"

"啥？他把龙志生打了？"有余的话吓了龙志奎一大跳，"刚才那阵哇呜声，就是冲他来的？"想起那阵哇呜声，龙志奎心里一阵发紧。那个讨厌的东西，跟夜猫子一样，走到哪里哪里就不会有好事。可他万万没想到，不幸的事会落在自家人头上，"有勇为啥打人？他……他……"

有余忙对龙志奎说："爹，你别着急，你听我说！"他走到水瓮前，从瓮里舀起一瓢凉水，"咕咚咕咚"喝个底朝天，抬起衣袖抹抹嘴巴，这才跟家里人细说有勇在村委办公室跟龙志生打架的事。

原来，有勇听村里人讲，今年乡里又分下来几个低保户名额，别的村像他和小寡妇这种情况的都吃上低保了，就龙旗村迟迟不见动静。有勇听了这事，喜在脸上，急在心里。小寡妇娘俩过日子不容易，志远叔家穷困潦倒，要是都能吃上低保，这日子就好过一些。为了小寡妇和志远婶，他也得操操心，为村里争取几个低保户名额来。于是，他就去买了烟酒，到乡里去走"后门"。就在他站在乡政府门前像个无头苍蝇转圈时，碰到了有山和有才，他从有山和有才嘴里得知，是龙志生私自把分给龙旗村的低保户名额给退了。有勇回村直奔村委办公室，他要找龙志生问个明白，你村主任为啥把这件求之不得的好事平白无故地给扔了？

村委办公室里，村委们正在开会。七个人的村委会，有六个人对龙志生擅自回绝低保户名额的事表示不满，就连平日跟龙志生走得近乎的李玉明夫妇也说村民意见很大。

龙志生瞪了李玉明一眼，心里直骂娘，看把你个李瘸子能的，你两口子算个啥？这几年我可没亏待你哩！不说别的，就拿那个鱼塘来说，要不是我把那个有号的纸阄儿偷偷藏进袖管里，要想承包鱼塘，你算老几？比你送礼多的人有的是，老子存心帮你一把，还不是为了日后有啥事互相有个照应？关键时候不替我说句话打个圆场，还胳膊肘子往外拐，说啥村民意见很大，还不是你个忘恩负义的东西对我有看法？

其他村委见李玉明夫妇都不怕得罪龙志生，他们就更来劲了，一点儿情面也不留，把话说得就更露骨。

——"这么做村委在村民眼里狗屁不是哩！"

——"美国总统还跟国会商量着来哩！你们说是不？"

——"就是，要不啥叫讲究个民主性？"

……

　　大家你一言我一语，像被捅了的马蜂窝，嗡嗡嘤嘤地冲着龙志生头上发毒火。龙志生冷不丁地强辩几句，说啥龙旗村跟别的村不一样，龙旗村要建设社会主义新农村，不能有低保户。

　　龙志生的一番辩白，立马激起众人更加强烈的气愤和指责。他们七嘴八舌说，这是打肿脸充胖子，死要面子活受罪，村民们意见大得很！

　　龙志生看着"众叛亲离"的村委一班人马，忍受着他们的奚落和指责，脸上一阵红一阵白，一阵青一阵绿，最后有气无力地垂下头，不再吭声了，但他心里却窝着一肚子火。

　　这时，有勇像个黑煞神一样从外面风风火火地闯进来。他见村委们一个不少全在这里，一下就来劲了。他二话不说，上前指着龙志生的鼻子尖，审犯人一样大声质问："你说，你为啥把乡里给咱村的低保户名额回绝了？"

　　有勇这不同寻常的举动让所有的人都大吃一惊，龙志生更是火冒三丈，倏地从椅子上跳起来破口大骂："你管得着老子吗？"

　　人不走时运屎壳郎也蜇人，你看看，就连村里的光棍子都敢站在他头上拉屎屙尿了，龙志生能不恼火吗？村委们联合起来反对他，他正找不到碴子显威哩，有勇这个愣头青自己送上门来了，龙志生自然就把对几个村委的怨愤一股脑儿发泄在了他身上。

　　也是活该龙志生倒霉，有勇心里对他本来就有气，经他这么一骂，有勇的火气一下就蹿到了脑门子上。只见他额头上的青筋高高暴起，扬起手里的"特酿"狠劲往地上一摔，"哗啦"一声响，两瓶酒顿时被摔得粉碎，玻璃片带着愤怒刺破了精美的包装盒，酒水就像有勇的满腔怒火，"嘣"地炸开，喷在每个人的身上脸上，屋子里顿时弥漫了浓浓的酒香。酒香钻进有勇的心肺里，让他的心性更盛、怒火更旺。他猛一挥手，又把那条"泰山"烟狠狠地砸向龙志生，嘴里还叫着他的大名破口大骂："龙志生，你这个大闺女养的，你当的狗屁主任啊！"

　　有勇的那条"泰山"烟好像长了眼，不偏不倚正好砸在龙志生那谢了顶的秃脑袋瓜上，在上边还跳了个舞，然后又蹦到李玉明怀里，李玉明好像接了个点着火信子的炸药包，惊慌忙乱地把它扔到了地上。

当着众人的面，龙志生挨了打，又被当侄子的有勇口不择言骂了娘，他的肺都快要气炸了。他看着眼前这个平日里眼不夹狗不闻的光棍子，恨不得冲上去一口咬断他的喉咙，扒下他的皮，抽了他的筋，再把他的肉剁成烂泥糊墙头。他瞪着血红的眼珠子，喉结土拨鼠样上下蹿跳着，突然嗷的一声吼叫，身子跳起来，扬着拳头朝有勇扑过去。

龙志生长得跟武大郎样，个子矮，胳膊短，拳头只能够到有勇敞着衣扣的胸膛。有勇见龙志生出了手，他也不在乎，左手顺势抓住龙志生的脖领子，像提溜小鸡一样提起他往外一扔，龙志生像个陀螺一样原地转了个圈，然后四脚朝天摔在了办公室中间的茶几上。

龙志生虽然个子不高，却长了一身好膘。他粗胳膊粗腿圆肚子，足有一百六十斤，小小的茶几哪里经得起他的重量，只听"咔嚓"一声响，茶几腿全都折了，接着是一阵"稀里哗啦咣当"响，茶几上的茶壶茶杯碎的碎、滚的滚，特别是那种玻璃茶杯，滚起来跟碌碡一样还会拐弯哩！茶壶里是刚续上的一壶开水，温度不下八十度，全部扣在了他身上，烫得他杀猪样号叫。这样有勇还不解气哩，他冲上前，抬起脚就往龙志生的圆肚皮上踩，其他人见状，一下从惊呆中醒过来，纷纷扑上来抱住了有勇，有的赶忙去搀扶乌龟一样四脚朝天在地上挣扎的龙志生。

龙志生被扶到沙发上。他大口大口地喘着粗气，圆鼓鼓的肚子像皮球一样在沙发里一起一伏。他用手捂着左眼，左眼像有块烙铁贴在上面，火辣辣地生疼。他咬牙切齿地说："我饶不了你小子！你等着，我饶不了你小子！"他感觉右手也火燎燎地疼，忙睁开了右眼看，不知是被酒瓶还是茶杯的碎片划了一道大口子，正往外咕咕冒血哩！一见到血，龙志生只觉得眼前一黑，脑袋"嗡"的一声，像飞进去一群大马蜂，让他差点儿昏厥过去。

村妇女主任——李玉明的老婆忙把沙发罩撕成布条条，在龙志生的右手上缠了不下二十层，血水仍然止不住往外渗。

有勇被众人死拉硬拽往外推，他挣歪着身子回头冲着办公室里嚷："龙志生你出来，你不敢出来就是王八孬种！"

恼羞成怒的龙志生突然挣起身冲向办公桌。他一把扳过桌上的电话机，摁下免提，颤抖着左手在"1"上恶狠狠地摁了两下，又在"0"上按了一下……

听完有余的诉说，有山和有才立马冲出去，每人手里抄样家伙，咬牙切齿地嚷着去找龙志生要人。龙志奎见状，几步冲到柴门前，抄起顶门棍厉声喝道："你俩给我站住！不准去！谁去我就砸断谁的狗腿！"龙志奎情绪激动，手里的木棍指着有山和有才。

"大爷，你让我出去！"有才哀求说。

"不行！"龙志奎厉声说，"你俩谁都不能去！"

"爹，咱一家老老少少十几口，不能让人家当软柿子捏！"有山没好气地冲爹嚷。在他心里，他和有才有责任把有勇救回来，要不是他俩把实情告诉有勇，有勇也不会闹出这么大的事来，是他俩害了有勇哩！

龙志奎把眼一瞪，气吼吼地训斥有山说："人多不如绳子多，亏你念过大学！你给我老老实实在家待着！"

有余也从旁训斥有山和有才说："你俩想干啥？有一个有勇就够给家里添乱了，你俩还嫌不够是吧？你俩回屋里待着！我去看看！"

有山把手里的钢管往地上一扔，急急地说："我也去！"

龙志奎把眼一瞪，木棍一横，说："你给我站住！不准你去！"

"爹！"有山急得直跺脚。

有余回头看了他一眼，缓和着口气说："有山，你就听爹的，我一个人去就行了。"

龙志奎叮嘱有余说："你可快去快回！"

有余答应一声，出了家门。

有余前脚刚走，何长英就从柴门外慌慌张张地闯了进来。她站在院子里，好像她的孩娃被狼叼走了，上气不接下气地对有山和有才喊："派出所的把有勇抓走了！"

"我们知道！"有山瞅她一眼，口气不咸不淡地说。

"知道？"何长英怔住了，睁大两眼诧异地看看有山，又看看有才，"知道咋还不快去找龙志生要人？"她脸上焦急的表情突然变成了气愤和责备。

有山瞪了何长英一眼，气恼地说："俺爹不让去，你没看见他拿着木棍在门口堵着？"

何长英转过身，这才看见身后的龙志奎手里拿着根顶门棍，一脸怒气地看着有山和有才。龙志奎可是龙旗村出了名的老实人，今天这是咋了，像个凶神恶煞哩！她两腿一弯，"扑通"一声跪在了地上。

何长英的举动把龙志奎吓了一跳。他望着跪在面前的这个女人有些惊慌失措："你……你干啥你？你快起来……"

何长英眼里滚出两颗豌豆样的泪蛋子，往前跪爬了两步，哀求龙志奎说："大爷，俺求你老人家了，救救有勇吧！"

何长英的下跪哀求，一下就乱了龙志奎的方寸。他是个软心肠，最见不得别人在他面前哭鼻子抹眼泪了。他看着跪在地上哭成泪人的何长英，嘴唇翕动着，一时不知该跟她说些啥。

有山见状，对龙志奎说："爹，有成嫂子说得对，咱去找龙志生，有理讲理，让他把有勇要出来！"

龙志奎把手里的木棍一横，厉声喝道："不行！有余一个人去就中，你俩去只会给我把娄子往大处捅！"

何长英哭出了两串鼻涕，面条一样挂在她的嘴唇上。她也不嫌难看，用手狠狠捏了一把鼻子，用力把两串白鼻涕甩到身后的篱笆墙上，抽抽搭搭地一边哭一边说："龙志生，他不得好死哩！大爷你让他俩去绑了他，看他还敢给派出所打电话……"

"放屁！"龙志奎听何长英这么一说，气不打一处来，他对她一下就厌烦了。你听听她说的啥，越说越不上道了。如果不是看她是为自家的侄子哀求，他准会狠狠地给她一木棍。他气吼吼地冲何长英说："你想让他俩也去坐大牢是不是？"

何长英听龙志奎这么一说，浑身一震，立马止住哭声，仰起脸用鄙夷的目光看着龙志奎，突然恶声恶气地说："你怕有山他们去坐牢，就忍心让有勇在里面受罪？说啥他也不是你亲生的儿子！"

何长英的话像针样生生地扎在龙志奎的心尖上，气得龙志奎浑身直打哆嗦。这么多年来，他可从没拿有勇当外人哩！要是拿他当外人，有山和有才能这么急着去救人？有山和有才这么去不是救人，而是惹火烧身！可他们咋就偏偏认不清这个理哩？特别是这个小寡妇，女人家家的见识就更短，你听听她那张臭嘴说了些啥？龙志奎被何长英激怒了，他一手拄着木棍，一手指着她，怒气冲冲地说："你……你……你是怕天下不乱是不是？有山是我的孩子，有勇也是我的孩子！你……你少在这给我添乱，你给我快滚！"

龙志奎这么冲人发火真是少有。看着恼怒的龙志奎，何长英撇了撇嘴，竟然一点儿也不在乎。她从心眼里压根儿就没把龙志奎这个大爷当长辈看。如果不是有勇出了事，她才懒得踏进这家人家的门槛。春花姐坐月子时，老太婆仇人似的不管不问，这笔债她一直替春花姐在心里记着哩。现在有勇出了事，他龙志奎是有勇的亲大爷，可他不管不说，还阻拦有山和有才去管，她现在把对龙志生的仇恨全都移到了龙志奎身上，就索性放开泼性扯着嗓门哭起来："有勇啊——你的命好苦啊——出了这么大的事远近的人没个出来替你说话的啊——你就是蹲上十年大牢也没人管没人问啊……"

何长英坐在地上，披头散发精神失常的样子，一会儿两手扬在半空，像要抓捞啥东西；一会儿又落在地上，拍打得地上尘土飞扬。每次落下去，总带着一声哭叫，有时候双手落下去紧握住自己的脚脖子，伸着脑袋公鸡打鸣样老长时间才缓上气来，"有勇啊——不是我不管你，我一个妇道人家不会说不会道又不会打，我有啥本事啊——连你家一窝一块的爷们都不管哩……"

何长英嘴损，指桑骂槐给龙志奎听哩。就让她这张乌鸦嘴爱说啥说啥吧，有勇出了事，人家一个相好的都急成这样，说明她是真心对自家的侄子好哩！她一时不理解自己不要紧，别说一个妇道人家，就连有山和有才不也沉不住气吗？龙志奎在心里这么安慰着自己，也就不在乎她说啥了。不过让她在自家这么哭丧样放声大哭，让外人听了还不知出了啥事哩，他忙冲屋里喊："有山他娘，快出来把她弄走！"

龙大娘用手抹着眼窝，从屋里走了出来，走到何长英跟前，拉住她的胳膊劝慰她说："他嫂子，先别难过，有勇出了事，俺也着急哩。你大爷不让有山去，是怕他在火头上把事闹得更大没法收场哩。咱进屋，先喝口水……"

何长英是个典型的山里人，身材跟河马一样五大三粗，那身肥肉摊在地上像坠了秤砣，龙大娘两手拉住她的一只胳膊，就像蚂蚁撼树样根本搜不动她。龙大娘不劝还好，这么一劝一拉，她反而哭叫得更凶了，她一下甩开龙大娘的手，更加来劲地拍打着地面："有勇啊——你的命好苦哇——无依无靠没人管，无亲无故没人疼，你是山上的一把草，没人管你的死活哩……"

听着撒泼的何长英指桑骂槐，龙志奎再也沉不住气，板着脸训斥她说："你哭啥哭？俺侄子还没死哩！"

龙志奎的话还真管用，何长英蓦然噤了声，扬在半空的两手缓缓放下来，两眼却含了仇恨冷冰冰地怒视着龙志奎。死这个字眼对她这个丧夫的年轻女人来说是个忌讳，她再也不想听到这个字沾上她枕边的男人的身。她恶狠狠地瞪着龙志奎，咬牙切齿地咒骂说："龙志奎，你不得好死哩！你咒我就是咒你自己！你死不到灵床子上……"

有山见何长英竟然骂开了爹，又气又急，几步冲到她跟前，从地上摸起钢管指着她的鼻子问："你骂谁哩？"吓得何长英立马噤了声。

"滚！你快给我滚！"龙志奎扬起木棍就想往何长英身上落。龙大娘见状，慌忙奔过去死死抱住他说："你想干啥你？你气昏了头了你？她是咱的侄媳妇哩！"

何长英也真够讨厌的，一点儿也不会看个火势，见龙大娘祖护她，不但不收敛，反而更加来劲了，她把两眼一闭，脑袋伸出去老长，继续撒泼说："姓龙的，你有种你就打死我吧，反正我也不想活了，孩他爹呀，你个挨千刀的，你早早走了撇下我受人欺负啊……"

上了泼劲坐在地上又哭又闹的何长英把龙志奎气得浑身筛糠。有山和有才也气得肚子一鼓一鼓的，可拿她又没法，看来只有任由她闹下去。原先只是听说何长英撒起泼来蛮不讲理，现在才算真正领教了她的厉害。

正当大家拿何长英无抓无挠不知如何是好时，有田骑着电瓶车火急火燎地闯进柴门来，大声叫嚷道："爹，有勇哥让派出所抓走了！"

长玫瑰的土地

　　有田话音刚落，龙志奎手里的木棍"咚"一声掉在地上，接着只见他身子一歪，跟没了筋骨样往地上倒下去。

　　"爹——"有田惊叫一声，忙扔了电瓶车去扶龙志奎。

　　吓得何长英失声叫道："俺的娘噢！"慌慌地爬起身往外跑。

　　有山、有才还有龙大娘，慌忙扑向龙志奎，一家人顿时乱作一团……

14.
龙大娘给"主任兄弟"下跪

入夜了。

入夜后的龙旗村睡婴样静谧了、安详了，清凉的夜风扫得树叶瑟瑟抖动满街飘落。地里的蝼蛄"吱吱"叫成一张密密麻麻的网，仿佛任谁也逃不出这张不换气儿的声网哩。不知谁家的调皮小子往夜空里撒了把萤火虫，流星样在树林里草丛里村街上院落里游来荡去，把黑漆漆的夜色划得五迷六道眼花缭乱哩。柴汶河里偶尔传来一两声软绵绵的蛙鸣，甚至连鱼跳的"扑通"声也能清晰地传进村人家的床头上。

天上黑影的时候有余去了趟乡政府，托熟人去派出所跟有勇见了一面。有勇被他们铐在一棵家槐树上，蹲不下站不直，就那么跳舞样跟树搂抱着。派出所所长见了有余爱搭不理的，给他烟都不接，话没说几句就下了逐客令，说有勇的事等夜里提审了再说，让有余回家等着，要么明天再来。有余本想请他去饭馆里吃顿饭，见他拒人千里的样，也就打消了这个念头，去院子里叮嘱有勇几句，让他甭跟人家较劲，好汉不吃眼前亏哩！

有勇抱着树，梗着脖子不服气地说："他们要是敢咋着我，我非把龙志生全家杀光不可！"

有勇这番昏头昏脑的话吓得有余脸色都灰了，他虎着脸训斥说："你甭在这瞎说你，咱龙家还没你这号人哩！不是当兄弟的不拿你当哥看待，你说话咋就不分个场合？你不知道，你大爷跟你大娘在家里有多担心你哩！"

提起大爷大娘，有勇垂下了头，憋屈了半天才说："你回去甭跟大爷大娘说实话，就说我在这里有吃有喝，好着哩！"

有余听有勇这么一说，又好气又好笑，真不知该对他说啥好。他叹口气，最后叮嘱说："你听我的准没错，甭跟人家较劲，我回去再托个熟人来捞你！"

有余回村后家也不进，直接找爹商量搭救有勇的事。他们一家人坐在屋里，围着一张方桌商量咋处理家里发生的事，这还是头一回。他们头重头轻地分析来分析去，觉得有勇这事不大，无非是扰乱了村委的会议秩序，是龙志生先动手打人的，有勇只是推倒了他，没犯啥国法。如果龙志生肚量宽，也就能容忍过去。干了这么多年村干部，村里总有那么几个邪性的村民找过他的麻烦，不过撸胳膊攥拳跟他干架的倒没有几个，有勇可以说是头一个。龙志生这是仰仗着乡里有后台，想拿有勇出口气，也算是杀鸡给猴看，杀一儆百！估摸着有勇的事往最坏处盘算，顶多关上二十四小时，赔给龙志生一些烫伤费。

龙志奎在鞋帮上磕磕烟袋锅，又续上一袋点上，吧嗒吧嗒地吸上几口，自言自语说："听说龙志生跟派出所所长是战友哩！要不咱就给他送些礼，给他服个软，赔个不是，让他消消气！"

有山和有田一听就急了："还给他送礼？咱可不能怕了他！"

龙志奎把眼一瞪，说："你俩懂个啥？"

有山和有田挨了训，心里不服气，有田嘴上嘟嘟囔囔说："俺大哥跟乡长都认识，有礼送给乡长也比送给龙志生强！"

有山附和说："就是，托乡长出面求情，派出所还能不放人？"

有余也赞成有山和有田的主意，他觉得去找乡长这条路行得通。龙志奎却把头摇得拨浪鼓样连说不行，解铃还得系铃人，这人让龙志生开口放最合适，要是让外人插手过问，那是给龙志生难堪哩！再说龙志生跟乡里的领导也都熟，送礼让人家跟龙志生唱对台戏，影响也不好。

有余觉得爹说得对，就站起身说："那我这就去他家。"

龙志奎忙喊住有余，说："这事你去不合适，还是我跟你娘去吧！"

有余从爹的眼里读懂了他的心思。爹不想让他在龙志生面前跌份，虽然他是个晚辈，可他在龙旗村也是个有头有脸的人物哩！有余垂着头沉思默想了一会儿，叹口气说："也好，这事得麻利去办，有勇哥还……"他想说有勇还被铐在树上，话到嘴边忙又咽了回去，改嘴说，"还挂着他那头牛哩！"

龙志奎说："我替他喂着哩！"说着探头往外瞭了一眼，忽然想起什么，对有山说，"有山，天不早了，你快去把牛牵来，那头牛牵到集市上能值几千块哩！"

龙大娘看了有田一眼，说："有田也去！"

有田答应一声，起身跟着有山往外走。有余又对爹说去熬胶坊看看，兄弟三个就一起出了门。

龙志奎家里有台十二英寸的黑白电视机，往常这个时候，老两口正盘腿坐在床上看电视，可今天不行，老两口一左一右守着孤灯，盘算着去龙志生家拿啥，见了面咋说。

龙大娘说："到了他家任他咋发火，咱都说好话，只要能把有勇放回来，说啥咱也得打了牙往肚子里咽。"

"那是，"龙志奎不住地点头，"龙志生这是要整治整治有勇出口气哩，这气还没出呢，咱就让他放人，他要是不拿咱出气才叫怪哩！"看来他心里早就做好了当个受气包的准备。

龙大娘长长叹了口气，担心地看着龙志奎。龙志奎抬头瞅了龙大娘一眼，没有言语。他像个闷葫芦样只知道一口接一口地抽烟。见龙志奎不说话，龙大娘的心一下就揪起来。

龙志奎从嘴上取下烟袋杆，气哼哼地说："吃人家的嘴软，拿人家的手短，只要他让咱进门，我就不信撬不开他的嘴，咱这也叫先礼后兵！"

见龙志奎发狠，龙大娘心里就有了底，可她又对龙志奎有些不放心，就叮嘱龙志奎说："到时你可千万要沉住气！"那口气，就像叮嘱一个蛮横小子。

"你就放心吧，我又不是年轻人，点火就烧……"

"我去街上看看还有没有人，我看咱还是早些去好，省得晚了人家睡了觉。"龙大娘刚走到门口，屋门吱扭一声开了，有余从外面走了进来。

有余进门就问："咋还没去？"

龙大娘忧心忡忡地说："我跟你爹怕走早了让人看见。"

有余说："街上没啥人了，一路上我没碰到一个。"

龙大娘长长叹一口气，满脸委屈地说："咱可是从没给人家送过礼哩！以前见那些巴结当官的人，咱就骂人家没骨头，跟狗样爱舔当官的腚沟子，现在可倒好，张和尚李和尚，慢慢轮到自己头上，我这心口窝真堵得慌！"

有余知道娘心里一时磨不过弯来，就安慰她说："咱跟人家不一样，咱是被逼无奈才走这条路的，咱现在求着人家了，要不咋办？跟有山和有田说的那样，去跟人家硬顶？那样更不行哩！这事就得来软的，软的不行再想别的法子。"

听有余这么一说，龙大娘这心里轻省了许多，就起身去里间挎出一大包袱煎饼，对龙志奎说："咱这就走，我在前头给你打着手电筒，你挑上那担柴，把那只乌鸡挂在扁担梢上就行。"

龙志奎把烟袋锅伸到鞋底上"当当"猛敲几下，磕去没烧透的烟丝，又把烟嘴含进嘴里，鼓起腮帮子使劲吹了几口气，把残存在烟杆里的烟油烟末吹出来，又在鞋底上磕几下，拾掇利索后，往身后的裤腰带里一别，起身往外走。

"我来挑！"有余说。

"不用！"龙志奎一口拒绝了有余的好意，"我能行。"

龙大娘最摸老伴的脾性了，她知道龙志奎不服老的犟劲又上来了，就没好气地训斥他说："你腰疼病刚好利索，你逞啥能你？让有余替你挑到大门口再回来。"

龙志奎挨了老伴的训，一下就不吱声了。其实他的腰疼病早就好利索了，别看他年纪大了，只要腰不疼，他还跟小老虎样能干着哩。从他家到龙志生家，也就半袋烟的路程，他完全能行，可老伴心疼他，大儿子有余也孝顺，虽然他心里不服老，嘴上却不便再说啥，找到竖在墙角的扁担，递给了有余。

有余接过扁担，两头往早已捆好跟人一样立在天井当央的木柴当腰一插，正要上肩，龙大娘又递过来一块毛巾。有余蹲下身子，把毛巾垫在肩上，然后一挺身站起来，耸耸肩膀掂了掂柴的重量，说："不轻哩，有小二百斤！"

龙大娘心疼地说："这是你爹上山打石头时顺手砍下的，我都没舍得烧……"

龙志奎有些心烦地说："行了行了，你就甭说这些了。"他去东厢房里提出那只捆着双腿的乌鸡，来了个"倒挂金钟"挂在了有余面前的扁担上。

三个人的送礼队伍悄没声地出发了。龙志奎走在前头，反背着手给有余打着手电筒，胳膊上挎着一大包袱煎饼的龙大娘跟在后面，一边走，一边不时地回头瞅瞅，跟做贼样生怕被人追上来逮个正着。挂在扁担上的乌鸡偶尔跟人一样"哎哟"几声，虚惊的她一个劲儿冲有余说："再叫你就捏住它的嘴！"

龙志奎回头没好气地厉声训斥她说："你在后头絮叨个啥，咱又不是做了贼！"

龙志奎的话还真管用，不光让龙大娘闭上了嘴，那只乌鸡也不再"哎哟"了，三个人在繁星点点的秋夜里急匆匆地往龙志生家奔。

拐过几个胡同，来到宽宽展展的村街，沿着村街往前走过二十几户人家，就到了龙志生家那座高高大大气气派派的大门楼子前。

有余放下木柴，用毛巾擦把汗，对爹说："我回去了？"

龙志奎说："你回吧！"说着上前去推龙志生家的院门。

龙志生家院门上了闩，龙志奎推了几下没推动，就把脸贴在门缝上，从门缝里看见里面亮着灯，心里一松，就抬手在门环上拍打了几下，然后对着门缝压着嗓子冲里面喊："志生兄弟！志生兄弟……"

龙志生家那条比人还精灵的狼狗"汪汪"地叫起来，洪亮的狗叫声晴空霹雳样响彻了整个龙旗村。趴在门缝上的龙志奎看见里面的院灯亮了，堂屋门"吱扭"一声响，志生老婆走了出来，站在屋门口冲大门外问："谁啊？"

龙志奎忙说："我！"

龙志奎的声音压得低，他怕四邻八舍的人听出是他的声音，更怕志生老婆听出是他来，就没敢说是她志奎哥。

"谁啊？"堂屋里传出龙志生闷头闷脑的询问声。

志生老婆纳闷地说："我也没听出是谁来？"

堂屋里又传出龙志生极不耐烦的声音："你开门看看不就知道了？"

龙志奎在院门外听到龙志生跟吃了火药样，在心里直犯嘀咕，看来他的情绪不大好，等见了面得好生着看他的脸色才行哩！

丁零当啷一阵门闩响，志生老婆打开大门探出一个圆脑袋。龙大娘紧步上前脸上堆满笑说："他婶子，是我跟你志奎哥哩！"不等志生老婆开口，她就把两扇木门推开了，早已挑起木柴等着的龙志奎紧跟着往里走。志生老婆愣着神，还没等她反应过来，龙志奎和龙大娘已进到了院子里。

龙志奎刚想找个合适的地场放下木柴挑子，龙志生家的那条狼狗龇牙咧嘴扑过来，身子跟人一样立起来，前爪子一下搭在了他的扁担上，吓得那只乌鸡"咯咯咯"一阵乱嚎乱扑棱翅子。原来它是奔鸡来的，它整天吃鸡吃馋了。龙志奎和龙大娘也被它吓出了一身冷汗。志生老婆连喊几声把狗喊退，安慰龙志奎说："甭害怕，它不咬人，白天拴着，我这是刚放开，你俩甭怕，我再把它拴上。"

龙志奎抬手擦了一把脸上的冷汗，心有余悸地说："听说这种狗能吃人哩！"

龙大娘等志生老婆把狗拴上，一颗心才从嗓子眼落了地，她长松了一口气，说："这狗就是比别人家的狗厉害哩！"

志生老婆拴上狗回来，看着停放在眼前的木柴，夸张着一脸的惊讶说："你们这是干啥？"

"也没啥，也没啥……"言语不多的龙志奎抽出扁担，顺墙放下。

龙大娘接过话茬说："这是你志奎哥忙秋前上山打石头顺手砍的，劈好了，也晒干了，烧起来可顺手了，你志奎哥腰疼刚好利索，不敢多挑，就给你挑来这么一小担，你先烧着，要是觉得好烧，烧完了就打发人过去言语一声，再给你挑些来！你大哥干旁的不中用，拾柴可是一把好手。"

志生老婆心里跟明镜样，她知道龙志奎老两口是为有勇的事来的，遂拿腔作势地说："俺家志生当这个村主任不易哩！乡上三天两头来人找他，光炒菜做饭就不少用柴！家里没有烧不完的柴，大嫂你想得可真周到。"

看来这份礼物挺称志生老婆的心，龙大娘脸上的皱纹一下舒展了，她还担心人家看不上眼，这下她放心了。其实她的担心是多余的，给龙志生送礼的人，有几个是带着礼物回去的？村民们私下里都说龙志生家的门是属母狗子逼的，放进不放出。龙大娘在心里想，这话一点儿也不假哩！不过这也没啥不好，既然是送礼，就是巴望着人家能收下！只要能送下礼，你就尽管放心好了，问题八九不离十准能解决。不过龙大娘也听人说过，龙志生是有礼必收，来者不拒，帮不帮你办事儿，那得另说。

"你看我，光顾跟你说话了，快进屋！"志生老婆喜眉笑眼地对龙大娘说。

话说到这个份儿上，龙大娘心里也高兴，这礼算是丁是丁卯是卯地送下了。等进了屋，她把胳膊上的包袱放在靠东墙的一条茶几上，对志生老婆说："他婶子，这包袱煎饼是今早上才烙的，净小米面的，烙得不好你别嫌孬，现在生活好了，有人不爱吃白面馍馍了，还想煎饼吃哩！"

志生老婆有些感动，她脸上荡着蜜一样的笑，附和着龙大娘的话说："可不是咋着，乡里来的干部，十有八九跟我要煎饼吃呢！你看你，给俺带来这么多！"

龙大娘脸上也挂满了笑，嘴上却自轻自贱地说："嗐，多啥多？又不是啥值钱的东西，你们只要不嫌孬就行。"

龙大娘被让到里屋喝水，见龙志生正坐在床上抽烟，半边脸肿得跟发面馍馍样，一只眼熊猫样黑了一圈，左胳膊上还缠着一圈纱布，她嘴上唏嘘着走上前去，关心地问这问那，那一脸心疼的样让龙志生憋了一肚子的气消了许多。他朝床边的沙发指了指，不冷不热地对龙大娘说："你坐！"

龙大娘在沙发上坐下，仍然觍着一张老脸笑着说："沙发就是比木板凳好坐，软软和和的！"

志生老婆冲上一壶茶端过来，一边给龙大娘倒水，一边对龙志生说："大哥大嫂给咱送来一担柴、一包袱煎饼哩……"

龙大娘喜着脸看着龙志生，她希望自己的礼物能换来他的一句客套话，可她失望了，龙志生那双一高一低一胖一瘦一黑一白的死羊眼冷漠地冲她翻瞪了一下，又把脸扭上了天。他啥话也没说。他好像压根儿就没听见他老婆跟他说了些啥。

龙大娘心里咯噔一下就打了个寒战，她脸上的笑容倏地熄灭了，可那笑模样还僵硬在脸上，尴尬堆了满满当当一脸。

屋子里的空气凝固了样静着，静得人心里像揪着把什么，连喘气都不顺畅哩！

龙大娘的笑模样塑料花样干在脸上，眼神慢慢从龙志生身上收回来，无精打采地落在眼前的茶几上。

志生老婆忙端起茶壶对她说："大嫂你喝茶！"

"哎哎……"龙大娘连声应着，伸手端起茶杯送到嘴边嘘溜了一小口，等放下茶杯，她这脸上才恢复平时的活泛劲儿。

志生老婆往龙大娘的茶杯里一边续水，一边没话找话说："大嫂，俺志奎哥还怪有本事哩，这么大年纪了，还能上山打石头。"

龙大娘嘻了一声，说："有啥本事啊，年纪大了毛病也多，不是腰疼就是腿疼，上山打石头也是让穷逼得，家里要是有钱，去窑场拉砖多省事儿？唉！"说完，龙大娘又真真假假地叹了口气。

这时龙志生冷不丁地问："志奎哥哩？他咋不来？"

志生这是明知故问。他早就听见龙志奎在院子里的咳嗽声了。龙志奎正忙着把那担木柴垛到他家的厨房里去。龙志生比龙志奎年龄小一轮，一直管龙志奎喊哥，跟亲兄弟样喊得亲热着哩，后来他当了村主任兼支书，就不管龙志奎喊哥了，他在哥前面加上了志奎两个字：志奎哥。龙志奎原先称呼龙志生兄弟，后来也改嘴喊他主任兄弟了。平日里在大街上碰见，龙志奎总是喊他主任兄弟，前面带着职务是对他的尊敬，显出他有地位，后面是兄弟，说明他俩是一个家族里的人，是兄弟关系。虽然龙志奎在村里算不上啥人物，整天老实巴交少言寡语，可龙志生在表面上格外高看他一眼。倒不是他龙志奎的脸面有多大，主要是他的大儿子有余是村里的大能人，靠熬胶和种玫瑰致了富，发了家，可人家在村务上从来没给自己出过难题，大街上走个对面，老远就喊叔，很是给他面子哩！为此，他对老实巴交的龙志奎也心存敬意。再者说了，龙志奎在龙旗村是出了名的老实人，龙氏家族里的老少爷们也都尊敬他，他眼里也不能太漠视人家。不过前几天有山在村委会上顶撞了自己，把他气了个够呛，现在有勇又出手打了自己，他这脸面算是丢尽了。这股气难咽哩，所以他想给龙志奎两口子点脸色看。

龙大娘见他问起龙志奎，忙跟他解释说："你志奎哥来了，正在天井里卸柴哩，他卸完柴就进来！"

志生老婆也从旁帮腔说："志奎哥腰疼病刚好利索，就给咱挑来一大担木柴哩，我去喊他进屋！"

龙志奎已经把木柴抱进厨房里齐齐整整地垛好了。龙大娘真真切切地听见志生老婆亲亲热热地招呼龙志奎说："大哥，快进屋来吧！"接着是自家那只乌鸡一阵扑棱翅子声和"哎哟"声，就听龙志奎欢声喜气地说："这是只乌鸡哩！我喂了这么多年也没舍得吃。这东西对人身体好着哩，听人说能消炎、活血、化脓……我前几天腰疼，你大嫂要杀了给我补身子，我都没舍得哩！赶明儿你就杀了煮上，给主任兄弟好好补补身子。"龙志奎洪亮的声音传进屋里，龙大娘偷偷瞅了龙志生一眼，只见他的眉毛抖动了一下，睁大眼静着耳朵神情专注地倾听，她这心里就一阵窃喜，心想这就好，龙志奎这番话就是故意说给他听哩，看来龙志奎这话还真没白说。

龙志奎把捆柴的绳子系在扁担一头，竖在龙志生家屋门口，然后从肩上抽下毛巾抹把脸上的汗，又抽打抽打身上的灰尘，这才跟在志生老婆身后进屋。他一边走，一边关心地问："主任兄弟不咋哩吧？"

提起龙志生的伤势，志生老婆气不打一处来，一张西瓜样的胖脸立马成了吊南瓜，气鼓鼓地说："啥不咋哩？厉害着哩！"

坐在里屋的龙大娘听到这话，心里一紧，热了半截的念想立马又凉了下去。随着话音，志生老婆木虎着一张脸进了屋，龙志奎也疙皱着个眉头吊丧样跟在她身后。

坐在床上的龙志生早就酝酿好了情绪，他把包着纱布的胳膊全部展露出来，一双眼合眯着不去看龙志奎，他想看龙志奎咋替有勇收这个场。

龙志奎一进门就看见了龙志生的狗熊样，他心里跟明镜样，知道这是故意给自己脸子看。他毕竟是个经历过风雨的老人。他二话不说，先张嘴开始大骂有勇："你看那个没爹娘管教的畜生，把主任兄弟害成啥了？"接着他又引咎自责，"都怪我，从小没调教好这个畜生！主任兄弟你甭生气，有气你尽管往我身上撒……你甭生气……"

龙志奎这人平时少言寡语不善言辞，在家里想好了一大筐该说的话，进屋来没几句就没啥"内容"了，他搜肠刮肚想找句合适的话说下去，可他咋也想不起来了，急得他在龙志生床前走来走去打转转，也不知说啥好了。

志生老婆以为这是被有勇气成这样的，忙给他倒一杯水，说："大哥你也沙发上坐，先喝口茶，甭生气。有勇也真是，平日里好端端的一个孩子，见了志生老远就喊叔，见了我也婶子长婶子短地亲热着哩，咋说动手就跟他叔动起手来了呢？你看他出手有多狠，你看看志生那眼跟胳膊……"

志生老婆心疼丈夫，说着说着就动了气，嘴角也挂了白沫，本来就肥得跟母猪样的胸脯也开始一起一伏。她说有勇打人纯粹是撕破腔眼子赖人，无理挑八分！

龙志奎接过茶杯，送到嘴边嘘溜了一小口，又放回到茶几上。他不坐沙发，为了显示对龙志生的亲热，他就坐在龙志生脚头的床沿上。他知道龙志生心里烦，还在气头上，可他又不得不违背着自己的心意讨好他。提起有勇，龙大娘看见龙志生的脸阴沉得跟鏊子底样，只见他疙皱着个眉头，合眯着两眼，太阳穴上的两根青筋也暴得老高，对坐在床头上的龙志奎连看都不看一眼！见此情景，她忙干咳一声，接着龙志奎的话茬说："那个畜生也真不知好歹，连村主任都敢打哩，村主任大小是个干部，可不是任人捏来捏去的熟柿子，这样咋行？日后村主任咋在村里人面前挺起身子活人？咋领导大伙儿干工作？人善被人欺，马善被人骑，不给他些苦头吃，他不知道天高地厚哩……"

龙志生被龙大娘的话说得坐直了身子，他翻起眼皮满脸雾水地看看龙大娘，又看看坐在脚头床沿上默不吱声的龙志奎，不明白他两口子葫芦里卖的到底是啥药。黑灯瞎火地送那么多东西来，就为了来安慰自己几句，当着自己的面臭骂有勇一顿？可不管咋样，龙志奎两口子这么做，他也说不出人家有啥不周全的地方，他也不能老绷着脸，该缓的时候也得缓一缓，于是，他抽出一支"将军"烟朝龙志奎递过去。

龙志奎见龙志生给自己递烟，受宠若惊地跟看到一个雷管样，慌慌地用手背给推了回去，"我抽不惯这现成货，我有这——"说着忙从腰里抽出自己的烟袋杆。

龙志生就把烟收回来叼在了自己嘴上。

龙志奎从旁瞅了龙志生一眼，见他脸色缓和了不少，心里也松了一口气，就把烟锅伸进烟袋里，不紧不慢地掏出一烟锅旱烟丝，借龙志生手里那个往外冒鬼火的高级打火机点着，瘪着嘴深深地吸了一大口，然后长长地吐出来。为了号准龙志生的脉，他借着烟雾遮挡着脸，真真假假地说："主任兄弟，你大嫂说得对，是该让政府好好管教管教那个浑小子！可话又说回来，说啥他也是咱龙家的后代，不知派出所咋处理他哩？"

龙志生听龙志奎这么一说，心里一下就明白了。他在心里说，就是哩，是亲三分向，一拃不如四指近，你两口子绕来绕去，就是来给有勇求情的。哼，任你把天边说烧云了，我一个不松口，看你俩有啥辙。想到这，他语气生硬地说："自古以来杀人偿命，打人犯法，咋个处理由政府说了算。"

龙志奎听龙志生这么一说，心里老大的不悦，一张脸沉得跟挂了铁样，嘴上故意不清不浑地说："派出所所长跟你是战友，咋个处理还不是你一句话？"

"这……"龙志生没料到龙志奎敢这么跟他说话，他有些恼怒地立愣起两眼瞪着龙志奎，气吼吼地说，"我跟派出所所长是战友不假，可桥归桥，路归路，人家是国家干部，我一个平民百姓，人家凭啥听我的？再者说了，如果有勇遵纪守法，派出所能来抓他？人家吃饱了撑的？"

见龙志生发了火，龙志奎一下就成了闷葫芦，垂下头吧嗒着嘴一个劲儿地抽烟。没办法的时候他就只会狠狠地抽烟。这些龙大娘在旁边看得真切，她心里明白，龙志奎生性木讷，人又老实不善言语，跟龙志生论起理来肯定不占上风，自己跟着来为的就是帮腔助阵，现在见龙志奎没说上几句就败下了阵，她就干咳了一声，扮出一副可怜兮兮的样，说："大兄弟，有勇这孩子从小没爹没娘，怪可怜的，三十好几的人了还没成个家，要是家里有个女人操持着就好了，省得我们为他操心费力地生这个闲气。他这一走，家里里里外外没人给他照料，鸡呀牛的要喂不说，那地瓜也快刨了，你就看在自家人的分上，高抬贵手饶他这一回吧，等他回来让你大哥狠狠骂他一顿，替你出出这口气。"

龙志生有些不耐烦了："大嫂，我跟你们说过，咋处理有勇是政府说了算，我龙志生管不了。"

"你不会帮着去走走后门？"龙志奎冷不丁地问。

龙志生一怔，立马疙疙起了眉头，接着脸上现出鄙夷的神色，一张嘴撇得跟吃了鸡屎样，阴阳怪气地说："咱咋敢去贿赂国家干部，干涉国家执法部门的工作？"

"这人可是你送进去的，"龙志奎用烟袋指着桌子上的电话机说，"就说你不告他不就成了？案子没了原告这被告还不好说？"

"你……"龙志生被龙志奎逼得面红耳赤，又气又急不说，想发作又想不出一句占理的话，他气鼓鼓地坐在床头上，鼻子里哼了一声，耷拉下眼皮谁也不理了。

龙志奎看着龙志生那副死眯耷拉眼死猪不怕开水烫的样，无奈地叹了口气，看来他是王八吃秤砣铁了心不放人哩。

"志生兄弟，"龙大娘仍厚着脸，低声下气地说，"你是主任哩，大人不记小人过，你甭跟那个畜生一般见识，说啥他也是咱龙家的后人哩，是咱的孩子不是？"

"我咋敢有这样的孩子，还敢动手打他老子！"龙志生的声音含了怒气，跟上了高音喇叭样，差点儿震破屋顶飞到天上去，"其他外姓人跟我作对倒还罢了，咱龙家的人也骑在我脖子上屙屎，我咽不下这口气！"

龙大娘说："志生兄弟，不看僧面看佛面，就看在我跟你大哥这张老脸上，你就饶他这一回吧，我……我给你跪下行不？"说着，扑通一声，龙大娘真就给龙志生跪下了。

谁也没料到龙大娘会这样，她竟然给龙志生跪下了，龙志生喊她嫂子哩，她说跪就跪了。龙志生惊得怔了一下，接着跟针锥扎了腚样一下从床上弹起来，又气又急地说："你……你……你这是干啥？"

志生老婆慌慌地去拉龙大娘胳膊："嫂子，你这是折志生的寿哩！你快起来！"

"我不起，志生兄弟要是不答应我就不起！"龙大娘倔强地往下坠着身子。

龙志生烦躁地在地上走来走去，见龙大娘死活不起来，就气急败坏地说："你愿意跪就跪吧！反正不是我让你跪的。"

他鄙夷地看着跪在地上的龙大娘，又斜眼瞅了一眼坐在床沿上的龙志奎，在心里厌恶地想，也不掂量掂量，你两口子有啥面子？要不是看在有余的面上，我早就把你俩赶出门了。

龙志奎灰着脸，拿烟袋的手微微发着颤，一双昏黄的老眼直勾勾地瞪着龙志生，嘴角剧烈地抽搐着。他在气急的时候就是这么一副样子。

跪在地上的龙大娘使劲咳嗽一声，提醒龙志奎要沉住气，这儿可不是随便发火的地方。在家里冲孩子们吹胡子瞪眼的没人敢吱声，在这里可不行，这是村主任家哩！她这当嫂子的给当主任的兄弟下跪，就是想看他咋个处理。他要是通情达理有一家一户的来头，就松口放了有勇，要是不近人情，她就使出两人在家商量好的那一招，吓唬吓唬他个婊子儿，有些个事软的不行，来硬的一准就行！那可是步险棋哩，老伴要是沉不住气，弄不好偷鸡不成倒蚀一把米，这礼赔上了，人也救不出来可就瞎包了。

龙志奎明白老伴的心思，他想这样也好，当嫂子的给当兄弟的下跪，要是传出去，看他龙志生在家族里咋立脚，这事可不是个小事哩！

志生老婆挓挲着两手在龙大娘身边尴尬地站着，两眼惶恐地看着龙志生，一时不知咋办好了。

龙志生看着跪在地上的龙大娘，又气又急又拿她没办法，他跟个豆虫样蜷蛹着身子在地上走过来走过去，最后气急败坏地冲龙志奎吼道："你让她起来！"

龙志奎瞪了龙志生一眼，没好气地说："你要是不答应放了有勇，我也给你下跪!"

"你……"龙志生浑身一抖,跟稻草人被大风吹着一样,身子晃了好几晃,差点儿倒在地上。他抬手指着龙志奎,"你……你……"他脸色发青,嘴角发抖,手指发颤,舌头不听使唤。

龙大娘见把龙志生气成这样,担心把事闹僵,就冲着龙志奎大声骂道:"你这个老熊,我不懂事你还不懂事?你那个不学好的侄子闯了祸害我来下跪,我一大把年纪了我这是哪辈子欠你们龙家的……"说着她就放声哭开了,一边哭一边数落,"我打二十嫁进你们龙家,我可一天福也没捞着享啊……"

龙大娘的哭声把所有的人都震住了。龙志生鼻子里哼了一声,绷着脸去沙发上坐下了。志生老婆干拃挲着两手站在那,啥话也不敢说。

龙志奎坐在床沿上,不慌不乱地装上一袋烟,吧嗒着嘴抽得满屋里都是旱烟味。等他抽完一袋烟,见龙志生还不发话,他长叹一口气,抬起脚在鞋底上磕磕烟袋锅,没好气地训斥龙大娘说:"你就别在这里胡咧咧了,我又没死!主任兄弟又不开口,咱回去吧!有勇在里面还能吃上国库粮,省下家里的口粮哩!他最多待个十天半月的,以后发生了啥事让志生自己去处理,到时可埋怨不着咱提前没跟他打招呼。"说完,龙志奎起身要走。

龙大娘见龙志奎用上了在家商量好的那一招,自己也忙进入角色,跟树上的知了样,一下就捏住嗓子噤了声。她撩起衣襟擦擦眼窝,然后起身跟着龙志奎往外走。

龙志奎和龙大娘的举止把龙志生两口子弄蒙了。龙志生和老婆对了对眼,不明白他俩葫芦里卖的是啥药。龙志生给老婆使个眼色,老婆心领神会,忙喊住龙志奎说:"志奎哥,你们先别走!"

"啥事?"龙志奎站住身子,头也不回,语气硬邦邦地问。

龙志生立愣着眼看着龙志奎的后背,也强硬着口气问:"你刚才说的那番话是啥意思,我不明白,你把话说明白了再走!"

龙大娘止住步,转回身两眼红红地看着沙发上探着身子勾着两眼的龙志生。

志生老婆上前拉住她的胳膊说："大嫂，有啥事就说，你志生兄弟听着哩！"

听志生老婆这么一说，龙大娘的眼泪跟村前的柴汶河一样，又汩汩地淌开了。她哭得伤心，嘴里含混不清地唠叨着啥，谁也听不懂。

龙志奎跟没听见龙志生的话样，一边朝外挪动着腿脚，一边催促龙大娘说："你还在这磨蹭啥，还不快走？以后的事咱管不了，咱不管！"

这突如其来的转变，让龙志生大吃一惊。龙志奎嘴里含着骨头露着肉，分明是话里有话哩，他不能不问个明白。他站起身，急赤白脸地说："志奎哥，这话你得给我说明白，说不明白你不能走！"

"是啊大哥，你有话就直说，不就是放了有勇嘛，让你志生兄弟打个电话还不行吗？"志生老婆也急急地劝龙志奎说。

龙志生狠狠地瞪了老婆一眼，志生老婆不满地还他一眼，然后佯装没事人一样，劝龙大娘去床沿上坐。她这人也挺鬼的，只要拉住龙大娘不走，龙志奎就走不成。

龙志奎知道龙志生上钩了，扭头看了他一眼，满脸无奈的样，惆怅地叹口气，倚门蹲下了身子。他蹲在地上，从腰里掏出旱烟袋，装上烟丝，点上，他正眼都不瞧龙志生一眼，只忙碌着抽他的旱烟。他想先冷落冷落这个"主任大人"再说。等他抽够了烟，这才语重心长地开口说："俺两口子来不是护短，是为你们好哩！"他带着责备的口吻说，"你们就没看出来？"

"看出啥来？"龙志生心里还带着气，立愣着眼问龙志奎。

"有勇这孩子最近有些失常！"

龙志生和他老婆一怔，互相看着，谁也没言语。过了一会儿，志生老婆沉不住气，冲着沙发上的龙志生说，"怪不得哩！原先有勇可不是这么个样哩！"

龙志奎接着说："你们也知道，这孩子从小跟着我长大的，原先他最听我的话，可现在，我和你大嫂都管不了他了……"

"咋了？"志生老婆一脸的惊讶和困惑。

"唉，甭提了！"龙志奎用一种愁苦和恐惧的眼神直勾勾地盯着志生老婆说，"你大侄子有余，今天下午去看他，你说他跟有余说了些啥？"

"说了些啥？"龙志生心里一紧，有种不祥的预感让他在沙发上坐不住了，像个大虾样冲龙志奎勾着身子，瞪着俩牛眼蛋子，迫不及待地问。

"他……他……唉！"龙志奎关键时候卖关子，他双手抱住自己的脑袋，像是歉疚，又像是难过，不肯往下说。

"他说啥哩？你倒是说啊！"龙志生的肥腔离开了沙发，冲龙志奎弓着腰身。

龙志奎见火候差不离儿了，就慢条斯理地绕着圈子说："我原想着跟你大嫂过来坐坐，跟你求个情，把有勇放了，有勇回来我们就跟他说，是你打电话让派出所放的他，我们再狠狠地教训他一顿，让他来给你当面赔个不是，这事也就算过去了，可主任兄弟说啥也不松口，我们也没办法。这事本不该跟你们说，说了你们会认为我是来恐吓你，不过信不信由你们自个儿，说了也好让你们心里有个准备。现在这事闹到这个份儿上，我也不能袒护那个浑小子。"龙志奎沙哑着嗓子，痛心疾首的样子说，"有勇对有余发誓说出来要杀你全家……"

"啊！"龙志生和他老婆浑身一抖，脸色立马变得跟窗户纸样煞白无血了。但龙志生毕竟是村主任，他不能在龙志奎面前失了态，他脸上很快恢复了平静，鼻孔里哼了一声，满脸不屑地说："好啊，他想杀我全家，好啊，我在家等着！"

龙志生这么说着，从茶几上摸起一盒烟，抽出一根坐回沙发上点着，然后跷起二郎腿，悠闲地抽着，眼角却瞥着龙志奎，看他是不是在说大话吓唬自己。

龙志奎也拿眼瞅着龙志生。他看见龙志生拿烟的手微微地打着哆嗦，就知道是蚂蚱头包饺子光一个嘴硬，他这心里一喜，就干咳一声，继续说下去："他三十多岁的人了，也没个家小，光棍一根有啥牵挂，我真怕他犯浑哩！你志生兄弟可是拖家带口的一大帮子人哩，孩子也有出息，听说在城里念啥贵族学校，咋能跟一个光棍子拼死拼活地置闲气？咱犯不上啊……"

"你……"龙志奎的话气得龙志生浑身直打哆嗦。他恶狠狠地瞪着龙志奎，恨不得一脚把他踢出去。

志生老婆也浑身筛着糠，抓着龙大娘的胳膊直掉泪："大嫂，有勇真是这么说的？"

这回龙大娘反过来安慰志生老婆说："甭怕，他敢！他杀了人他也甭想活！"

"光棍子本来就没多少活的滋味，现在又有个坐牢的坏名声，你们这是把他往死路上逼哩……"龙志奎的声音像从深山老林里传出来的一样，在屋里来回悠荡，"他没犯啥法，派出所只能关他个十天半月，要是能判他个无期徒刑这一辈子出不来就好了，可他还够不到那个刑，要是判他个三两年，那就更糟，出来就小四十了，往后这日子还有啥盼头？那还不破罐子破摔，说干啥就干啥……"

这时龙志生再也沉不住气，忽然大声吼道："别说了！"

屋里一下就静了。

龙志生虎视眈眈地盯着龙志奎，咬牙切齿地说："算我怕了他，这电话，我打！"

15.

"小棉袄"漏风了

雪白的墙壁，红艳艳的瓦，二层小楼高高耸立在龙旗村中央，无论是从龙廷去泰城，还是从泰城去龙廷，只要你经过龙旗村，最先看见的就是张光德家的二层小洋楼。

张光德是个有远见、有胆量、敢想敢干的大能人，制造出的毛刷全都送到临沂批发市场。张小妹帮他在淘宝上开了个店铺，他坐在电脑前都能联系业务。他一心想让小妹专门负责淘宝，小妹不喜欢干，她宁愿去一家镇办制鞋厂踩缝纫机，也不愿意待在家里。他知道，小妹离不开她的小伙伴们，年轻人还是图热闹。前几天她突然念叨着想去复课，这几天又不提这事了。

张小妹想帮助有田，她的工资又不够，有田不同意她跟家里人公开两人的关系，这样她就不能跟她爸明要，只能找别的借口。

吃过晚饭，小妹手脚麻利地抢着拾掇碗筷，又是擦桌子又是洗碗的，好一阵忙活。等收拾利索一切，她凑到坐在沙发上看电视的张光德跟前，亲昵地偎在张光德身边，拿起水果刀给他削苹果。

小妹妈从旁看在眼里，偷偷地冲张光德递眼色。张光德挺着越来越发福的肚子，嘴里打着饱嗝，脸上也掩饰不住心领神会的笑意。果然，小妹削完苹果先递给他，等他伸手去接时，就听小妹甜甜地说："爸，跟你商量个事儿。"

张光德最心疼这个女儿，以往小妹要说跟他商量个事儿，那准没二

110

事，不是城里的帝王大厦又新进来啥时髦衣服，就是化妆品专卖店又购进啥好牌子的化妆品。虽说她每月的工资都如数上交给她妈，可她从家里要回去的远远超过上交的数。

张光德笑眯眯地看着小妹，终于忍不住哈哈笑出声：“我就知道这苹果不能白吃，你说，啥事儿？”

小妹见爸开了口，就正了正脸色，神情庄重地说：“爸，有个厂因为产品销路不畅，产品大量库存，为了渡过眼下难关，厂领导决定向职工每人集资一万元，年底盈利后按比例分红……”

小妹从小是个诚实孩子，在爸妈面前从不撒谎，为了帮助心上人，她这是头一回。其实小妹这也不算是撒谎，只是把有山回乡创业当成工厂集资来说。

张光德知道这几年让疫情闹得乡镇企业普遍不景气，集资现象很正常，别说乡镇企业，就是大型国有企业的日子也不好过，每天的电视新闻都在报道。他把小妹给他削好的苹果放回果盘里，长舒一口气，说：“小妹呀，不是当爸的小气，别说是一万，说是十万咱也拿得起。”他顿了顿又说，“我都跟你说过好几回了，你就是不听，皮鞋厂的那份工作咱不干了还不行吗？见天早起晚归，风里来雨里去的，一个月不到两千块钱的工资，还不如在家帮你妈守商店哩！要不在家里帮我管那个淘宝店多好？”

小妹见她爸不但不肯出钱，反而劝她辞去鞋厂的工作，小嘴一噘，没好气地说：“爸，你就知道两眼盯在钱眼上！”

张光德看了小妹一眼，忍着笑故意逗她：“哎，还真让你说对了，这话真是说得好，你两眼不盯着钱眼，那你大老远的见天往鞋厂跑啥？”说完他放声哈哈笑起来。

小妹把身子一扭，鼻子一哼，不再理她爸了。

见女儿生了气，坐在对面沙发上的小妹妈只是抿着嘴笑。张光德伸手在女儿的头发上爱抚着，说：“不是爸不想让你去，你天天跑来跑去的，来回也得十好几里路，你不怕累，我还心疼哩！”

“一个人在家待着有啥意思？没人说没人玩的，时间长了还不闷出毛病来？”小妹噘着嘴，气鼓鼓地拿起茶几上的遥控器，按下音量最大键，电视机的音量立马高得震破天。

小妹妈忍着笑走过来坐在女儿身边，搂着小妹对张光德说："你就别难为孩子了，年轻轻地在家坐不住，厂里有一帮好姐妹，她一时也舍不下。"她心疼地端详着小妹，脸上透着说不尽的欢喜，"咱就这么一个宝贝闺女，这点事儿还能不打发她个欢心？"

小妹见妈帮自己说话，心里风吹杨柳样拂过一阵欣喜，这喜气又按捺不住地往外冒，年画样贴在了她脸上，她就跟换了个人样，嫣笑着脸扑进她妈的怀里，撒着娇说："还是妈好！"

张光德学着小妹噘嘴的样，委屈着脸说："就是爸坏！"

接着一家人都笑了。

小妹妈神秘着脸，趴在小妹耳边悄声问："你那么留恋鞋厂，八成是在厂里有心上人了吧？"

小妹一下就涨红了脸。那张脸就像一朵刚刚盛开的石榴花，鲜艳娇羞，越发动人！当妈的立马明白自己猜中了女儿的心事。小妹把脸深深地埋进妈的怀里，扭着身子说："妈，你看你说啥哩！"

小妹妈乐得合不拢嘴，用手抚着女儿的头发说："你这妮子，心里没有意中人，咋给你介绍了那么多人家，你都不同意哩？"

"人家还小嘛！"小妹在她妈怀里继续撒着娇。

"都十九了，还小啊？我跟你爸订婚那年才十七哩！"

"妈，等我有了心上人，一定领到家里，先让你这当丈母娘的看看！"小妹从她妈怀里仰起头来，一本正经地说。

"你这个死妮子，"小妹妈假装愠怒地在小妹额头上戳了一指头："跟你妈也没个正经话儿！"

"扑哧"一声，小妹忍不住笑，伸出两手搂住了妈的脖子。

16.

有勇搂了一夜槐树

　　乳白色的山雾从老榆山和青云山的山峦皱褶里涌泄下来，遮蔽了柴汶河，笼罩了龙旗村。等憋红了脸的太阳从东山头上爬上来时，弥漫的白雾便化成长长的白带，飘摆着飞进柴汶河两岸的树林里，然后缠绕披挂在树枝上，让树们变成亭亭玉立的仙女，在晨风里翩翩起舞。

　　龙旗村村前的杨树林里，爱起早的花喜鹊站在枝头忙着梳洗打扮，叽叽喳喳地互相问候。

　　这时有人拐下村前那条进城的路，钻进了杨树林里。这人就像树枝上好心情的花喜鹊样，满脸透着沾沾自喜、扬扬得意的神气。村主任算个啥球？他先出手打人，还不让人还手了？哪怕他的战友是派出所的所长又能拿我咋样？还不是把我放了？他这么得意地想着，脚步轻轻盈盈踏上杨树林里那座无名小桥，抬头噘起嘴唇子冲着树枝上唱歌的花喜鹊，吹了个响亮的口哨。

　　不错，是有勇回来了。

　　有勇抱了一夜槐树。那副镀金的手铐把他紧紧铐在一棵一搂多粗的槐树上，站不直蹲不下，累得他腰酸腿疼胳膊麻，再加上秋蚊子咬，他是一夜没合眼。盘算着抱女人来着，没承想这女人没抱成，先抱了一夜硬邦邦凉冰冰的槐树。可他心里还是乐滋滋的。昨天下午就听派出所里的人说，到半夜里就提审他，可到天亮也没人提审，一大早就把他放了。

　　有勇从昨天中午到现在还没捞着口饭吃哩，饿得他肚子里像有一团火在燃烧。他摇了摇胳膊，心里掂量着还是自己吃了亏。他娘的，去时坐的是小轿车，他娘的只管接不管送，害得老子一天没吃没喝没捞着睡觉，一大早还得走回来。要是今天是柴汶河集就好了，顺便去赶个集再回来，也算是因祸得福两找平，可昨天是龙廷集，隔两天才是柴汶河集哩，要是昨天不是龙廷集，或许自己也没这码事儿。

有勇一路上翻来覆去思量着自己这次不寻常的经历是利是弊时，心情还像刚出笼的鸟样兴奋异常。碰到赶早下麦田拾掇土坷垃的村里人，他总是主动上前笑嘻嘻地打招呼。他的热情可不是因为自己犯了啥错误向人讨个好脸，而是一个胜利者的自谦。村主任可是村里惹不起的主，连他我都敢还手，你们日后可要拿我当人待哩。他自我感觉良好地估量着自己日后在村民们眼里的地位会有个好变化。

有勇大步流星地回了家。那头正在牛栏里吃草的黄牛见主人回来了，"哞"地抬头吼了一声，然后目不转睛地看着他，好像要跟他说句啥。

有勇从栏外的草筐里抓把草扔进牛槽里，伸手亲热地拍拍牛脑袋，"伙计，没受难为吧？是谁给你打的草料？"

黄牛像是听懂了主人的问话，用力晃晃脑袋，两只耳朵拍打在一对硬邦邦的犄角上"啪啪"直响，然后它伸出舌头去舔有勇被手铐铐得有些红肿的手腕子。

有勇心里一热，鼻子一酸，差点儿落了泪。牛通人性，一点儿也不假。他用手抚摸着黄牛的嘴巴，安慰它说："好伙计，没啥！"

昨天夜里，他抱着派出所里那棵槐树时，还担心自己的老伙计没人关照哩，现在看到牛肚子吃得像面鼓，他放心了。草筐里的草是新鲜的，草叶上还有湿漉漉的露水珠哩，这是一大早去山上割来的，这说明有人来照料他的老伙计。他心里热乎乎的，又用手拍拍牛脑袋，说："伙计，你吃得倒是怪饱，我可一天一夜没沾点汤汤水水哩！"说着他站起身，准备回自己那三间破草房里去。

有勇从窗户底下一个墙洞里，掏出屋门钥匙开门进去，见床上的被褥叠得有棱有角，整整齐齐地铺摆在那里，他心里忽地又是一热。那床破被褥都脏得不见本色了，还有人替他收拾得这么利索，他既感动，又酸楚。

家里要是有个女人就不会有这么脏的被褥了，于是他一下想起小寡妇。想起小寡妇他又伤感地叹了口气，整个人就跟木鸡样倚着门框傻呆呆地立在了那里。不知人家还乐不乐意来这个家哩。

有勇一阵冷一阵热深深浅浅长长短短地想了大半天，后来忙转身重新锁上门，一溜烟地朝着龙志奎大爷家跑去。

昨天夜里，虽然龙志生给派出所打了电话，可人家说到早上才放人，龙志奎躺到床上心里牵挂着有勇，这一夜没睡好。天刚麻麻亮，他就起床了，拿上镰刀去山上割回来满满一筐草料。他刚从有勇家回来，盘腿坐在床沿上，一边抽着烟，一边往下摘着裤管上的鬼葛针。他每摘下一根，就用手使劲捏断扔在地上，每扔一根就恨恨地骂一句："让你长刺哩，让你害人哩，让你不得好死哩……"

龙志奎这是指桑骂槐骂龙志生那个黑了心肠的本族兄弟。他真把有勇害苦了，他虽然答应放人，但他能还给有勇一个原先的清白名声吗？人要脸，树要皮，进了"官府"的有勇日后咋在龙旗村混？他龙志生就是个鬼葛针，是个长着毒刺的害人精！就在龙志奎摘着鬼葛针骂人的时候，有勇从外面闯了进来。

"大爷，我回来了！"有勇站在门槛上喊。

有勇的声音跟旱天雷样，惊得龙志奎浑身一抖，猛抬头见有勇就站在门口，一张布满褶皱的老脸立马堆起一堆日头样的欢喜，慌乱地跳下床，一把逮住有勇的手，左打量右打量，上撒目下撒目，见浑身上下没少啥也没缺啥，这才沙哑着嗓子开口说："回来好，回来就好！"

"回来了……"有勇刚一张嘴就想落泪，他忙抬手抹把眼窝，"大爷，我害你担心了……"

正在做饭的龙大娘闻声从饭屋里走出来，看见有勇，鼻子倏地一酸，两行浑浊的老泪从红肿的眼窝里叮叮咚咚地滚出来："回来了有勇……"她上前心疼地抚摸着有勇的脸，"人家没难为你吧？"

"没呢！"有勇满脸的不在乎，大大咧咧地冲龙大娘笑了，"放心吧大娘，派出所没动我一根汗毛！"

"没难为咱就好！"龙大娘心里一块石头落了地，脸上这才绽出笑意，她为侄子一早就能回来高兴，"村主任那里，咱不能不服软，人家要是让咱坐上十天半月的牢，咱也得受，咱胳膊扭不过大腿哩！人家是官府，咱是老百姓……"

听着有勇和龙大娘的对话，站在一边不吱声的龙志奎心里可就有了数，这说明夜里龙志生那电话起了作用。还真多亏那个电话哩！那个电话要是打晚了，有勇也少不了受难为！不管龙志生是不是情愿的，那礼送得值！

"没受难为就好，待会儿去给你志生大叔赔个不是。"龙志奎这么叮嘱有勇。

"他娘的大叔！还要我去给他赔不是？等他白了毛吧！"有勇梗着脖子，真像有了能样，冲着门外的大街粗声大气地说。

看着眼前这个不知天高地厚的浑小子，龙志奎再也忍不住心里的怒气："你给我住嘴！"他虎着脸，冷森森地瞪着有勇。

有勇立马就噤了声，顺从地去床沿上坐下，左腿圈起来横在床沿上，右腿垂在床沿下，两手放在膝盖上，两眼怯生生地瞪着站在屋当央的大爷。有时候一个人就会平白无故地害怕另一个人，虽然对方长相又不凶，心肠也不坏，可就是让人害怕。当然，这种害怕并不是胆怯，而是一种敬畏。比如有勇，从小到大，在心里头一直敬畏着龙志奎大爷。龙志奎大爷从来就没打骂过他。他就敬畏龙志奎大爷，别人他谁都不怕。

"你看你都能成啥了你？"龙志奎用烟袋杆子点着有勇，喘着粗气，没头没脑地说了这么一句话，就走到门口在门槛上蹲下了，然后就是自顾自地拾掇手里那套抽烟的家伙，还是那神情专注的模样，还是那永远不变的程序——装烟、点火……

有勇被大爷那句没头没脑的话弄蒙了。他怯怯地瞅瞅大娘，又去瞅瞅只顾一个劲抽闷烟的大爷，纳闷地咽了口唾沫，没敢说话。他最摸大爷的脾气了，过会儿等他自己生够气，他才开口告诉你为啥训你。其实有勇来时就做好了让大爷训一顿的思想准备。大爷这一辈子是个最注重名声和脸面的人，自己闯了祸，大爷能不生气？能不教训他一顿？

其实有勇估量错了龙志奎。昨天夜里龙志奎就跟龙大娘说好了，等有勇回来，谁也不能说他啥。凭良心说，有勇做得没错，狗日的龙志生先动手，有勇还手是正当防卫。不过两人不能这么对有勇说，这么一说，有勇就能得上天了，说不准哪一天又惹出啥事端来。有勇虽然性子直点，可也是个能闻香臭能分好歹的人，啥话也不用说，他就知道自己错在哪。可他万万没想到，有勇从派出所回来，口口声声不服气不说，还拿自己当英雄好汉来看，他这不是昏了头咋着？亏他还进了回派出所，看来人家没难为他还错了哩！这种时候要是不教训教训他，日后他非把脚底下的路走得更斜歪不可。

侄子一大早回来，肯定还饿着肚子，龙大娘看着低眉垂眼规规矩矩坐在床沿上的有勇，心里疼燎燎地真跟猫抓样。她朝着龙志奎的后背狠狠挖了一眼，亮着嗓门气冲冲地说："夜里咋跟你说的，有勇还饿着肚子哩，你就甭在那生闷气咧！"

有勇抬头冲龙大娘讨好地干笑几声："可不大娘，到现在人家也没管我一顿饭，我这肚子饿得跟着了火样，大爷心里有气，就让他说说心里也痛快，我听着哩！"

龙志奎听有勇这么一说，心里那股气"呼嗒"一声下去了，他回头瞅了有勇一眼，扬起下巴，朝着窗户台子说："你大娘给我冲了碗鸡蛋汤，你麻利喝了吧。"

有勇早就闻到鸡蛋汤的香味了。他朝窗台上扫了一眼，见窗台上放着个碗，碗沿上横放着一双筷子，碗里正往外冒热气，肚子里立马滚过一道火团样灼热难忍的响雷。真的哩，眼前是一碗热气腾腾香甜四溢的鸡蛋汤，嫩黄色的鸡蛋汤里泡着两个大桃酥，荷叶样漂浮在上面，撒在桃酥上面的白砂糖，也跟小山丘样，馋得有勇咕咚咽口唾沫，舌头伸得老长舔着两片干裂的嘴唇，刚伸出双手，没等手指碰到碗沿，跟针扎了样倏地一下缩了回来。有勇回头冲龙志奎不好意思地"嘿嘿"笑了两声，恋恋不舍地坐了回去。

"你喝吧，加了糖不腥，喝了先垫垫肚子。"

"嘿嘿，我不喝。"有勇涨红着脸，"这是俺大娘给你冲的。"

"没事，我不饿，你就喝吧！"

有勇又忍不住朝窗台上瞟了一眼，使劲咽口唾沫，说："你身子不大好，我又没啥孝敬你，咋能跟你争这碗鸡蛋汤?"他垂下头，小声念叨着，"大清早你就往山上跑了一趟，还说不饿哩，"顿了顿，他又咽了几口馋水，又重复说："我没啥孝敬你，咋能……"

龙志奎暗自笑了，他那满脸的皱纹舒展开，纹沟里汪满了晃晃当当的笑意。他伸手从腿管上拔下根鬼葛针扔在脚下，然后磕磕烟袋，起身走到窗台前，端起鸡蛋汤碗递给有勇："快趁热喝了吧，家里还有，让你大娘再给我冲一碗就行。"

一阵香里透甜热喷喷的鸡蛋味扑头扑脑直往有勇的鼻嘴里钻，有勇的嘴唇发着颤，接碗的两手发着抖，眼里的泪水打着转，心里头也一阵热接一阵酸地直忽悠。

"喝吧!"龙志奎说。

有勇嗯了一声，把横在碗上的筷子放回窗台上，两手紧紧捧着碗，仰起脖子，就听"咕咚咕咚……"也就三五口，那碗底就朝天盖住了有勇的整张脸。

喝完鸡蛋汤，有勇摸起地上的暖壶，倒上半碗水，用手画圈似的晃着碗，那水在碗里打着漩儿，冲刷着沾在碗壁四周的残羹剩汤，冲刷一会儿，仰起脖子一口就灌了下去。最后，他又伸出舌头围着碗沿舔了一遍，这才恋恋不舍地放下。

龙志奎在一旁眼瞅着有勇跟个饿死鬼托生样喝完鸡蛋汤，心里涌上一股蚊虫叮咬般的难受，长长地叹出一口气："这东西好是好，就是不当饭。"

一直站在门口的龙大娘撩起衣襟擦擦眼窝说："我这就去做。"

有勇伸着舌头上下左右地把嘴唇四周舔了一遍，这才想起来问："大爷，有山跟有田呢?"

"有田还在东屋睡觉哩，做好饭喊他不迟，有山陪有才给你志远婶进城看病去了。"

"唉!"有勇叹了口气，不再言语。

"你看看有才，小小年纪就扯大带小的，日子难着哩!"龙志奎借机又教育起有勇来，"你再看看你，身子骨壮得跟牛样哩，又没病没灾，把日子过成啥样了？你娘走得早，你爹走了快三十年了，到现在也不知在哪，是死是活没个音信，你要是不给我长脸，过几年我去那边咋跟他们交代哩？"

"大爷……我……呜呜——"有勇终于忍不住心酸，跟老牛一样大放悲声。

"夜来寡妇找我来着，她又哭又叫哩，要我想法子救你。要是小孩子打架吃了亏，我能出面找人家的爹娘替你争个理，可你是个大人了……"

龙志奎说到这里就再也说不下去了。他想起夜里老伴给龙志生下跪的情景，在眼窝里打转的老泪就跟滚山石样轰轰隆隆地往下滚。

有勇见大爷也落了泪，抬手抹把眼窝，换上副比哭好看不到哪去的笑脸说："大爷，你别难过了，你看我……我这不是好好地回来了吗……"

龙志奎见有勇反过来劝自己，也忙抬手抹了一把老脸，换个带喜的脸谱，有些神秘地对有勇说："夜来你大娘除了牵挂你，还替你打心眼里高兴哩！"

"替我高兴？"有勇有些迷惑，"替我高兴啥？"

龙志奎就跟换了个人样，欢喜着一张脸，开开心心地说："看寡妇急得那个样，是真对你有情义哩！这也是你的福气哩！夜来我没给她好脸，她急得非让有山跟有才去绑了龙志生……"

大爷的一番话说到有勇的心事上去了，他脸上立刻爬满了厚厚的顾虑："咱去了一趟派出所，丢了好名声，不知人家还理不理咱？"

"没啥，待会儿你过去一趟，就说这事让她担心了，先探个虚实，她要是对咱有意，就不会嫌弃咱，转天让你大娘托个媒人，一个光棍，一个寡妇，也没啥好讲究的，两头都同意，选个好日子搬到一块住就行了。"顿了顿又说，"她要是要求像模像样地摆酒席办公事，咱也答应，我跟你大娘给你张罗。"

现在，有勇跟小寡妇的事，在龙志奎眼里突然变得重要起来了，他是打心眼里盼着有勇早点成个家。

龙志奎跟有勇两人坐在床沿上，正说到兴头上，就听外面龙大娘跟人打招呼，两人起身透过窗户玻璃往外看，只见邻居李玉明一瘸一拐地进了院门。

等一瘸一拐的李玉明迈着残腿费劲地跨进屋门槛，有勇这才从床沿上站起来，嬉皮笑脸地问："玉明叔，大清早的咋跟个山兔子似的起来就到处跑？"

"还不是为了你这个婊子儿！"李玉明见有勇没大没小地骂自己是山兔子，气不打一处来，他气喘吁吁地指着有勇骂，"你娘个纂哩，老子去过你家，见门上挂着锁，猜你准会在这里。"

"找我啥事？"有勇开门见山地问。

"派出所给村委打电话说，你早该回来了，龙志生打发人把我叫了去，说要处理你。"

"咋处理？"有勇斜眼瞅着李玉明，好像李玉明就是他的大仇人——龙志生。

李玉明看了看龙志奎。

龙志奎忙开口说："玉明兄弟，有话你就直说吧，咋处理都行，我们接受。"

李玉明朝有勇瞪了一眼，气哼哼地说："这小子把事闹大了，村里要罚他一千块钱，另外还得在喇叭里公开赔礼道歉。"

李玉明嘴角上挂着嘲笑，幸灾乐祸地瞅着有勇。他知道，这种处罚最让有勇难受了。

村里的处罚也真够狠的。公开赔礼道歉不算丢脸，有机会能在喇叭里吼几嗓子，也算过过"官"瘾。可要罚款，还一千块钱，这是成心整人哩！"嗵"的一声，有勇一拳打在墙上："他娘的这么整我，我去找他算账！"说着，抬腿就往外走。

"你敢！"龙志奎见有勇又要去惹事，厉声喊，"你给我回来！"

有勇立马像被人点了穴样定住了。他回头委屈地看着龙志奎，愤愤不平地说："他要罚我一千块钱哩！"

龙志奎坐在床沿上吧嗒着嘴一个劲地抽烟，没言语。有勇的抱怨他不是没听见，可当着李玉明的面他能说啥呢？虽然李玉明是有胜的媒人，可他是村里的报账员，死巴结龙志生。他原想等有勇吃完饭就领着他去给龙志生赔个不是，实在不行，就让有勇破点财，提溜上两瓶好酒给他送去，可万万没想到他龙志生会来这一手。打狗还得看主人哩，我送了礼，也下了跪，你咋还这么处理？你龙志生真不是个东西！

李玉明见龙志奎光顾抽烟不说话，就干咳一声，说龙志生还等着他回去开会，转身就往外走，走到门口，回头又扔下一句话："龙志生说了，今天吃晌饭以前就让有勇把钱交上！"

17.

女人伤心会哭高兴也会哭

有勇醉醺醺地一头撞开何长英家的房门，把坐在床上的寡妇娘俩吓得浑身一激灵。

"我回来了！"有勇武声武气地冲何长英说。

"你……你，回来了？"何长英脸上挂着惊喜，刚想起身，看见儿子涛涛一脸惊恐地死死抓着她的手，接着又埋怨有勇说，"你看你，把孩子吓得……"

何长英跟个老母鸡样心疼地把儿子搂进怀里，把脸紧紧贴在儿子脸上，两道清泪蚯蚓样从她脸上热热地爬下来，又凉凉地爬到了她儿子脸上。

"妈妈，你哭了？"小涛涛仰起小脸看着他妈说。

有勇看着眼前受了惊吓紧紧抱在一起的娘俩，心里懊悔不迭地骂自己不该喝这么多酒，喝得跟红头老七样，吓着了小涛涛。平日里小涛涛跟他亲热着哩，他隔三岔五就来一趟，每回都不空手，不是给小涛涛买些糖块，就是从山崖上摘些酸甜酸甜的野果来。这一大一小相处得就不坏，何长英看在眼里，也喜在心里。寡妇门前是非多，自家这门槛很少跨进男人来，有勇能常来，她打心眼里高兴哩。她想，有勇对她有情，她对有勇也有意，将来小涛涛把"大爷"改口喊"爸爸"想来也不会太难。她看得出来，从小没爹没娘的有勇是真心疼爱小涛涛，小涛涛对他有感情基础。可这回小涛涛是真害怕了。也不知他喝了多少，那张脸红得跟涂了鲜猪血样瘆人哩！

小涛涛趴在妈妈怀里，两眼怯生生地瞪着跟个歹人似的有勇。

有勇跟个做了错事的孩娃样，忐忑不安地站在她娘俩面前，使劲搓着两手，嗫嗫嚅嚅地说："我……我让你挂心了……"

有勇的话音不高，却像块热毛巾样焐在了何长英的心口窝上，让她两眼的泪水跟屋顶上的冰雪融化了样收都收不住，骨骨碌碌地往下淌，嘴里也忍不住嘤嘤地哭出了声。她这是为有勇懂她对他的那颗心高兴。女人就是这样，伤心了会哭，高兴了也会哭。

有勇心里猫抓抓咬样看着眼前两肩一抽一搐的这个女人，真想上前抱住她，把她搂进怀里，好好跟她说说贴心话，诉诉心里的苦。他跟个老态龙钟的老人样艰难地挪动着腿脚，慢慢靠近床沿，在小涛涛一双怯怯的目光监视下，屁股紧靠着她的屁股坐下，然后把腰跟张弓样弯下去，两手支在膝盖上抱着头，十指插进头发里，声音跟立秋后的蚊虫样有气无力地："你借给我的那一百块钱，我……我还不上你了……"

何长英咕咚咽下一声呜咽，静着耳朵听有勇往下说。

"都怪我做事鲁莽，没个考虑性，让家里都挂着。"

"派出所的人没对你怎么吧？"这是何长英一直最担心的。

"没咋着，"有勇说，"说是半夜里提审来着，也没提审，天一亮就把我放了，可是……"他猛抬头看着寡妇，把到嘴边的话又咽了回去。

"可是啥？"寡妇诧异地问。

"龙志生要罚我一千块钱，还得在喇叭里公开道歉。"

"这个龙志生真毒！"提起龙志生，何长英恨得咬牙切齿，"他根本就不是人！"

"咋了？"有勇一怔，"他咋着你了？"

有勇从她的神情上看出她对龙志生好像有啥天大仇恨。

何长英一下恢复了往日的泼辣劲，把牙咬得"咯吱咯吱"响，浑身打着哆嗦说，"那年有成刚去世，大白天里他就来……"

"啥？"没等何长英说完，有勇一下就从床沿上跳起来，吓得小涛涛"哇"的一声扑进妈妈怀里，张开大嘴哭起来了。

　　有勇和何长英都被吓了一跳，两个人呆呆看着对方，竟忘了去哄小涛涛。何长英知道自己失言了，这种时候不该对有勇说这些，愣怔了半天方才醒悟过来，她狠狠瞪一眼有勇，一边用手抚摸着小涛涛的头发，一边责怪有勇说："看你，一惊一乍的，碍你啥事了？"

　　有勇不满地看着何长英，用手指头指着她，结结巴巴地说："你……你……他……他……"

　　何长英知道有勇吃醋了，她心里高兴，脸上却木虎着表情，凶巴巴地说："我咋了我？我摸起菜刀把他撵跑了……"

　　有勇长长舒上一口气，恨恨地说："这个狗日的龙志生，要不是俺大爷拦着我，我早去找他算账了！"

　　"哼，你大爷也不是啥好东西！"提起龙志奎，何长英也是气不打一处来。她一把推开怀里的小涛涛，手指头恨恨地戳着半空说，"我跪在地上求他，他都不让有山和有才去救你，说啥你也不是他的亲儿哩！"

　　何长英的舌头就像一把利刀，刀刀都能捅死人。好在有勇不偏信她的话，他从小跟着大爷长大，大爷是啥人他最了解。

　　"大爷啥都跟我说了，他做得对，把事闹大了，连累有山跟有才去坐牢不说，我更出不来哩！"

　　"哼！"何长英把鼻子哼得山响，嘴往一边撇，脸往一边扭，阴阳怪气地说，"一拃就是不如四指近哩！我算啥？我这是闲吃萝卜淡操心哩！"

　　有勇一怔，只觉得心口窝里的那股热劲慢慢往下凉，凉到半截悬在那不动，提提不上来，压压不下去，就悬在那里，不上不下尴尬让他不知咋办好。憋屈了半天，他才不温不火不凉不热地说："我这也不是给谁争理，你对我好，我知道。"

　　何长英偷眼瞅着有勇，好像意识到了啥，沉吟一会儿，既论表又论里地说："他倒也没失亲情，听春花说，你能回来，是他夜里给龙志生送去了一担柴、一包袱煎饼和一只乌鸡……"

　　"啥？"有勇的两眼瞪圆了，嘴巴张大了，两手挓挲着，两腿直挺着，硬邦邦地跟个木头人样一动不动了。

　　"龙志生收了礼，才给派出所打电话放你的。"何长英说。

有勇木呆呆地站在那，两眼珠一错不错，跟没听见她说话一样，嘴唇都没动一下。

何长英心里咯噔一下，忙起身推了有勇一把："你这是咋了？你可别吓唬我！"

有勇浑身一抖，突然地说："你再借给我一千块钱，我去给龙志生道歉！"

何长英看着有勇眼神里透出一种寒意，让她心里打战，忙不迭地答应说："我这就去给你拿，你可别再闹事了！"她把有勇扶到床上坐下，忙又转身把小涛涛抱下床，从兜里掏出一块钱塞给他说："涛涛听话，拿着钱买糖去。"

小涛涛瞅了有勇一眼，晃扭着身子说："妈妈陪我去，妈妈陪我去。"

何长英起身对有勇说："你在家等着，我一会儿就回来……"

有勇嗯一声，乖得倒像个孩子。

工夫不大，何长英一个人回来了，见有勇坐在床上两眼直勾勾地看着她，心里一阵慌乱，但两腿还是不由自主地朝他走过去。

坐在床沿上的有勇看着她一步一步地走过来，他的身子一点一点地挺起来。

她走到有勇面前，没等有勇伸出手，她就瘫软了倒进他怀里……

18.

有勇二打村主任

自己真是喝多了，有勇在心里想。他在大爷家吃完早饭，回家躺在床上越想越窝火，一大清早的好心情全让龙志生的处理搅和跑了，这个狗日的龙志生！他越想越来气，一抬头看见窗台上还放着他八月十五喝剩的大半瓶老白干，就伸手摸过来，也没二话，嘴对着瓶口就往下灌，跟喝凉水样，几口就见了底。扔下酒瓶，连连打上几个嗝，不大瞬的工夫，酒劲涌上来，浑身就跟着了火样。

人睡不着的时候就爱想事。有勇胡思乱想，一会儿是龙志生，一会儿是大爷，一会儿是夜里抱着的那棵树，一会儿那棵树变成了小寡妇……

想到小寡妇，有勇躺不住了，不行，得去看看她……他支撑起身子，脚底下就跟踩着棉花样，一脚轻一脚重没深没浅地走出自家宅院，跌跌撞撞地撞开了何长英家房门……

有勇做梦也没想到，对他牵肠挂肚的何长英竟主动把她的热身子给了他，化解了他满腔的怒火……

女人身上那滋味……

有勇想着她的身子给他的许多妙处，浑身就感到舒坦坦轻省省得跟没了筋骨样哩，心里却觉得身上还有使不完的劲，等着他去使，去翻江倒海，去开荒耕地，去刮风，去下雨……

总之，这日子是熬出了头，前途一片光明哩！可这光明有时也会带来黑暗！想起这黑暗，他就恨得直攥拳头。早晚有一天，这拳头要搡到龙志生那张猪脸上！他在心里恨恨地想。

有勇怀里揣着何长英给他的一千块钱，站在制胶厂大门口，支棱着耳朵听了一会儿，听见里面远远传来学娃们琅琅的读书声，这才大模大样地往里走。

村委就在制胶厂大院里。另外，龙旗村小学也在这个院子里。

进了制胶厂大门往前走，左排那些半旧不新的厂房，就是制胶厂的生产车间。制胶厂红火那阵子，他可是常来这里逛，虽然他不是厂里的职工，可这制胶厂的一切都是村民们用汗水换来的，也有他的一份集资。这里是龙旗村全体村民的骄傲！可是现在，厂房里成了麻雀的天堂，院子里的野草也一尺多高，要不是学校的学生天天来这里玩耍，这草能长得埋人。

想起倒闭的制胶厂，有勇对龙志生又增加了几分憎恨。要不是他无能，制胶厂也不会跟个没娘的孩子样遭人舍弃。

制胶厂右面那几排房子是学校。门框上挂着各年级的木牌。第一排是一年级、二年级、三年级，第二排是四年级、五年级和老师们的办公室。听着孩娃们的读书声，有勇心里泛起一股难以抑制的酸楚。他从小就愿意去上学，老盼着自己长到上学的年龄，跟别人家的孩子一样，背着书包做个无忧无虑的快乐读书郎。他比有余大两个月，两人同吃同睡，大爷拿他当亲生的孩子养哩！等到上学的年龄，大娘为他和有余缝好书包，打发他俩去上学时，可他死活就是不去。他虽然年龄小，可他懂事早。大爷家境不好，哪来的钱供俩学生去上学？他不忍心给大爷添负担。后来等他年龄大些，他就想好好挣工分，盼着说上个媳妇给他生几个孩子，让他的孩子都去上学，替他圆了上学梦。可他做梦也没想到，他都三十出头了，也没找到孩子他娘。这些年，虽然他把日子混得跟摊稀泥样，可那份让自己的孩子去上学的心却没死。制胶厂红火的时候，他常来这里逛，一方面是看看他们咋制胶，一方面是听听娃们的读书声。后来制胶厂垮了，他就经常来制胶厂门口站着，听够了娃们的读书声他才走。自从跟何长英好上，他就私下一厢情愿地想，要是能跟她成了，他就天天领着小涛涛去学校上学。现在，这一天还真来了……

学校前面是操场，操场上空荡荡的没有一个人。操场边那根铁杆上挂着一面五星红旗，红旗在秋风里跟团烈火样烧得正旺，噼噼啦啦的火苗子声都听得真真切切哩。

再往前走，左排制胶厂前有一个独院。那个独院是新建的，里面的一排房子红砖红瓦前后出厦要多气派有多气派。要是说后面的制胶厂是当娘的，那前面的这座独院就是她的儿子。因为有了制胶厂的收入，才有了这座漂漂亮亮的独院。这里是村委办公室、党员活动室。

看着眼前的独院，有勇跟火上浇油一样止不住的愤怒和仇恨。龙志生贪图摆阔和享受，把制胶厂的收入全扔在了这里。当年建厂时，他说把大伙的钱聚起养个老母鸡，让老母鸡下"蛋"给大伙吃。可老母鸡下的"蛋"只填饱了龙志生他们这群王八蛋的肚子，还修建了这么一个安乐窝。其实当初建房占地时，村民们就强烈反对。

地处山区祖祖辈辈土里刨食的龙旗村人视土如金，爱地如命，可不吃人粮食的龙志生大手一挥，硬是挥去了几万元的建筑费，挥去了几亩上好的肥田。村里人心疼那几亩良田，私下都骂龙志生是狗娘养的。更可气的是制胶厂欠了银行几十万块钱，为还贷款，他狗日的又把手一挥，把村北十几亩土地卖给了北河庄。这个龙志生，跟慈禧太后一样，是个不折不扣的"卖国贼"！前年国家修建京沪高速路，那路正好经过村北头，国家拨下的上百万土地赔款全都给了北河庄，龙旗村毛都没捞着一根！

土地啊，那可是庄稼人的命根子，庄稼人的金饭碗啊！

这个狗日的龙志生，现在就坐在用村民们的血本建成的漂亮房子里人模狗样地办公哩！

有勇越想越有气，他怒气冲冲地走进村委大院，"咣"地一脚踢开了村委办公室的门。

办公室里五个人。龙志生、文书、民兵连长和报账员李玉明等人像蒜瓣似的团团围着办公桌正在打牌。龙志生仍然坚持带伤"工作"，那只用白纱布包着的左手里捏着一把扇形扑克，右手里扬着两张正要扔下去，"咣"的一声门响吓了他一跳，他刚想张嘴怒骂，一抬头见是怒气冲冲的有勇，他神情一怔，右手滞在半空，眼里闪过一丝慌乱，但很快就恢复平静，好像有勇跟自己毫不相干似的。

"俩五!"龙志生粗声大气地喊着，把右手里的牌狠狠地扔在桌面上，扑克牌落地掀起一股强风，把桌面上的牌掀翻了好几张。

其他三个也被吓了一跳的人用冷漠的目光扫了有勇一眼，又都扭头专心致志地打牌了。

办公室还有一个老头正坐在西墙根的沙发上抽闷烟，靠墙上倚着一个用来勾土敲坷垃的小铁爪。这个人不是别人，正是龙志奎。他刚从麦地里收工回来。他在地里一直支着耳朵，留意着村头槐树上的那个大喇叭。可是喇叭里一直没听见有勇的动静，他怀里跟揣了个小兔样乱蹦乱跳，他不放心有勇的事，生怕他再惹出啥乱子来，就提早收工，早早来到村委办公室候着。

有勇一进门就看见了龙志奎大爷。他走到沙发前，吃惊地问："大爷，你咋来了?"

"过来看看。"龙志奎抬头看了有勇一眼，发现有勇又喝酒了，两团乳白色的眼屎沾在眼角上，嘴里喷着浓浓的酒气。龙志奎磕磕烟袋，问："钱呢?"

有勇恨恨地剜了龙志生一眼，从上衣口袋里掏出一沓"毛爷爷"，很不情愿地递给龙志奎。

龙志奎接过钱去，把烟袋往地上一放，有些笨拙地一张一张地点了点，正好10张，他自言自语地在嘴里嘟囔了一句，伸手摸起烟袋夹在胳肢窝下，然后站起身，脸上浮出一层干巴巴的笑，走到龙志生跟前，颤巍巍地递上钱去，说："主任兄弟，你看，有勇把钱都送来了……"

龙志生头也没抬，冷漠地哼了一声，没搭理龙志奎。他该出牌了。"大花!"他说。

龙志奎又往前凑了一步，脸上堆着笑，把那沓"毛爷爷"举到了龙志生的眉梢上："整一千，你点点。"

"嗯。"龙志生的两眼仍然盯着手里的扑克牌，扑克牌像是个裸体女人，正向他搔首弄姿勾他的魂哩!其实他这是成心给龙志奎冷脸看，在其他几个村委面前摆摆架子，也让有勇瞧瞧自己不是随便什么人就能在他头上拉屎撒尿哩。

"主任兄弟，主任兄弟……"龙志奎仍然满脸赔笑，亲亲热热地喊着"主任兄弟"。他心里明白，这是龙志生故意难为他，好摆摆他的主任架子。这好办，咱就打发你个满意。他向龙志生点着头哈着腰，神情显得更加谦恭，"主任兄弟，有勇接受你的处理哩，你看看，你咋处理他就咋接受哩……"

"好吧！"摆够了臭架子的龙志生终于开口了。他把手里的牌"哗啦"往桌上一扔，跟手下的三个人说："过会儿再玩吧！"他把身子往后一仰，两手举起，张大嘴巴打了个懒身，顺便瞟了一眼坐在沙发上的有勇，然后用命令的口吻对龙志奎说："把钱交给报账员吧！"

"唉！"龙志奎跟个店小二样忙又凑到李玉明身边，殷勤着脸说，"你收好，点点是一千不？"

李玉明一五一十地点了点，说声正好，起身走到自己的办公桌前，掏出钥匙打开中间的抽屉，把钱放进去，刚要上锁，好像一下想起什么，忙又把抽屉拉开，拿出钱来装进了自己的上衣兜里。

谁都没有回头去看李玉明，只有脸冲着李玉明办公桌的有勇把这一切全都看进了眼里。等李玉明装作若无其事的样转身回来时，有勇也装作若无其事的样朝门外看，嘴角却露出了一丝不易察觉的冷笑。

龙志生从兜里掏出一盒烟，谁也不瞧，抽出一根叼在嘴上，眼疾手快的李玉明忙从兜里掏出火机，"咔吧"一声，绿绿的火苗跟鬼火样凑到了他脸前。龙志生深深吸上一口，让鼻嘴里冒出一阵浓烟后，这才居高临下傲慢无比地撒目了一下屋里所有人，威严地咳嗽一声，官腔官调地发话说："嗯，大家都坐好，现在开始开会，就昨天有勇打人闹事一事做个处理，嗯，这件事不是小事，希望大家认真对待。"

屋里静了下来，办事细心的龙志奎忙从兜里掏出一盒提前备好的泰山烟，笨拙地启封，先抽出一根，小心翼翼地敬给龙志生，龙志生摆摆手，他忙又把烟敬向李玉明，然后是文书和民兵连长。除了龙志生，他又分别给三个村委把烟点上，这才干笑着退回沙发。

有勇见大爷在龙志生面前跟个晚辈一样低三下四，心里对龙志生越发愤恨。你狗日的龙志生先下手我才动手还你的，还罚我一千块钱，还让我在喇叭里做检讨，检你娘个球讨！你把我送到派出所在树上铐了一夜，你心里没数？你烧了俺大爷家的柴，吃了俺大爷家的煎饼，喝了俺大爷家的乌鸡汤，你的嘴就不软？手就不短？你个王八蛋，我看你能把我咋样。他冲龙志生翻了个白眼，鼻子哼得山响，脸扭向门口，给了他一个后背。

龙志奎见有勇瞪着牛眼还是那么硬气，就用胳膊肘狠狠捣了他一下。

龙志生叫来的三个部下，一个个吹胡子瞪眼的，表面上看大有替他助威压阵的意思，其实这是为了应付场面，故意做给他龙志生看。他们跟有勇一样对他的意见大着哩！他们都是龙旗村的人，他们对龙志生的所作所为心里也有气，可他们敢怒不敢言，谁让人家是村主任呢？自己的"官运"全在人家手里攥着哩！好在村里出了个有勇，替他们出了口恶气，算是大快了人心。人人心里都明白，这事一点儿也不怨人家有勇，说白了，人家有勇是正当防卫，顶多算防卫过当，可这话谁都不敢明说。他们同情有勇，也只能在心里同情，不敢表现到明处。看到有勇梗着脖子还是那么硬气，他们心里都有些幸灾乐祸，盼着再发生点啥事，看他龙志生咋个处理。

龙志生看到硬气的有勇给了他一个后背，好像受了天大的凌辱，夹烟的手都气得发抖。他发现自己小看了有勇。他真没料到平日里见了自己唯唯诺诺的有勇，从昨天一反常态，刚从派出所出来还这么硬气，这小子是不是真有了毛病？他这心里一犯嘀咕，就有些怯。这小子光棍一条，为人行事由着自己的性子惯了，在喇叭里检讨的事还是从别人嘴里提出来好。他把目光投向三个手下，可他的三个手下一人一种表情。文书一副死眯眵拉眼佯装打盹的狗熊样，民兵连长干脆向他投来幸灾乐祸的嘲笑，瘸腿李玉明不孬，正虎视眈眈地瞪着有勇，可他光顾瞪有勇，却忘了看龙志生的脸色行事。龙志生在心里恨恨地骂：你们这些狼心狗肺的东西，平日里我待你们不薄，上级来人也少不了你们陪吃陪喝，没想到关键时候都站在一边看我的热闹，这么多年我算是养了一群白眼狼！万般无奈，他只好指名道姓地说："李玉明，你说说咋处理有勇打人的事？"

在几个村委当中，李玉明从村里捞的好处最多，每回村里有啥好事，龙志生总是以照顾残疾人为由，处处为他着想，把村里的鱼塘承包给他就是一个明显的例子。当然，村民们的眼睛是雪亮的：李玉明身残力不全，夜里跟老婆玩不转，龙志生整天大鱼大肉营养过剩，偷空去李玉明家吃口"咸（闲）菜"也是很正常的事。龙志生有这个嗜好！这就叫作投桃报李礼尚往来！

李玉明是个外来户，脑子里整天装着个小心眼：龙旗村龙家是大家族，自己单门独户在村里根本吃不开，要是不找个靠山靠上，平日里少不了吃亏！他不是龙家人，所以他压根儿就不同情龙志奎和有勇。特别是这个愣头青有勇，平日里没个礼貌，见了李玉明不喊叔不说，还爱开他的玩笑，不拿他当长辈看待哩！今早上看把你有勇能的，火烧眉毛了还不觉得热乎。现在龙志生要他先发言，他就清了清嗓子，咳嗽了两声，说："嗯，这个……这个龙有勇，嗯，昨天扰乱村委的会场秩序，还故意打伤村干部，情节恶劣，嗯，影响极坏，本该送拘留所严加管教，但念在咱们都是当村当院抬头不见低头见的老少爷们面子上，本着大事化小、小事化了的原则，本着以教育为主坦白从宽抗拒从严的方针，不追究龙有勇的刑事责任，只做出罚款一千元、公开赔礼道歉的从轻处理，希望从今往后，龙有勇能改过自新，重新做人……"李玉明本着龙志生的处理意见，上纲上线驴唇不对马嘴地胡啰啰了一大通，最后问："龙有勇，你接不接受村委对你的处理？"

文书和民兵连长听着李玉明的胡说八道，用手捂着嘴偷偷直笑。龙志生听着李玉明的一番言论也想笑，但他使劲忍着不笑。平日见李玉明笨嘴拙舌的，没想到关键时候他还有一副好口才。他对李玉明感到特别满意的是对有勇的上纲上线，他要的就是这种效果。李玉明啰啰完，用征询的目光看了龙志生一眼，见龙志生脸上露出喜色，就得意地去看文书和民兵连长，见两人捂着嘴嗤嗤直笑，心里一慌，忙问："你俩笑啥？我哪地方说错了？唵？你俩笑啥？"

这么一来，文书和民兵连长更加止不住，一起笑出了声。

李玉明神色慌乱地去看看有勇，只见有勇藐视地瞅了他一眼，把脸扭到一边，没吱声。这一下他心里更没底了，忙把求助的目光投向龙志生。

　　李玉明打了头阵，他龙志生也该上阵了。只见他清清嗓子，虎着脸威严地说："别笑了，有啥好笑的？我看李玉明同志讲得不赖，还蛮有水平的!"他把脸又冲向一动不动的有勇，"咋？你还不服气？这么处理已经够轻了！打人犯法，骂人侵犯人权，不让你蹲牢房就便宜了你！你也不睁眼看看，竟敢动手打村干部……"说着说着龙志生就犯了老毛病，就像往常一样想大发雷霆，他抬起的巴掌刚要拍到桌面上，见有勇怒目圆睁，吓得他浑身一抖，巴掌轻飘飘地落在桌边上，没能拍出声来。他顿了顿，明显地换了一种温和的口气说："罚款，不是主要目的，只是在经济上让你受些损失，给你提个醒，以后不要再犯这样的错误。我让派出所把你抓……带……去，只是想吓唬吓唬你，他们不是也没把你咋样嘛！论公，我是一村之主，是咱龙旗村的当家人，我跟爱护自家的孩子一样爱护着每一个村民；论私，我是你叔，你是我的一个侄子……"

　　龙志生恬不知耻地把自己说成一个仁慈、宽厚的人，在场的人听了直撇嘴。他们心里都有一杆秤，他龙志生是半斤还是八两，各人心里都有数。

　　村委的三个人不哼不哈面无表情，只有龙志奎肯顺着自己，满脸堆笑随声附和着龙志生："是啊，当叔的咋真心去害当侄子的哩？有勇这孩子真不该那样哩，好在都是自家人，大家伙儿就都担待一些，大人不记小人过，你们甭跟他一般见识……"

　　龙志奎这样低三下四净说软话，心思只有一个，无论龙志生咋说，好歹把这事糊弄过去。罚款都交上了，还跟人家硬啥？俗话是实话，破财免灾，钱财钱财，去了再来。有勇有的是力气，日后再挣就是。做个检讨不疼不痒也没啥大不了的，头都过去了还在乎这个耳朵？他这么想着，见有勇还立愣着眼瞪着龙志生，就又用胳膊使劲捣了他一下，要他快跟龙志生认个错。

　　有勇怒眼瞪着龙志生，把嘴撇得跟吃了鸡屎样，对他说："龙志生，你别在这猫哭耗子假慈悲，我还不知道你是什么人？我告诉你龙志生，你别认为你办的那些事没人知道。你能让我回来，是烧中了俺大爷家的木柴，吃中了俺大爷家的煎饼，喝中了俺大爷家的乌鸡汤……"

有勇把昨天夜里龙志生收礼的事揭了个底朝天，令所有在场的人大吃一惊。只见龙志生的那张猪脸立马变成了猪肝色。气得龙志奎摸起烟袋就想敲他："你这是胡说些啥？你今天又喝了多少你在这胡说八道？"

有勇算是豁出去了，他站起身躲着龙志奎手里的烟袋杆子，故意顶撞龙志奎说："大爷，你不用瞒我，夜来后晌的事我全都知道！"

"你……你……你想气死我？"龙志奎举起烟袋就朝有勇身上抡。有勇早有防备，他一闪身就跳到了民兵连长身后。民兵连长忙上前拦住了气咻咻的龙志奎。

"你……你……"恼羞成怒的龙志生用手指着不知天高地厚不分头重脚轻的有勇，鼻子都被气歪了。他今天要是怕了有勇，自己日后在龙旗村绝对是名声扫地传为笑柄。但他又不敢跟有勇明斗，这么斗下去对自己肯定没好处，他只好把目光投向李玉明。李玉明是他的救命草，他在心里不住地念叨：李玉明是个好同志，立场比较坚定……

龙志生看错人了，李瘸子李玉明的立场并不坚定。有勇揭发的事让平时爱占小便宜的李玉明吃惊不小。娘哩，吃了人家的嘴软，拿了人家的手短，你收了人家的礼还要整人家的孩子，这心也太黑了。你吃煎饼喝鸡汤的时候咋没想到我？李玉明的立场动摇了。他恨龙志生独得好处没分给他一半，还想让他顶着前架子去得罪人，他才不那么傻哩！你为人不仗义，我还讲啥义气？这么一想，他就决定不再插手过问这件棘手的事。他不满地瞅了龙志生一眼，不痛不痒地说："钱都罚了，检不检讨的我看就免了吧，有勇能认识错误，日后注意就行了。"

李玉明这番话是对着文书和民兵连长说的。龙志生把得罪人的差事推给他，他不想给他当枪头子使了，他说这番话，是想博取他俩的支持，只要他俩附和着自己说几句，他这个好人也就做住了。这样龙志生也对他说不出啥看法，龙志奎那边也不得罪，最后就是不落好，但也不会落坏。

李玉明把别人想得太傻了，这回他可想错了。文书和民兵连长不是光吃地瓜长大的，他俩也没少吃藕。文书和民兵连长压根儿就不接他的话茬儿。五十多岁的文书小拇指插进鼻孔里正专心致志地挖鼻屎，民兵连长则全神贯注地抠指甲。他俩心里更明白，这事万万不能插手，插手就等于去端屎盆子往自己头上扣。让有勇认错就得罪有勇，不让有勇认错就得罪龙志生，挨打的又不是自己，收礼的也不是自己，不如来个装聋作哑明哲保身利索。至于李瘸子嘛，就让他跟在龙志生腚后转悠吧！

李玉明见自己的话跟狗放屁样，尴尬地冲着龙志生龇牙一笑，也不再吭声了。

龙志奎见状，就趁机说："玉明兄弟说得对，主任兄弟也说过，罚款不是目的，只要有勇能认识错误就行。"说完他冲龙志生笑了笑，那意思就按李玉明说的，让有勇认个错，一张纸掀过去就算了。

龙志生瞅了一眼龙志奎，嘴角动了一下，却没说话。眼下这场面，他真成了孤家寡人了，看来是不收场不行了。可收场也得让他体体面面地收啊，现场除了龙志奎一人出来圆场外，其他人个个板着吊丧脸一言不发，他咋收场？他没脸下这个台！这不叫下台，这叫跳山崖！

龙志奎看透了龙志生的心思，他用烟袋指着民兵连长身后的有勇说："还不快给你志生叔认个错？"

九头牛也拉不回来的有勇把鼻子一哼："凭啥叫我向他认错？那天是他先动的手，在场的人都能做证。"

现在，有勇不想就这么轻松地放过龙志生。钱都罚了，还想摁他个错，想得倒美。这么多年来，自己没尝过女人的滋味，现在他已经是个有女人的男人了，那就应该理直气壮地做个男人！

"你到现在还嘴硬！"龙志生突然一拍桌子站起身来。他不想跳"山崖"。跳下去他就没脸在龙旗村活人了。他想他应该跟有勇斗下去，他堂堂一村之主，难道就怕了一个在村里狗不啃狼不闻的光棍子不成？他指着有勇的鼻子大声吼道："我要你在喇叭里给我赔礼道歉！要不这事没完！"说着，他打开了办公桌上的喇叭开关。

"娘哩！"有勇几步跨到话筒前，对着话筒大声嚷道："龙旗村的父老乡亲，我是龙有勇！"接着他严声厉词地说，"龙志生把乡里分给咱村的低保名额平白无故地退回去了，我找他评理，他出手打我，还让派出所把我抓去，现在又罚我一千块钱，还让我在喇叭里做检讨，大伙儿给评评理，分个是非……"

有勇的这份"检讨"大大出乎众人的意料，气急败坏的龙志生抡起巴掌，狠狠地朝有勇脸上扇去："你娘的……"

有勇低头躲过龙志生的巴掌，顺手抓起话筒朝他砸去，吓得龙志生两手抱头倒退了五六步。有勇手里的话筒没能扔出去，有根电源线连在上头哩！气红眼的有勇用话筒指着龙志生，一字一顿地说："龙志生，你个狗日的做的坏事远不止这些。你自作主张，把村北的十几亩地卖给北河庄，你跟慈禧太后有啥两样？你个'卖国贼'！你说，村里的制胶厂是咋垮的？还不是你狗日的鼓捣垮的？还有，有成刚死不到半年，你……你就去找有成媳妇……要不是有成媳妇摸菜刀，你狗日的……她可是你的一个侄媳妇哩！你这个畜生！"

这些事有勇本来是不想说的，可他在气头上啥都不管不顾了。他只想把龙志生所有的短全揭出来让大家伙儿听听。他做到了。他的话通过话筒，不光传遍了龙旗村，还传到附近几个邻村里去了。

树怕揭皮，人怕揭短。龙志生疯了。他脸色铁青，浑身哆嗦，嘴里骂着："有勇，我把你这个婊子养哩……"他哈腰抓起一把椅子，龇牙咧嘴地照着有勇的脑袋抡过去。

有勇赶忙两手抱头钻进桌子底。只听"咔嚓"一声响，椅子砸在墙上，把墙面砸了几个大坑，两根椅子腿折断后飞出去落在东山墙上，"哗啦"一声，又把东山墙上的一面玻璃油画砸了个大窟窿。

有勇起身的时候连头上的办公桌也顶了起来。他两手抓着两根桌子腿，朝着龙志生扔过去。办公桌的抽屉里也不知盛着啥乱七八糟的东西，死沉死沉，没等扔到龙志生身上就落了地。血性冲顶的有勇哪肯罢手，他几步冲到沙发前，一把抓起龙志奎放在墙根下的铁爪，瞪着血红的眼珠子朝龙志生的脑袋砸去。

所有的人都被眼前的情景吓呆了。要不是龙志生的胳膊抬得快护住脑袋，有勇这一铁爪下去，他的天灵盖就得分成两半。"嗷"一声惨叫，有勇手里的铁爪狠狠地抓进了龙志生的胳膊里。龙志生的右胳膊上带着铁爪，身子跟醉了酒样晃几晃，最后"扑通"一声倒在了地上。

屋里跟结了冰样静着，静了片刻，李玉明最先发出了一声号叫："噢哟，了不得喽，了不得喽!"他跳起瘸腿就往外跑。

民兵连长冲龙志奎挤了一下眼，龙志奎心领神会，忙推了有勇一把:"快跑!"

有勇看一眼跟猪样躺在地上号叫的龙志生，抹一把脸上的冷汗，倔强地说:"我不跑，我跑了她娘俩咋办?"这种时候有勇心里还惦念着寡妇娘俩!

龙志奎知道有勇说的"她娘俩"是谁，他气得胡子发抖:"你这不成器的畜生，你可闯大祸了!"

有勇"扑通"一声给龙志奎跪下了:"大爷，我不跑，我跑了还不知哪一年才能回来哩，我不跑，我舍不得离开……咱们村，我……我去投案!"说完，"咚咚咚"给龙志奎磕了三个响头，然后爬起来拔腿往外跑。

"有勇……"龙志奎紧跟着往外追。

跑出门外的有勇跟飞一样，身子一晃出了村委大院，跑出制胶厂，朝着乡派出所方向，眨眼工夫就没了人影……

19.

观音菩萨显灵了

家一下子就空了。心也好像一下子空了。有胜领着俊容来家把钱拿走了，钱匣子里就剩下了买牛的三千块钱。明知道匣子里那些钱是给俊容准备的，早晚得给人家，可等人家拿走后，一辈子没富过的龙志奎，突然就觉得家里一下子变空了，空得他心里无抓无挠，不知该去干啥好了。送走了俊容，这门婚事也就等于钉子砸进木头里，没啥可顾虑了。接下来就是盖房子、买家具，给有胜张罗着成亲了。可家里就剩买牛的三千块钱了，拿啥操办这一切？往年田里收成好，光余粮也能卖个上万，可今年歉收，别说卖余粮，明年春上别闹饥荒就算是烧了高香。往年有山不光每月往家汇钱，还省下一个人的口粮哩！现在他回乡创业，成不成还悬乎着呢。

愁眉苦脸的龙志奎蹲在门槛上抽着烟，在心里盘算着日子的艰难，盘算来盘算去，没有一桩让他感到舒心的事。有勇走了，被政府关进了拘留所，说是十五天以后才能放出来。吃里爬外的二儿子有胜更让人寒心，他这次领俊容回来，不但照数拿走了帖子上的三万九，还额外"摊派"了一辆电瓶车，作价五千块，说是要买那种啥"爱妈（爱玛）"的。俊容这妮子不良善哩，自家没去送喜柬，她就额外要上一辆电瓶车，这叫省下工夫省不下钱，让你哑巴吃黄连，打了牙往肚子里咽。二儿子有胜胳膊肘子往外拐，不但不替家里说句好话，还跟俊容一唱一和地让老伴闷了葫芦头，最后只好应承了下来。他从镇医院探望龙志生回来，听老伴说完有胜的事，差点儿背过气去。这个没良心的东西，真使得出来，他明知道这个家底有多厚，他还这么往外抠摸，难怪有田老是看不惯他，骂他是个败家子，现在看来，有田没屈枉他。

龙志奎的额头上浸着一层密密麻麻的绿豆汗，在阳光下放着亮光。他担心地想，好吃懒做的有胜和俊容日后就是成了亲，也会想着法子找借口家来"诈钱"。老伴一棒子戳个心眼，光盼着抱孙子，自己又笨嘴拙舌不爱跟晚辈们搭话……孩子小时做了错事他常动手打，打疼了肉长记性，孩子大了就不好再动手，特别是在有胜这种快成家的年龄，就更不能动手，闹不好就结下一辈子的仇，不管你是不是亲老子，这个社会可跟从前不一样了。教育不听，打又不行，龙志奎痛心地叹口气，在心里暗暗发恨，过些日子给他盖好屋，结完婚就分家，一脚蹬出他去，自己过成啥样是啥样吧。

屋里跟没人样出奇得静，静得连绣花针落地都能传到耳朵里。老伴在里屋鼓弄了老半天，才从里面走出来。龙志奎回头看她一眼，只见她左手上托着个红绸包，兴奋着一张脸，就跟解熟睡的婴儿褓褓样，生怕惊着他，轻手细气地一层层打开，最后露出了那只黄澄澄沉甸甸的金手镯子。她两眼往外冒着火焰般的欣喜和渴望，起身走到供在门后的观音菩萨面前跪下，一脸虔诚地望着观音菩萨，手捧金镯子，嘴里小声祷告说："救苦救难的观音菩萨，大慈大悲的观音菩萨，求你保佑俺早一天抱上孙子……"

听着老伴虔诚的祷告声，龙志奎惆怅地叹口气，扭回头又续上了一袋烟。从有勇出事那天起，大热的天她就赶了三十多里路，去龙王庙村龙王庙里求龙王爷保佑有勇。龙王爷是管水的神，又不掌管人口祸福，人急了就爱乱求神。可她说有勇就是得罪了龙王爷，才招来这些祸事的。她说她记得今年夏旱时，村里人敲锣打鼓去小栗峪龙母坟上祈雨，盼雨盼得心灰意冷的有勇张嘴骂了龙王爷几句，骂龙王爷跟龙志生是一路货占着茅坑不拉屎，不给村民办实事，当时去求雨的人都听见了。龙王爷跟咱是一家，去给他烧烧香磕磕头赔个礼，说不准就动了恻隐之心，饶了有勇这一回。当然，除了龙王爷，她更没忘了灶王爷和老天爷。那阵子家里跟过年样，老伴在院子里摆上供桌，找人写了"十万神灵"的牌位供在上面。从那天到现在，她不知上了多少炷香，烧了多少刀火纸，磕了多少个响头，掉下了多少滴眼泪，忏悔了多少遍，许下了多少愿……可是十万全神哪一位也没搭救出侄子。另外有余还四处托人，也不知花了多少冤枉钱，最后还是弄了个拘留十五天……

龙志奎抽完一袋烟，又回头朝门后瞥了一眼。

观音菩萨面前烧着三炷香，香头悠悠地飘着三缕青烟，青烟袅袅地升得老高，散发着一股浓浓的苍松翠柏身上独有的馨香。听说这香就是传神的"电话线"，神仙闻到香味，你心里想啥他就全知道了。也是哩，要不那供桌上的观音菩萨闻到这香味，咋就笑容满面哩？你看她一脸的和蔼安详，慈眉善目，看着就让人心里觉得熨帖哩！老伴合眯着眼，诚心诚意地跪在地上，两手合十，嘴里念念有词，好像正跟观音菩萨慢声细语地拉呱儿哩。

老伴的神情打没打动神仙他不知道，却先打动了他龙志奎。你看她磕响头磕得额头又红又肿的样，跟刚取下拔火罐似的，看着就让人心疼哩！这个跟自己过了大半辈子的女人，一天福也没捞着享哩！她为有勇的事吃不下睡不着……多可怜的好老伴啊！明知管人的官和管人的神都求遍了也没用，他也不忍心拦挡她。就让她心里有个盼头吧，心里有个盼头，这日子过得就带劲！他把目光移到了老伴手上，她手里的金镯子也是她的一个盼头哩！

龙志奎看到那个手镯子，并不像龙大娘那样现出满脸的红光。相反，看见它，他却变得越发心事重重了。见物生情，这个奔六十的老汉想起了他那死去多年的老娘。他娘健在时交给有余他娘这个金镯子，说是谁先得子就传给谁。多少年来，老伴把它揣在怀里，从不离身，没人的时候，就掏出来瞅瞅，那眼神，就跟瞅见了自己的孙子一样，不吃不喝也高兴哩！

龙志奎看着老伴在那里不住地念叨，忍不住又长长叹一口气，既伤感又无奈地说："唉，我看还是把它给卖了吧，咋着也能卖个万儿八千的。"

龙大娘合眯着的两眼倏地一下睁开了。她惊恐地瞪着龙志奎，两手把金镯子紧紧捂在胸前，生怕被人抢跑，接着忙又铺开那块红绸布，把金镯子小心翼翼地放上去，一层一层地裹起来，最后急燎燎地装进了怀里。给观音菩萨磕过头，手扶供桌费劲地站起身，由于跪得时间长，两腿麻得有些站不稳，她一步一趔趄奔到门口，冲着龙志奎的耳朵急赤白脸地问："你说啥？你才刚说啥？"

龙志奎缓缓地回过头去，看见站在身后的老伴满脸恼怒，忙又把头扭了回来。他不敢看老伴那张脸。她在气急的时候才会这样哩！他把烟袋塞进嘴里，跟聋了样不去搭理她。他的话不能再重复，要是再重复一遍，准能把她气哭。

怒气冲冲的龙大娘控制不住自己的情绪，指着龙志奎的脊梁骨大声吼："你还是你娘的儿吗？"

龙志奎就跟背后挨了刀样，浑身一抖，嘴里的烟袋差点儿掉到地上。透过眼前飘飘悠悠的烟雾，他突然看见了他娘。他娘就站在天井里，跟活着的时候一模一样，手里拄着拐杖，颤颤巍巍地对他说："志奎，这只金镯子是咱的传家宝，传男不传女……"

"娘！"龙志奎突然喊了一声娘，忽地站起身来，朝他娘奔过去。可他刚走出去一步，"咕咚"一声，他两腿一弯，就跪在了地上。

龙大娘被龙志奎吓傻了。他那一声娘叫得跟见了真人样，莫不是婆婆听见了龙志奎的话，显灵教训他来了？她看见龙志奎跪在天井里，嘴里喊着娘，顿时吓得她面色煞白跟窗户纸样没了血色。这是真的，龙志奎看见他娘了，他娘来教训他了。她急匆匆地跑到天井里，"扑通"一声跪下，"咚咚咚"磕了三个响头，对着空地说："娘，俺知道你回来了，他是一时说急话，你就甭吓唬他了，他这几年也不易，孩子们都大了，一个个成家立业日子难啊！他这是愁得没法子了才说这样的话，你老甭生气，回头俺给你烧上几刀火纸替他给你赔罪，你就回去吧，甭吓唬俺了……"

龙大娘说完这番话，就听身旁的龙志奎问："你跪在这唠叨个啥哩？咦？我咋也跪着？咱跪这里干啥？"

龙大娘听见龙志奎的声音，急匆匆地爬起来，几步奔到他跟前，死死抓住他的胳膊颤声迭气地问："你看见啥了？你看见啥了？"

龙志奎诧异地瞪着老伴，反问她："看见啥？我啥也没看见，我还想问你哩，咱跪在这里干啥？"

　　龙大娘好像明白了，这是婆婆良善，不让她的儿知道哩！活人要是看见死去的人，不死也得脱层皮。龙志奎看见了他娘，过后却啥也记不住，这是婆婆心疼自己的儿子身体不好，怕他有个闪失，就不让他记住。这么一想，她这心里就踏实了，忙跪下又磕了三个响头，然后扶起龙志奎说："观音菩萨显灵了，说咱先苦后甜哩！"

　　听老伴这么一说，龙志奎瞅她一眼，没吭声，他从来就不信神。

　　龙大娘把龙志奎扶进屋，伺候他上床歇着，然后又回到供桌前跪下，心诚地端详着供桌上的观音菩萨，这回她看到笑容可掬的观音菩萨更加慈善和蔼了。她在心里坚定地想，家里有大慈大悲救苦救难的观音菩萨保佑，准能渡过一道道难关哩！

20.

镰头上有火锄头上有水

　　洼地里的麦苗两指高了，在干燥的秋野里，嫩苗黄秧秧地跟松针样直绷绷地挺着虚弱的身子，一看就知道严重缺水。要是这么旱下去，三伏天才下籽的荞麦和夏旱没来得及长的地瓜也得减产。荞麦多是山坡上的薄梯田，一锨下去就能铲到骨头，压根儿不抗旱。这个时节雪白的荞麦花开得正旺盛。荞麦开花坐荚子最需要水。你看，早上还绿油油的叶子雪白的花，中午就被烤晒得软梗垂叶无精打采了。为了保住这些旱庄稼，在这挂锄的季节里，村民们却又扛起锄头爬上了山。镰头上有火锄头上有水哩！他们上山又去锄一遍荞麦地，不是为了除草，深秋季节里野草早就不疯长了，他们只为保墒，这是老祖宗一代一代传下来的宝贵经验哩！

　　龙志奎在荞麦地里已经劳作三天了。这倒不是说他家的荞麦田多，有他这个种庄稼的好把式，他家那些田两天的工夫就锄完了，他现在锄的是侄子有勇的那一份。有勇的这一份说啥也不能撇下不管。天旱收不了多少荞麦，多收些荞麦秸也可以做冬天的牛饲料。

　　"唉，这个有勇，不听老人言，吃亏在眼前哩！"白龙岭上，龙志奎一边帮着有勇锄荞麦，一边在心里责备着有勇。大前天他提溜着点心去乡医院看龙志生，龙志生当着医院里那么多人没头没脸地训了他个狗血喷头，搭上礼不说，连个好脸都没赚回来，人家真是恨透了他哩。龙志生对他说，八月十五那天的会议上，就是他的三儿子有山和侄子有勇、有才闹的会议，现在笨头笨脑的有勇跟吃了豹子胆样接二连三地找他闹事，是有人在他身后给他吹风撑腰。这个人就是他的三儿子有山！他有山不回来，龙旗村太平着哩，自打他回来，你看发生的这些事，全是他在背后捣的鬼！

要说上一回有勇找龙志生闹事跟有山和有才有关不冤枉他俩，可这一回再怨三儿子有山可不大对头。那天早上有勇从派出所回来时，有山早就陪着有才娘俩进城里看病去了，他哪里得空去煽动有勇？听龙志生那么一说，他自己心里也替儿子感到冤枉。那个有才也真是，要不是他多嘴多舌跟有勇说了低保户的事，有勇也不会去找龙志生闹事，现在人家平白无故地恨上了自家，他真担心日后要吃龙志生的亏。

本打算拿着东西去探望龙志生，跟他说几句好话，让人家再高抬贵手放侄子一马，没等他张嘴，先让人家没头没脑把他教训了一顿。他一把年纪了，当着医院里那么多人，他这脸皮再厚，也不想开口求他了。人家脸上"写"得明白，不严惩有勇，决不罢休！听说有勇去派出所投案，刚一进门，就被警察用电棒子捅了个"鸡抱窝"。人家早就接到村里电话，正要出门去抓有勇哩。这个有勇，一棒子戳个心眼，一根肠子一根筋，一条胡同走到头，就是不知道拐个弯！让他跑，他还充英雄不跑。唉，说白了，他是舍不得那个寡妇哩！

从乡医院回来，他忙又打发大儿子有余去乡里四处活动，想方设法把有勇捞出来。有余开着车在乡里窜了一下午，大包小包，这饭店那酒馆的不知花了多少钱，最后啥事也没办成。

人家讲：处理问题不能讲私情，要公事公办。他有勇一个平头百姓，说啥也不能殴打村干部。有问题、有意见可以向村委会直接提，村委不接受，还可以向上级部门反映嘛！为啥要打人呢？打人就犯法，犯法就要按照法律来制裁……现在是依法治国，法律面前可不是请客送礼讲情面的事情，讲了私情就是贪赃枉法，就是徇私舞弊，那可是要犯大错误的……

龙志奎心里清楚，人家说的都是官话。儿子孬好也是个能人哩，连县里的领导都给他戴过大红花，不能不给个情面。可人家也有人家的难处。设身处地去想，堂堂一村之主，跟乡领导是直接的上下级关系，这么多年的工作来往，就没有一点儿私情？再说派出所所长跟龙志生是战友，人家肯定要把脚站在一个立场上。

"唉——"龙志奎长长叹口气，直起腰，扯下搭在肩膀上的毛巾，擦把脸，又禁不住朝岭下——椿树沟里的熬胶房那边张望了一眼：那里是有余帮有山熬胶的地方。有余原是制胶厂的生产厂长，制胶厂垮了，他回家支上土锅单干，熬出来的明胶黏度比制胶厂的还高哩，销路也打开了，从火柴厂到砂布厂，都上门来订货。

有田从小妹那里借来一万块钱，这几天兄弟仨从早忙到晚，干得带劲着哩！今天一大早，有余就喊起全家人去了椿树沟剁皮子洗皮子。龙志奎没像老伴那样跟着去忙活，那些活路他干不顺手，自己一辈子侍弄惯了庄稼，只有站在庄稼地里，他才觉得喘气匀和哩！因为大儿媳妇春花也去了三儿的熬胶房帮忙，自己就去把大儿家的荞麦地锄了一遍，也算是以工换工两找平。

有山有上进心，留在家里创业，一心想着脱贫致富，龙志奎看在眼里喜在心上，他隐隐约约从有山身上看到了发家的迹象。有山有干劲，有理想，跟他大哥一样。有胜算是走了下坡路，没个指望了。他这下半辈子，就指望有余、有山和有田兄弟仨了。兄弟三个齐了心，土坷垃也能变成金！他甚至想过，等几年有山和有田成家立业了，他就把这个家里的"大权"交给有余。年纪大了，精力不济不说，思想也跟不上社会了，这形势变化快着哩。俗话是实话，老不管少事，他可不想当儿子们的绊脚石。三个儿子当中，顶数有山心高，比他大哥还心高哩。儿子心高了他也担心，担心有山心高气傲不知个天高地厚，脚底下没了根。自己侍弄了一辈子庄稼，用这双手再去侍弄别的行当就成生手了，所以山里人甭往高处攀，能跟上他大哥有余也就知足了。

龙志奎的目光从岭下移开时，看见了从泰城驶向龙廷的那趟班车。他对它还是有感情的。他站在地里，挂着锄柄，深情地看着它从远处驶到了龙旗村的村口。这几年，只要他想念三儿时，他就独自跑到公路边上，或者来到这白龙岭上看车。他在心里盼着这趟班车能在龙旗村这一站停下，然后从车里走下他的三儿有山来。这趟班车给了他有多少次失望和喜悦了。现在三儿有山留在这山里不出去了，这趟班车对他来说也没啥盼头了，可他还是愿意多看它一眼。

这一次，这趟班车又在龙旗村村口停下了。车门打开，何长英从车上走了下来。

龙志奎看见从车上下来的小寡妇，心里一怔，疙皱着眉头琢磨了一会儿，心头一亮，立马明白了咋回事。她这是去城里看有勇了。龙志奎站在荞麦地里，看着她朝村里走去，心里说不出是忧是喜来。好像又是忧又是喜。有勇被关进了拘留所，这是忧。她对侄子这么牵挂，还舍家撇子去那里面看他，嗯，这说明她对侄子动了真心，可是她这个人……说实话，他对这女人没啥好感。当庄当院的，谁不了解她那不让人喜的品行？这一点，他跟大儿有余一个看法。就拿那天有勇闹事来说，她不该对有勇说他去给龙志生送礼的事，她更不该对有勇说龙志生想占她便宜……有勇本来就对龙志生恨之入骨，告诉他那些事不是等于火上浇油吗？再加上那天有勇又喝了酒……毫不客气地讲，是她把侄子推进了牢房！这个女人不压事哩！这个女人跟大儿媳妇春花是表姐妹，虽说是八竿子扒拉不着的亲戚，但论起来她该喊老伴表大娘哩。可她眼里一直漠视老伴，在街上两人走个对面连招呼都不打。亲戚不亲，有这么深的隔膜，多半是大儿媳妇往她耳朵里吹了杂风。虽然自家跟她没犯过啥来往，可人家是表姐妹，自然站在一起。大儿媳妇对老伴心里有个疙瘩解不开，人家跟大儿媳妇一伙敌仇老伴，这些老伴心里跟明镜样，不跟她一般见识，照样对她跟侄子的事上心着哩！她常挂在嘴上的一句话是：只要她跟侄子好，要咱给她下跪磕头都行，哪怕以后有勇成了"气管炎"，听寡妇的坏话不认我这个大娘也值，只要他不打光棍就行！

现在侄子蹲了牢房，人家一不躲，二不避，大模实样地去里头探望，这就说明两人的感情好着哩！耳听为虚，眼见为实，这可是一件让老伴听了都高兴的事。一兴奋，龙志奎的锄头又榬倒了一棵荞麦——这是今天下午榬倒的第三棵荞麦了，龙志奎的手抖了一下，忙弯下腰去。庄稼人没有不爱惜庄稼的，他这个种庄稼的好把式是不应该有这种闪失的，好像他一锄榬倒的不是一棵荞麦，而是榬断了一个小孩子的脚脖子，心疼得他弯腰捡起那棵荞麦，惋惜地叹着气，把手里的锄头一下扔到了地堰上。真是越老越不中用了！他生着自己的气，干脆把腚一沉，坐在锄柄上装上一袋烟抽开了。人累了就格外想抽口烟提提神，另外抽烟的时候还能一门心思地琢磨琢磨事哩！

有勇跟寡妇的事还真不能当儿戏了，等有勇出来就跟他商量商量，他要是愿意，立马给他操办。要是人家要求大操大办，咱也给侄子长上这个脸面。可让人犯愁的是，侄子的婚事跟二儿的婚事挨得这么近，没个万儿八千的转不开磨。要是放在一起办倒怪好，就是不知人家俊容同不同意？这么一来，还真成了双喜临门哩！不过话又说回来，把这事说成"祸不单行"也没啥过错，自己穷家破业的，两门婚事放在一起张罗，也够让自己应付的。

龙志奎跟块山石样蹲在地堰上，嘴里吐出的烟雾飘过头顶，淡淡远远地四散开去……

夕阳沉甸甸地坠到西山头，浓重的山影铺下来，整个柴汶河川顿时变得苍茫一片了，田野灰暗，一副混混沌沌的样；山娃们赶着羊群下山，母羊们呼儿唤女的叫声响彻山谷，羊娃们怯弱的嗓音悲凉娇嫩；雪白的荞麦花在晚风里浮动，暮色里弥散着一股沁人心脾的清淡馨香……

21.
有胜"蹲点儿"让家里人给自己盖房

> 呱呱鸡子上磨台
>
> 天天盼着媳妇来
>
> 媳妇来了穿花衣
>
> 媳妇来了穿花鞋

光着葫芦头的山娃们屁股里夹根木棍，唱着童谣在大街上跑来跑去。一大清早从龙廷赶回来的有胜被这种小孩们玩的游戏缠住脚，站在村头听入了神。他小时候没少在大街上唱这种歌谣。那时候他还不懂媳妇是啥，只是在心里盼着自己快快长大，长大了让娘给他说媳妇，然后让媳妇来穿花衣穿花鞋。现在他长大了，也说上媳妇了，知道媳妇是啥了，却等不得她来穿花衣穿花鞋，就……就让她肚子里有了娃！

俊容这几天顿顿要吃一大把朝天椒，有时正在桌上吃着饭，突然就跑出去吐起来。丈母娘是过来人，知道这是害喜，忙把有胜叫到一边，沉着脸教训了他大半天，训得有胜那张脸一阵儿红一阵儿白，答应立马回家催家里人盖房。这不，火烧屁股的有胜鸡叫等不得天明，一眨眼就赶了回来。

有胜以往回来总跟老鹰似的打个旋儿就走，这回不，这回他要"蹲点儿"让家里人给自己盖房，盖不上房丈母娘不让他回去。

龙大娘见亲家那边打发有胜回来盖房，心里不但不愁，反而高兴哩！

亲家那边没再出啥幺蛾子难为人，这么主动地来催房子，这是好事。没有房子就等于没媳妇，没有媳妇也就等于没有孙子，这房子，是得紧着下手动工了。心里比谁都着急的有胜恨不得当天就动工，他冲龙大娘示威说："人家俊容说了，没新房这辈子甭想提结婚的事！"吓得龙大娘连声答应说："盖！盖！咱这就动工盖！"

有田最反感有胜拿俊容的话来压人："她还甭拿不结婚吓唬人，她不结婚拉倒，你拿她当宝贝，别人还不稀罕哩。"

"不是你娶媳妇哩！"有胜瞪着牛眼蛋子，恶狠狠地冲着有田吼，倒把有田吓了一大跳。有田在心里想，这家伙咋这么大的火气？八成是受了俊容的欺负。他轻蔑地瞪了有胜一眼，脸上挂出幸灾乐祸的嘲笑，没有言语。见有田没吱声，有胜反倒跟逮住理了似的不依不饶："你瞪我干啥你？"

坐在床上的龙志奎见兄弟俩又要吵，厉声喝道："你俩都给我住嘴！"停了一会儿，见有胜和有田都没吭声，就缓下脸来，冲龙大娘说，"找人查好上山的日子，让他哥仨上山推石头！"

见当爹的发了话，有胜脸上现出了喜色。

有山的皮子已经全部泡进了水池里，龙志奎也挂了锄。在收荞麦和刨地瓜之前，还有一段空闲。大多数村民都趁着这段空当，拾掇起倒仓移库、修理农具的准备工作。

龙志奎开了个家庭会，决定在村西的自留地里给有胜盖房子。虽说龙旗村嚷嚷着拆迁盖楼建社区，但不知猴年马月才动工，这房子先盖起来再说，拆迁房按平方米赔偿，房子多赔偿就多。盖房子用的木料、石灰、沙子、瓦等各种材料，早就备好了，就差垒墙的石料，堆在老榆山半山腰的一个石窝里，得先去人一块一块地搬出来滚下山，再用独轮车推回来才行。家里三个整劳力，加上自己也算半个，齐下手十来天就能完活。考虑到有田最年轻，身子骨软推不动石料车，就让他跟着自己进石窝搬石头，有余、有胜、有山兄弟仨一人一把车，负责把赶下山的石料运到村西的自留地里。

这里需要说一下，在沂蒙山，打石头盖房子对一个普通家庭来说，可算得上是一个大工程了，恐怕跟国家建设三峡工程差不离儿。打石头盖房不是一个人的事，龙志奎当初给有余盖房时，有胜、有山他们没少出力，现在轮到给有胜盖房了，有余自然也要全力相助。

说下手就下手，为了把儿媳妇娶进门，腰疼病刚好利索的龙志奎，请人查好上山的日子，然后领着四个儿子上了山。

龙志奎家的石窝在半山腰，爷五个先爬上去，齐下手搬了一阵，等搬够三五车，有余、有胜和有山下山一人装上一车推走，等他们回来，山上的龙志奎和有田已经又搬够了三车。石料重，有田每抱一块，都累得龇牙咧嘴。脚底下全是碎石，每挪一步都得踏实、站稳，不敢有丝毫的大意。山上可没别的，除了石头就是石头，磕碰一下就不轻。走出石窝，往山下放的时候，不能用力过猛，用力过猛万一被石头带下去，摔不死也得残废。龙志奎不放心有田，嘴里不断地嘱咐他说："慢着点不咋哩，只要供上推就行。"

天下父母疼小的，这话一点儿也不假，有田自打高中毕了业，家里的农活也没少干，可只要有胜在家，有啥力气活，龙志奎总是支使有胜去干，有胜明知爹偏向有田也敢怒不敢言。力气活可不是三篇文章考出来的，这得有真力气才行。搬了一天石头，有田浑身又酸又疼，两个胳膊就跟不是他的一样，两手吃饭都拿不住筷子，手指头上也磨出了血泡。可他毕竟年轻，歇上一晚就缓过劲来了，第二天跟换了个人样，浑身是劲，搬块石头也不用放在肚子上顶着了。

相比之下，龙志奎就有些力不从心了。六十多岁的人了，腿脚不灵便不说，腰疼病又刚好利索，一天下来倒没觉着啥，第二天又上山干了半天，突然就躺在石窝里跟驴样"哎哟哎哟"地打开了滚。他那腰疼病又犯了。

有余用木车把爹推回家，然后重新分了一下工：有山进石窝和有田一起搬石头，他和有胜负责往家推。因为是给自己盖房，有胜这个懒虫表现得也不错，见天跟其他人一样早起晚睡，车子上的石头装得也多，推起来趔趔趄趄地怪吓人，可他路上也没歪车，让一向看他不顺眼的有田也有了好感——恐怕这是他有生以来最卖力的一次了。

晌饭的时候，春花来到龙志奎家叫有余，有余饭也没顾上吃跟春花走了。他家熬胶的锅炉坏了。有胜对自己的新房特别着急，就是两天盖起来他都不嫌快。有余和春花前脚刚出院门，有胜就拉着脸子埋怨："才帮了这么几天忙，就把他叫走，他盖房时我可是见天长在那，轮到我了他这事那事倒不少。"

龙志奎听了，把脸一沉，训斥他说："你个不知好歹的东西！你没看见春花进门拉着脸？一锅胶就是上万块钱哩，咱耽搁得起人家的收入？"有胜挨了训，翻瞪了一下眼皮不再吱声。

龙大娘又从旁插嘴说："你大哥那边忙，你甭攀扯，往后用着你大哥的地方多着哩，你甭光看眼前不看长远。"

龙大娘的话音刚落，一抬头看见俊容进了院门，她脸上登时现出喜色，忙起身迎了出去："哎哟，他二嫂来了，快，快进屋！"

俊容每次来，龙大娘都跟接天神样不敢怠慢她。这次俊容的突然到来，着实把她难为坏了。提前也没个准备，拿啥招待人家呢？玉明家里可拐弯抹角地对她说过好几回了，俊容来过婆家，可不是为吃回锅菜来的。为讨俊容欢心，龙大娘东跑西颠地去四邻家借来几样青菜，来不及去买肉，就把家里那只不下蛋的母鸡杀了算是救了急。虽说这几天几个孩子正下苦力，可生活节俭的龙大娘没舍得大鱼大肉地照管他们，每天能把地瓜面煎饼换成白面馍馍，顿顿给他们酒喝，炒菜时多舀上一勺花生油就不错了。"叮叮当当"一阵忙活，芹菜炒鸡肉、鸡肉炒蘑菇，外加一个柿子鸡蛋汤摆在了桌面上。

龙志奎平日喝酒爱找伴，打从上山推石料，每顿饭他都让几个儿子陪他喝几盅。"喝酒能解乏。"他常对几个儿子说，同时又警告他们，"喝酒可不能贪杯，这酒能成事，也能误事，用好了是灵丹妙药，用不好就是穿肠毒药。看你志远叔就把家业喝败了，有勇也把自己喝进拘留所去了，这都是现成的例子。饭菜吃多了长肉，酒喝多了跌膘，讲的就是这么个理儿。甭看亲朋好友把你推到上岗上，左一杯右一杯恭恭敬敬地敬你，说白了那不是敬你，是害你哩！"

龙志奎爱喝酒，却从没喝醉过，因此他对酒这东西也看得开，在这方面他还讲究男女平等，从不反对女人喝酒，几个儿子不在家的时候，他就时常劝老伴陪他喝几盅，龙大娘现在锻炼得能喝两盅了。

龙大娘见桌上的菜虽不丰盛，却也能说得过去，庄户人家，吃啥才算好？就热情着一张脸招呼俊容上桌，还拿出前几天俊容来拿喜柬时没喝完的一瓶红葡萄酒。俊容不喝白酒，却能喝一茶杯红葡萄酒。

平日在饭桌上最活跃的有田，自打俊容进门后一直没吱声，不知为啥，他左看右看上看下看正看斜看，总看这个二嫂不顺眼。人就是这样，有时对一个人就莫名其妙地厌烦。有山知道有田不爱搭理俊容，就端起酒盅招呼说："来，咱们都喝。"

"对，咱们一块都喝。"龙大娘把红酒倒满两茶杯，递给俊容一杯说，"他二嫂，咱娘俩喝红的。"这家里除了有胜，就数她对俊容有感情。

俊容接过酒杯，又放回了桌上："俺不喝。"她一脸腼腆的样子。她每次来过婆家，开始总少不了"腼腆"一阵子，龙大娘这几年已经摸上了她的脾气，"没啥，这不是啥酒，就是些糖水哩。"

"俺真不喝。"俊容又推辞说。

"没酒哩！"俊容每次来都爱喝这种红酒，她这么一而再地说不喝，让龙大娘心里感到有些纳闷，她求助地去瞅有胜。

有胜"嘿嘿"干笑几声，对俊容说："咱娘说得对，是些红糖水不假，叫红酒是骗人哩。"

旁边的有田不耐烦地瞥了俊容一眼，想张嘴说句啥，话到嘴边又咽了回去。他对俊容过分的"腼腆"劲很是反感。这个女人的到来，一下赶走了他的好胃口，她从来就没有大大方方地给他留下个好印象。

俊容的推辞让她变成了饭桌上的中心人物。都知道她爱喝红酒，今天她就偏偏不喝，一家人这心里就没了底，不知道她这趟来有啥事。龙大娘心细，忽然想起女孩子当着生人喝酒可能不大好意思，就赔着小心说："他二嫂，这家里也没外人，这个是你三兄弟有山。"龙大娘用手指了指有山，"前些日子才回来。"

俊容一直垂着头，听龙大娘这么介绍过，这才抬起被描过的眉毛匆匆瞄了有山一眼，然后又不好意思地低了回去。

有山这是第一次见到二嫂田俊容。八月十五她没来，前几天来拿喜柬钱时自己正巧不在。有山端起酒热情地对她说："来二嫂，咱娘说得对，这家里没个外人，你跟咱娘随便喝。"

不等俊容开口，有田端起酒盅一仰脖子灌下去，不冷不热地说："不爱喝就不喝，喝醉了难受。"他心里对俊容再也没法忍受了。

有胜不满地瞪了有田一眼，想说啥又咽了回去。有田这话他不爱听，说啥你也不能这么对待你没过门的二嫂。不过俊容今天这么拿捏也确实让人跟着别扭，于是他扭脸冲着俊容说："你就少喝点吧，一家人都等着你哩！"顿了顿，见俊容还不端酒杯，又说，"要不你就跟咱娘随便喝。"

"对，咱娘俩随便喝。"龙大娘也附和着说。

"嗯。"俊容终于怯生生地伸出手端起酒杯，跟狗喝水一样用舌头舔了舔又放了回去。

龙大娘一边往俊容面前的碗里夹菜，一边对她说："他二嫂，你来得可真巧，这几天家里正忙着运石料，你来了就多住几天，帮我做做饭，我一个人真忙不过来哩。"

"俺不能住。"

"为啥？家里还有啥要紧的事儿？"

俊容扫了一眼在座的人，最后把目光落在有胜脸上，声音小得跟蚊子哼哼："俺娘让俺来叫有胜去俺家帮几天忙。"

啥？没长眼还是没带耳朵？不知道这边没黑没白地运石料？不来帮忙不说，还要把有胜拉走，长眼不是看的吗？带着耳朵不是听事的？有田这回是再也沉不住气了，开口气冲冲地问："那边还有比这盖房更要紧的事？"

俊容垂下头不吱声。她知道一家人正用啥眼神看着她。静了一会儿，才听她细声细气地说："乡政府扩建办公楼，占了俺家的地，又通知这几天把地头上的树砍完。"

"这事儿是怪急不假。"龙大娘惆怅地放下了筷子。她对俊容的那份热情一下就跌落下来。俊容这孩子不看事哩，她在心里说，没给你们盖房时，你们急得跟火烧着猴子腚似的，现在给你们动工了，却又来抽劳力，懂事理的人，人家才不会开这个口。她冷着脸瞅了一眼垂眉低眼的俊容，不咸不淡地说："这边也忙哩！"

俊容真就像没长耳朵一样，听不见龙大娘的话，仍然小声念叨着说："人家说，到期不砍就归公。"

龙大娘端起酒杯，使劲喝了一口："这几天家里正缺人哩，你爹腰疼不能干，你大哥家的熬胶锅坏了，家里就指望有胜他们兄弟几个，有胜怕是抽不出身来哩！"说着，她斜眼瞅了有胜一眼，"有胜，你看这事……"龙大娘有话不好对俊容明讲，就暗示有胜站出来回绝他媳妇。

"这……这……"有胜当然能领会龙大娘的意思，他心里也明白，这是给自己盖房子，自己要是抽身走人，不光情理上说不过去，就是良心上也过不去，他刚要张嘴回绝俊容，看见俊容狠狠地瞪了他一眼，吓得他赶紧把吐到嘴边的话又咽了回去。他斜眼瞅了一下有田，见有田正用仇恨的目光看着他，他为难地叹口气，端起酒盅一仰脖子灌下去，在心里直埋怨俊容不看火势，这种时候净给他出难题。

有田也灌下一盅酒，两眼瞅着有胜，不紧不慢地对龙大娘说："娘，那边活儿忙就让俺二哥过去，咱这边不急，眼下快收秋了，咱也该干些倒库压场的活了，这石料，我看还是秋后再运吧！"

"这哪行？"有胜急忙反对。

"哼！"有田瞪了有胜一眼，把脸扭向一边。

有胜能掂出有田的话里有多少分量，他这是明摆着想罢工哩，这哪行？这……这刚开工就要停工……他恨恨地瞪了有田一眼，抓耳挠腮地去看龙大娘，龙大娘也把脸扭向一边，他不知所措地对身边的媳妇唤了两声："俊容……俊容……"唤来的又是两道让他不敢对视的眼神。

"爹……你看……你看这事……唉！"夹在中间六神无主摇摆不定的有胜，最后把"球"踢给了龙志奎。

龙志奎见儿子要自己站出来帮他说话，气不打一处来，就在心里骂有胜，娘哩，真是个不争气的东西，不喊你媳妇喊我干啥哩？自己的媳妇都管不了，来为难你爹！他也为难地叹口气，没言语。他在心里想，秋后运石料，说啥也不行，秋后要是摊上连阴天，说不定这房子就得拖到明年春上才能动工。他伸手端起酒盅，送到嘴边呷了一小口，放下酒盅，心疼地看了有山一眼:"有山,给爹满上!"

一直没说话的有山从爹的眼神里读懂了他的心思。当着二嫂的面,爹有话没法说。不争气的二哥怕媳妇怕得跟老鼠见了猫样,要是不让他走,这俊容可不是一盏省油的灯,日后准会找茬子跟自家闹别扭,要是让他走,有田推不动石料车,这推石料的活就得靠自己一个人,爹也为难哩!看着上了年纪的爹娘,他心里直骂二哥混账,分不出哪头沉哪头轻,自己做不了自己的主,当不了媳妇的家,婚后那还不被她管得跟儿一样?爹娘这个年纪,要是在城里,整天钓鱼、遛鸟,过得跟神仙一样哩!可他们为了给儿子们盖房,现在还跟老黄牛一样挣着脖子拉犁哩!有山真想指着有胜的鼻子训他一顿,可当着二嫂的面,他也不好意思张嘴,唉,就是不为二哥,也得为爹娘哩,庄户人家说门亲不容易,能忍就忍了吧,自己大了,就得替爹娘挑起这副担子。这么想过,他伸手端起酒盅,一仰脖子喝下去,辣得他差点儿掉下眼泪:"爹,就让俺二哥去吧,也就一两天的事,家里有我哩!"

"有山……"龙志奎心疼地看着有山,嘴唇打着战,一肚子的话涌到嘴边,却一句也说不出来。

22.

有山累吐血了

　　有胜说好一两天就回来的，他却一走就是七八天不见人影，等他回来时，山上的石料已被有山运完了。有山跟有田天不明就上山搬石头，等把石窝里的石头全搬出来赶下山，有山让有田在家里去干倒仓压场的活，自己推上木车，每天像个备冬的田鼠样，在村后那条鸡肠子一样的山道上来来回回地运石料。

　　龙志奎自打犯了腰疼病，就整天躺在床上不敢下地了，厉害的时候连吃饭都得龙大娘给他端到床头上。他人躺在床上，心却天天长在山上。每到吃饭时，他总是向有山打听上午推了几趟，下午推了几趟，然后他就扳着指头算上一阵，说："嗯，要是这么下去，再推个三五天就能完活。"

　　有胜跟掐算好了一样，等有山推完最后一车石料，他就从龙廷赶回来了。他看着卸在宅基地里的石料，觍着一张脸对有山和有田说："行啊你俩，我不在家也出活哩！"

　　有田恨恨地瞪他一眼，没好气地说："哼，你死了地球也照样转。"气得有胜直翻白瞪眼。

　　有山运完石料的第二天早晨，天刚麻麻亮龙志奎就醒了。他披着上衣坐在被窝里，先装上一袋旱烟抽完，然后趴在床沿上咳嗽了一阵，吐了几口痰，这才对早早起床做饭的龙大娘说："我看，还是把房子包给乡建筑公司吧！"他这几天躺在床上没事干，脑子里就老琢磨这件事。他考虑到自己腰疼不能干，有余家里又忙，不如包出去利索，省心省力不说，还不耽误家里的活。

龙大娘手里拿着瓢子，从里间面瓮里挖了半瓢玉米面出来，一听龙志奎要把房子包出去，心里有些上火："你这是说的啥？你看人家志安哥家那套房，人家爷四个个把月就完工了，就是上梁那天多找了几个人……"

龙志奎知道老伴心疼钱，可他又有啥法子？自己可不是前几年给有余盖房时能跑能颠了，亲戚朋友左邻右舍也不是前几年找上一二十人不成问题，现在他老胳膊老腿跑不动了不说，现在的人也不比从前了，啥情面都不认，眼里只认钱，不付工钱，好酒好肉地侍候也白搭，社会不同了，这老少爷们的工夫也走向"市场"了。不说外人，就说自己的大儿有余，你总不能让他扔下大锅里的胶水来帮你盖房吧？龙志奎为难地叹一口气，又拾掇着旱烟袋抽起了闷烟。

龙大娘瞥了龙志奎一眼，见他病恹恹地愁眉苦脸的样，心里疼燎燎地，嘴上就变温和了许多："要承包也行，就包给咱村里的建筑队，当庄当院的摸底细，不会瞒着咱偷工减料。"

"村里的建筑队能摸底细不假，可都是泥巴腿子出身，盖土房还行，盖瓦房可比不上人家镇上的建筑公司。再说这拉沙、买灰、找架板等一大套活人家一概不管不问，都要咱找好给他们放到面前才行，我现在又操持不了，有胜也不中用，转天就要割荞麦刨地瓜，咱家里地多，加上有勇的那份，咱忙得过来？忙起秋来村里的建筑队也得散伙，到时你找谁去？把房子包给建筑公司，咱啥也不管，就等着住人。"龙志奎一口气说了这么一大堆，说得又快，说完了又忍不住使劲咳嗽起来。

"唉！承包给人家不知要多少钱哩？"龙大娘听龙志奎说得句句在理，想起那承包费就心疼。

龙志奎说："我都打听好了，咱备好料，包工费得小两万。"

"你说的可是三间瓦房？"提起房价，龙大娘冷丁想起一件棘手事，"你打谱给有胜盖几间？有余结婚时可只有两间草房哩。"她两眼瞪着龙志奎，等着他的回音。

龙志奎听老伴这么一说，心里也咯噔一下，这事可得好生掂量掂量，一碗水要是端不平就惹麻烦哩！他"吧嗒吧嗒"地咂了几口烟，左手摸着下巴上灰白相间的胡子，疙皱着眉头琢磨着，等一袋烟抽灭了，吐不出一丝烟雾了，这才磕掉烟袋锅里的烟灰，慢吞吞地说："我看就给有胜盖三间瓦房吧，这社会进步了，草房跟不上形势了，现在谁家还盖草房？咱要是盖了草房，别说俊容不愿意，村里人也会笑话咱哩。"

龙大娘手里一直端着半瓢玉米面，这时外面炉灶上的水开得雾满了饭棚，她急忙跑出去，把瓢里的玉米面下进锅里，用铁勺搅和搅和，然后盖上锅盖回到屋里，恓惶着一张脸看着床上的龙志奎，心虚地问："给有胜盖三间瓦房，要是有余家里说咱两个儿子两样对待，偏向有胜咋办？"

龙志奎愣了一下，闷葫芦样半天没言语。老伴考虑得周全，村里有好几家因为给儿子盖的房不一样，父子反目成仇闹破了天哩！大儿子有余倒没啥，就怕春花有意见，她跟老伴一直不大和睦，要是让她抓住这个小辫子，她可难缠着哩！一时，龙志奎在心里也犯开了嘀咕。

饭棚里当啷一声响，熬粥的锅溢了，锅盖掉在地上，惊得龙大娘浑身一抖，急忙跑出去。锅盖掉地的声响惊醒了东厢房的有胜，他不耐烦地冲龙大娘高声嚷："一大清早的你还让人睡不睡了？"

西厢房的有田老早就醒了，一直瞪着两眼听着堂屋里爹娘盘算给二哥盖房的事，后来听见有胜呵斥娘的声音，一个鲤鱼打挺坐起来，气鼓鼓地穿上衣裳，鞋也顾不上穿，趿拉在脚上就冲了出去："你一大清早发什么洋熊？"听不清有胜嘴里嘟哝了一句啥，东厢房里的床吱扭着呻吟了几声，接着就没了动静。有田怨气不出，仍然气哼哼地说："还给你盖房，给你盖狼熊！"

"行了行了，这几天都怪累得慌，你也回去再睡一会儿吧。"龙大娘息事宁人地劝慰着有田。

有田朝东厢房瞪了一眼，气不顺地往回走，一进门，见三哥床头地上鲜红一摊血迹，心里一惊："三哥，你……"

有山抹一把嘴角上的血丝，喘上一口气，冲有田摆摆手："别咋呼，让咱娘知道了吓着她。"

有田恨恨地骂道："咱二哥真不是东西！"

有山仰面躺下，有气无力地说："你别说话了，困死我了，吃饭也别叫我，我多咱睡醒了多咱吃。"说完合上眼，很快又睡着了。

有田看着疲惫不堪的三哥，心里疼燎燎地跟有什么东西揪着一样，伸手给他掖掖被子，转身蹑手蹑脚地走了出去。

有田走到天井里，没头没脑地冲龙大娘嚷道："给俺二哥盖两间就不错了，要不日后有你们好看！"

有田的话让龙大娘浑身一震，扭脸瞪着少不更事的小儿子，刚想张嘴说话，就听东厢房里的有胜先大声叫嚷："俊容说了，房子要三间，还得前出厦。"

有田不听"俊容"这俩字还罢，一听有胜又把"俊容"搬出来，这火气就不打一处来。

有田朝东厢房愤怒地吐了一口唾沫："你少拿俊容来吓唬人，俊容算老几啊？你以后少在我面前俊容俊容的，我一听心口窝就堵得慌，她算个屁哩！"

有田这么一阵劈头盖脸的臭骂，把有胜骂得跟个旱蛤蟆一样，肚子一下鼓起来，气哼哼地叫嚷道："订婚时说过是三间瓦房出前厦的！"

"你唠叨啥唠叨？给你盖三间瓦房就不错了，你爹有多大能耐还要给你出前厦？"平时里不爱冲儿子们发火的龙大娘这时也突然发了火，她一脸怒气地冲东厢房里训斥道。这些日子她这心里一直就怪烦，特别是俊容多拿走了五千块钱，接着又来把有胜叫走，这个有胜也不知个头重脚轻，一去就是七八天，单等有山把石料运完了才回来，现在他竟然嚷嚷着要盖三间前出厦的瓦房，她这心里可就生了真气。

有胜见娘都不给他撑腰说话了，一下就不敢吭声了，憋了大半天，仍然不甘心地小声嘟囔："订婚时说过要盖三间出厦的……"

"哼，你想得倒美！"有田撇着嘴，脸上挂着不屑，"也不撒泡尿照照你那熊样，懒得皮疼，还想盖前出厦，等下辈子吧！"有田有话不分轻重地往外抢，抢出来心里才痛快。

原以为有胜听到这话会反过来跟有田吵一通，可东厢房里一直没有动静，有田和龙大娘奇怪地互相看了一眼，谁也没说话，就站在那里等着，可东厢房里一直没有动静，跟有胜一下没了样，连他喘气的声音都听不见了。有田知道有胜这是赌气不理自己了，就冲龙大娘胜利地一笑，转身朝院外走。

龙大娘在他身后说："这就做中饭，你上哪？"

有田想去卫生室给三哥买些药，他咋想的就咋对龙大娘说："我去给俺三哥拿药。"

龙大娘心里一惊，忙问："你三哥咋了？"

有田一怔，知道自己说走了嘴，忙掩饰说："没……没啥，他……他可能感冒了，咳嗽……"这么说着，自顾自地走了出去。

心细的龙大娘见有田说话吞吞吐吐，神情也不对，话没说利索就急急往外走，好像有啥事瞒着她这当娘的。他一大早就起来冲有胜发了一通火，这事就让她觉着有些蹊跷。夜来有山没吃饭就躺下了，一向勤快的有山再苦再累从不睡懒觉，按说这个时辰也该起床了，可现在还没听见他的动静，她这心里就有些犯二思，一犯二思，就放下饭勺朝西厢房奔去。

龙大娘推开西厢房的房门，一眼就看见地上的一摊血迹，她心里咯噔一下，跟个老母鸡样夯着翅子大呼小叫朝有山扑去。

有山头枕着床沿斜躺在床上，脸色蜡黄得跟黄表纸样，嘴角上的两条血迹也跟蚯蚓样往下爬。他被龙大娘的大呼小叫惊醒，抬头看了她一眼，嘴唇抽搐了一下，没等说话，先是一阵咳嗽，又咯上一口黏稠的血块吐到地上。

龙大娘拖着哭腔喊叫着扑到床前，托起有山紧紧搂进怀里，用衣袖不住替他擦嘴，眼泪和着哭声跟夏天的山洪样无遮无拦地涌泄出西厢房，在深秋的清早里肆意流淌。

龙大娘的哭声惊动了堂屋里的龙志奎和东厢房的有胜。龙志奎忘了腰疼，忙不迭地穿衣起床，精赤着脚跑了出来；有胜连衣服都没顾上穿，穿着裤衩也跑了出来。爷俩一前一后冲进西厢房，眼前的情景让两人变了脸色，有胜颤着嗓音一个劲儿地问："有山咋了有山咋了？"

龙大娘指着地上的血说："你看有山他……"

龙志奎二话没说，扭头就往外跑。跑到院门口，忽然想起什么，忙又折回身跑回堂屋，等他穿上鞋出来，有胜一边往东厢房跑，一边对他说：

"爹，你在家吧，我穿上衣裳我去！"

"那你快着点！"龙志奎说完这话，急匆匆地去西厢房看有山。

有山从龙大娘怀里挣起身子，伏在床沿上咳嗽了一阵，有气无力地说："娘，我没事，我就是困得慌。"

都说人活一口气，一点儿也不假哩。前几天，有山就觉着浑身疲惫，每运一趟石料，心口窝里就跟有刀子乱绞样火辣辣疼燎燎地难受，后来喘气也不顺畅均匀，眼看着快运完了，他咬牙坚持着才没倒下，一直到昨天下午运完最后一车，他这心里才松了一口气，晚饭也没吃，倒头睡下了，谁知半夜里又咳嗽又吐血，天亮后连下床的力气都没有了。

"有胜去叫志顺了！"龙志奎进屋对龙大娘说。

"有田早就去了，按说也该回来了。"龙大娘一脸焦躁地勾着头往天井里张望，她看见有胜急匆匆地跑出东厢房，一边往外跑，一边手忙脚乱地套袖子。

龙志奎看看有山，又看看地上的血迹，就跟被掏了窝的麻雀样不安地在屋里转来转去。后来他索性走出去，在天井里打个转，然后走出家门，去了村街。他站在大街上朝村头张望，等远远看见龙志顺、有田和有胜，这才折身回家。

龙志顺是柴汶河一带的名医，他在乡医院里当医生，在家里也开着门诊，龙旗村的人有病有灾的不用去外村，找他就行，只要不是什么疑难病症，保证药到病除。龙志顺跟龙志奎是没出五服的叔伯兄弟，听说有山又吐了血，二话没说，背上药箱就走。他一直走在有田和有胜前头，有田和有胜一路小跑才能撵上他。

龙志奎折身回家跟老伴打声招呼，说志顺来了，然后又走出去迎接。龙志顺跟着龙志奎走进西厢房，先看过有山的眼睑，拉起有山的手号过脉，又用听诊器在他胸前听了一阵，最后一张严肃的脸这才松缓下来，对龙大娘说："甭怕嫂子，没事，上回我就跟有田说，让你给有山加些营养，歇上几天，你咋……"

"啥？吐过一回了？"龙大娘恼怒地瞪着有田，"你咋不跟我说？"

"是俺三哥怕你们担心才不让我说的，早知心疼就不该让他一人运石料!"有田见娘往他身上发泄怨恨,大声委屈地嚷道。这些怨恨应该发到有胜身上,他心里愤愤地想。

有田的话跟烧红的烙铁样,一下烙在龙大娘的心口上,烙得她的心尖刺啦一声响,心疼得她差点儿晕过去。有山这几天起早贪黑上山运石料,还不是为了这个家?为了自己跟老伴?她搂住有山的脖子,又忍不住撕心裂肺地哭起来:"有山啊——都是娘不好,都是娘心狠,看把你害成啥样了?"她边哭边说,"娘也是为了这个家啊……"

有山能理解娘的心情,为了不让她伤心难过,他强打精神撑起上身坐起来,装出一脸轻松的样子说:"娘,你哭啥呀,我这不是挺好吗?"

龙志顺也从旁打趣说:"你呀,要是心疼有山,就给他多做些好吃的,什么鸡鸭鱼肉的,这些比吃药还管用哩!"

龙大娘立马止住哭声,抬手抹把眼窝,从衣兜里掏出一大把毛票塞给有田:"去,称斤白糖来,先给你三哥败败火。"

"对,喝点白糖败败火。"龙志顺也说,说着他背上药箱,喊住有田,"有田你跟我去拿些药来,我这里没有止血药。"

送走龙志顺,龙志奎和龙大娘回到屋里,当着有山的面,龙大娘又把有胜数落了一遍,等心里的气消了,这才对有山说:"有山,你爹说了,咱把房子包出去,包出去省心,让你们爷几个都好好歇几天,你就安心躺着养病。"

有胜不失时机地对有山说:"对,家里的活有我哩。"

一家人正盘算着以后的日月,龙志生来了。他站在天井里冲屋里喊:"志奎哥在家吗?"

龙志奎和龙大娘闻声,忙从西厢房里走出去,把龙志生迎进堂屋里。

有田去买白糖买了一个早晨。商店里只有小妹一个人,她今天歇班,就替她妈盯店来了。这些天有田长在山上,忙得两头不见明,就没跟小妹约个会,乍一见面,亲热得跟失散多年一样,好像有说不完的话,后来小妹提议转天上山去摘酸枣,他这才想起三哥的事。小妹听说三哥累垮了身子,忙从冰箱里取出一只烧鸡,让有田带回去。多么会体贴人的心上人呀,有田伸手去接烧鸡的时候,顺势搂过小妹,在她脸上啄木鸟样啄了一口，啄得小妹一张粉脸顿时桃花灿烂，幸福无边。

有田春光满面，嘴里哼着别人听不懂的流行歌曲回家，走到自家的篱笆墙外，正好碰上满脸堆笑的爹娘送龙志生出门。

龙志生笑哈哈地走出来，脸上也挂满了春光。有田见他脸上的伤好多了，脸也胖了，太阳照在上面，油光闪闪的，就像一面镜子。他这段日子住院住胖了。

龙志生因祸得福。有田见到他第一眼时就这么想。村里村外得过他好处的人都去医院看他。听小妹说，龙志生已经半价批发给她家好多烟酒糖茶点心了，都是龙志生老婆从医院里直接提到她家里去的，有的还是她家卖出去的哩。

龙志生的右胳膊好像没好利索，跟刚从战场上下来的伤员样，缠着白纱布吊在胸前，很是招惹人眼。有田怀疑地哼了一声，心里话，鬼才知道他的伤好没好，就是好了，这么吊着上大街才招"财"哩，伤得越重，去看他的人越多……

龙志生见到有田，冲他堆起一脸猪笑。有田没对他笑，他一见龙志生心里就有一股仇恨涌上来。龙志生的脸皮真厚，把有勇送去坐牢，还恬不知耻地来他家里，这是黄鼠狼给鸡拜年没安好心哩。他连瞅都不瞅龙志生一眼，径直从他身边走了过去，让龙志生的一脸猪笑僵成了驴屎蛋子。

有田回到家里，先去堂屋里撒目了一遍，见饭桌上摆着烟和茶壶茶杯，就知道爹娘跟接天神样招待龙志生了。他恨龙志生，也恨爹娘不长志气，他龙志生算啥东西，理他干啥？他气哼哼地提着暖水瓶走到西厢房，把烧鸡放在窗台上，然后给有山倒水吃药。过不多久，龙志奎跟龙大娘从外面回来，有田没好气地问："他来干啥？"

龙大娘扶着龙志奎迈进西厢房的门槛，说："找你大哥借钱来了。"

"找俺大哥借钱？"有田吃了一惊，"他找俺大哥借啥钱？"

"说是要买电机和水泵。"龙大娘把龙志奎扶到有山的脚头床沿上坐下，脸上流露出对龙志生的赞赏，"咱这里十年九旱，买套浇灌机肯定能赚钱，他算是看准了。"

"钱长了毛也不借给他！"有田恨恨地说，"他把有勇哥害得还不够惨吗"？

龙志奎叹了口气，他知道龙志生不是个好东西，可自家能拿人家咋样？人家是村主任哩，管着全村的人哩！

"你大哥愿意借给他就借，各自分家过日子了，咱说了也不算，咱也不操这份闲心。"龙志奎把身子倚在床头上，装上一袋烟点上，吸上几口后又说，"他日后要是有了水泵，说不定咱也要用。"龙志奎当着孩子们的面，不愿表露出自己对龙志生的反感，那样就更激化有田对他的仇恨。

"他家有的是钱。"有田想起小妹跟他说的事，刚想张嘴说给爹娘听，又顾虑自己跟小妹的事，话到嘴边就变成了"人家堂堂大主任，还缺个万儿八千的钱？"

"就是。"有田的话好像提醒了龙大娘，"人家是村主任，不缺这几个钱，再说，他是跟你大哥借，又不是跟咱借，他不去你大哥家，来咱家干啥哩？"

"哼，我看他这是黄鼠狼给鸡拜年。"有田说。

有山吃上药后，好像一下恢复了精神，他接过有田的话茬儿说："他是来咱家探听风声的，有勇过几天就出来了，他心虚哩！"刚才龙志生在堂屋里跟爹娘的谈话他都听见了，他当时就猜透了他的心思。

龙志奎也点着头说："嗯，是这么个理。"

有田对龙志生真是恨到了骨子里："他日后有水泵咋了？今年咱还是去找俺三哥的同学宋学理。"

龙志奎不赞成有田的做法："咱犯不着跟他明着作对，人家是主任，日后还有求到人家的地方。"龙志奎考虑事情总是这么长远，有田却觉得他这是前怕狼后怕虎。

有山说："他这村主任还能干一辈子？"

"就是，他还能当一辈子不成？"有田见有山也这么反驳爹，他就更来劲了，不等龙志奎开口，他又张嘴埋怨起爹娘的胆小怕事，"你们为啥老是对他低三下四地讨好巴结呢？我都替你们感到丢人！"

有田这番话让龙大娘听了心里有些恼火。自己跟老伴还不是为了儿子们好？可这些在有田眼里竟成了没骨气，她气恼地冲有田吼道："你个不知好歹的东西，我跟你爹这样还不都是为了你们？"

"为了我们？"有田有些蒙怔，"我们得罪他了？"

龙大娘叹口气："孩子多了就比别人矮三截。"

有田更感到迷惑了："娘，你不是老说多子多福吗，现在也盼着生孙子，咋又说孩子多了比别人矮三截呢？"

龙大娘现出满脸的无奈满脸的苦楚满腹的惆怅："唉，过去讲究多子多福，多个儿子到老多一碗汤喝哩！"说到这里龙大娘好像突然明白了啥，"可理儿是这么个理儿，孩子多了花项也多。不说别的，就拿你二哥这门亲事来说，求四邻告八舍倒也没啥，要是这四邻八舍处得不好，说个媳妇人家也会给你说坏话，插上杠子去戳媒哩……"

有田听着娘的话，心想爹娘这辈子活得也真够累的。

这时有山想喝水，龙大娘去窗台上端碗时，看见了窗台上那只装在方便袋里的烧鸡，吃惊地问有田："你哪来的钱买这烧鸡？"

"我赊的！"有田说。

龙大娘皱了一下眉头。她本想把家里那只下蛋的老母鸡杀了给有山炖汤喝，没想到有田买回来一只烧鸡，庄稼人吃不起这东西，她心疼有田多花了这份钱，可有山的身子也需要加营养，也就没再说啥。

有山知道这准是小妹给的，就故意问有田："从谁家赊的？"

"张光德家。"有田面不改色。

接着两人都憋不住笑了。

23.

有勇的身子骨都被关软了

荞麦叶子见黄了，三角荠子里的果实饱满充盈。荞麦们在秋风里波浪样起起伏伏，荞麦特有的青香浓浓淡淡的，阵阵扑鼻。

有勇蹲在白龙岭自家的荞麦地头上，瞪着两眼望着岭下的龙旗村，就跟一尊没有生命的石雕样纹丝不动，任凭秋风吹乱了他的头发和上衣，远处传来放羊娃们稚嫩的歌声和老牛浑厚雄壮的吼叫。

今天一早有勇就从拘留所出来了。因为身上没钱，他一路走回来的。在里面蹲了十五天，每天除了吃就是睡，巴掌大的地方关了十几个人，想活动活动都没地方，身子骨都被关软了。二十里路，他走了不到二里地就不行了，两个小腿肚子胀疼得不行，一路走走歇歇，歇歇走走，等走到白龙岭，实在走不动了，就来到自己的荞麦地里。荞麦地被人锄过，没有一棵杂草。他知道这是大爷龙志奎给他锄的。想起大爷，他鼻子一酸，两眼就潮湿了。因为腿疼，他坐在地上扳着两个小腿肚子揉了一阵，后来又索性钻进荞麦地里睡了一觉。等他一觉醒来，发现天都响午了。

有勇揉揉眼坐起来，撒目撒目周围，岭上除了几个放羊娃和几头牛没有本村的熟人，他就走出荞麦地，在地头上坐下来，瞪着两眼望着岭下的龙旗村入定一样成了一尊石雕。

坐了半个月的牢，有勇也没弄明白自己到底错在了哪里？虽然他在里面吃了不少苦头，可他就是不承认自己有错。是龙志生先动的手，为什么不抓他偏偏抓我？搞得两个提审员对他大动肝火，给他戴铐子、罚站、夜审……可他就是死不承认，也不在审问记录上签字，他说他不识字。后来两个提审拿他没辙了，直骂他真是个牛骨头，给了他一个拘留十五天的处罚。据同号的难友说，他要是承认了自己的错，至少判他三年有期徒刑。我本来就没错，凭啥让我承认？有勇是一条死理认到底的人。刚进去的时候，同号的犯人还欺负他，后来就都敬佩他了。临走时，他们还舍不得他哩！那两个提审对他也格外客气，嘱咐他回去后改改这个熊脾气，说这年头可不喜他这种人。有勇在心里说，这个脾气是爹娘给的，你让我改就改啊？心里这么想，嘴上却这么说，谢谢政府关心，我回去一定改。那两个提审冲他摆摆手，说走吧走吧，回去找你的小寡妇好好过日子就行了。就这么着，他们把他放了。

半个月不见天日，现在看啥都新鲜。想想在里面的日子，就跟夜里做了个梦一样。这个狗日的龙志生，也不知现在干啥哩。他娘的，自己这回算是栽到他手里了，搭上一千块钱不说，还坐了半个月的牢，自己失去的太多了，包括那些用钱买不来的清白名声……

"有勇哥，你一个人在这里愣啥神呢？"不知什么时候有山站在了有勇身后。

有勇回头见是有山，满脸惊喜地站起身问："咦，有山，你咋知道我在这？"

有山冲有勇笑了一下，使劲喘了几口气，抬手捋了捋额头上被风吹乱的头发，然后挨着有勇坐下。他一边喘着粗气，一边说："有余哥……开车去那里接你……没接着……回来说……你一早就出来了……去你家找……门上挂着锁……打发小孩去寡妇家……你也没在那……要不是我去椿树沟……看熬胶房……就看不见你哩。你咋躲到这里来了？你还没到家……"

"唉！"有勇叹了口气，两手抱住头，憋屈了半天，小声念叨说："我给家里丢人了，我没脸见俺大爷大娘……"一句话没说完，有勇眼圈红了，两颗泪蛋子掉在地上，把脚下干硬的土地砸了两个湿坑。

有山身子本来就虚，从岭下爬上来，心跳快得要蹦出胸膛。他见有勇这么重的心事，心口上也好像压上了一块磨石，压得他更加喘不上气。他咳嗽了几声，深吸口气，安慰有勇："这事你用不着往心上去，你没做错啥，村里人都说你打得对，替大伙儿出了口气。龙志生占着茅坑不拉屎，这几年净干些不得民心的事，身为一村之主，不为村民谋福利，早就该教训教训这家伙了。你大爷大娘都明白事理，你不用担心。"

有勇听有山这么一说，跟吃了宽心丸样稍微安慰了些，可他还是一脸的愧疚："大爷大娘倒不会咋着我，可心里对我恨铁不成钢哩！他们从小把我拉扯大，我不成器不说，到头来还净给他们添麻烦。"有勇说到这里，抬手抹把眼窝，顿了顿又说，"按说有胜盖房子我得跑到最前头，可忙没帮上，反要连累大爷给我放牛、锄地……"他抬头看着眼前的荞麦地，再也说不下去了。

"这些都是小事。"有山想岔开这个让有勇伤心的话题，"走，咱回家，你大爷大娘盼你盼得着急哩。"

"我不回去。"有勇对有山说。

"你不回去？"有山吃了一惊，"你这辈子就不回去了？你这人真是，咋罐子里放屁想（响）不开哩？别人都没拿你这事当回事，你自己倒跟自己较起劲来了。"有山对有勇现在的这种样子真有些不满了，他一动气，就止不住地咳嗽起来，咳嗽得他一张脸憋得跟鸡冠子一样通红。

有山的咳嗽声引起了有勇的注意，他见有山瘦得两眼跟两口水井样，就关心地问："你咋了有山？咋这么个咳嗽法？你看你瘦的，还不如我这坐牢的人哩！你是不是病了？啥病？看你脸色咋这么难看？"

听着有勇一连串的询问，有山冲他摆摆手，等他咳嗽一阵子缓过气来，这才对他说："这几天帮俺二哥运石料累着了，老觉着浑身没劲，睡不够觉。"

"有胜这家伙，跟我一样没出息！"有勇生气地说，反过来又安慰有山，"你不帮他谁帮他，谁叫你跟他是兄弟哩！"

有山说："我不是帮他，我是帮你大爷大娘哩！"现在有山对有胜已经不抱任何希望了。

"那石料都运完了？"有勇看着有山，脸上挂满了怜惜。

"运完了。"有山长舒了一口气，透着轻松说。

"运完了就好。"有勇也替有山松了一口气，"盖房时我去混口饭吃。"

"你这是说啥话?"有山两眼瞪着有勇，"你不去干活你大娘就不管你饭了咋着?"

"看你说的，"有勇有些不好意思，"大娘不管我饭，我能长这么大?"

有山笑了："盖房的事你就甭操心了，你大爷说包给乡建筑公司。"

"哎哟，那得多花不少钱哩!"

"省心省力呗。"有山话里透着无奈。

有勇听有山这么一说，就不再接茬。他抬头看着对面岭上有户人家开始动镰割荞麦："你看，都有人来割荞麦了。"

有山顺着有勇的手指望去，一下站起身说："那是有才!"

有勇也吃了一惊："哎哟，他咋这么早就动镰? 再过两天让麦粒实成实成多好? 麦熟一晌，晚一天有晚一天的好处哩!"

有山嘴里含着一根草梗，就像咀嚼和品尝有才的心思。有才这是鸡叫等不得天明，他想提前忙秋，省得连累别人。

有勇看着有才弓着腰割荞麦的身影，长长叹了口气说："唉，志远婶那个病算是把他拖累坏了!"

有山看了有勇一眼，说："你回家先去看看志远婶，她躺在床上天天念叨你哩。"

有勇眼窝一热，垂下头小声说："我知道。"

两个人并肩站着，看着对面岭上割荞麦的有才，好久没说话。有山想跟有勇说过去帮有才一把，一想到自己不能干活，有勇又刚从牢里出来，就没张这个嘴。有勇也想过去帮有才割荞麦，但他见有山一副病恹恹的样，自己两腿胀疼得不行，也就没吱声。两人跟知道对方的心思似的，谁也没提这个话题。后来有勇忽然想起什么，问有山："你的胶熬啥样了?"

"已经装锅了，再过几天就可以放胶了。"有山说。

"你要发财喽!"有勇笑眯眯地看着有山。

"就是，要不咱哪来的钱请建筑公司盖房子。"有山信心十足地跟有勇吹嘘。

有勇听后嘿嘿乐了。

有山也一下变得开心起来："走，有勇哥，咱回家!"

"我不走!"有勇一下又收敛了笑,立马变得心事重重了,"我待会儿再走,你先走。"

"咦,你这人咋这样?"有山奇怪地打量着有勇,他发现有勇好像变了个人似的,不是从前那个天不怕地不怕的有勇了,"你大娘把家里那只下蛋的老母鸡都杀了,正盼着你快回去呢!"

"这……"有勇为难地看着有山,"你看这事弄的,大娘养个母鸡不易哩!"

"杀鸡也不光是为了你,也为了给我补身子,我喝汤你吃肉,走!"有山伸手去拽有勇。

"唉!你不知道,"有勇脸上挂着歉意和神秘,"我就跟你实说了吧,我在拘留所的时候,涛涛妈去看了我三趟,说等我出来就跟我一起过日子,还一再嘱咐我说,一出来先去她家。"说到这里,有勇脸红了,他一个大男人竟然脸红了,"大爷大娘也盼着我过去哩,我到底先去谁家好,你说涛涛妈那里我该不该去?"

"噢,是这么个事啊?"有山恍然大悟,心里一阵好笑,"这事当然是寡……嫂子那里重要,有勇哥,你可得抓住这次机会,人这一生,这种机会可不多,说不定也就这么一回哩!"

有勇受有山这么一鼓励,神情开始有些激动,喜眉笑眼地说:"她待我真不赖哩!"

"你大爷跟你大娘说了,你俩要是真有那一天,还要为你摆酒席哩!"

有勇真跟个新郎官样,一张脸红扑扑的,透着喜悦和羞涩,两眼眯成一道缝,冲有山憨憨地笑着。

有山也冲有勇笑了:"你也算是因祸得福吧,患难夫妻才是真夫妻哩,家里人听了也为你高兴。"他给有勇留下几句祝福的话,转身朝岭下走。

有勇望着不断咳嗽和脚下打飘的有山慢慢下到山沟里,心里突然涌上一阵温热,两眼一下就模糊了,滚烫的泪水涌出眼窝,顺着鼻凹流进嘴里,酸咸里带着一股绵绵的甜……

24.

有山熬出的胶水黏度不够

    龙志奎家的饭桌上除了春花和平平娘俩不在，其他人都在。等有田招呼全家人落了座，有山又对大家说："那个寡……涛涛妈让有勇哥一出来就去她家，看来他俩的事成了哩!"

    提起何长英，有余跟往常一样有些不耐烦："要不是她多嘴多舌，有勇不至于走到今天这地步!"

    "咱爹还埋怨说是我把他灌醉了，那天俺俩压根儿就没喝酒。"有田两手抓着根鸡爪子，用牙使劲咬着鸡爪子上的那根粗筋，跟吹口琴似的，费劲地撕扯着。

    龙志奎不满地瞪了小儿子一眼，训斥他说："我屈枉你了咋着？日后家里来了客你少给我劝酒! 喝两盅是哥俩好，四盅是四季来财，六盅是顺，八盅是发，十盅是十全十美，哪来那么多熊毛病？客喝多了出去家门闯下啥祸，这主家也说不清。就是不出啥事，这用火能点着的玩意儿灌进肚子里还不火烧膛?"

    有田听着龙志奎的奚落，也没耽误啃鸡爪子。他咬住那根肉筋挣了好几挣，愣没挣断那根坚韧的东西。他像对待这个不好对付的鸡爪子一样，无可奈何地瞪了龙志奎一眼，没敢吭声。

    坐在有田对面的有余，看着有田忍不住想笑，他使劲忍着才没笑出声。他端起酒盅喝下一口，接着自己的话说："这好女人懂得瞒是非，坏女人只会去挑拨是非，她要是真为有勇哥好，就不该跟他说龙志生要欺负她的事，这不是火上浇油是啥?"

有山提醒似的对有余说:"人家去探望了他三回，是真心对他好哩。"

有余不搭有山的话茬儿，依然自顾自地说:"我跟她也没啥过结，就是看着她不顺眼，以我个人的偏见，有勇哥要是娶了她，这日子不见得就比打光棍子好到哪里去。"

人人心里都明白，何长英的为人处世不让人喜。自从上回龙志奎把她赶出家门，龙大娘跟她在大街上走个对面，她把脖子一扭，鼻子哼得山响，好像有啥深仇大恨似的。她跟侄子好，为了侄子，龙大娘不跟她计较，也不在侄子面前说她坏话，为了成全他们，在外场上还处处替他们说好话哩。

现在，有余横挑鼻子竖挑眼地编排何长英的不是，龙大娘忍不住训斥他说:"你是饱汉子不知饿汉子饥，有勇孤单单地光棍了这么多年，他不想找个女人?"

"啥好女人坏女人，只要门里有个女人就比没有强，咱不能眼看着他打一辈子光棍。别说人家对他好，就是不好也得把他俩撮合在一堆，两头驴一个圈，时间长了还能生头小驴崽哩，何况是人?"龙志奎也紧跟在老伴后面说。

"这人是不招人喜，可她能看上有勇，这也是缘分，两个人都不容易。"有山也这么说。

"别的啥也别讲，只为了同情，就该成全他们。"有田像是跟谁赌气似的说。

"就是，甭管女人对别人好坏，只要她对你一个人好就行呗。"有胜接过有田的话茬儿说。

有田听了，撇着嘴瞪了有胜一眼，把脸扭向了一边。

有余一看全家都冲他来了，忍不住笑了起来。他知道大家都是同情有勇，这才不约而同地反对他，看来这码子事要成定局了。

一家人喝酒随便，说话也随便，谁也不拿谁的话放心里去。盘算完有勇的事，接下来又盘算盖房的事，盖房的事龙志奎说了算，他发话给有余，让他有空就去找乡建筑公司谈妥价钱，最好是忙秋前就下手。

有余点头答应说，吃完饭就去。

有山听了，忙对有余说："哥，下午你不是带我去放胶吗?"

"噢，对了。"见有山提起他的胶，有余赶忙放下手里的筷子，脸上布满了忧虑，"你那胶水可能黏度不够!"

"啊!"全家人大吃一惊，一个个跟木人一样定在座位上。

25.

女友上了公司副总的宝马车

月如死鱼之眼，斜挂天边。

柴汶河水的哗啦声，草丛里各种虫鸣……越发衬托出夜的宁静。

一丝细微的阵风吹过，枯黄的垂柳和杨树叶子从枝头坠落，在空中徒劳地翻卷着身子，就像出殡的队伍撒下纷纷扬扬的冥币，无奈地跌落在地，最后化作一声叹息。

有山漫无目的地走在村前杨树林里，最后在那座无名小桥上停下来，一腚坐在桥头上，瞪着两眼呆呆地望着黑黢黢的河面出神。

下午，他跟着大哥有余去了椿树沟的熬胶坊。有余放出一桶胶水来，经过化验，黏度达不到行业标准，偏低，卖不上好价钱。这意味着这锅胶白熬了。跟遭了晴天霹雳样，有山一腚坐在湿漉漉的地面上，半天没缓过神。这种情况来得太突然，他没个思想准备，一时没法接受。

"就没个补救吗？"他拖着哭腔哀求地看着大哥有余。

有余沮丧地摇摇头，蹲在有山面前长长叹了口气。要想提高胶水黏度，就得上设备。洗皮机，熬胶的高压锅，全都是机械化才行。但上先进设备又是一大笔投资，有山没有这个实力。

有山失望的目光从大哥脸上一点一点移开，最后绝望地落到那座像碉堡一样的熬胶炉上——那可是他怀有美好希望的理想啊，现在突然就化为泡影了……

有山大学毕业后，与他相恋三年的女友一起满怀着对未来的美好向往留在省城打拼。他省吃俭用，除了每月固定给家里汇 3000 块钱，剩下的全部交给女友，两人商定攒够买房首付就去见双方父母……结果他等来的是女友有一天上了公司副总的宝马车……

一阵风从河面上袭来，掠下一片片树叶，落在了有山身上、脚下……秋风吹起了他前额上的头发，吹起了他的衣角，他禁不住打了个寒战。秋夜好凉！

月光透过层层叠叠的树枝，落到地上变成花花斑斑的棉絮状，树林里灰一片白一片。

龙志奎闻听了胶水黏度不够的消息后，手指头差点儿戳到有山的额头上："你……你……好好的工作不要，非要创什么业，这大学算是白供你了！"

有山看着眼皮底下爹那只哆嗦的手指头，就像面对枪口一样一动也不敢动，任凭爹的唾沫星子下雨一样飞溅到他脸上。龙大娘坐在炉灶前直抹眼泪。庄稼人挣一万块钱不易，冬备春播夏管秋收，不知要流多少汗，要种多少庄稼，饲养多少头牲口才能换回来！

龙志奎几乎把所有烦恼和窝在心里的怒火，一股脑儿全冲有山一人发了出来："为给你二哥盖新房，家里都快揭不开锅了你不是不知道，你这是把我往黄土里推哩你……"

家里的情况有山最清楚，等给二哥有胜盖完新房，接着又要给他操办婚事，家里至少得拉下几万块钱的饥荒，将来自己和有田也要置办新房张罗婚事，花钱项多着哩！

素来寡言少语的龙志奎一阵狂风暴雨后，终于歇下了，风停了，浪静了，他坐在床头上，核桃皮似的老脸阴沉着，两束可怜巴巴的目光沮丧地瞅着有山，胸脯一起一伏，好像还有许多怒火，可他咋也发不出来了，他已经没有力气再发了。

有山看着怒气未消的爹，心里倏地涌上一股悲酸和委屈。创业失败倒不可怕，可怕的是失败后家人对他的不理解。他还不是为了这个家？

就连平日最没发言权的二哥有胜，这时也站出来指责他说："你这个败家子，白白扔了一万多块钱！"

有胜的话跟蛇咬刀割样伤在有山心口上，让他从心口疼到了脚后跟，又从脚后跟疼上脑门，他眼前一黑，差点儿摔倒在地。他用手扶住门框，气愤地对有胜说："熬出的胶再便宜也能卖一万多！"说着他抬手抹了一把眼泪。

有山的话让龙志奎浑身一震，就跟当头挨了一棒，脑袋嗡一声炸了一下，接着立马凉下来，灵醒得跟冰块样，让他突然后悔刚才训斥有山说的那些话来。三儿有山从小到大最勤快、最能吃苦，从没见他掉过泪，自己就为这一万块钱的事对他没好气，这不是把他往绝路上逼吗？

龙志奎看着瘦弱的有山开始心疼了："咱家里虽然穷到这个地步，也不差那一万块钱，虱子多了不咬人，你刚开始干，不赔就是挣。"

面对龙志奎这一百八十度的大转弯，全家人都感到很是惊异，以为自己听错了。

龙志奎心平气和地想了想，三儿子有山用土设备熬胶黏度不够是注定的，这个理是明摆着，要想提高黏度，就得上先进设备。这么想过，又对有山说："听你大哥的，上先进设备！"

"有山你甭难过，上设备的钱我借给你。"一直没有机会开口的有余，这时安慰有山说。

有山倔强地摇摇头，说："不用，我自己想办法。"

有余心疼地看着有山，叹了一口气，不再吱声。他了解有山，有山也是个不服输的主。

整整一个下午，有余寸步不离一直陪着有山。他怕有山背上思想包袱，吃不上饭影响身体。晚上他又把有山叫到家里，当着春花的面对他说，借钱给他上设备。有山把希望全都寄托在他身上，搞成这种结局，他这个当大哥的心里自责没替他把好关。

"我们还有这个能力。"就连跟婆婆不对眼的春花嫂子，也对有山表示同情。自她嫁进龙家，虽然婆婆对她不好，可有山他们几个小叔子对她一直不错，人心都是肉长的，她能分出个是非曲直来。婆婆跟小叔子，那是两种关系，将来小叔子娶了媳妇分了家，跟婆婆就是两家人。她现在对小叔子们好，以后小叔子和弟媳妇对自己也错不了，她看得长远。

　　有山断然拒绝了大哥大嫂的好意。这事不能让大哥担责任，大哥已经尽心了，也尽力了，从进料到支灶，哪样不是大哥大嫂帮自己完成的？特别是装锅后那几天，大嫂整天长在锅炉旁边，完全拿他的事当自己的事干哩！再说事情走到这一步，也怪自己当初没听大哥的话。装锅前，大哥就对他说，这皮子要剁得小一些，在水里多泡几天，人工洗皮子不如洗皮机洗得干净，洗不干净的皮子，影响胶水黏度。因为急着出胶，心存侥幸的有山认为没事，结果就有了事……

　　月要落了，杨树林里越发黑暗无边，端坐桥头的有山融进这凝重黏稠的黑色里，只有一双眼睛跟天上的星星样闪着亮晶晶的光。

　　黑暗无边的杨树林里，一双黑色的眼睛闪着亮晶晶的光……

26.

小妹竟然是龙家仇人的后代

这个季节，柴汶河里螃蟹最多。

掌灯时分，成群的螃蟹从深水里或者岩石缝里爬出来，几乎每块卵石下都会有几只张牙舞爪的铁壳大螃蟹。这个时节的螃蟹也最肥最懒最好捉，特别是受孕的母蟹最有趣。它拖着个大肚子，两只眼睛像两根硬草梗，你把手定在它眼前不动，它前面的两把"铁"钳子就张开朝天竖起来等着你，你把手猛地往它身后晃动，它的两把"铁"钳子也往后扬，因为用力过猛，它一下就翻个底朝天，露出又白又胖的肥肚皮，真是喜煞个人！当然，这是母螃蟹在旱地上，要是在水里，可不大好对付，得用铁夹子夹才行。要不，不小心让它的钳子叼住了，能把小孩手指头剪断，这可不是闹着玩的。

柴汶河一带的人最爱吃螃蟹，也最会吃螃蟹。他们把螃蟹捉回家，养到清水盆里，让它们把河里的浑水和黑泥吐个净，然后把小蟹放到烧热的油锅里炸一下，炸得螃蟹全身焦黄，再放入少许细盐和调料；大蟹则直接放水里煮，这水必须是柴汶河里的水，别处的水不行，煮得螃蟹肚子开花淌出黄，捞出来一尝，味道鲜美得恨不得连舌头也咽进肚里去！有的人家捉得多吃不完，就把煮熟的螃蟹装进泥罐里，上面撒上厚厚一层盐，最后密封住罐子口，存到来年开春，依然好味道哩。

一到傍黑，柴汶河里的人就多得跟河里的螃蟹一样横冲直撞哭笑连天。哭是不知谁家的小孩被螃蟹夹住了手指头；笑是有人抓住了只母肥蟹。柴汶河两岸全是照螃蟹的手电筒，灯光通明，由东往西流的柴汶河跟一条火龙样，从龙廷的龙堂山汇入青云山脚下的东周水库，三十里长河三十里龙灯，真是一道壮观的奇景！

柴汶河畔一处幽静的地方，有田和小妹的身影渐渐靠拢到一起。小妹在有田怀里撒着娇，两手在他胸前抓挠着，一会儿埋怨他好几天不露面，一会儿嗔怪他手机老占线，微信给他留言也不回。有田说了一大堆甜言蜜语，最后跟她说起小时候捉螃蟹的趣事，才算把她哄欢喜。

张小妹小时候也经常跟着她爸来河边捉螃蟹，可她只管提鱼篓，不敢下河抓。有一回她爸把一只打了铁钳的肥螃蟹放进了她手里，吓得她哇哇哭了大半天。听着有田讲起童年抓蟹的趣事，小妹脸上溢出神往的神情，这使有田一下有了下河捉蟹的兴致。他见远处浅水湾那里有个人正哈着腰忙着翻动脚下的卵石，就怂恿小妹说："咱也下河捉螃蟹吧？"

小妹两眼跟灯泡样一亮："真的？咱捉了用啥装？螃蟹夹住手咋办？"

有田说："不怕，我有办法。"就牵着小妹的手朝柴汶河上游的浅水湾走去。

在浅水湾捉螃蟹的不是别人，是有勇。有勇跟个蝙蝠样白天很少在村里露面。他白天一大早就出去放牛，放饱牛就去小寡妇何长英家里待着，一待就是一整天，夜里也不走，就在人家睡，两个人公然过上了男耕女织的幸福生活！当然，两个人就这么公然住在了一起，惹得村里人议论纷纷说三道四，连龙大娘都不敢凑人事场哩。龙志奎本想给他俩出几桌酒席操办一下，现在看来，用不着了，两人爱咋着就咋着吧，老不管少事，也落个心里干净。

别看有勇见天待在寡妇家不出门，可村里发生了啥事他都知道，因为他怀里搂的是一个爱打听事的女人。何长英对有勇说，现在村里人对他俩正说三道四哩。有勇说你在乎吗？何长英鼻子一哼，说谁不怕烂舌头谁就说，我才不在乎呢！

人家何长英都不在乎，他有勇就更不在乎。人活着就是为了自己的幸福，管别人说啥哩。人嘴两层皮，想说啥全在他们那根不值钱的舌头板子。他当初安分守己打光棍时，村里人都拿他当个半边人看待，过年给老天爷打纸都不够资格。现在有个女人跟他一块过日子了，又都说他不安分，哪个男人跟女人安分？安分就能生出小孩来？饱汉子不知饿汉子饥，你们夫妻双双把日子过得有滋有味，腾出心情来对我们指手画脚，都是些不明事理的混账玩意儿，没个好杂碎。

何长英还告诉有勇，有山熬出的胶水黏度不高，白搭上了一万多块钱，气得那个老不死的把有山都骂哭了。有勇听着何长英称呼龙志奎大爷老不死的，心里犯堵，嘴上又不能指责她，就惆怅地直叹气。他一个孤儿，又打了三十多年光棍，现在忽然有了一个女人，稀罕劲还没过哩，你能让他咋着？

有勇既为大爷大娘心疼那些钱，又为有山感到惋惜和难过。他从拘留所出来，还没去看大爷大娘哩，不是不想去，是觉着没脸去。大爷大娘忠厚老实了一辈子，让他这个当侄子的丢了脸，在人事场上矮人半截哩！不管咋说，自家的侄子坐过半月的牢房，咋说也不是往脸上贴金的光彩事。不过丑媳妇早晚也得见公婆，他这辈子总不能躲着大爷大娘不照面，这样更让大爷大娘伤心哩。现在家里出了事，自己说啥也得过去一趟。可他又不想空着手去。那他拿啥去呢？他现在穷得叮当响，又不能再向人家何长英伸手，这事可让他犯了难。下午去河边饮牛，他看见村里的孩子都在河里捉螃蟹，心里一喜，忙跑回家拿来鱼篓，挽起裤腿下了河……

有田最先认出了有勇。他站在岸上冲有勇喊："有勇哥，捉螃蟹呢？"

有勇闻声抬起头来，见是有田，龇牙一笑："有田？你……"

有勇看见和有田站在一起的小妹，先是一愣，接着又大吃一惊，两人手拉手肩并肩地站在那，分明是在谈对象哩！

"有勇哥，捉了多少了？"有田知道有勇刚从拘留所回来不几天，话音里显得格外亲热。

"噢……不……不多……"有勇看着有田和小妹，突然变得很是惊慌失措。他火急火燎地把手里刚刚抓到的螃蟹扔进水桶里，然后提起水桶磕磕绊绊地跑上岸，跟个被人发现的贼一样，慌慌乱乱地蹬上鞋，一头钻进树林里没了影。

有田和小妹被有勇的举动搞蒙了。他这是咋了？不就是在拘留所待过吗，也不至于这么躲着人啊？再说都是自家兄弟，谁不知道谁啊？

有勇钻进树林里找个石头坐下，两眼跟死羊眼样呆呆地望着脚旁的野草直愣神。张小妹可是仇家的女儿哩，她咋跟有田在一起？他的老爷爷就是张小妹的老爷爷张平山给活活折磨死的，后来张平山还批斗他爷爷龙长河，就连他爹龙志汉也不放过。龙志汉成年后，听村里人说他爹去了苏联，有一年，他突然说要去苏联找他爹，为了找他爹，狠心舍下了有勇娘俩。有勇爹走后，有勇娘整天以泪洗面，后来得了一种怪病，也撇下有勇走了。这种不共戴天的世仇龙志奎大爷难道忘了？他咋能让仇家的孩子进龙家的门呢？

几年前的那个下午，龙大娘托春花去找何长英为有勇提亲，结果人家嫌他长得丑，家里穷，人邋遢，不像过日子的样，毫不客气地回绝了他。有勇那天跟霜打的茄子样，整整一个下午蔫头蔫脑地打不起精神。后来他去小妹家的商店里买了瓶酒，买了只烧鸡，那天小妹妈开他的玩笑说："你又买酒又买鸡是请媒人还是自己吃，人家小寡妇可喜欢过日子的人哩！"说着小妹妈冲有勇嗤嗤直笑。有勇心里本来就不好受，这就更让他窝了一肚子火。村里这些爱嚼舌头的娘们嘴快着哩，下午的事，刚到晚上就传开了，这些臭娘们！有勇心里有气，铁青着脸瞪了小妹妈一眼，扔下钱掉头就走，连小妹妈找他钱他都不理。

有勇回到家，就着烧鸡把一瓶白酒全灌进了肚子里。他一边喝酒，一边想自己的身世。他想自己的命好苦，先是爹离家出走，这一走就没了音信，娘后来也因病早逝……

张平山这个老王八蛋虽然死了，但他的后人张光德现在是柴汶河一带的土财主，有勇却要啥没啥，就连小寡妇都嫌弃他哩，他这辈子算是完了。他越想越恨，就冒出一个恶毒的报复念头。有天夜里，他看见放学回来的张小妹一人走在村前杨树林……

现在有田跟小妹谈恋爱的事实就在眼前，他有勇再恨张平山，也不能去反对这事。大爷和大娘都能宽宏大量，他一个晚辈又何必再去多事？现在有山熬胶赔了钱，全家人正在恼头上，他更不能再去火上浇油。想起有山，有勇忙从石头上站起来，提起水桶往家奔。

有勇回到家，急急找个方便袋，把水桶里的螃蟹全都倒进去，跟个走亲戚串朋友的大客样，像模像样地去了大爷家。

对于有勇的到来，龙志奎和龙大娘跟见到稀客样高兴着哩。有勇能来，这说明他自己想开了，人就怕想不开，人要是想不开钻了死牛角，这辈子就毁了哩。从有勇脸上的气色就能看出来，他心里没事了，这就好，龙志奎端详着有勇的脸色，连声说："嗯，没瘦，没瘦。"

有勇跟个做错事没挨训反受夸奖的小孩样，不好意思地冲龙志奎大爷嘿嘿笑着。

龙志奎顿了顿，又安慰有勇说："你想开了就好，你是为了大伙儿才去坐牢的，村里人全都明白，以后该咋过日子就咋过日子，没啥大不了的。"

有勇嘴里连声应着，两眼朝屋里屋外撒目了一遍，没看见有山，就忍不住问："有山哩？咋没看见有山？"

提起有山，龙志奎长长叹了口气，说："吃完晌饭就出去了，也不知干啥去了，不管他，饿了他就知道回来。"

趁两个人说话的空，龙大娘煮了一盘咸花生，又拌了一样辣椒黄瓜丝，两样小菜往桌子上一摆，别的不说，一股久违的浓浓的亲情就让有勇心里一热。

龙志奎和有勇一边喝酒，一边拉起家里最近发生的许多不顺心的事。有勇关心有山的身体和胶，龙志奎则关心侄子跟寡妇。两人说着喝着，不时地加上一两声叹息，等把该关心该过问的事都关心一遍过问一遍后，有勇突然想起什么，放下筷子，佯装不高兴地说："大爷，有田有对象了咋还瞒着我？啥时定的？咋也没让我来喝盅喜酒呢？"

龙志奎一怔，放下筷子纳闷地看着有勇："有田啥时有的对象，我咋不知道？"

龙大娘端了一盘子用油炸得焦黄的螃蟹走进屋来，听见有勇说有田有了对象，也惊喜着一张脸迫不及待地问："有田有对象了？他咋没跟家里提起过？"

有勇从大爷大娘的神情上看出两人确实还蒙在鼓里，他喝口酒，伸手捏起一个冒着热气的螃蟹，一根一根地掰着螃蟹爪子往嘴里填，他不知道该不该说出有田和小妹的事。

龙大娘对几个儿子的婚事最上心，恨不得听风就是雨，她朝有勇佝偻着身子，惊喜地问："俺真不知道哩，你是听谁说的？"

"我亲眼见的。"

"你啥时见的？"

"刚才在河边，我看见他俩牵着手亲热着哩。"

"哟，这么说是真的？"龙大娘心里又滚过一道惊喜，脸上的皱纹也舒展了，"这个有田还怪沉得住气来，这么大的事儿也不跟家里透个信，有勇你说，那闺女你认识不？哪庄的？"

龙大娘连珠炮样地追问，问得有勇有些心慌意乱不知所措。有田谈对象是好事，他还认为大爷大娘知道哩，现在他明白了，是有田私下里瞒着大爷大娘呢，他要是把这事捅出去，大爷肯定不同意，要是那样，有田还不恨死他？

龙大娘见有勇躲躲闪闪想说不说的样，急得她把身子欠起来，一张脸几乎趴到了有勇的鼻子上："有勇，你咋含着骨头露着肉呢？到底是谁家的闺女，你快说，别让我着急纳闷。"

打小不会撒谎的有勇经不住龙大娘的追问，不安地看了一眼龙志奎："我说了，大爷你可别生气。"

"这是喜事，我咋能生气，你说就是。"龙志奎端起盛酒的茶碗，喜着一张脸等着有勇说。

有勇两眼躲躲闪闪地看着大爷大娘，声音跟蚊子哼哼样小得可怜："是张光德家的闺女……"

"啊？"龙志奎手里的茶碗"当啷"一声掉在桌沿上，茶碗里的酒泼了他一腿，茶碗在桌沿上打个滚，又"咕咚"一声掉在地上"呱嗒"摔成了两瓣。龙志奎的脸色阴得跟紫茄子样，两眼凶巴巴地盯着有勇，"你说啥？是张光德的闺女？你没看错？"

有勇惶恐地看着龙志奎："我刚才在河里捉螃蟹时看见他们在一起哩。"

"这个畜生！"龙志奎气得浑身打哆嗦。

龙大娘见老伴动了真气，怕他气坏了身子，就在一旁劝慰他说："你先甭生气，他俩打小是同学，跟亲兄妹差不离儿，说不定是在一块玩呢，没别的事哩！你甭疑神疑鬼的。"

"在一块玩还用牵手哇？"心直口快的有勇说。

龙大娘瞪了有勇一眼，有勇赶忙闭上嘴，怯怯地瞅着龙志奎，不敢再吱声了。

龙志奎伸手从桌子上摸起烟袋杆，一边装着烟丝，一边在心里细细地斟量着这件事。

院子里响起一阵自行车铃声，不用看就知道是有胜回来了。有胜气喘吁吁地走进屋，看见有勇喊了声哥，有勇不冷不热地应一声，又把头低了下去。有胜见爹娘谁都没搭理他，认为家里又发生了啥事，就问咋了。

龙志奎翻眼瞅了有胜一眼："你回来没在河边看见有田？"

有胜说："没见。"

龙志奎看着有胜吊儿郎当的样，心里立马涌起一股无名火，可着嗓门冲他吼："你去河边把他给我找回来！"

没等有胜动身呢，有山和有田一前一后从外面回来了。一进院门，龙志奎呵斥有胜的吼声把他俩吓了一跳，两人对望了一眼，不知道爹为啥发脾气。等进了屋，见全家人都一脸冰霜地瞪着有田，有山心里一紧，不明白发生了啥事。

看着满脸怒容的龙志奎，龙大娘赔着小心在一旁小声劝告他说："你慢慢问，别吓着孩子。"

龙志奎铁青着脸瞪着有田，胸脯气蛤蟆样起伏着，胸腔里发出牛喘粗气样的呼气声。有山和有田大气不敢出，怯生生地站在门口一动不动。

屋里跟结了冰样静着。

也不知过了多久，忽听龙志奎一声断喝："说，你现在跟谁谈对象？"

有山扭脸看有田，有田拿眼去看有勇，有勇跟有田一对眼神，忙低下头去，有田心里立马明白了八九分，这是有勇拿他跟小妹的事当好事跟爹娘说了，看来自己跟小妹的事捂不住了，不过也没啥可怕的，这事早晚得跟爹娘说，如果把实情告诉他们，他们不光不生气，还会替他感到高兴哩。这么一想，他心里就没了顾虑，老老实实回答说："有勇哥见了，是张小妹。"

有田的话音还没落地，龙志奎手里的旱烟杆重重地摔在了桌子上，他浑身打着战，手指头跟中了风样指着有田说："你……你给我跪下！"

有田惊恐地看着突然变得面目狰狞的龙志奎，委屈地喊："爹——"

"跪下！"龙志奎气喘吁吁地吼道。

有田半蹲半跪满脸委屈地看着龙志奎，不知道自己到底做错了啥。

龙志奎起身走到有田面前，用手点着他的鼻子说："我把你个不孝的畜生……"说着突然抡起巴掌，一下抽在他脸上，"我打死你这个没有骨头的畜生……"

"爹——"旁边的有山和有胜急忙扑上前抱住了龙志奎，有勇也上前护住有田，兄弟三个连拉带扯才把龙志奎拖到床沿上坐下。

有田被暴怒的龙志奎吓蒙了，他用手捂着火辣辣的左脸，眼里淌着泪，不知道自己做了啥对不住爹的事。他跟小妹的事，再加上那一万块钱的事，也不至于让他生这么大的气啊？

龙大娘见小儿子挨了打，心疼地奔过来抱住有田放声大哭："你这个老东西咋真打啊你？有田有啥过错你就明说，你不说他咋能知道？这事能怪他吗？都怪你这个老东西不跟孩子们说……"

有山、有田，还有有胜，你看我，我看你，不明白到底是咋回事。有田跪在龙大娘脸前，摇晃着她的双肩问："娘，这到底是咋回事？你说啊？这到底是咋回事啊？"

龙大娘心疼地看着有田，眼里淌着泪，嘴里说不出一句话。

有勇沉不住气，从旁大声说："咱跟张光德家有仇！"

有山和有田听了，心里咯噔一下。有山惊问："咱跟张光德家有啥仇？"

有勇气哼哼地说："咱老爷爷就是张光德他爷爷活活害死的！"

有山、有田，还有有胜，啊了一声，全都愣住了。

27.

仇家宜解不宜结

　　有田挨打的事被邻居李玉明的二女儿李雨芹听了个彻头彻尾，当天夜里她就跑到了小妹家里。小妹已经睡了，张光德和小妹妈见雨芹风风火火地跑来像有啥急事，就把她让进屋，让她慢慢说。雨芹知道小妹和有田的事一直瞒着家里，她也一直为她保密，现在有田家里已经都知道了，小妹爸妈早晚也得知道，不如趁早告诉他们，两家的大人要是出面定下这桩亲事，有田和小妹以后就不用偷偷摸摸地跟做贼样了。雨芹这么想过，就把小妹跟有田的事前前后后仔仔细细地讲了一遍，张光德两口子听完雨芹所说的一切，坐在沙发上半天没言语。后来小妹在自己房间里听见雨芹来了，就大声吆喝雨芹去她房间。

　　张光德冲雨芹使个眼色，雨芹懂事地点点头。她一进小妹房间，房间里就响起了燕子闹晨样的嬉笑声。

　　张光德坐在沙发上，听着小妹房间里的嬉笑声，脸上挂满了忧悒。他一根接一根地抽着烟，不时地咳嗽上几声，小妹妈从旁看在眼里，疼在心里，想张嘴说句啥，却又不知说啥好，只好眼巴巴地看着他，陪着他默不吱声地坐在那。

　　雨芹在小妹的房间里待了没多久就走了，雨芹一走，张光德就把小妹叫了出来。小妹穿着宽松的睡裙走出来，一脸的甜笑跟熟透的山楂样站在张光德眼前，让他这个当爹的心里疼燎燎的，不知咋开口对她说好。他用手拍拍沙发，让小妹在自己身边坐下，然后漫不经心语气温和地说："小妹，你前几天从家里拿走一万块钱给谁了？"

老爸的突然提问让小妹大吃一惊，一张脸登时红得跟喝了烧酒一样不敢跟张光德对眼。她从小就没撒过谎欺骗家里人，老爸今天突然问起这事，八成是听到了啥风声。她低垂着头，憋屈了半天，才吞吞吐吐地说："我……我借给有田了。"

张光德从心底缓缓吐上一口气，两眼汪满爱怜地看着小妹："有田还像原先那样待你好吗？"

小妹一张桃花样灿烂红艳的脸埋得更深了，她双手绞着睡裙上的衣带不说话。当爹的这么直接地打听她跟有田的事，让她没法张嘴回答。不说话就是最好的回答，爸妈又不傻，女儿的心事还用多问吗？

张光德又点上根烟，深深地吸一口，长长地吐出来："其实这事我跟你妈早就知道了，你现在长大了，有些事也该让你知道了。你喜欢有田我们不反对，有田这孩子我也喜欢，你俩从小一块长大，也算是青梅竹马，不过有些事……"

张光德说到这里忽然打住了，隐瞒了几十年的事情，让他不知咋对女儿说好。女儿单纯着哩，他真不想让她知道那段她不该知道的家事。这么多年来，张光德一直在心里钦佩着龙志奎。龙志奎是一个合格的父亲，他没有把上辈的仇恨传给下一代，让他们背上冤冤相报的仇恨种子。这一点他跟龙志奎做得一样，从没在孩子们面前提起过。他不想让女儿跟自己一样，怀着愧疚活一辈子。可她现在竟然跟有田走到了一起，也许这是天意，是老天爷安排她来化解两家的恩怨的。真有那么一天，他能跟龙志奎坐在一张桌子上喝酒，他这么多年的负罪感也就烟消云散，从此一身轻松了。要是两人有缘无分，也是没有办法的事，长痛不如短痛，他不能为了赎罪厚着脸皮去求龙志奎，就是不为赎罪为女儿，他肯厚着脸皮去求龙志奎，也得看有田对小妹是啥态度，要是两人真要好，他就豁上这张老脸成全他们。

小妹见她爸光顾抽烟不说话，就乘机找借口说："爸，我明天一早还上班呢，要不有事明天再说吧。"她想来个暂时回避，因为现在啥都不重要，重要的是爸妈不反对自己跟有田好，这就让她跟吃了欢喜团子样高兴得不得了。

看着女儿满脸的喜兴劲，张光德狠狠心给她泼了瓢凉水："有田下回见了你，就会对你说，他恨咱张家！"

小妹怔住了："爸你说啥？他恨咱张家？"

"嗯，他恨咱张家。"张光德盯着女儿的两眼说。

"那为啥？"小妹警惕地瞪着她爸，怀疑她爸背着她做了啥破坏他俩关系的事。

"因为你是他们家仇人的后代！"张光德面无表情。

小妹那双好看的杏核眼睁圆了，惊诧地瞪着张光德，她完全被她爸说的话弄蒙了："咱跟他家有仇？"

张光德沮丧地看着女儿，木木地点了点头。

小妹的一张桃花样好看的脸顿时失去了灿烂颜色，她拖着哭腔死劲抓住张光德的手问："爸，你快说这到底是咋回事，你快说啊你？"

张光德长长叹了口气："唉！这事说来话长哩！都快六十年了，是咱对不住人家……"

龙志奎的爷爷——龙万祥是柴汶河一带赫赫有名的大东家。龙万祥是一个没读过一天私塾的庄稼汉，他二十岁那年从死去的爹手里接过一间油坊，苦心经营了几十年，到"入社"前已是家财万贯。柴汶河两岸的大片良田全是他家的，村前的杨树林也是他家的，他们家牛羊成群、鸡鸭成片，年年都要雇用十几个长工、几十个短工给他种田、榨油、护林、养牛放羊……

张光德的爷爷张平山是龙万祥雇用的长工，长年给他放牛放羊，凭良心说，龙家待张家不薄，张平山的媳妇就是龙万祥做的媒，还出聘礼操办了婚事，按说张家应该知恩图报才是。土改那年定家庭成分，因为龙万祥家里富得淌油，就理所当然地被定成了地主，张平山是贫下中农，跟龙万祥一直有"阶级"仇恨，所以"文化大革命"一到，张平山当上村"革委会"主任后第一件事就是批斗地主分子，龙旗村就龙万祥一家是地主，在那个千万不要忘记阶级斗争的年月里，不批他批谁？这也是命……

　　龙万祥虽然大字不识，可他知道识字的重要性，为了越来越兴旺的家业，他让上过几年完小的大儿子龙长江——有田的爷爷帮他料理财务；为了光宗耀祖，他把二儿子龙长河——也就是有勇的爷爷送到了济南去读书，龙长河是块念书的料，大学毕业后留在了学校里任教，就跟家里给他娶的那个老婆——有勇的奶奶离了婚，跟一个苏联女人结了婚，后来有勇的奶奶嫌丢人，就舍下有勇的爹龙志汉上了吊，那年有勇的爹龙志汉才八岁！"文化大革命"一到，龙长河自然被打成是私通外国的汉奸和走狗，是最危险的阶级敌人。龙长河怕挨批斗，就从济南偷偷跑了回来。那个年代是"江山遍地红"，龙旗村并不是他的避难港，刚回来没几天，他就被张平山抓到大队的牛棚里看押起来。不知为啥，张平山好像特别仇恨龙家的人，他往死里批斗龙长河，让他戴铁皮卷成的高筒帽子，脖子里坠上秤砣和破鞋游街，龙长河受不了这份折磨，有天夜里趁着看押他的民兵睡着了，从牛棚里翻墙逃走了……

　　龙长河的出逃惹恼了张平山，他抓不到龙长河，就拿龙万祥出气。他下令让手下的红卫兵把龙万祥从家里拉到大街上游街，游了一天街又去打麦场开批斗大会，五十多岁的龙万祥一天到晚不吃不喝，加上身体又有病，批斗会开了一半他就支撑不住了，张平山骂他是一条披着羊皮的狼，装样子给人看，不让放人，坚决把批斗会开完，开完批斗会都半夜三更了，等龙长江和龙志奎兄弟们把龙万祥抬回家，龙万祥早就不省人事了，没等天亮就咽了气……

　　龙万祥死后，张平山还是不想放过龙家人。龙家人口多，粮食不够吃，有一天龙志汉偷偷溜进大队食堂里偷了几个窝窝头，正巧被张平山碰个正着，龙志汉那年才八岁，他光知道肚子饿，啥事也不懂，可张平山连个八岁的孩子也不放过，把他打成一个现行反革命，用绳子串起那几个窝窝头挂在他脖子上游他的街，让他在大街上喊他是地主汉奸的狗崽子，因为偷大队食堂里的窝窝头被捉住了，龙志汉喊一声，用手捧起挂在脖子上的窝窝头啃一口，那个可怜相，让村里许多人都掉了泪，都偷着骂张平山不得好死……

张小妹坐在沙发上，两眼跟泉眼样往下淌着泪，抽抽噎噎地哭成了个泪人。

张光德长长地叹了口气："唉！俗话是实话，恶有恶报，善有善报，不是不报，时候没到。你老爷爷，他这人心太毒，后来就应了村里人咒他的话……"

有一天，大队食堂里的窝窝头又被人偷走了六个，张平山大为光火，怀疑还是龙志汉干的，就想开他的批斗会，其他人不同意，说是一没凭二没据的。或许是他们对那种轰轰烈烈的运动失去了兴趣，他们对张平山也不唯命是从了。张平山不明白他的那些革命战士对革命的热情都跑到哪里去了，他们要不是自己的手下，曾经帮他为革命斗争出过力流过汗，他准会也把他们拉出去游大街开批斗会。为了找到龙志汉偷窝窝头的有力证据，张平山煞费苦心地想出了一条毒计。他弄了一包老鼠药，偷偷撒进了刚出笼的窝窝头里，然后把这笼有毒的窝窝头放在了食堂门口……

真是害人先害己，第二天一大早，村里就传出一个可怕的消息：张平山大哥家的小妮夜里得暴症死了！说是吃了个窝窝头，没多久就喊肚子疼，疼得她在床上乱打滚，不到半夜就鼻嘴里出血死了。村里人把大队食堂里的窝窝头全都端出来喂狗，结果凡是吃了窝窝头的狗都被药死了。这件事一下就大了，这是阶级敌人怀恨在心，暗下毒手向"伟大的无产阶级"进行报复！张平山非说是龙志奎和龙志远兄弟俩干的，因为他们斗死龙万祥，兄弟俩就怀恨在心，想药死所有的革命战士。他命令民兵去抓龙志奎兄弟俩来审讯，其他人都不同意，说这人命关天的事，不能平白无故乱抓人，要抓人也得请示上级公安部门。张平山做贼心虚，怕公安部门查出真相，坚决不让向公安部门报案，这就引起了村里人的怀疑，纷纷议论这下毒的人是谁。怀疑来怀疑去，最后怀疑到了张平山头上。张平山再坏，也没坏到故意药死自己亲侄女的程度，他整天坐立不安、担惊受怕地过日子，后来就不敢出门了，整天窝在家里，嘴里不住地念叨小妮不是他害的，他没往窝窝头里下毒药……

张平山疯了！老说公安来抓他了，他四处乱跑，有时几天几夜不着家。张平山一直疯癫了十几年，后来他就掉进柴汶河里淹死了。张平山被从河里打捞上来时，张家人发现他头上有个血包，分明是被石头砸的。张家人怀疑张平山是被人砸了黑石头扔进河里去的。善有善报，恶有恶报，张平山是自找的，没人同情他。就连张平山的大哥张平义也说这个祸害早就该死了，他连张平山的丧事都没参加……

小妹听完张光德的诉说，好像受了天大的委屈，放声痛哭。她一边哭，一边喊："为啥会是这样？为啥哩？"她从小到大，还没这样伤心地哭过一回哩。小妹妈心疼地用手抚着她的头发，自己也不时地抬手擦擦眼窝。

等小妹哭过一阵，声音慢慢小下来，张光德又开口说："小妹，你是爸妈的好闺女，本来我们不想把这些事告诉你，可现在你跟有田相好，龙家不同意，我就不能再瞒着你。"

"我不听，我不听！"小妹两手捂住耳朵，大声哭喊着，"我不是杀人犯的后代……"

张光德心疼地看着自己的女儿，惆怅地叹着气，一时也不知咋安慰她才好。等她的情绪慢慢静下来，他才开口说："咱是不是杀人犯的后代，事实摆在那里……"

小妹跟丢了魂样，喃喃自语说："咱是杀人犯的后代，不知村里人会咋看待咱哩？"

张光德最担心的就是这个，他真怕小妹想不开："冤有头，债有主，那些坏事都是你老爷爷一人干下的，与咱无关。只要咱不昧着良心做人，村里人是不会因为那些事仇恨咱的。这么多年了，我一门心思做生意，从不参与村里的政治，村里人也都待咱不薄，特别是龙志奎一家，对待咱更是没得说，你去龙廷上学时，全是人家有田照顾你。只有咱对不住龙旗村的人，龙旗村的老老少少、祖祖辈辈没有一处对不住咱的地方……"说到这里，张光德顿了顿，情绪显出从未有过的激动，"人家越是对咱好，我这心里就越是感到不安和惭愧。你老爷爷死后，村里人从来没有像他对待村里人那样对待过咱。有时咱家里有啥难处，村里人还主动来帮咱哩，龙旗村的人都是好人，对咱都有恩。"张光德越说越激动，"你老爷爷的死，给我敲响了一辈子的警钟，只要咱是真心善意地对待人家，人家也会真心善意地对待咱的。"

张光德的话让小妹两眼里射出了熠熠的光彩。她爸说得没错，这么多年来，村里人不是一直待她挺好吗？她笃信，只要自己真心地去爱有田，龙家也一定会接受她这个仇家的后代的！

28.

有田抬手给了小妹一耳光

　　杨树林里一派萧条景象，秋风扫落叶，枯黄的落叶瑟瑟抖动，"沙沙"的声响网一样罩着晚秋的肃静。偶尔有只麻雀冒冒失失地飞落枝头，看见树下面还站着一对男女，吓得发出一声惊声赶忙又一振翅膀飞走了。

　　有田和小妹面对着面，站在一棵杨树底下，谁也不说话，就那么静静地站着。谁都不想开口说话，谁都不想最先打破这种平静，因为一旦开口，就意味着这种平静永不再来了。可是沉默总会过去，就像夕阳总会下山一样。

　　有田最终还是先开口说："小妹，仇归仇，恩归恩，你对我二哥的帮助，我还是真心感激你的……"有田的声音虽然有些嘶哑，却没有半点虚假。他从裤兜里掏出一沓钱，朝小妹递过去。要跟人家断绝关系，就得把借人家的钱还给人家。

　　小妹眼里淌着泪，一下推开有田的手："我不要！"

　　有田眼里一阵潮热："你别这样……"

　　小妹猛然抬起头，冲有田大声叫嚷说："你就不该这么对我！"

　　有田被小妹的泪水和叫嚷震得心里一抖。临来的时候，他爹给他交代死了，把钱还她立马回家，以后也不准和她见面，要是再跟她见面，就打断他的狗腿。有田心里跟钻进了一窝蚂蚁样剧烈地蜇得慌，脸上又不敢表露出来，就硬着口气说："我这也是没办法的事！"

　　"为啥呢？为啥呢？"

有田有气无力地摇着头："这是天意！"

"这不是天意。"小妹反驳说，"这是人意！"

有田苦笑："天意跟人意还不是一个样？这是有缘无分哩！"

有田抬眼望着树枝间模糊一片的天，使劲咽下一声哽咽。

"你不去争，你咋知道没有分？"小妹拖着哭腔跟有田争辩，"你说过不管发生啥事咱们都不分开！你从来就没有真心！我恨你！"

"你恨我？你要恨就恨你老爷爷！"

有田提起死去的老爷爷，小妹心里又生出一股天大的委屈和难过："我老爷爷是可恨，可他是他我是我。我爸对你咋样？我对你咋样？我老爷爷长得啥样我都没见过，你咋能把恨转嫁到我头上？"

"小妹，你老爷爷跟我老爷爷的事咱都不提，虽然问题就出在他俩身上，我跟你一样，都是受害者。"有田不敢再看小妹那双流泪的眼，转身背对着她，悲悲切切地安慰她说，"你家庭好，不愁找不到一个比我强一万倍的人……"

一听到有田说出这样的话，小妹心里就跟猫咬样疼得她浑身抽搐。她气恨有田说出这样让她伤心的话来，更恨他不去跟父母抗争。也不知打哪来的一股勇气，她上前抓住有田的胳膊说："咱去给你爹下跪，求他成全咱！"

有田怔怔地看着小妹，眼里射出灼人的光芒，可他转念一想，他爹那个犟脾气，别说下跪，就是给他烧香磕头也够呛。

看着有田眼里的光芒渐渐暗下去，小妹使劲摇晃着他说："你别灰心，我爸说了，他不会干涉咱俩的事。"

"你爸不干涉，可我爹干涉！"

"要是让我爸出面去求你爹呢？"

"你别说了！"有田把头扭到一边去，不让溢满眼眶的泪水淌下来，"就是我爹同意，我也不会同意的。"

小妹怔住了："你……你说这话啥意思？"

有田气哼哼地说："没啥意思。"

"没啥意思你说这话？"

　　有田终于忍不住自己的满腔仇恨，指着自己的鼻子说："我不想落个认贼作父的骂名！"

　　"你要是想给你老爷爷报仇我没话说，你老爷爷要是地下有知，同意把他们那一代的仇恨一代一代地传下来，那他也是个不懂事理的卑鄙小人！"小妹跟个失去理智的疯子样，愤怒地冲有田大声嚷。

　　有田的脸腾一下涨得血红，眼里喷射出恼怒，突然扬手朝小妹脸上抽去，"啪"的一声，他的手抽在小妹脸上发出的声音清脆有力，震得整个杨树林都落叶纷纷。

　　小妹一个趔趄倒地的那一瞬间，有田惊呆了。他惊恐地看着自己的右手，跟个木鸡样呆呆地站在那里。他为啥要打小妹？小妹有啥过错吗？自己这是给老爷爷报仇呢，还是向仇人发泄内心的仇恨？有田停在空中的手剧烈地颤抖着，他不知道把这只手放在哪里好了。

　　有田出手太重了，一巴掌下去就把小妹扇晕了。小妹一手支起身子，一手捂着火烧火燎的左脸，惊诧地望着眼前的有田，难道他真把自己当成仇人了？

　　有田满脸愧疚地看着小妹，突然扬手在自己脸上狠狠抽了一耳光，接着又把那只罪恶的右手朝着树干狠狠地拍打……

　　"有田……"小妹起身扑上去，死死抓住有田的手放在脸上，"有田，你打吧，我不恨你！"

　　有田看着小妹脸上那五道鲜红的指印，一下把她搂进怀里，颤着嗓音对她说："小妹，你甭怕，我找俺三哥想办法……"

29.

有山用敌敌畏瓶子吓唬爹娘

    有山站在大哥有余家的门前静着耳朵听了一会儿，听出跟大哥说话的那人是有勇，就放心地推开院门走了进去。在此之前，他跟有勇通过气，有勇跟他想到一块去了，也不想拆散有田和小妹。有勇现在正跟寡妇相好，知道感情这个东西难舍难分，可他又没有胆量去劝大爷大娘，龙张两家有世仇，这件事可不是小孩过家家，说和好就能和好的。两个人想来想去，最后想到了有余。要是让有余出面，说不定还有一线转机。

    有山跟有勇商量好吃过晌饭来找有余，可有勇鸡叫等不得天明，赶在晌饭之前就来到了有余家。有勇图的是跟有余喝两盅，按他的想法是一边喝酒，一边谈事，这样好成事。

    有山走进屋里，见桌上的菜只剩了盘子底，就知道两个人谈的时间不算短。大嫂春花正坐在沙发上揽着平平看电视，跟有山打声招呼又扭回了头去。有勇喝得脸红脖子粗，看见有山，不好意思地冲他龇牙一笑，抬起屁股往里挪挪，挪出一块空位让他坐下。有余指着桌上的一双筷子和一个酒盅对他说："那是你嫂子用过的，你自己去换一双。"

    有山看了春花一眼，故意冲她大声嚷："嫂子，你有没有传染病？"

    春花当着有勇这个大伯哥的面不好意思跟有山闹，就剜他一眼，说："嫌脏自己去换！"

    有山嘿嘿一乐，摸起那双筷子说："我嫌啥脏，俺哥都不嫌，我还嫌？"

    在几个小叔子当中，春花最喜有山，有山人活，嘴养人，几句话说得她心里温帖帖的，眼里放着彩，嘴上抿着笑，就起身去给有山拿了一双新筷子，见桌上的菜不多了，又去厨房炒了两样菜：一样是肉皮冻，她家熬胶，最不缺肉皮；一样是爆炒花生米，沂蒙山更不稀罕花生。

有勇见春花手脚麻利地添上这两样菜，忍不住对有山说："有山，上有爹娘疼你，中间有你嫂子这么善待你，要是再找个好弟妹，你小子可就掉进福囤里去了！"

有勇的一番话，说得大家都开心地笑起来，屋子里的气氛一下就变得融和和甜滋滋的，跟过年样哩。借着这股喜兴劲，有山对有余说："哥，有田的事，咱可得想办法成全他们哩！"

"嗬，你跟有勇哥商量好了来的吧？"有山的话刚落地，春花立马接过他的话茬说。

"嘿嘿，你说是就是吧！"有山冲春花嫂子嬉笑着。

在此之前，有勇早就跟有余提说过这事，有余没明确答复他，只说他忘不了爷爷是咋死的，春花也在一边帮腔敲鼓："你们心疼有田，这是应该的，可你们想过没有，要是应下这门亲，日后咱龙家的老老少少咋在外人面前站着混？有田跟小妹就是好成一个头，也不能忘了家仇！要不咱前头走，后边就有人戳咱的脊梁骨，不说咱图张家有钱，也骂有田是认贼作父！"

听春花这么一说，有勇就不敢再作声了，他怕自己也赚个认贼作父的角色。现在有山又提这事，有勇看看有余，又瞅瞅春花，支棱着耳朵想听他俩咋答复。

春花好像看透了有勇的心思，她瞅着有山，话里有话地说："你们龙家的事，你们自己看着办，我一个女人家，头发长见识短，我不掺言。"说完这话，她瞅了有余一眼，扭身去沙发上坐下继续看她的电视。

有余疙疙着眉头看着桌上的酒，嘴巴紧得像贴了封条。他心里明白，有勇和有山来找自己，不光是让他表态的事，还要他出面去说服爹娘。他现在也正犯矛盾，要让有田跟小妹分手，他也心疼有田；要是成全他俩，他想来想去，不知道咋答复有山好。

有山见平日里办事干脆利索的大哥今天变得跟个娘们样没了主见，摸起酒壶给自己斟个满盅，端起来一仰脖子灌下去，放下酒盅气鼓鼓地冲有勇说："给我根烟！"

"噢！"有勇赶忙把叼在嘴上的那根烟拽下来，从烟盒里取出一根，含在嘴里点上，递给有山。

有山狠狠地抽口烟，因为带着气，抽得急，一口烟呛得他接连咳嗽了好几声，连眼泪都呛出来了。

"不会抽就别抽！"有勇瞪了有山一眼说。

有山冲有勇摆摆手，等他咳嗽一阵，缓过气来，两眼盯着有余说："哥，你倒是说话呀！"

有余被有山逼得没法，只好开口说："你让我说啥？咱爹那脾气你又不是不知道，我说能顶啥用？咱们都没见过老爷爷不知心疼，咱爹可一直忘不了他，听说他最疼咱爹了！"

听大哥这么说，意思是不想管，有山真没想到他会这样，他刚想跟他急，坐在沙发上的春花嫂子先开口说："有山，不是当嫂子的说你，你逼你大哥没用，关键是有田，只要他死活跟小妹好，谁能把他咋着？逼急了……"

"你这张臭嘴瞎咧咧啥哩？"有余瞪起眼训斥春花说，吓得春花赶紧把后面的话噎了回去。

有山这人心眼活，脑子转得快，嫂子最后那句没说完的话让他心里一亮，立马跳起来冲春花鞠了一躬："多谢嫂子提醒！"然后起身就往外走，一边走一边冲有余挤眼，"我不用你也能说服咱爹。"说得有余和有勇干瞪着两眼不明白咋回事。

有山走出大哥家，心急火燎地往家奔。在路上他就想好了对付爹娘的主意。他最了解爹娘，爹老实厚道，还胆小怕事，娘心慈面软，是个儿媳妇迷，有田是家里的老小，天下爹娘疼小儿，只要抓住他们的这个短，就能让他们答应有田和小妹的事。

龙志奎正在天井里磨镰，有山回家后先去西厢房找有田，有田正躺在床上大睁着两眼看屋梁，有山冲他神秘一笑，从怀里掏出一个瓶子递给他，趴在他耳朵上叽叽咕咕地说了几句话，说得有田一下从床上弹起，瞪着眼问："这样能行？"

有山说："你不试试咋知行不行？"

有田接过瓶子，看到上面贴的死人骷髅，想笑又不敢笑，心一横，往枕头下一塞，说："我这就出去！"

有田一走，有山就来到院子里，拐弯抹角地劝爹娘成全有田和小妹。龙志奎不听则罢，一听就火冒三丈："就是有田跟有勇一样打光棍，咱也不讨他张家的闺女做媳妇！"他一边说着，一边把手里的镰刀朝着空中狠狠地比画着。

话题刚扯个头，龙志奎就把话说绝了，有山假装修理农具，找来一个坏了箍子的扁担坐在龙志奎面前，一边耐心地忙着手里的活，一边劝龙志奎说："爹，你听我说。"

"说啥说？"龙志奎满脸的恼怒瞪着有山，把手里的镰刀往地上一扔，"这事还有啥好说的？"

"老辈子的事过去就算了，何必老记在心里呢？"

"你说得轻巧。"龙志奎点上一袋烟含在嘴里，"我问你，有人把我打死了你咋办？"

"我替你报仇！"有山想都没想。

龙志奎满意地点点头："就是。"

有山明白龙志奎的话意，他苦笑着摇摇头："爹，此一时彼一时，咱不扯别的，咱就事论事。"

"咋个就事论事？"龙志奎瞪起眼反问有山。

有山放下手里的扁担，起身去屋里端碗水递给龙志奎："过去的事都是张平山一人干的，与人家张光德父女没关系哩！张平山坏，张光德这人可不坏，他女儿可不坏，人家不光模样长得好，人也懂事，不像有胜媳妇不上场面，她嫁给有田是有田的福分哩！"

"张光德的闺女长得怪讨人喜欢不假，可她家欠着咱家的债哩！"正在厨房里烧水的龙大娘听见龙志奎爷俩的对话，手里拿着烧火棍冲出来，气愤愤地对有山说。

"娘，你说人家欠着咱家的债，是钱债还是人债？"

"人债钱债都有!"龙大娘没好气地说。

"娘,你这么说不对,我帮你算算这账你就明白了。"有山站起身说,"先说这钱债,人家小妹不光把钱借给咱用,还说嫁给有田一分钱的彩礼也不收;再说人债,人家把一个如花似玉的闺女都送给了咱,这是诚心诚意想化解上一代的仇哩,咱不能不给人家一个机会。"

龙志奎把鼻子哼得山响:"啥机会?他张家能在龙旗村立住脚,还是你老爷爷给他的机会哩!"想起恩将仇报的张平山,龙志奎气不打一处来,手里的烟袋都打哆嗦,"我不跟他算老账就不错了,还想要结亲家,没门!"

有山见爹又上了倔脾气,就顺着他说:"狗日的张平山真不是东西,听说他媳妇还是俺老爷爷帮他娶的哩,这个忘恩负义的小人,他没得好死也是活该!"

"他那是报应!"龙志奎恶狠狠地说。

龙大娘见有山跟老伴一唱一和地骂着张平山,心里直纳闷,这个有山葫芦里到底卖的啥药?咋一会儿帮着张家说话,现在又骂起张平山来了?就忍不住再插嘴问:"有山,是不是小妹她爹找你说啥了?"

龙志奎一听这话,立马立愣起眼盯着有山,等着他的回话。

有山没料到娘这么问,心里一怔,立马恢复平静,连声说:"没有没有,你这是想到哪里去了,他要是问我话,我能不跟你们说吗?我是见有田这几天跟掉了魂样,怪可怜的,唉,他跟小妹的感情深着哩!"

"你甭跟我在这儿讲感情,我跟你娘成了亲才认识,不也养了你们兄弟几个?还是那句老话,两头驴拴在一个槽里,日子长了也能生出驴犊子来。"

有山知道爹只认死理,再跟他这么磨牙,非磨得他发火不可,就转身对娘说:"娘,我看有田这几天有些反常哩!"

"啥?"龙大娘怔着脸,定定地看着有山。

"我可听说将军堂村又跑了一对谈恋爱的,我怕有田跟小妹……"有山没把话说下去,他故意这么说,是想看看爹娘有啥反应。

有山说的事一点不假,龙大娘也听人说过,但她不相信有田也会这么做："有田这孩子孝顺着哩，他才不会走这条路。"

龙志奎气哼哼地说："他要敢跑，我不打断他的狗腿！"

龙大娘最不爱听龙志奎这么说自己的小儿子了，她恨恨地瞪了他一眼："你听你说的这话，他的腿是狗腿，你的腿是啥？是狼腿啊？"

有山看着挨了训不敢吱声的爹忍不住想笑，可他又不敢笑，只好假装上厕所，去了一趟茅房。等他从茅房里出来，龙大娘喜着一张脸讨好地说："有山，有田最听你的话，你替娘劝劝他，让他想开，甭钻死牛角，天下的好姑娘有得是，转天我去你姥娘家，托媒人给他找个更好的。"

有山把头摇得跟拨浪鼓样，说："怕是够呛，他跟我说过，他孝顺你跟俺爹，是因为你和俺爹最疼他，你们要是真疼他，就成全他和小妹，要是硬逼着他跟小妹分手的话，他就……"

"他就咋样？"龙大娘紧张地张大了眼窝。龙志奎也停了手里的活。

有山知道爹娘已经上"钩"，可他并不急着"收竿"。他不动声色地摸起地上的扁担，不以为意地说："他说他就领着小妹来家给你们下跪。"

龙志奎和龙大娘长舒了口气，互相看了一眼，谁都没有说话。有山知道他们心里在想啥。他们在想有田真是小孩子，领小妹来家里下跪他们就能答应？事情可没有这么简单哩！

有山漫不经心地修理着扁担，忽然一下想起什么，抬头问龙大娘："娘，俺姥娘家后面那个庄叫啥庄来着？"

"崇本庄。"龙大娘看着有山，"你打听那庄干啥？"

"我记得你说过一回，那个村有一对年轻人谈恋爱，因为男方家里父母反对，两个人就喝了敌敌畏。"

"啊？"龙大娘的脸色顿时变得煞白煞白，颤着嗓音问龙志奎："他爹，有田要是喝了药咋办？"

龙志奎把烟袋头往地上用力一敲，瞪起眼训斥有山说："有山，你少在我跟前胡咧咧，你用不着拿这些话吓唬你娘，你娘害怕，我可不怕，有田死……"龙志奎看了龙大娘一眼，顿了顿，变成了这么一句："有田死活跟张家的闺女好，那好，等我死了以后，他爱咋着就咋着。"

龙志奎这话跟把利剑样一下斩断了有山的所有期望，他苦口婆心费了这么多言谈唾沫，竟然没把爹的心思说活哩！看来只有往狠里吓唬吓唬他们才行。想到这，他赌气把手里的扁担往地上一摔，忽地站起身，装出哭腔说："我咋胡咧咧了我？我还不是为了你们好？有田这几天夜里净说梦话，什么死呀活的，我是怕他想不开……"

"啥？你说啥？"龙大娘被有山的话吓了一跳，她的脸色都灰了，"有田他想咋着？"

龙志奎听了有山的话，心里也咯噔一下，忙把嘴里的烟袋抽出来，惊慌着脸问："你说的可都是真的？"

"我骗你干啥？"有山抬手擦把眼窝，心里却偷偷直乐。

"有田呢？有田在屋里吗？"龙志奎说着起身去西厢房里找有田。

龙大娘也跟在龙志奎身后去了西厢房。西厢房里没人。龙志奎见里面没人就退了出来。龙大娘因为多心，进门就疑神疑鬼地四处撒目，东翻西找的，也不知她想找啥，后来她在有田的枕头底下翻出了一个盐水瓶，一看上面贴着死人骷髅，立马放开喉咙哭出了声："有田啊——你咋就想不开啊……"

哭声惊动了龙志奎和有山，两人急急冲进屋里，一见老伴手里的敌敌畏瓶子，龙志奎两腿一软，跟尊被雨淋透了金身的泥菩萨样瘫坐在地。

有山从龙大娘手里夺过敌敌畏瓶子，走出去狠狠摔在屋墙根上，嘴里大声地骂着有田："有田这个浑蛋，他……他去哪了？刚才还在哩……"

龙大娘一边手忙脚乱地搀扶龙志奎，一边颤心迭声地撵有山："你快去找有田啊，有田要是有个三长两短，我也不活了我，嗬嗬……"

有山答应一声，撒腿往外跑。一出院门，见有田正捂着嘴蹲在墙根下笑，有山虎着脸冲他晃晃拳头，接着也忍不住捂住嘴蹲到了地上……

30.

仇家也能成亲家

　　龙志奎答应跟张光德结亲的事就像长了腿样，很快跑遍了龙旗村，接着跑出村去，跑到了北河庄南河庄榆山前呑阴……

　　喝得跟个不倒翁样的龙志远站在龙志奎家的天井里，粗声大气地冲着刚从白龙岭割荞麦回来的龙志奎嚷："哥，你咋越老越糊涂了？张家可是咱的大仇人啊！他害死了咱爷爷，逼走了长河爷爷，这些你都忘了你？你忘了我可没忘！你给咱龙家丢脸哩你！你……你别忘了，你可是咱志字辈的领头人哩！我……我替你感到丢人哩……"

　　龙志远没轻没重地把龙志奎指责了一通，连他哥家的屋门都没进，然后一步三晃痛心疾首地走了。他后脚刚跨出篱笆门，有才就扶着他娘颤颤巍巍地走了进来。

　　有才娘走进屋里，坐在龙志奎家床沿上，两只精瘦枯干的手紧抓着龙大娘的手说："嫂子，你志远兄弟是个疯子，他喝了酒就没个人样，你跟俺哥甭怪他。这么多年了，他常念叨死去的爷爷，还有至今没个下落的志汉哥。咱跟张家的仇不报也就罢了，咋还去跟他结亲家呢？现在村里说啥的都有哩！"

　　龙大娘听着有才娘的数落，光知道抹眼泪。站在旁边的有才看不下去，呲白他娘说："你就少说几句吧，俺大爷跟俺大娘也有苦衷哩！"

　　体弱多病的有才娘说不了几句话，就累得气喘吁吁了，加上受了有才的呲白，立马闭上嘴不再言语了。

203

一直坐在椅子上抽闷烟的龙志奎开口说："大人的事，有才你甭插嘴，你大爷跟你大娘做错了事，也该说。"

有才说："你做错啥了？我看一点都不错！咱这叫宽宏大量，以德报怨！高尚的人才这么做哩！"

听有才这么一说，龙志奎心里感到熨帖了许多。他叹口气说："高尚不高尚的说不上，咱是为了成全有田哩！只要打发有田个满意，别人说啥，咱听着就是。"

饭桌上的有田没想到爹会这么说，心里一热，眼眶就潮湿了。爹娘是为了自己才背黑锅的，自己要是狠狠心跟小妹分手的话，他们也就不会受别人的指责了。爹娘虽然成全了自己，可自己并没有感到丝毫快乐！自己才是龙家的不肖子孙，村里人应该骂他有田才对。还有志远叔，为这事气得他连自家的屋门都不进了！

有山见有田坐在那呆呆地愣神，用胳膊捣他一下，说："愣啥神？吃完饭还得上坡割荞麦哩！"

有田放下碗筷，说声我吃饱了，起身去了西厢房。龙大娘忙给有才使个眼色，有才就起身跟了过去。不一会儿，听到西厢房里传出两人咯咯落落的说话声，龙大娘这才放心地舒上一口气。

有才娘长长叹口气，说："唉，咱费劲劳累地拉扯个孩子，小时替他操心，大了也替他操心，啥时操到头哩！"

龙大娘打了个嘻声，说："有狠心的儿郎，没有狠心的爷娘哩！"

听着三婶子跟娘唠叨起当爹娘的许多难处，吃着饭的有山插话说："俺兄弟六七个，可没有一个不孝顺你的。"

有才娘听完有山这话，冲龙大娘笑了："你看，守着矬子说不得矮话哩，有山你甭心惊，你三婶心里有数，你们兄弟几个都是孝顺孩子，走到大街上，没有敢说咱半个不字的。甭看我整天病恹恹的，可我没病糊涂。有田跟张家那妮儿的事，我心里跟明镜样，张家那妮儿长得喜兴哩，能嫁进咱家也是有田的福分，有田舍不下她，咱就遂他的意，可那定亲的彩礼，该出多少就出多少，咱就是下夜偷，四下里讨，也不能少她家一分，咱可不能落个图稀张家有钱认贼作父的坏名声。"

有才娘的这番话，让龙志奎全家肃然起敬。就是哩，龙家虽然穷，但人穷志不短。结了亲咋着都行，结亲之前仇归仇亲归亲，不能分不清。不能因为仇毁了这门亲，也不能为了这门亲忘了以前的仇。有田定亲就按沂蒙山的风俗办，有胜是三万九，他也是三万九，公事公办谁都挑不出啥毛病来。龙志奎在心里这么一想，一下亮堂起来，浑身也顿时轻松了，他往地上磕磕烟袋锅，精神着脸冲龙大娘说："你今儿下午甭让他三婶子走了，你包饺子，让有才帮咱去割荞麦，晚上咱全家吃个团圆饺子。"

龙志奎的话让龙大娘脸上溢出了喜气，她拉着有才娘的手说："你听见了吗，你哥让你甭走了，咱晚上吃团圆饺子。"

有才娘欢天喜地答应说："行，我不走了，我干别的不行，吃饺子一个顶俩哩！"

龙志奎舒展开一张地瓜沟样的老脸，张着掉了门牙的嘴笑了。

有山见爹有了笑脸，压在心底的惆怅也跟块云彩样，被风一吹，立马散了，身也轻了，眼睛也有神了，说话也有底气了："三婶子，你要是早来就好了。"

有才娘假装生气的样，虎起脸训斥他说："你要是也跟有田一样，我可不来护你！"

有山抓抓后脑勺，扭脸看看爹娘，装出一脸认真的样说："三婶子，听说张光德还有个叫大妹的私生女哩，你给我做个媒人咋样？"

"你个贼熊，净气我！"有才娘笑着骂道。

龙志奎和龙大娘也被有山气笑了……

31.

有山想回省城

龙志奎打发有山打手机叫来有余，一家人商量给有胜盖房的事。现在盖房不像过去了，过去盖房村里人都主动赶来帮忙，现在各忙各的了，只能承包给建筑队。有余正好认识乡建筑队的王老板，一个电话过去，人家爽快地答应了，说是马上过来看现场。

秃顶挺肚跟个气蛤蟆样的王老板带着红嘴女秘书，跟在有余身后看了有胜的宅基地，最后在鲁东大酒店的饭桌上跟有余敲定，承包费一万五，开工前先付五千，完工后付剩下的一万，这还是看他有余的面子，要不他们公司才不会放下架子来给小户人家盖平房，这点钱不值当搭架子。

有余跟王老板喝过几回酒，也算是老熟人，一万五的承包费真是照顾了他的面子，换别人，最低一万六。

送走王老板和他的红嘴女秘书，有余回家跟龙志奎一说这事，龙志奎也高兴，高兴归高兴，高兴不顶饭吃，接下来就是犯愁从哪里讨借这笔巨款。有山说去龙廷信用社贷款，大学生回乡创业，国家有扶持政策。龙大娘不同意，说养母鸡就是为了下蛋，人家是要利息的，年头到年尾，少说也得好几百，等于白白送给人家一头猪崽！

有余说：“这承包费我来想法吧！”

龙大娘一听，脸上生出喜色：“那敢情好，这事可得背着平平妈啊！”

有余听了，有些不耐烦地说：“你就甭操心了！”说完起身就走。

有余一走，龙志奎就对龙大娘说：“你别给有余找事了，这事要是让平平妈知道了，还不闹翻天？实在不行，去玉明家借上五千吧！"

龙志奎打谱找邻居李玉明借钱。李玉明夫妇都是村委委员，一个是报账员，一个是妇女主任，还承包着村里的鱼塘，大女儿雨华在外面路边店里干"小姐"，一个弱女子，每月汇的钱比有山汇的还多哩！人家的二女儿雨芹也在皮鞋厂上班，一家四口全都挣钱。自打玉明家里做媒把她的亲侄女俊容介绍给有胜，两家这两年走动得比较近，又是多年的邻居，日后还是正儿八经的亲戚，面子上的事还不至于过不去，张嘴借五千块钱不成问题。

有山从旁幽幽地说："过几天我回趟省城！"

32.

有田的复课梦破灭了

白龙岭上的沟崖边长着许多酸枣树，酸枣稠成了个蛋，站在远处看，就跟裹着一团一团的红绸布样，招惹得跟着大人上山的孩娃们抽空就往沟崖上跑，吓得大人手提镰刀跟过去，砍下几棵来放在远离沟崖的荞麦地里，让他们慢慢摘着吃。

荞麦地里不时飞起绿翅子油蚂蚱，引诱得大人孩子一齐追，追起更多的蚂蚱满地飞。

有田和有才一口气割完一块地，才坐在地头上歇憩。有田站在地头上，看着岭下那条从山里通往山外的柏油马路，小声问有才："有才哥，等忙完秋，咱俩也出去打工吧？"

有才摇摇头："我出不去！"接着，疑惑地看着有田，"你不是想去复课吗？"

有田撇了撇嘴，没吭声。

在另一块地里割荞麦的龙志奎，顺风听见有田和有才的对话，直起腰问："有田你说啥？你想出去打工？"

有田回头看着满脸是汗豆子的龙志奎，毫不隐瞒地说："我想出门去挣钱！"

有田想出去的心思不是一天两天了，他打小就对山外的世界充满了向往，每次跟爹上山放羊，他总是喜欢站在山岗上，远远地望着山下那条通往山外的公路出神。看着公路上那辆从龙廷开往泰城的班车，他多么渴望自己也能坐进去，去看看城里到底啥样。后来有余专门带他进了一趟城，结果城里的一切让他大失所望，泰城跟龙廷镇没啥区别，只不过比龙廷镇大，马路宽，楼房多罢了。他不喜欢泰城，泰城不是他向往的地方，他向往的地方是电视里那样有跟青云山一样高的摩天大厦，有跟打麦场一样宽阔的柏油马路，路上飞奔着各种各样五颜六色的小汽车，人多得跟赶集样头碰头脚挨脚……有山考入省城的大学后，就成了有田崇拜的偶像，他也一心考到省城去，可他的高考成绩连二本都没过，他私下里跟小妹商量一起去复课，小妹也赞成，两人心里明白，因为早恋影响了学习……有田本来指望三哥创业成功供他去复课，现在这个复课梦破灭了……

最知道有田心思的是有山，他走到龙志奎跟前，说："爹，让有田去复课吧，有田现在开窍了呢!"

"就是，大爷，有田不笨，去复课肯定能考上。"有才也这么对龙志奎说。

龙志奎放下镰刀，从腰里取下烟袋，慢条斯理地装上一锅烟点着，吧嗒吧嗒香了几口，直截了当地对有田说："你去复课我不拦挡，可这复课费我掏不起，你自己去想法!"

33.

龙旗村的麦地不能让外村的机器来浇

　　收完荞麦，接下来就是刨地瓜。这天上午，龙志奎领着有山和有田，准备去东沟里刨地瓜，有余肩上扛着锨来找他："爹，麦苗都快干了，还是先去浇麦地吧！"

　　早在播种的时候，村里人还担心秋热会给麦苗带来旺势难越冬，可从仲秋到现在，几十天过去了，老天爷天天响晴着脸，连个"多云转阴"都没有，麦芽刚拱出土就黄得像秋草，细得像绣花针。按节气，应该是绿油油的麦苗盖住地皮了，可站在远处看，整个南场寻不着多少绿意。当时考虑到天旱地干，播种时没敢撒化肥，要是再不浇水施肥，孱弱的麦苗恐怕难抗冻。麦苗过不去冬，也就甭指望明年有啥好收成，种了一辈子庄稼的龙志奎知道旱情严重，可老天爷不下雨，他有啥法子？

　　有余说："龙廷的小宋又来了，村里人都往河边跑哩，他跟有山是同学，咱赶紧去找他，说不定还能抢个早！"

　　龙志奎本想忙完秋再去浇麦地的，现在一听人家送上门来了，赶紧催促有山说："你扛上锨快去河边看看！"

　　有山忙放下镢头，找张锨跟着有余往外走，刚走出院门，又折回身来说："爹，我跟小宋是同学，上回人家不收咱家的钱，我再出面找他，这不是明着想占人家的便宜吗？"

　　龙志奎一听，赶忙扭脸对有田说："有田跟你三哥去。"

　　有田答应一声，跟在有山身后，一前一后说着话往前走，刚走出村前

210

的杨树林，就听见柴汶河那边传来众人的争吵声。有山不由加快了步子：
"咱得快走，你听听，这准是在抢水哩！"

有田看看公路两边的麦田说："麦苗都快旱死了，谁家不着急？"

宋学理的浇灌机停放在柴汶河上面的石桥上，那里围着许多拿锨的村
民，热闹得跟赶集样。奇怪的是光听见人的吵嚷声，听不见浇水的机器
响。等有山和有田一溜小跑赶到河边，这才发现龙志生也在这里，龙廷村
的宋学理和龙旗村的村民们正把他围在中间，七嘴八舌地跟他争吵呢。

龙志生手里挥舞着柴油机的摇把，脸红脖子粗地跟围着他的村民叫嚷
着："龙旗村的麦地不能让外村的机器来浇！"

有田一听就来了气。眼看着麦苗都快枯死了，来了机器却不让村民
浇，他龙志生不吃人粮食咋着？他气势汹汹地挤到龙志生面前，两眼瞪着
他的秃脑袋，粗声大气地问："你凭啥不让用外村的机器浇地？你没看见
麦苗都快旱死了？"

"肥水不流外人田，咱龙旗村的钱不能白白让外村人挣了去。"龙志
生理直气壮地说。今年夏旱时，他见外村的机器在龙旗村挣了个好钱，就
害了"红眼病"，直懊悔自己当初没备台浇灌机。

"听你这么一说，咱得眼看着麦苗都旱死是不是？你是不是当主任当
出毛病来了你？"有田真不明白龙志生是咋想的，他斜着眼看着龙志生，
怀疑他脑子真出了问题。

村里人还没有像有田这样跟龙志生说话的，争归争，吵归吵，跟龙志
生讲理行，说他当村主任当出了毛病，也就那个有勇敢说。龙志奎家的孩
子都英雄，有勇敢揍龙志生，这个有田也不二乎，十七八岁，血气方刚，
正是初生牛犊不畏虎的年纪。村民们见有田跟龙志生叫上了阵，就跟在后
面瞎起哄，想看龙志生的热闹。

龙志生恶狠狠地瞪了有田一眼，假装不搭理他的话茬，举起手里的机
器摇把，用村主任的口气对村民们大声宣布："村里明天就进城买台浇灌
机来，外村的机器一律不用！"

啥村里去买机器，他这是打着村里的旗号自己买机器赚钱！有田看穿
了龙志生的小心眼，脸上挂出嘲笑，大声质问道："你去买一台又咋样？

咱龙旗村上千亩麦地，一台机器能浇得过来？"

村民们都跟着说："就是，千亩地一台机器要浇几十天哩！"

"现成的机器不让用，你讲不讲理？"

"村里弄来机器是不是免费给村民们浇？"

"对，是不是免费？要是免费咱就不用外村的机器。"

龙志生被众人的唾沫星子淹得睁不开眼，他连连后退着，被逼无奈地说："外村的机器来也可以，但是村里收提成。"

"收提成？咋个提成法？"浇了多年地的宋学理去过无数个村庄，这是第一次遇到今天这种事。

"你收每小时十二块，村里每小时提成三块。"龙志生对宋学理说。

宋学理扳着手指头算计了一会儿，生气地说："那不成，我每小时收十二块，除去一切开支剩四块，你收我三块，我忙乎一天一夜才挣二十四块钱，我还不如去砖瓦厂打工挣得多哩！不行，我不干！"

"他这是逼人家走哩！"有田转身看着众人说，"咱们的麦苗都快干死了，不能让人家白来一趟！"

"就是，救苗如救命，不能让人家走！"

"今年年景不好，咱就指望明年的麦子哩！"

村民们七嘴八舌地反对着龙志生。

龙志生说："今年国家修京沪高速路，这水库以后不上水，只要旱不着，咱们紧着吃放心粮，你们多出三块钱不就行了？"

没等宋学理开口，村民们全都气炸了肺。龙志生这是耍手腕赚黑心钱哩！他一小时提三块，一天下来就是七十多块，他凭啥要从村民手里挖走这三块钱？有田气不过，突然扑上前去夺他手里的摇把，龙志生一闪身，让有田扑了个空，他恼怒着脸无中生有地质问有田："好你个有田，你想动手打人？"

有田一怔，把伸出的手收了回来。龙志生这人歹毒着哩，自己这是跟他抢摇把，他却诬陷自己想动手打人。

"咱去乡里告他！"有田忽然冲村民们喊。

"对，咱去找乡长评评这个理！"村民们一呼百应，扛着铁锨跟在有田身后往乡政府方向走。

龙志生被这突来的阵势吓傻了眼，他呆呆地站在那里半天没缓过神来。他没想到有田会跟他来这一手，这一手太厉害了，一下就把他吓住了。等他反应过来，一边追赶人群，一边气急败坏地喊："你们敢去，我让派出所全把你们抓起来！"

正在气头上的村民才不怕龙志生的驴叫唤哩，人群冲上柴汶河北面的公路，走在前头的有田却停了下来。他看见张光德在前面路边站着呢。

"光德叔，你这是去哪？"有山从人群后面赶上来，主动跟张光德打招呼。张光德看见有山，从兜里掏出烟来递给他。有山接过烟，回头看一眼追上人群的龙志生，压低嗓音对张光德说："龙志生做事太霸道了！"他虽然不想让有田出头招惹龙志生，但他也没去制止有田，龙志生也确实太不像话了。他哪像个村主任，简直就是一个土霸王。

其实，张光德在公路上停留多时了，他居高临下地把有田跟龙志生斗嘴的事看了个明白，也听了个一清二楚，他赞赏有田初生牛犊不畏虎，到底是年轻人啊！可他不赞成有田带头去乡里告状。他太年轻，血气方刚，办事难免鲁莽。他小声嘱咐有山说："吓唬吓唬他算了，别把事闹得太大了。"

有山点点头，说："我也是这么想的。"回头见龙志生已经赶了上来，就故意虎起脸训斥有田说："有田你干啥你？当着光德叔的面你逞啥能？听光德叔的话，给我回去！"他这是故意说给龙志生听。

龙志生气喘吁吁地追上来，看见张光德，先是一愣，接着脸上露出意味深长的冷笑，鼻孔里哼了一声，意思是这就是你张光德找的好女婿。他木虎着脸接过张光德递过来的烟，借着有山的火点上，狠狠吸了几口，等缓过气来，冷着脸对有山说："你明天带他去派出所！"他扔下这话，头也不回，悻悻地走了。

34.

有田出门没放鞭炮

"龙志生这人毒着哩！"夜里，龙志奎坐在饭桌上对有田说，"他让你三哥把你送到派出所，你三哥要是不送，还不知他咋着你哩。"他没有因为有田冲撞了龙志生大动肝火。

有田跟牛一样急促地喘着气，把脖子底下的纽扣撕开两个，袒露出红彤彤的胸膛，他觉得浑身跟着了火样滚烫。

龙志奎一口接一口猛劲抽着烟，两腮一瘪一鼓，心烦意乱一时也拿不出啥主意。听有山说，张光德让他捎信给自己，让有田甭怕，有啥事他去出面解决。

龙志奎心里虽然领张光德的情，嘴上却对有山说："咱龙家的事自己能解决！"有山知道爹嘴上不说心里话，就不再多说话了。

有山见过世面，心想他龙志生要是动真格地整治有田，根本不用等到明天，他说那话是敲山震虎，吓唬别的村民。他安慰有田说："他龙志生理亏，能咋着你？"

"那不行，就是没事咱也不能去派出所，去一趟就臭了清白名声哩！"为了儿子的清白名声，龙志奎不同意有山的这个说法，"没事咱也得当有事防。"

有山点点头，爹说得在理，龙志生跟乡派出所所长是战友，让有田跟有勇一样在派出所待上一夜，他还是能办到的。

"那咋办？"龙大娘恓惶着脸看着有田。一下想起了有勇在派出所抱了一夜槐树，她这心里就难受，进了那地方，有罪无罪少不了那顿苦折磨。

龙志奎把烟袋锅抽得像个炉灶，烟锅里有好几次蹿起了火苗子。烟雾把他的头脸埋起来，呛得他忍不住直咳嗽。龙大娘嗔怪地瞪他一眼，说："你少抽一口还不行？"起身去推开屋门，又找来蒲扇往外呼扇烟。

"咱惹不起，总能躲得起！"龙志奎忽然这么说。他用烟袋杆子指着有田说："你不是打算去打工吗？那就干脆早走，明天一早就走，你不在家他总不能拉我去顶事。"

见爹让自己明早就走，有田心里一紧："家里还没忙完秋哩！"

"没啥，就剩下东沟里那地瓜了，好忙活。"龙志奎说。

心软的龙大娘撩起衣襟擦擦眼窝，声音嘶哑着说："家里的事不用你挂念，我跟你爹悠着劲头干，累不着。"

有山看了娘一眼，知道她又伤心落泪了，她心软得跟秋后山上熟透的柿子一样。他看着有田说："忙秋的事你就甭管了，咱爹说得对，明早你就走，不怕一万，就怕万一，就算咱怕了他龙志生。"

"要不你送有田去？"龙大娘试探地问有山。

"那个公司有我好几个同学，我都打过电话了，他们会照顾他的。"为了打消爹娘的顾虑，有山顿了顿又说，"在公司当保安，管吃管住，一点儿都不累，再说过几天我就回去了，你就放心吧！"

龙志奎嘱咐着有田："去了以后，为人处世多长个心眼，别受了别人骗，事事也别由着自己的性子来，学会忍让，平日里少说话，多干活，十里不同俗，不懂的地方多向人家讨教，马大骡子大值钱，人大不值钱……"对于将要出门的小儿子，他好像有许多嘱咐不完的话，他从小没离开过自己，现在要一个人出远门了，他心里总放心不下，特别是想到他年轻气盛，干啥事都风风火火的没个定性，就更让他担心。他把该叮嘱的叮嘱一遍，后来忽然又想起啥，对有田说："趁着天还不算晚，你去张家跟人家打个招呼。"

有田"嗯"了一声，起身走出去……

第二天一早，天还麻麻亮，有山和张小妹陪着有田，坐上了进城的头班车。有田没能像三哥有山那样，在家门口放挂鞭炮，大张旗鼓欢天喜地出门，心里就更加痛恨龙志生。在县城车站倒车的时候，小妹眼泪汪汪寸步不离地跟在有田身后，让他心里涌起阵阵酸楚，眼圈也红了。

有山笑话有田说："在家里的时候，老想着出去，真要出去了，又舍不得了吧?"他那年第一次出门上学的时候，就是这种感觉，出门的次数多了，也就好了。

有田发狠说："我才不留恋这个鬼地方哩!"

35.

村民们把乡政府大门堵了个水泄不通

其实龙志生只想吓唬吓唬有田，他对屡屡跟自己唱对台戏的有山有田兄弟还是心存忌惮的。不光因为龙志奎，更因为村里的大能人龙有余，现在有田又成了村里另一个大能人张光德的女婿，他龙志生就更不敢动有田一根汗毛了。看来，龙志奎被迫无奈答应了有田跟小妹的事，也是大有好处的，至少他在村里的地位和影响，不知不觉又高出了一大截哩。

有山和小妹送走有田回到村里，故意四处宣传有田被龙志生吓跑了的消息，这更加激起了民愤。有田走后的第二天上午，龙旗村的村民联合起来，男女老幼加起来有上百口子，把乡政府的大门堵了个水泄不通，搅得乡里的干部们没法办公。

村民们对龙志生是忍无可忍了才走的这一步。这几年村里制胶厂的垮台，贫困户吃不上低保，眼下他又不顾村民们的利益，阻挠村民浇田保苗，一桩桩，一件件，全都给他抖搂了出来。

新来的乡党委书记对这件事大为恼火。京沪高速路柴汶河段即将竣工通车，县上已经研究决定，柴汶河和龙廷两乡合并，改名龙廷镇，原两乡领导班子精减一半，实行考核上岗，能者上，劣者下，就在这"仕途"迷茫"生死"未卜的关口，出了这么一桩"民告官"事件，自柴汶河建乡以来，这是头一桩，书记不恼火才叫怪。

当天下午，乡派出所的警车就悄没声地开进了龙旗村，街头的村民认为是来抓人的，先是一阵慌乱，后来发现警车径直开到了龙志生家门前，车上只下来一个肥头油脑的中年胖子。中年胖子敲开龙志生家的门走进去，屁大的工夫，龙志生的老婆就出来了，手里提着菜筐。

其实，派出所所长来龙志生家是劝他辞职的。他进了龙志生家，一腚坐在沙发上，连龙志生敬给他的烟都不接，跟审犯人样训斥龙志生说："你自己说，你做得对，还是错？"

"我……我……"龙志生抬手抹把额头上的冷汗豆子，怯生生地看着这个气势汹汹的老战友。

"你做事咋越来越糊涂了？"所长看着龙志生，一副恨铁不成钢的样，"这下好了，你把全村人都得罪了。"

"我……我……唉！"龙志生自知理亏，罪犯一样低垂着头。

"唉！你呀……"所长看着龙志生的可怜相，终于缓了口气，"你是越来越不会办事了，连我都没法再帮你了！"

"邱书记啥态度？"龙志生抬起头，求援地看着所长。

"邱书记刚调来，对全乡的工作还不熟悉，他刚上任就出现了这种事，你算是撞到了枪口上！他让你主动辞职！"所长瞪了他一眼，没好气地说。

"啥？让我辞职？"所长的消息让龙志生大吃一惊。他原想几个野民村夫去告状，有自己的战友为他撑腰，啥事也没有哩。他没想到新来的邱书记对他这么无情。前几天在全乡村干部会议上，他邱书记为建设龙旗村社区的事，曾当着二十多个村支书的面专门对他龙志生夸下海口说，你大胆放心去干，工作上出了啥事由我担着！所以他干起村里的工作来天不怕地不怕，现在真干出事来了，邱书记却让他辞职，他一个乡党委书记也不讲信用哩！

所长好像看出了龙志生的心思，乜斜着他说："邱书记要不是看在我的面子上，他要在全乡村支部书记会议上公开宣布撤你的职！"

龙志生浑身一抖，立马灰了脸，低头垂脑有气无力地问："就没个解救了？"

"你还没干够？"

龙志生抬头冲所长干笑了一下，样子像哭。

"你的政治生涯算是结束了！"所长看着眼前这个扶不起的"阿斗"战友，不耐烦地说，"你捅出了这么大的娄子，邱书记没法再替你说话了！众怒难犯你知道吗？现在面临两乡合镇，他要保你，他就得回家种地。"

龙志生牙疼样倒吸了口凉气，看来这回他是死定了。他一脸委屈地埋怨说："现在的村干部难当哩！村干部手里没有直接约束村民的东西，不像过去，土地、粮食、户口簿，全都在村里，村民出门赶个集也得向村干部请假哩！"他对所长这么发着牢骚，好像不是他无能，而是现在的社会制度不行。

所长毕竟是国家正式干部，他对自己的战友发出的这番牢骚感到又可气又可笑。不从自身找原因，真是脑子有问题！他没好气地说："亏你还是当过兵受过特殊教育的党员干部，你已经忘了咱沂蒙山是革命老区了！柴汶河乡二十多个自然村，没有一个像你这样的！"说完这话，所长觉得自己话重了，就掏出烟扔给了龙志生一根。

龙志生接过烟去，哆嗦着两手点上，猛吸了几口，跟猪尿泡掉进了葛针堆里一样，瘫进沙发里，终于泄了气。

"你还有什么工作要处理？"所长重新坐回沙发上，缓和着语气问。他们毕竟是战友，该关心的事也得关心。

龙志生想了想，说："你能帮我办个退休证吗？"

"临死了，还想喝人民的血！"所长脸上挂出了不屑，"你对村里有啥贡献？"

"我……我……"龙志生支吾了半天，也没说出他给村里做了哪些贡献。自己这几年能称得上贡献的没有一件，就办了个制胶厂还垮了台。想起制胶厂，他惭愧地摇摇头，忽然又想起啥，忙张嘴说："我想在辞职前，把那个胶厂承包出去。"

"我看这事还是让下任领导干吧！"

"那不行！"

"为啥？"所长不明白一个垮了台的村办企业有啥好处理的，让他龙志生这么割舍不下。

"办厂的贷款是我签的字，我把村北的地卖了顶上的贷款，这笔钱得从胶厂的承包费里补上才行，要不下一任村委会追究起来我不好交代。"

所长听了这话眉头皱了起来："这事可是个大事，你要是补不上这笔钱，村里人可不干，要是再联合起来告你个贪污，你这后半辈子就得去牢房里待着。"

龙志生灰着脸，鼻子尖上钻出了冷汗："那我更得把胶厂承包出去。"

"你想咋个包法？"

"包给李玉明！"

"你收了人家多少好处？"所长两眼死死盯着龙志生。

龙志生两眼躲躲闪闪地："我……我没收礼！你甭这么看我！"

"你收了人家多少，立马原原本本地退回去！"所长虎着脸，眼里往外射着寒光，"你的问题已经够严重了，你最好公开投标承包，这样村里人对你的仇恨就会少一些。"

"这哪行？"龙志生舍不得把到嘴的肥肉吐出来。

所长哼了一声："你要是早听我半句忠告，到不了今天这地步！我可不能跟着你犯错误！"

龙志生灰着脸，垂头丧气地坐在那，再也没了咒念。

36.
有山开价就是二十万

场光了，坡净了，远山近树褪尽了华衣，裸露着皱皱巴巴干干涩涩的肌肤静默在那里。忙忙碌碌热热闹闹的秋景"咔嚓"一声断了电样一下没了声息。宽天宽地，秋风黄狗一样在田野里打着滚撒着欢……

有山吃了抬腿饺子，放了鞭炮，背起行囊出了家门。有才抢过有山的背包，一直送他到村口，刚要拐进村前的杨树林，就听见村口老槐树上的喇叭"刺啦"一声响，接着传出了村里要公开投标承包制胶厂的通知。

有山和有才站在老槐树下，静着耳朵听完龙志生的讲话，你看我，我看你，大眼瞪小眼，小眼瞪绿豆眼，跟被人点了穴样一动不动立在那。

这个从天而降的消息，让即将出门的有山和有才心里生出一阵躁动，从眼神里，两人读懂了对方的心思。有山想的是把制胶厂承包下来，轰轰烈烈地干一番大事业；有才想的是制胶厂无论包给谁，都会请他这个技术员去厂里上班。

有才问有山："你真回省城？"

有山反问有才："你不想回厂里当技术员？"

两个人再也忍不住，同时笑出了声。龙志生又广播了一遍承包胶厂的通知，有才把有山的背包放下来，找个干净石头坐下，还没等有山张嘴说话，有才说："三哥，我知道你想啥？"

"想啥？"

"包胶厂！"

有山笑了："你是内行，你说能行吗？"

有才问："你指的是哪方面？"

"当然是利润了，没有利润谁干？"

"有没有利润得看谁干！"有才意味深长地看着有山。

有山点点头，一本正经请教有才："当初你是厂里的技术员，生产方面的事情你最清楚，假如我们包下来，你说咋才能让它起死回生？"

"生产方面没问题，关键是你有没有能力处理好生产以外的事情，比如财务、进原料、外销、员工管理等一切乱七八糟的事。"说到这里，有才恨恨地说，"制胶厂倒闭，就是因为龙志生不会管理，特别是财务，用人不当害死人哩！"

有山倏地从石头上跳起来，神情激动地说："人生难得一次搏！咋着我也得把胶厂包下来。"

有才看着一脸兴奋的有山，给他泼冷水说："虽说企业不大，光周转资金少说也得几十万，你从哪里弄这么多钱？"

这个问题有山已经在心里盘算好了，他胸有成竹地对有才说："这个你放心，我自有办法。我要是包下胶厂，先想法把积压在仓库里的产品销出去，收回一部分资金；再以胶厂的名义和设备做抵押从银行贷款；另外还可以让咱大哥入股。"

有才点着头说："你这个想法准成。"

"不知其他方面，比如设备、工人等，还有啥要解决的？"

"设备全都是新的，工人更没问题，我们原先那些人，现在都闲在家里，正愁着没事干哩！"

有山又问："还有别的没想到的事吗？"八字还没一撇，有山就拿有才当自己的左膀右臂了。

有才见有山俨然是个厂长的样，笑着提醒他说："你别高兴得太早了，咱俩这么年轻，龙志生不会信任的。嘴上无毛，办事不牢，你没听老人们都这么说？"

有才的这盆凉水算是泼准了，他疙皱着眉头想办法，想来想去，最后还是想到了有余："还是去找有余大哥吧！"

于是，两人一起往回走。

正要出门的有余见到有山，还认为是来辞行的，从兜里掏出二百块钱给有山，让他当路费。有山忍着笑把包胶厂的想法跟他一说，出人意料的是，有余竟完全赞成。

其实，有余也有包胶厂的心，可是尝到单干甜头的春花死活不同意，她不想让他舍下自家稳定可观的收入去冒险。眼看一个创业的好机会从身边错过去，有余正为这事感到惋惜，有山和有才来了，听两人说完来意，他连二思都没二思，当场就说这事能成。

有山信心十足地对有余说："我跟有才分析过了，只要会管理，年利润高着哩！"

有山说得不假，胶厂刚上马时，效益好着哩，就是因为龙志生用人不当，让小舅子把钱全都拐跑了，这些事有余比有山更清楚。

这时喇叭里又响起龙志生的广播声，说是上午十点准时在村委大院召开村民大会，谁想承包，就到村委大院现场竞标。有山一听，心急地说："现在都九点多了，我还回去跟爹说一声不？"

有余想了想，说："还是不说为好，咱现在就去村委大院。"

村委大院里早就聚满了人，因为人多，会场就挪到了学校的操场上。人多吵闹影响学生上课，龙志生干脆让学校放了半天假，搬出学生的板凳给村民们坐。

十点一到，龙志生就走到人群前面，手里提着一面铜锣，清清嗓子对人们说："注意了，注意了，我先说几句，嗯，今天咱龙旗村召开这个村民大会，嗯，公开竞标承包村里的制胶厂，嗯，经村委研究决定，承包制胶厂的底价是每年三万，一包十年不变，嗯，我希望大伙儿积极参与，公平竞争，嗯，现在竞标开始——"

龙志生左手扬起锣，右手举起小布槌，小布槌画出一道优美的斜弧，"咣"的一声敲在锣面上，声音跟摔老盆样，让所有的人心里打了个激灵，浑身上了弦一样紧邦邦地伸长了脖子，两眼直勾勾地盯着龙志生。

龙志生的锣声还在空中打哆嗦，人群里就爆出一声炒豆样的喊叫：

"我出三万五！"

"谁出三万五？"龙志生循声望去。

"我！"大平在人群里举起手摇旗样朝龙志生使劲摇了几下。

"咣！"龙志生狠狠地敲了一下锣，"大平出三万五，谁还想承包再开新价！"

"我出五万！"人群里响起一个跟龙志生手里的破锣样的声音。不用看，光听这声音就知道是谁。是李玉明。听传言，为包胶厂，他前几天送给龙志生一万块钱！可龙志生一分不少地给他退了回去，说胶厂是村民集资兴建，公开竞标承包谁都不会有意见，气得李玉明直翻白瞪眼。这几年他李玉明没少给他送礼，这点面子不给就算了，还把这事张扬出去，哼，你不仁，我不义，离开你我照样包成，投标时咱见个高低。他是赌气来的。

龙志生又敲了一下锣，扯起嗓子喊："李玉明出五万——"

龙志生的血盆大嘴还没合上，站在人群里的大平跟李玉明较上了劲，"我出六万！"

大平是村里的电工，虽不是村委，却是个不敢小瞧的人物。这小子长得贼眉鼠目滑头滑脑，每月的电费都是多收少交，几年下来，昧下了不少钱。

"大平出……"

"我出七万！"李玉明不等龙志生张嘴，抢先开口叫板。他神情激动，嘴唇打战，嗓音跟吃了火药样。他在心里发了狠，不包下胶厂就不姓李！他在村里干了这么多年保管，胶厂挣不挣钱他心里有数。

"李……"

"我出八万五！"大平跟李玉明一样，也给龙志生送了礼，可龙志生不收，说要公开投标，投就投，他不怕。

"九万！"李玉明喊。

"十万！"大平喊。

李玉明："十二万！"

大平："十三万！"

......

李玉明跟大平爬山梯样不断往上抬高承包价码，让龙志生没了说话的机会。他放下锣坐下，点上根烟抽着，耳朵里留心听着两个人吵架样的竞价声。他没想到竞争会这么激烈，他直后悔当初听了战友的话，退回了两人的礼，还有许多人给他送礼都被他推出了门，早知这样，他就该先收礼，最后再来个公开竞标。反正他要辞职了，借着这次承包胶厂的机会，收最后一次礼，谁能把他咋着？送礼的人那么多，我不来个公开竞标哪行？送了礼的人包不成胶厂也没啥话可说。他突然后悔得跟吃了鸡屎样，在心里直骂自己是笨熊一个，咋就没多个心眼呢？他看着面前黑压压的人群，突然生出一丝悲凉，也许这是自己最后一次主持村民大会了，想到村民联合起来去告他，想到邱书记让他辞职，他索性不再搭理疯狗样互相撕咬的李玉明和大平了。

今天来的人真多，是这几年村里召开村民大会最多的一次，除了每家每户的户主和爱凑热闹的小孩子，就连平日里围着三尺锅台转的婆娘们也来了。忙完秋待在家里闲得慌，来会场上凑个热闹也是件开心事。

坐在人群里的有山，还有坐在他旁边的有余和有才，都为眼前的场面担忧。这种角逐似的竞标对后面的人不利！到现在还没有第三人介入，李玉明和大平好像不是为了承包胶厂，而是故意来哄抬承包价的，不知他俩会把底价抬到啥地步。

转眼间李玉明已经开到了十五万的高价，会场上突然静下来，李玉明的十五万，压倒了大平的十三万五，有些力不从心的大平眨巴眨巴那双小老鼠眼，掂量了大半天才喊出一句："我出十五万一！"

李玉明也感到有些吃力了，他一腚坐下，掏出烟来点上，说："我抽根烟再说。"当初村里定出三万元的承包底价，他准备出三倍的价拿下，现在大平出到了十五万一，超出了他的预算，他不得不重新掂量掂量了。那个制胶厂毕竟不是能生金娃娃的金矿。

大平见李玉明坐了下去，脸上显耀出大公鸡样的神气，昂首挺胸地站在那里。

"大平出十五万一！"离龙志生近的人，大声提醒还在愣神的龙志生。

龙志生诈尸样冷不丁醒过来，吐掉嘴里的烟屁股，抓起桌子上的破锣问："谁出十五万一？"

"大平！"人群喊。

"噢。"龙志生应着，"咣！"一声锣响，"大平出十五万一，还有出价的没有，没有就包给大平了。"龙志生冲人群高声喊，喊完又不放心地低头小声问身边的人，"是十五万一吗？"

"十五万一，没错！"旁边的人跟他大声说。

"出到这么高了？"龙志生惊异地瞪大了眼。

所有在座的村民都支棱着耳朵等着下一个出高价的人。村里的有钱人张光德虽然没来，可龙有余来了，看他那不急不躁不显山露水的样，说不定也会竞价哩，他要是竞价，可就有好戏看了，村里还有谁能跟他比？人家可是村里的大能人！要是张光德来就好了，他俩较起劲来才有热闹看哩。可是有余坐在那里跟泰山样纹丝不动，不知他来干啥哩？也来看热闹？他家里的熬胶坊离不了他，他哪有闲心来看热闹？人家张光德就在隔壁开着毛刷厂，整天忙得跟陀螺样团团转，无心包厂人家才不来哩。嗯，这个有余是个有心计的人，等着吧。好多人在心里这么琢磨着有余，期待着出现一个让人兴奋的场面。

会场一直静默着，没有人站起来叫价。

龙志生正要敲锣，李玉明又忽地一下从座位上弹了起来。

李玉明又一次从人群里站起来，扬起破锣嗓子喊："我出十五万二！"

"我出十五万三！"大平毫不示弱地跟着喊，他脸上仍然挂着大公鸡样的神气。

"我出十五万四！"李玉明咬咬牙说。

"我出十五万五。"大平脸上的神气不见了，声音也虚得跟三天没吃饭一样。

李玉明两眼瞪得跟牛球蛋样，咬咬牙又喊："我出十六万！"

"咣！"龙志生不失时机地敲了一下锣。

大平张嘴想喊一句啥，话到嘴边又咽了回去。他尴尴尬尬地扫了一眼四周的人群，然后脸红脖子粗地坐了下去。李玉明这个狗日的一下抬到了十六万！他这是往死里抬价哩！大平嘴里这么小声骂着，自己给自己找台阶下。

"噢——"人群发出了一声快活的号叫。在人们惊羡的目光注视下，李玉明脸上泛起了几分胜利的喜悦。他两手叉腰，一副扬眉吐气威风八面的样子。他轻蔑地扫了一眼藏在人群里的大平，高高地仰起了头。嗯，今天是个好天，天高远得很，云淡远得很哩！

坐在人群里的有才这时有些沉不住气，低声问身边的有余和有山："李玉明出这么高的价，怕是没人敢跟他争了，你看……"

出现这个结果，有余早有预料，他在心里的预价跟李玉明的出价正好相同，十六万。他皱着眉头想了想，果断地说："有山，你出二十万！"

这时，龙志生猛地敲了一下锣，粗声大气地冲着人群喊："谁还投？谁还投？再不投可就包给李玉明了！"

人群静默着，且这静默一直持续。

龙志生有些失望。他极不甘心地举起手里的小布槌，刚要往锣上敲，就听人群里有人喊："我出二十万！"

人群一怔，忙都循声望去。

"谁？谁？"龙志生长颈鹿样伸长了脖子，"谁？"

"我！"有山从座位上站起来。

人群一阵骚动。

龙志生刚才盼着有人出来压倒李玉明，现在这人出来了，他万万没想到会是有山。这让他吃惊不小。他立勾着眼看着有山，"咣咣咣"胡乱敲出一阵锣声，冲人群说："无效无效，有山开的价无效。"

"无效？"人群静下来，脸上挂出吃惊，疑惑地看看有山，又看看龙志生。

"无效？凭啥无效？"有山从人群里蹿出去，愤怒地站到龙志生脸前。

龙志生认为有山要揍他，吓得他连连后退了好几步。有山要是真揍他现在没人再给他撑腰了，揍了白揍，所以他胆怯地倒退了好几步。

"你凭啥说无效？公开投标，谁出的价高谁就有权承包！"跟在有山身后的有才也冲到龙志生面前，大声质问。

"村主任讲话顶狗放屁!"一直坐在人群里看热闹的有勇也站起来说。他刚才听见有山出了二十万的价格,心里一阵高兴,弟弟要当厂长哩,可眨眼工夫这股高兴劲又让龙志生给搅和跑了,他气得肚子一鼓一鼓的,真想冲上去来个"三打龙志生"!

龙志生害怕有山动手,就跳到桌子上,居高临下地冲人群挥挥手,待人群安静下来,清清哑嗓子一本正经地说:"咱们是搞企业承包,不是小孩过家家,有山还是个孩子,一无社会经验,二无资金,三不懂技术,四不会管理,压根儿不具备承包条件,我不能眼睁睁看着一个正儿八经的村办企业毁在一个小孩子手里。"

人群又一阵骚动。有人点头赞成龙志生的说法,也有人摇头说这是他的个人偏见。

有山开价就是二十万,一下镇住了所有想承包胶厂的人,可龙志生竟然宣布他的竞价无效,有山强忍愤怒,上前一步,尽量用平和的语气反驳他说:"你说我是个孩子我不反对,因为论辈分我喊你叔,但论年龄我已经是个成年人了,具有国家法律规定的一切政治权利。你说我没有社会经验,这一点我不承认,我在省城一家公司就是业务主管!社会经验是在社会活动中慢慢学习积累起来的,活到老学到老,谁一生下来就有社会经验?就连你龙志生也不敢说自己有多少成功的社会经验,你有吗?你有就说出来让大伙儿听听!你说我没有钱,我个人是没钱,可我有能力解决资金问题。我先把仓库里的积压品销出去换回部分资金,大学生回乡创业,国家是有政策扶持的,可以从银行贷款,要是上面两条路都走不通,俺大哥龙有余帮我出资!"

"噢哟。"人们听有山讲得有板有眼头头是道,纷纷点头赞成,"有山小小年纪,头脑不简单哩!"虽然他们不能完全相信有山就能搞活一个企业,可他的一番计划,足以证明他有能力筹到资金了。

不管有山把天边说烧云了,龙志生是铁心不想把承包权放给他。自己走到今天这个地步,全是有山兄弟们害的,他咽不下这口气!他想在辞职前,最后用一回村主任兼村支书的特权来刁难有山:"你认为你有钱就能搞好胶厂吗?一个厂长并不是想当就能当好的,得有多方面的才能和技术才行。"

"有我帮他呢！"不等有山开口，有才大声说，"过去我是厂里的技术员，从生产到设备，从质量到人员管理，我都了如指掌，这方面的事你不用担心，我会帮他处理一切的。"

龙志生说："制胶厂是咱们村唯一一个像样的企业，是乡亲们用血汗钱凑起来建成的，来之不易！把它包给一个小孩子，别说我不同意，就是全村的父老乡亲们也不会放心哩！几十万元的机器设备不能让你们去瞎折腾！"

龙志生一番冠冕堂皇的话让有山听了大为反感，他用手指着高高站在桌子上的龙志生说："你下来，咱俩好好论论理。你嫌我年纪小没经验，你倒是有经验，为啥把一个原本盈利的厂子给搞垮了？用你的话说，那可是乡亲们用血汗钱凑起来建成的，来之不易哩！你有经验有才干，为啥不把厂子搞得红火到今天？"

有山这番话跟导火索样一下引燃了村民们憋在心底已久的愤怒，好好的制胶厂垮了台，还不是他龙志生一手造成的？对，让他给村里人一个交代。村民们呼呼啦啦全都站了起来，他们挥舞着拳头冲龙志生嚷："你说，你为啥把胶厂搞垮了？你的本事呢？你把我们的集资退回来……"

龙志生见有山的煽动言论激起了村民的公愤，一下怒了脸，气急败坏地从桌子上跳下来，举起手里敲锣的小布槌就想往有山头上落。但他的手举到半空又定住了。他看见有勇从人群里冲了过来。有人对有山喊："有山你别动，让他打，打完了咱再去乡里告他！"就连平日见了龙志生点头哈腰的富来，常帮龙志生家干活的贵成，全都站到了有山一边，跟龙志生唱起了对台戏。现在的有山真是占着"天时、地利、人和"了。

众怒难犯！龙志生两眼滴溜溜乱转，对着嘈杂的人群急躁地喊："李玉明，李玉明！你还出不出价？"

有人看见李玉明气急败坏地离开了村委大院，就故意拖着长腔说："李玉明回娘家了，他说他当一辈子老闺女也不出嫁！"

跟平地飞起一群黄蜂样，人群"哄"的一声笑了。龙志生面红耳赤，威风扫地，把手里的锣当啷摔在了地上，铜锣跟车轮一样往前滚出老远，最后"扑哧"一声倒下了，倒地时，又发出了一声微弱的叹息。

龙志生眼里含着恼怒，恶狠狠地瞪了有山一眼，把手里的小布槌往地上一摔，粗暴地喊了一声："散会！"低头拱开人群，走了。

龙志生一走，村民们也都四散回家。有山把有勇拉到一边，附在他耳朵上小声说："你夜里去吓唬吓唬龙志生，可别动真格的，光动嘴就行。"

有勇明白有山的意思，拍着胸脯向他保证说："你放心，这事就包在我身上了。"他干别的不行，吓唬龙志生可是张飞吃豆芽——小菜一碟。

有才好奇地问有山跟有勇说了些啥，有山神秘一笑，说："天机不可泄露！"

37.

有勇是个血性男人

"我要喝酒！"有勇跟个大爷样粗声大气地冲何长英嚷。

"你喝啥酒？"何长英把菜盘子往桌子上一蹾，虎着脸瞪了有勇一眼，"几天不喝那'猫尿'你就难受是不是？"

有勇听何长英这么一说，死眯耷拉地盯着桌子上的辣椒炒土豆丝，没有动筷子。有山让他去吓唬吓唬龙志生，不喝酒咋去吓唬？酒能壮胆，也能遮脸哩！可气的是女人不让他喝。他虎着脸瞟了寡妇一眼，连最讨他欢心的小涛涛也懒得理，从腰里摸出那根旱烟袋，装上烟丝，吧嗒着嘴抽起烟来。

前几天，有勇仿照龙志奎大爷的烟袋，也给自己造了一杆，模样虽然相似，就是新得刺眼。他用锅底灰打磨过几遍，也没打磨出那种看上去格外沉重古老的黑。龙志奎的那杆烟袋，是万祥爷爷传下来的，那上面的黑，可是经过几代人的打磨，加上烟油熏出来的。

在柴汶河一带，抽旱烟配烟袋是有讲究的，得分年龄和人群。年纪轻轻的毛头小伙子，嘴上插根旱烟杆，不伦不类地成啥体统？膝下有一大帮孙男嫡女的老人拿根旱烟杆才合身份哩，也显得这人老成稳重。有勇过去可不敢抽这玩意儿，现在有了女人，约摸着自己年龄上也够数了，就找人弄了一根，这也标志着自己的单身历史结束了，进入中年人行列了！刚进这寡妇门时，何长英给他缝了身新衣裳，上上下下一身新，打扮得他看上去好像年轻了好几岁，同时也给他立下了两条戒律：戒酒！戒烟！

　　何长英让他戒酒，是怕他酒后惹事。让他戒烟，是嫌他嘴臭，亲热时熏得她透不过气来哩。不过这两条他是一条都不赞成。不让他喝酒可不行，一个人过日子养成的习惯，一天不喝酒心里难受，不让多喝，少喝还不行？再说这抽烟，抽烟有啥不好？抽烟的人夜里到野外护坡，虫子、蚊子的不敢上身哩！嫌他嘴臭，夜里睡觉前学城里人刷刷牙还不行？虽然何长英给他立下了两条戒律，但他还是像个当家主事的男人样不听女人的，固执地造了一根旱烟杆，并跟龙志奎要了一大把旱烟叶。

　　何长英见有勇在她面前摆大男人架子，感到又好气又好笑，把手里的碗筷往桌子上一蹾，说："我知道你为啥不痛快，龙志生不同意把胶厂包给有山，你这是替有山憋气哩！"

　　"有山出价最高，他凭啥不把胶厂包给有山？"有勇抬头瞪了何长英一眼，可着嗓门大声嚷。他可从来没跟她动过这种"男高声"，这是头一回，主要是龙志生欺人太甚，他心里恼火。

　　何长英可不是好惹的，自从有勇进了她的门，她还没冲有勇发过火哩！今天有勇对她这么凶，她的泼辣劲一下就被激发出来："你个没良心的，我管你吃，管你喝，夜里陪你睡，有气你还往老娘的身上撒，你真是个喂不出人性的狼獾子，有本事你再去找龙志生算账，别把火气撒在老娘头上！"

　　何长英指着有勇的鼻子，没轻没重地谩骂一通，然后起身走到床边，一撅腚上了床，面朝墙，跟有勇怄上了气。

　　有勇厌烦地往床上瞟了一眼，腚底下生了根样纹丝不动。往常要是碰上何长英跟他怄气，他总是嬉皮笑脸地凑上去，跟哄小孩样把她哄欢喜，这个女人是个顺毛驴，信哄不信呛，但这次他没那么做，他满不在乎地冲她说："我这就找他去！"

　　"你敢！"何长英一下从床上滚起身。

　　"咋？你还想护着他？"有勇乜斜着何长英说，"他过去可是想……"他没有把话说下去，这个女人毕竟跟自己相好了，一想起那事也觉得自己吃了亏。

　　"我的事不用你管！"何长英恼火地说。

"过去是你的事，现在你跟了我，我就得管！"有勇说得理直气壮。

何长英听有勇这么一说，脸上倒现出一丝红晕柔情："你要是为我好，就得听我的，我不让你去。"

"为啥？"有勇傻不愣怔地问。

"你忘了前几天有田是咋走的了？村里人去乡里告了龙志生，他正在火头上哩，你还想去派出所过夜你？"

有勇禁不住心里一热，嗯，这个女人总的来说是为他好，为他好也就是为她自己好。不过有山已经交代他了，让他去吓唬吓唬龙志生，从小到大有山还没求过他一回哩，包胶厂这么重要的事求到他有勇身上了，他也红口白牙应下了，哪能就听了女人的话不去管了？为了博得女人的支持，他心平气和地对她说："我去跟他讨个公道，不跟他动手了。"

"不行！"何长英母虎样吼了一声，"日后你少跟有山他们在一起！自从我嫁进龙旗村第一天，就看龙志奎一家不顺眼！"顿了顿，又跟下最后通牒一样说，"你要是打谱跟我长过，就得听我的，从今往后跟龙志奎家一刀两断，井水不犯河水！"

有勇万万没想到何长英会说出这样的话。她咋就那么恨他大爷呢？

有勇哪里知道何长英跟她表姐春花一个鼻孔里出气，合伙仇视龙大娘，就连带着龙志奎全家一块恨，并且想让有勇跟龙志奎家断绝关系。

有勇从小是大爷大娘拉扯大的，对大爷大娘的感情深，她的话让他的脑袋嗡一声炸了。

最近这女人是越来越不像话了，不管有勇说啥做啥，只要不对她的心思，她立马使性子耍脾气，有时还不做饭给他吃。心直性急的有勇哄她一回两回行，次数多了，心里就累了烦了，主要是这女人蛮横不讲理，没法让人忍让。有勇每天活得小心谨慎，甚至是缩手缩脚，完全不是原来那个无拘无束天不怕地不怕的有勇了。有勇是个血性男人哩！他有男子汉大丈夫的尊严哩！他想有自己的生活主张，可他在她面前不敢，这个女人死去一个男人后，她的那种泼辣性子不但没改，反倒越来越厉害了。不让他喝酒，不让他抽烟，还不让他跟别的娘们开玩笑，现在又发展到让他跟大爷家断绝关系，这一切都让他感到气愤难忍，心里对她的那份火一样的热就忽地熄了冷了，这让他想起从前自由自在的光棍生活，倒生出几分留恋来。这个念头一冒，先把他自己吓了一跳。有个女人不容易哩，刚同居不到一个月，就有这种想法，可不是个好兆头。

何长英见有勇坐在那半天不说话，就紧追着问："你倒是说话呀！聋了？哑了？"

有勇回头看了何长英一眼，磕磕烟袋，起身就往外走。

"你往哪去？"何长英忙起身去追，追了两步，又停下了，冲着有勇的后背吼道，"你这没良心的，走了就别再踏进我这个门槛。"

有勇头也没回，手里拿着旱烟袋走了。

38.
龙志奎想去胶厂看大门

    龙志生夜里没睡好。夜里有勇在他家院墙外面大吵大闹，一直折腾到下半夜才走。

    龙志生从下半夜一直坐到天亮，一夜没合眼。龙志奎一家他不怕，都是老实本分的山里人，做不出啥出格的事来，就是光棍子有勇不好对付，无儿无女的没个牵挂，犯了浑说不要命就不要命。他不由自主地摸了摸胳膊上的那块伤疤，心有余悸地想起上回那一铁爪，要不是这胳膊挡住，他这脑袋非开花不可。自己老婆孩子一大窝，犯不上跟他拼个你死我活。更叫他头疼的是，有勇夜里大声叫嚷说，他要是不把胶厂包给有山，他就不让自己的田里收庄稼。有仇不明着报，专去搞破坏，不是割你的麦子就是砍你的玉米，田里没有丁点收成，来年就得花钱买粮食哩。

    龙志生坐在床头上又点上一根烟。起床前抽一根烟，这是他多年养成的习惯。抽烟引痰。早晨抽根烟，把积了一夜的痰引出来，跑到院门外吐掉，一整天都感觉心里痛快。夜里没睡好，嗓子里痰不多，不好引，抽完一根烟，也没能引上来，于是又点上了一根，这可是过去从没有过的事哩。

    自己这村主任又不能当一辈子，还是少得罪几个人好。过几天他就辞职，一辞职就啥也不是了。去田里收庄稼，车子陷进水沟里上不来，要是有人拉一把，这车子不就上来了？不当村主任了，没人来巴结自己了，家里以后有啥事，还得靠家族里的人照应哩！龙志生正这么想着，手指头一疼，第二根烟也抽完了，感觉嗓子里的痰上来了，急忙下了床，趿拉着鞋走了出去。

院门一开，龙志生心里一惊，喉咙里的痰轰隆一声又咽了回去。

"主任兄弟！"龙志奎站在龙志生家院门外，手里提着两瓶酒，满脸堆笑跟他打招呼。

"哎哟，咋了志奎哥？"龙志生看见手里提着两瓶酒的龙志奎，很是惊异。

"我来找你有事。"龙志奎说。

"你看你，又拿东西来！"龙志生迎上去，习惯地伸出双手接过龙志奎的酒。他把龙志奎迎进屋里，让到沙发上坐下，从茶几上摸起烟，抽出一根敬给龙志奎，龙志奎嘴上说抽不惯这个，接过烟去刚想放下，龙志生却拿起火机"啪"的一声打着递到了嘴边，龙志奎没法，只好把过滤嘴掰去插进烟袋锅里。龙志生这是头一回给龙志奎点烟，他这么热情招待，让龙志奎受宠若惊，心里直犯嘀咕，龙志生这是咋了？从前待人可不这样。他越是这样，越让龙志奎心里感到不踏实哩。

龙志生蜜着脸看着龙志奎，说："志奎哥，我算计着今天你会来，可没想到你来得这么早。"

龙志奎抽了口龙志生硬派给他的香烟，说："你咋知道我会来？"

"还不是为咱有山小子的事？"龙志生觍着脸，跟龙志奎套着近乎。

龙志奎叹了口气："唉，有山这孩子……"

龙志生没等龙志奎说完，把手一挥，没让他说下去："大哥甭说，这事我知道。"他回头冲里屋喊，"你起来了吗你？快起来做饭，咱志奎哥来了，弄俩菜俺兄弟俩喝两盅。"

"我不在这我不在这！"龙志奎闻听龙志生要他在这里吃饭，慌乱地摆着手说。

龙志生压根儿就不听龙志奎说啥，又回头冲里屋说："出来时捎盒好烟来给志奎哥抽，软中华吧！"

软中华贵着哩，一盒几十块钱！龙志奎忙冲龙志生扬起自己的旱烟袋，推辞说："主任兄弟，我抽这个，我这个有劲。"

　　志生老婆从里间屋里出来，手里拿着两盒软中华烟。龙志生打开一盒，抽出一根敬给龙志奎："这烟都是别人送的，你尝尝这味道。"

　　龙志奎的烟袋锅里还燃着刚才龙志生给他点上的那根，只好接过来夹在了耳朵上："主任兄弟，有山这孩子……"

　　龙志奎刚张嘴挑个话头，龙志生就打断他的话说："志奎哥，有山的事你放心好了。"说完又回头冲里屋喊，"拿两个盅子来，把那盘蝎子和蚂蚱也端上来，我跟咱志奎哥边喝边聊。"

　　见龙志生这样，龙志奎心里一阵一阵地直发慌。他摸不透龙志生为啥这么待他，他伸出胳膊拦挡着龙志生说："主任兄弟，主任兄弟，使不得使不得，一盘蝎子好几十块钱哩，咱吃了能顶啥？还是留着日后招待乡里的领导吧！"

　　龙志生固执地把龙志奎伸在面前的胳膊拉开："志奎哥，以后你叫我兄弟就行，前面就不要带上那个主任了，听着怪别扭得慌！我现在是想开了，这好吃的谁吃了谁肚子里有，他乡里的领导能吃，咱为啥就不能吃？这可是好嘛哩！"他指着女人刚端上桌的蝎子说，"吃上这么一回，保你一年身上不长疖子！"

　　看着一反常态的龙志生，忐忑不安的龙志奎心里没了底。龙志生葫芦里到底想卖啥药？他绞尽脑汁地去琢磨，琢磨来琢磨去，也没琢磨出个眉目。龙志生不会无缘无故地这么招待自己，他一定是有啥目的。管他哩，只要不在酒里下毒就行。这么一想，龙志奎索性沉下心来不去瞎琢磨了，任由龙志生对自己献殷勤。

　　待两盅酒下肚，龙志奎又提起有山的事："主任兄弟，你眼光长远，看人也准，有山一个毛孩子还想当啥厂长，是不知天高地厚哩！"

　　龙志生一怔，看着龙志奎说："咋？你不想让有山包胶厂？"

　　龙志奎气鼓鼓地说："他小子吃了豹子胆哩，背着我干了这么件蠢事，主任兄弟你大人大量，甭跟他一般见识，他一个小孩子，不懂事。"

　　龙志生仔仔细细打量着龙志奎，这才明白他的真正来意。他还认为他是为有山的事求自己来了，恰恰相反，他是来阻止自己把承包权放给有山的。这个龙志奎，真是个老糊涂蛋哩！想起昨天夜里在他院外大吵大闹的有勇，龙志生眼珠子一转，有了新打算。他佯装没听懂龙志奎的话，拍着胸脯说："你放心大哥，有山的事就是我的事，昨天我在会上说的是气话，不算数，该咋着咋着，有山出的价最高，那胶厂的承包权就归他有山，你放心好了，咱是一家人哩，我不向着有山向着谁？那胶厂谁也抢不去，雷打不动就是咱有山的了。"

"啥？"龙志奎吃了一惊，端酒盅的手定住了，他来龙志生家可不是这个目的。他怔怔地看着龙志生，半天才张嘴说："主任兄弟，包胶厂这事可不是小事，年轻人头脑一热办事不考虑后果，你要是不阻拦着，就怕以后出乱子哩！"

"出乱子？这乱子早就出来了！"龙志生的一张脸阴沉了下来，"昨天夜里有勇来我家闹，一直闹到半夜里才走，我敢阻拦吗？"

"啊？"龙志奎的手一抖，酒盅"当"的一声掉在了地上。

也不知是喝了龙志生两盅酒的原因，还是让有勇气昏了头，他跌跌撞撞地从龙志生家走时，竟把旱烟袋丢在了龙志生家的沙发上。龙志生的老婆手拿烟袋从家里追出来，喊了三五声才把他喊住。龙志奎木讷地接过烟袋插在腰里，家也不回，倒背着手，溜溜达达地去了河边的麦田。

日头像不小心掉在地上打碎的鸡蛋样淌着黄，把村前掉光了叶子的杨树林染得浑身湿淋淋的，炸梨鸟和家雀子在树枝上欢蹦乱跳叫成一个蛋，人一走近，"轰"的一声从这棵树上一下飞到了另一棵树上。

龙志奎径直走到自家麦田里，蹲在地头上抽了袋旱烟。浇过水施过肥的麦苗长势喜人，绿油油的茎叶挂着露珠精神着哩。要是冬前不下雨，上冻前还得浇遍灌浆水，才能保证明年的收成。

看够了麦苗，龙志奎起身走上公路，沿着柴汶河一直往东走。二十来岁的三儿子能得不知姓啥了，家雀子头里能有多少脑？小小的毛孩子还想当厂长哩。虽然厂子不大，可大小是家村办企业哩，不是随随便便闹着玩的。过去心里有啥解不开的疙瘩，总爱找大儿子唠叨唠叨，现在大儿子跟三儿子一个鼻孔眼里出气，他想起了万德叔。龙万德是龙旗村的老党员，参加过"孟良崮战役"，后来转业回到家乡担任龙廷公社社长，退休后一直待在龙旗村，对龙旗村的情况和当今社会形势比较摸底。

　　龙志奎一路走，还一路骂。他骂龙志生满肚子坏水，自己都经营不好的烂摊子，一甩手扔给了有山，这不是要看自家的热闹吗？龙志生这个狗东西，对有山没安好心哩。

　　龙志奎一会儿骂龙志生坏，一会儿又骂有山傻，边走边骂，不知不觉就走到万德叔家。

　　龙志奎在万德叔家待了一整个上午，等他走出万德叔家门时，脸上的愁容没了。万德叔到底跟他说了些啥，他回到家后只字不提，只跟龙大娘夸万德叔是个上知天文下知地理的老神仙。不过到了夜里睡觉前，他对龙大娘说了这么一句话："等有山的胶厂开了工，我去帮他看大门。"

39.

换官如换天

龙旗村制胶厂开业这天，正是龙廷镇正式挂牌成立的日子。制胶厂门前披红挂彩，锣声鼓声震天震地欢喜成个蛋，围观的村民像赶庙会。龙廷镇分管工业的赵副镇长在鼓乐声中讲了话，剪了彩。

赵副镇长说："今天是双喜临门！一是龙廷镇人民政府成立！二是龙旗村制胶总厂正式开业！这里我想解释一下，为什么在制胶厂前面加个'总'字？加上那个'总'字，是希望龙旗村以制胶厂为龙头，带动发展更多个村办企业，为革命老区的经济建设竖起一面全新的红旗！"

赵副镇长的讲话赢得了村民们的热烈掌声。

这天夜里，村子里家家户户放起了鞭炮，鞭炮声响成一张密不透风的网，火花闪成一片光烂烂的不夜天，整个龙旗村热闹得跟过年一样。村民们放鞭炮可不是为了庆祝龙廷镇人民政府成立，也不是为了恭贺龙旗村制胶厂开业，而是因为赵副镇长还代表镇党委政府向村民们宣布，批准龙志生辞去龙旗村党支部书记及村民委员会主任的职务。也就是说，龙志生下台了！

村民们放鞭炮欢送龙志生下台，这在柴汶河一带还是头一回！

换官如换天，龙旗村的村民们送走一个误村误民的"当家人"，同时又眼巴巴期盼着一个带领大家共同致富的"领头雁"。

龙廷镇新当选的党委书记邱卫东对龙旗村的换届选举工作特别重视。一个工作能力强、政治思想觉悟高的村干部，能把一个后进村带成先进村；而一个工作能力差、政治思想觉悟低的村干部，则会把一个先进村带成落后村。龙旗村的龙志生就是个典型的例子。邱书记在原柴汶河乡任书记时，曾鼓励龙志生解放思想，大胆工作，工作当中出现一些失误也不要紧，有乡里为他做后盾。事实证明，龙旗村的领导班子存在相当严重的问题。这次要是让村民自己进行民主选举，也难免会出现拉选票的作弊行为。在龙旗村，村民们的家族观念重，得先物色好人选，后选举。还有，龙旗村大多数是龙姓人，一山不容二虎，龙姓人排外，所以龙旗村一直是"党政"不分家，村主任兼任支书，这也不利于龙旗村的现实发展。邱书记想来想去，决定亲自去龙旗村组建一个新的领导班子。

邱书记来到龙旗村，最先找到了花白胡子的龙万德，诚恳地请他推荐几个村主任和支书人选。

龙万德明白邱书记的意思，不住地点着头，说："龙旗村早就应该分成村委和支委两个班子了，这样好开展工作不说，互相也有一个制约和监督。"

甭看龙万德九十多岁了，腿脚利索，头脑清醒着哩。他一边抽着旱烟锅，一边合眯上眼认认真真地酌量邱书记的每句话。这回可是要好好推荐几个人选，选好村干部，那可是龙旗村村民们的福，要是选不好，龙旗村的老老少少也跟着吃大亏哩，上届村主任龙志生不就是个活生生的例子？这回可是要选好。

邱书记爱抽"将军"烟，他点上一支，狠狠吸了两口，看着龙万德又补充说："咱们这里是革命老区，红色圣地，政治思想觉悟放在首位，是为了将来不贪不占，能过金钱关；第二个要求是为了跟上当前的市场经济发展，紧紧抓住国家乡村振兴战略这个机遇，在实际工作中，带领群众脱贫致富；第三个要求主要是为了加强农村基层工作的民主性，这一条我以后再细说。"

邱书记的一番话，让龙万德心里感到沉甸甸的，跟肩上压了副无法推卸的重担样，说："国家改革开放都几十年了，一部分人先富起来了，可咱柴汶河还有大多数人没脱贫哩！贫富差距越来越大！谁不想过上好日子？可是大多数人找不到脱贫致富的好门路，他们都盼着有个领头人，真心实意地带领他们走上致富路。群众想富，要看干部，这话一点儿也不假哩！"

龙万德的话让邱书记想到整个龙廷镇的经济建设跟其他乡镇比，年年倒数第一！想起这些他就感到惭愧哩！他动情地看着龙万德说："我的老领导，咱们是党员，有责任为老百姓做些实事。我巴掌小，一手遮不过全镇来，要是能选出一大批优秀的村干部，他们就能帮我干好许多我照应不过来的事情。前段时间，镇上的领导干部出去考察了一圈，回来后，镇委开会研究，制订出一个富民计划，决定在咱柴汶河两岸建一条'绿色经济植物长廊'。咱柴汶河河川水足田肥，是块好地方，我来龙旗村就是想选拔一批有经济头脑的村干部，帮我实施这个富民计划，让全镇人民都能脱贫致富。"

听完邱书记的这个富民计划，龙万德笑得跟长寿星样，说："好哇，咱们龙廷镇有你这么一位为群众着想的好书记，不愁没有好日子过。"

邱书记也笑了："群众能不能过上好日子，光靠我一个人不行，还得靠一大批合格的村干部。"

龙万德认真地点着头，说："是这么个理儿！"他又装上满满一烟锅旱烟丝，点上猛抽几口，过足了烟瘾，这才开口说："要说龙旗村的后生当中，还真有那么几个符合要求的人选哩！"

"噢？"邱书记心里一喜，脸上挂出笑意，"那你快说来听听！"他激动地往前探着身子，两眼热切地看着龙万德那张皱纹纵横交错灌满阅历的老脸。

龙万德伸出手，扳着手指头数算着说："第一个是张光德，正式党员，刚五十多岁，这人眼光准，胆子大，一下就包下了咱龙旗村五十多亩果园，家里还开着门市部，现在又建了个毛刷厂，家里挣个上百万哩！他可是咱柴汶河一带的大能人，邱书记应该听说过才是。"

提起张光德，邱书记脸上又挂出喜色："这个张光德可是咱柴汶河的骄傲，不过，他现在忙着办毛刷厂，不知他愿不愿意？"

龙万德说："他丢不下毛刷厂是真的，可凭他张光德的头脑，任支部书记完全有可能，不过……"说到这里，他脸上现出浓重的为难神色。

"咋?"邱书记怔着脸，急切地看着龙万德。

"他祖上是从广饶讨饭来咱龙旗村落的户，一个外来户，他这思想上有包袱，怕是影响工作哩。"

邱书记皱着眉头想了一会儿，说："在龙旗村，外姓人是不好开展工作，不过现在社会形势跟从前不同了，张光德没有必要背上思想包袱，再说了，镇上还要下派一位第一书记来协助他开展工作，他的事我亲自出面，就是'三顾茅庐'也要把他请出来!"

龙万德点点头，又扳着指头往下说："龙姓家族里，龙有余是块村干部的好料。"

"龙有余?"不等龙万德往下介绍，邱书记自己先兴致勃勃地说起来，"这个龙有余跟我熟着哩!年龄跟我也相仿，高中文化，预备党员，是咱县的科技带头人，县里多次给他发过奖，行，就是这个有余了。"

看着邱书记一脸兴奋的样，龙万德心里也高兴，抽了几口烟，想了想又说："对村里的工作最上心的还有一个李玉明。"

"李玉明?"

"对，他承包了村的鱼塘，现在是村里的报账员。"

"这个名字倒有点耳熟。"邱书记皱眉思索着。

龙万德提醒他说："他女人是咱村里的妇女主任，整天打扮得怪体面的一个人。"

"妇女主任?"邱书记还是没想起来。

龙万德突然想起什么，说："李玉明是个瘸子。"

"噢，他呀?"邱书记一下想起来了，"这个人我有印象，在你们村委办公室见过，有印象，腿脚虽然不利索，人倒是挺勤快，忙前忙后给我冲茶倒水，给人印象很深。"

"那你觉得这人咋样?"龙万德问邱书记。

邱书记摇摇头："不是我对他有偏见，凡是喜欢干眼皮活的人，都干不好实事。"

龙万德张开掉没了牙的嘴笑了："邱书记的眼神劲真准哩!李玉明这人跟龙志生没学会别的，学会了爱贪爱占，现在龙志生一下台，他就四处游说，又请客又送礼的，让村里人选他当村主任哩。"

邱书记笑了笑，说："那好，也把他定为一个人选，我相信龙旗村广大村民们的眼睛。"

龙万德连连点头，他完全赞成邱书记的意见和决定。接下来他又提到了龙有山，说他是个大学生，放弃省城的工作回乡创业，年轻有为哩！邱书记对有山也非常赞赏，他说有山能搞活这个垮了台的制胶厂，也是对龙旗村的一大贡献，就让他走自己的路吧。

经过邱书记和龙万德的反复酌量，张光德和龙有余被确定为重点提拔对象，接下来两个人就分了工，邱书记去做张光德的思想工作，龙万德去找龙有余。

40.

老革命龙万德说话一句顶一万句

　　龙万德这位老党员很会做别人的思想工作。他先去龙志奎家，跟龙志奎说了邱书记的意思，龙志奎连二思都没二思，就一口应承了下来。这个一辈子受别人"管"的庄稼汉，做梦都想让自家出个大官。村主任这"官"虽小，有时还出力不讨好，可大小也是个"官"，家里有个当"官"的，再也不用受龙志生那种人的欺负，"政治"上也好有个耳目，有啥形势变化老早知道，提前做个预防，咋着也少走弯路省得又吃亏。龙志奎不爱财，却对"权"独有一番奢望。他感激万德叔在邱书记面前推荐了自己的大儿子，让他龙志奎家也有机会出个"当官的"。

　　龙志奎二话没说，就打发老伴去叫有余。工夫不大，有余就跟着龙大娘回来了。龙志奎看见有余，眉眼笑得跟两朵山菊花样："有余，快坐下，你万德爷爷找你商量件事！"

　　有余冲龙万德喊声爷爷，找个座位坐下，说："我听俺娘说了，你在邱书记面前推荐我当咱村的主任？"

　　龙万德哈哈笑着，对有余说："这得看选举结果，邱书记让我来找你，就是想听听你有啥想法，乐不乐意干？"

　　有余冲龙万德笑了笑，一时不知咋回答。

　　"俺不干！"听说镇上的领导打算让有余当村主任，闻讯赶来的春花一脚门里，一脚门外，气势汹汹地冲龙万德喊。

　　龙万德那张弥勒佛样的笑脸，突然跟结了冰样凝住了，好长时间没缓过神来。

"你来干啥你?"有余转回头,没好气地对春花说。

春花一腚坐在门槛上,火药味十足地说:"我来干啥?我就不让你当那个村主任!"

本来一个充满喜气的热火场面,让春花这么一句话立马搅和凉了,有余尴尬地看了看爹娘和万德爷爷,生气地对春花说:"这不关你的事!"

"啥不关我的事?我就是不让你当主任那个屁官!"

面对这个很少进门的大儿媳妇,龙大娘也不知道咋跟她打招呼,想来想去,就起身倒了碗开水,给春花端过去,低声下气地对她说:"他嫂子,有话你慢慢说,你万德爷爷这是在征求有余的意见哩!"

春花对婆婆的这份殷勤却不领情,她把头一扭,不接水碗,也不理睬任何人。

龙万德看了一眼龙志奎,心平气和地对春花说:"孙媳妇,有话你就直说。"

春花不满地瞪了龙万德一眼,跟受了天大的委屈样,说:"俺这几年没黑没夜地忙活,好歹忙活出了头,日后还想大干一场哩!要是让有余接了这个烂摊子,不光耽误俺家的收入,村里这老少爷们,还不知要得罪谁哩?出力不讨好的苦差使,你这是把俺往穷路上引哩!"

龙万德摇摇头,叹了口气对春花说:"咱们龙家,就好比一棵果树,果树高了,分出去的枝杈也就多了,这枝杈上坐的果也就自然而然离得远了,也显得没那么近那么密了,可是不管这枝杈分出去多少,这枝上挂的果子都在一棵树上不是?咱都是龙家人,祖祖辈辈是一条根哩!你现在自己混富了,就忍心看着其他穷乡亲不管不顾?"

春花张了张嘴,没说出话。

龙万德接着往下说:"我在镇领导面前举荐了有余,不是让他去当官。你这孩子说得没错,村主任这个官没啥干头,出力不讨好的苦差使不假,辛辛苦苦工作一年挣不了几个钱,可人活着也不能只顾自家不顾大家。我举荐有余,是想让他当咱龙旗村的'大管家',把村里的事管好,把村里人带富。你把乡亲们带富了,乡亲们能忘了你?"

　　"你万德爷爷说得对！"龙志奎从旁插话说，"当年你老爷爷给村里修了桥，建了学校，村里人至今还时常提说起哩！"

　　"那他还不是被划成了地主挨批斗！"春花顶撞龙志奎说。

　　龙志奎被春花一句话噎得面红耳赤，气咻咻地喘着粗气，不再理睬这个不通情理的儿媳妇。公公不跟儿媳妇斗嘴，这也是沂蒙山的风俗。

　　春花毕竟是个头发长见识短的女人，她坐在门槛上面，嘴里还振振有词："现在这个社会，各自顾各自，谁有钱谁就是大爷。你兜里有钱了，左邻右舍的都把你放在眼里，你要是混打了碗，亲戚朋友连走路也躲着你。"

　　龙万德听完春花的一番话，点了点头，舒开眉眼笑了。春花说的这番话不中听，却中信。现在的人，八九不离十都是这么想的。春花没文化，有这种想法也不是她的错，这是某些社会风气造成的。他来龙志奎家之前就想到会有人有这种想法，幸运的是这人不是龙志奎和有余，而是春花。要是龙志奎，他就得费一番口舌了；要是有余，他二话不说，抬腿就走。一个思想觉悟这么低的人，跟那个"扶不起的阿斗"有啥区别？春花不同意不怕，他自有办法说服她。他清清嗓子，端起一副老人架子，板起脸来看着春花，说："我跟有余说几句话，孙媳妇你甭打岔！"

　　这么一来，春花就不敢再吱声了。在龙旗村，春花谁都不怕，就怕这个白胡子龙万德。有件事有必要在这里交代一下。当年春花能从龙廷村嫁到龙旗村，就是这个龙万德做的大媒。春花她爹王长江是龙万德的老部下。龙万德在部队当团长时，王长江这个新兵蛋子才十七八岁，是龙万德的勤务员。打孟良崮战役时，敌人的一发炮弹呼啸着往前沿阵地的指挥所飞来，不知死活的王长江还傻乎乎地站在指挥所门口为龙万德站岗哩。龙万德为救王长江，用身体把王长江扑进了一个弹坑里，结果自己受了重伤。后来部队南下，龙万德被留在地方上工作，王长江也跟随龙万德留了下来。再后来龙万德任龙廷公社社长，王长江就在龙廷村任党支部书记。生死战友加老部下，这交情可想而知。春花十八岁那年，王长江托老首长给她找个婆家，龙万德想来想去，在龙家的后生里，感觉有余这孩子不错，就这么着，春花嫁给了有余。

别看春花对公婆不孝敬，那是因为她对婆婆有意见。自从嫁进龙家的门，她自始至终孝敬着万德爷爷哩！家里有啥好吃的，时常给他送去，龙万德也听说她跟婆婆的关系不大和睦，这清官难断家务事，日子一长说不定就缓和了，也就没往心里去。春花见万德爷爷都没说过她，可就有些有恃无恐胆大包天了，现在连龙志奎都敢顶撞了。今天她当着万德爷爷的面风风火火地说了一大通，完全是因为她不想让有余去当村主任。

春花见万德爷爷板起了面孔，吓得不敢吱声了。她担心惹恼了龙万德，去龙廷爹面前告她的"状"。别人的话不听能行，万德爷爷的话不能不听。她爹这一辈子最听万德爷爷的话，要是万德爷爷去告她的"状"，她爹非来打死她不可。

龙万德见大家都安静下来，就清清嗓子问有余："有余，我的话你能听不？"

有余使劲点点头："爷爷，我听！"

"那就好。"龙万德忍不住笑了，"你是个预备党员，现在正是党考验你的时候哩！"

有余认真地点了点头。

龙万德清清嗓子，正正身子，满脸严肃地盯着有余说："一个合格的党员，就得全心全意为人民服务，做人民的公仆，啥事都得以大局为重，舍小家顾大家，一切听从组织安排……"

万德爷爷的话有余小时候就从课本里学过，后来也在电影电视里听过，可以这么说，都是些老掉牙的陈腔老调了，现在年轻人没人爱听他啰唆这些。可是有余听着从万德爷爷嘴里说出这些话，不像电视上某些领导的讲话装腔作调有假大空的感觉，而是让人觉得句句真实，句句沉重有力，跟锤头敲打着样，句句敲打在他的心口上，让他感到亲切，感到温暖，感到从心底生出一股无穷的力量。

"你现在富裕了，可龙旗村的众乡亲还在受穷。作为一名党员，咱们有责任帮助他们摘掉穷帽子，过上好日子。你有文化，有经济头脑，镇领导让你当大伙儿的领头雁，带领大伙儿共同致富，这是党对你的信任和期望！"

有余郑重地点了点头，说："我知道，爷爷，我不能只顾自己发展。"

龙万德满意地点点头，转脸又对旁边闷闷不乐的春花说："我知道你这孩子是啥心思，你是担心有余为了村里的事耽误了自家的发展。这咋会呢？囤里没粮，碗再满也算不上多；囤里有粮，这碗里才空不了哩。不管有余能不能选上村主任，你们明年照样上大项目，求大发展，这囤里锅里碗里都能盛满粮哩。"

春花面红耳赤地垂下了头。

龙万德说到这里，停下来装上一锅烟，说："人过留名，雁过留声，人生在世为的就是个好名声！你挣的钱再多，就是堆成山又怎样？死了半文也带不去。你爹王长江跟我一样，干了一辈子革命，没存下几个钱，可我从没听他说过自己这辈子混得有多穷。钱多不能就算是富，钱少也不能就算是穷，这个理你得慢慢去琢磨才能明白哩！"

龙万德把装满旱烟丝的烟袋锅伸到龙志奎的烟袋锅上，烟袋锅对烟袋锅，用力紧抽了几口，嘴里就冒出了香喷喷的烟雾。

"不管是村支书还是村主任，都不能干一辈子，等你把村里的乡亲们带上致富路，让年轻人接你的班，这也不耽误干你想干的事，你从中还得到了锻炼，积累了一定的管理经验，肯定比现在发展得更快、更红火哩……"

万德爷爷这张嘴，真是一张利嘴，他让龙志奎全家，包括春花在内，脸上都露出了喜色。

有余笑着对万德爷爷说："爷爷，我听你的。"

龙万德忽地把脸一沉，说："这个不是我个人说了算的事，到时邱书记在村委大院亲自主持村民选举大会，大伙儿投票通过了才行哩！"

事情就跟有神仙暗中相助一样，在接下来的村民选举大会上，有余顺利地当选为龙旗村的村民委员会主任，张光德当选为龙旗村党支部书记。

这件事来得太顺利，有余感觉跟做梦一样。当邱书记宣布完投票结果，他激动地走上主席台，面对无数双充满信任和期待的眼睛，只说了一句话："谢谢大家对我的信任，我只为村里办一件事，就是带领大伙儿共同致富！"

长玫瑰的土地

有余说的话一句顶一万句哩，他的话音刚落，如雷的掌声就把他淹没了。后来在村委办公室，邱书记又主持召开了村委和支委会议，向龙旗村下达了镇委的"富民计划"：在柴汶河两岸修建环库路，沿路打造一条"绿植长廊"。关于建设龙旗社区的事，以后再议，村民们安心生活就行了，这涉及村民的利益，首先需要做好征地和村民拆迁的赔偿工作。

为了取得村民们的支持，有余向邱书记提了个要求，等上级派来第一书记后，拨给龙旗村一个自来水工程名额，修建扬水站，把柴汶河的水引到白龙岭上去，在白龙岭上建座水塔，让龙旗村的村民在天旱时可以引水灌溉农田和菜园，并且吃上自来水。邱书记当场表了态，说回去就让镇水利站的负责人批办这件事。

41.

有胜也想去胶厂看大门

镇水利站批给龙旗村自来水工程的十万元专款到位后，龙旗村每家每户都出义务工，开始挖井、埋钢管、建水塔。龙旗村虽是个大村，可忙完秋后，村里的年轻人都出外打工了，出工的村民大都是中年人和少数上了年纪的老人。

龙志奎家人口多，分摊下来的义务工就更多。有田走了，有山忙胶厂里的事，有胜一直待在俊容家里不回来，全家五口人的义务工只有龙志奎和龙大娘顶着。龙大娘思量来思量去，就捎信到龙廷让有胜回来。原先给村里干义务工时，村民们怨声怨气出工不出力，到了工地上也偷奸耍滑，现在不同了，现在是给自己干，这样的义务工不但要干，还要抢着多干哩！全村没有一家扯后腿的，自家更不能因为大儿子当上了村主任让别人说闲话。捎信让有胜回来，加上她和龙志奎，人多力量大，早一天忙完自家的，再去帮有余一把，有余跟村民们一样，也在工地上干义务工。

有胜接到龙大娘捎去的信，晚饭前赶回了龙旗村。吃过晚饭，有山才从厂里回来。胶厂开业后，有山两头不见明泡在厂里。胶厂光开业没生产。有山和有才先把尘封了好久的机器设备擦净调试好，现在正忙着四处筹借资金进料、招人。现在不好招人。虽然有才挨家挨户去找过原来厂里的生产工人，有几个已经去了山外打工，有的家里人答应捎信让他们回来，除了在山外挣了大钱不愿回来的，也有个别人不相信有山能把胶厂搞活，犹犹豫豫地不说来也不说不来，这样，有山只好从外村招新工人，保证到时顺利投入生产。

听说有山包了村里的胶厂，有胜觍着脸跟有山套近乎，问他厂里要不要人，意思是想进胶厂谋份差事。

有山说："厂里要的全是初中以上文化的，你连小学都没毕业，你去干啥？"

有胜觍着脸说："我去当个副厂长，光帮你管人还不行？"

有胜这话差点把有山的鼻子气歪。他没好气地冲有胜说："你就是去打扫厕所，我也不用你。"

有胜还是死皮赖脸地缠磨有山说："我去看大门也行！"

有山一听这话，气更不打一处来："你一米七八的个子晃晃着，又不是七老八十了，咋老想着找轻松的活？你咋这么没出息？"

有胜厚着脸皮，自己给自己找理由："我打小就下不了苦力，你又不是不知道，我帮你看大门有啥不好？总比你找个外人强。"

有山不想跟有胜啰唆，直截了当地对他说："你就死了这份心吧，等干完义务工，咱爹去胶厂看大门，你想挣钱，就出门打工，胶厂现在不需要人。"

有胜一看没了经念，嘴里嘟嘟囔囔地说："你不要拉倒，现在招人难着哩，以后你想让我去我还不一定去哩！"

有山哼了一声，说："三条腿的蛤蟆找不着，两条腿的人有得是，就不要你这号的。"

有胜见有山不理自己这碗咸菜，自讨没趣地坐回板凳上，跟个闷葫芦样憋屈了半天，突然又开口对龙志奎和龙大娘说："爹，娘，我跟你们说件事。"

"啥事？"龙大娘抬头冷眼看着这个没有大出息的二儿。

龙志奎咳嗽了一声，抬头看了有胜一眼，没言语。他也瞧不上他这个二儿，再加上工地上活太累，他不想张嘴说话。

有胜斜眼瞟了一下埋头想事的有山，嘴角上扯出一丝不怀好意的奸笑，说："俊容说，咱家的房子也盖好了，喜柬也送了，她娘想让咱尽快办婚事哩！"

龙大娘还以为有胜想让她帮着求有山哩，听说是亲家催婚，风吹乌云样脸上一下响晴了，忙挺直身子问："你说啥？亲家催咱办婚事了？"

"嗯。"

"行！咱办！咱办！"龙大娘机械地应着有胜，兴奋着脸去看龙志奎，见龙志奎坐在床头上眼皮都不翻，就起身走过去推他一把，喜滋滋地问："你想啥哩？"

龙志奎吓了一跳："干啥？"

龙大娘不满地："干啥？有胜要结婚你没听见？"

"咋没听见，"龙志奎看了有胜一眼，"结就结呗！"

不轻不重的一句话，跟阵腊八风样吹到龙大娘脸上，一下吹冰了她脸上的笑纹。龙大娘一腚坐到床沿上，突然变得眼泪汪汪声音颤颤，"有胜要结婚了，你咋这么不上心哩？你这么不管不问，让我一个老婆子咋办？"

龙志奎见老伴伤心地掉开了泪，把嘴里的烟袋抽下来，不耐烦地说："谁不管不问了？有胜结了婚，也了了咱一桩心事哩！"

龙大娘抹把眼窝："那你这是为啥？"

龙志奎叹了口气："唉！你光说结婚，可咱拿啥给他操办呢？"是哩，拿啥操办呢？就凭两片子嘴可结不了婚。龙志奎考虑的是自家当前的实情。

"早结晚不结，反正早晚得结，有钱没钱这婚不能不结。"龙大娘好像跟谁赌气似的说，"两家订婚这么多年了，咱搭上多少东西了？花了多少钱了？再拖下去，咱家可受不了了！喜柬送过去，这房子也盖好了，能结就尽快结……"

龙大娘把话说到这个份儿上，看来有胜的婚事不想操办也得操办了。龙志奎琢磨着老伴说得也在理，再拖下去，光过年过节的礼钱也不少花，不如让他们早结婚早利索。

龙大娘见龙志奎点头同意了自己的打算，这才高兴起来，亮着嗓门说："这事就这么定了，等有胜帮家里干完义务工，就去镇民政所扯证，买好家具，选个吉日办婚事。"

有胜见爹娘应下了自己结婚的事，心里一块石头落了地，又得寸进尺地对龙大娘说："娘，俊容说这婚事要办得排排场场体体面面的。"

一直坐在火炉旁没吭声的有山，不等龙大娘开口，抬头瞪了有胜一眼，问："咋个排排场场体体面面法？"

有胜把头往脖子里缩了缩，舔着嘴说："那天要请喜乐队迎送，家具用车送，新娘坐小轿车来，陪同来的娘家人每人要六十块钱陪喜钱，六六大顺哩。"

有胜说的这一套，是让家里给他大操大办。光请喜乐队是六百块；一辆拉家具的长斗130货车二百块；新娘坐的小轿车也下不来六百；娘家来的陪客少说也得十个，一人六十，一下又是六百；再加上自家的亲戚朋友，庄里庄乡来赶喜的，十桌酒席少不了，还有烟酒糖茶，少说也得好几千，这还不算买家具……

有胜的话还没说完："另外，俊容还说，去镇上领证前给她买上台洗衣机，要不她不去。"

"啥？"龙大娘张大了嘴巴。

"帖子不是早送过去了，咋还要东西？她有完没完？"有山冲着有胜大吼道。

有胜头耷拉地看着自己的脚尖，支支吾吾一阵，说："俊容怪咱盖房子没出厦。"

"让她娘家陪送！"有山怒气冲冲地吼。

"她家没钱。"有胜立马说。

"咱家有？"有山恶狠狠地瞪着有胜，把那个"有"字咬得特别重。

龙大娘也来气："不是我不出，喜柬钱都送过去了，咋又要东西？早干啥来着？临到登记结婚了又要洗衣机，庄户人家用手洗就成了，手洗得还干净哩！"

有胜替俊容辩解说："她不会洗。"

"啥？"龙大娘又吃了一惊，"一个女孩子家的连洗衣服都不会？"

有胜闷声闷气地说："不会。"

龙大娘心里一凉，直后悔自己当初莽撞地定下了这门婚事。听说，俊容连烙煎饼的鏊子都不会烧，整天只会往脸上搽脂抹粉。庄稼人娶这种女人进家有啥用哩？有胜又懒得皮疼，两个人凑成对儿，这以后的日子可咋过？

外面起风了，风声带着深秋的凉气从门缝里钻进屋里，屋里有了浓厚的冷意。

有山坐在火炉旁，提起水壶往炉灶里下了一铲炭，炉灶里立马响起火焰轰轰隆隆的燃烧声。

龙志奎把两腿伸进被窝里，两手抱着旱烟杆有一口没一口地抽着，两眼跟死羊眼样盯着脸前一吸一亮的烟袋锅。

龙大娘忍不住打了个寒噤，活动活动腿脚，也上床坐下，拉过被子裹住下身。

屋里静着，静了老长时间，有山开口说："别说要洗衣机，就是不要洗衣机，光这大操大办，也只能等到晚婚。"

有胜一听就急了："那不成，有钱没钱也得办！"

有山反问有胜："家里没钱，拿啥来办？"

有胜气急败坏地说："没钱去借！"

有山等的就是有胜这句话，他说："借了你还？你要是答应还，别说三千五千，就是三万五万也能借来。"

"我不还，借钱咋让我还，我……我……"有胜嘴里嘟囔着，听不清他往下说的啥。

"你不还谁还？谁让你结婚来着？不想还账现在就别结婚，过几年家里有了钱，别说大操大办买洗衣机，说不定还给你买上彩电冰箱哩！"有山这么挖苦有胜。

有胜理亏地垂下头，跟个瘟鸡样趴在自己的腿上想了一会儿，抬起头看着龙大娘，哭丧了脸说："现在不结婚不行哩，再过几个月，孩子就生了，为了孩子，还是早结的好。"

有胜的话比炸弹还震人，屋里的人一下挺直身子，同声惊叫起来："啥？俊容怀孕了？"

有胜垂着头，有气无力地说："都六个月了。"

"不会吧？"有山怀疑地看着有胜，"上回她来我咋没看出来？"

"没看出来是她用布缠着肚子哩！"

龙大娘被这个消息惊得直接跳下床来，走到有胜跟前恼怒地问："你咋不早说？"

"那就去医院打掉！"有山气急地瞪着有胜。

"不能打掉！"有胜急赤白脸地大声吼道，"是个男孩！"

"男孩？"龙大娘听说是个男孩，两眼放光了，但还是疑疑惑惑地问，"你咋知道是个男孩？"

"她姨说的。"

有山反感地说："她姨知道个屁！怀男怀女谁能知道？"

龙大娘信以为真地说："她姨我认识，她可是龙廷街上有名的神嬷嬷，听说是狐仙托生，能掐会算，灵着哩！"

有山看看龙大娘，又看看有胜，脑子里一亮，有了主意："依我看，咱就将计就计，装作不着急，捎信告诉她说，俺二哥的婚事再等一年操办不迟，她总不能让孩子生在娘家吧？到时主动权掌握在咱手里，想大办还是小办还不由咱说了算？"

有山的话没落地，龙大娘劈头盖脸地张嘴骂道："你少出这种馊主意！人家要是跑到医院去流产咋办？孩子在人家肚子里带着，是人家说了算，那可是个男孩，是咱龙家的后代！你少给我出坏点子，这婚事一定得办！越办早了越好，洗衣机咱出，婚事就按她说的办，答复她个满意。"

有山说："哪来那么多钱？"

龙大娘不假思索地说："借！"

"往哪借？借了谁还？"

"谁还你就甭管了，这次你也帮帮家里的忙，把厂里的钱借给家里一些，你二哥的婚事你不能不管。"

"我没钱！就是有我也不帮。"

"有山你甭跟我怄气，就算娘求你，给你磕仨响头也行。"

有山见娘真要打自己的主意，就认真地说："娘，厂里真没钱。"

"我不信！你说过银行贷了十万，你哥借给你五万，那些积压下的胶也能卖钱，你咋没钱？"

"不是我不帮你，厂里原本资金就不足，那些钱要用到生产上，哪能用到这些闲事上？"

"你说这是闲事？"龙大娘满脸不悦地看着有山，"这可是正儿八经的终身大事，一辈子一回哩！"

有山耐着性子跟龙大娘解释："厂里没钱就会倒闭，办婚事没钱可以不办，实在要办，就小办……"

龙大娘气恼地打断有山的话，说："帮就帮，不帮拉倒，别跟我兜圈子！要是小办还用求你？我也用不着受这份难为！唉，养了你们这些儿子，造孽哩……"

坐在床上半天没开口的龙志奎，这时再也沉不住气了。他不想因为有胜的事，连累有山的胶厂刚开业就倒闭。他开口训斥龙大娘说："你就别打有山的主意了，办好那个厂更不易！"

有山见爹为自己说话，就借口说回厂里守夜，赶紧走了。有山一走，龙志奎也撵有胜早去睡觉，让他明天早起上工地。

42.

龙志奎又去干石匠老本行

　　有山和有胜一走，屋里一下显得更加冷清了。龙志奎坐在被窝里还觉着冷。人乍冷不受，特别是上了年纪的人。还没入冬就这么冷，等入了冬还不知冷成啥样哩。墙上的挂钟叮叮当当地敲了十下，龙志奎磕磕烟袋锅，把烟袋放在身后的窗台上，打个呵欠对龙大娘说："时候不早了，快睡吧！"

　　龙大娘说："你先睡吧，我为有胜的事愁得慌哩。"

　　龙志奎说："愁有啥用？要不就按有山说的再拖一年？"

　　"那俊容肚子里的孩子咋办？可是个男孩！"

　　"唉！这个社会男孩不男孩的有啥用？我看还是闺女好！"龙志奎想到自己儿子多负担重，打心眼里觉得还是生女儿好。

　　龙大娘现在也跟龙志奎一样，觉得生女儿比生儿子好，就说："咱就是不为要孙子，也得要媳妇，有胜这个样，俊容要是不跟他了，他可不好再说媳妇了。"

　　"你说的也是，早些日子让有胜结婚，早一天把他分出去，也好给有山张罗一个，有山早就到定亲的年龄了，养儿子不给他们安排好家下，咱这当爹当娘的心里不踏实哩！"

　　"听说有山厂里积压下的胶卖出去不少，本想让他帮帮忙，可他一个子也不出，回头你可得说说他。"龙大娘鼓动龙志奎说。

　　龙志奎说："我看也不能硬来，有山的厂里正困难，他四处推销那些积压品，人都见瘦了！"

龙大娘想了想，觉得有山是瘦了，就不再言语。龙志奎好像钻进老伴心里看了样，自言自语说："有余家不能去，能去借钱的地方不多了。"

龙大娘在心里盘算了一下自家还有啥进钱项："实在不行，就把栏里那头猪，几只羊，还有那几只公鸡，也都卖掉……"

"那头猪太小，正上膘哩！"

"上膘总得吃粮食，卖了猪省下粮食，以后还能再喂。"

"那几只羊羔也随着大羊卖了它，那些公鸡，留下一只过年用。"

龙大娘下了狠心，说："只留一只做种孵小鸡用，婚事要紧，全都卖了能凑个两千多。"

龙志奎在心里算了一下，点点头说："嗯，差不离儿。"

龙大娘长长舒上一口气，榆树皮样的脸上也泛出一层鲜亮亮的笑意。

龙志奎却惆怅地虎着一张脸，说："咱家真是一个填不满的穷坑啊！"

龙大娘没有吭声。

两个人就那么默不吱声地坐着，一头一个。外面风吹树梢的啸声时紧时缓，让人听了揪心得慌。这时龙志奎冷不丁想起有田，忙问："有田过冬的棉衣给他捎去了？"

龙大娘心里一惊，登时变得坐立不安起来："还没哩！说是有山走时给他捎去，有山没走，就……"

"那就算了，有田也不傻，冷了自会买。"

"买的贵着哩！"龙大娘一个劲自责，"这事都怪我……"

龙志奎说："行了，你就甭念叨了，睡吧，天不早了。"

龙大娘抬手把电灯拉灭，嘴里还不停地唠叨说："这个月的电费也不老少哩！"

龙志奎没说话，回头从窗台上取下烟袋，装上一烟锅点上，在黑漆漆的夜里一明一灭地闪着。等一袋烟抽完，像是自言自语，又像是跟龙大娘商量说："有胜回来了，村里的义务工由他顶着，有山的厂子还没投产，现在也用不着我去看大门，要不我背上修磨家什，出去走一走，或多或少总能挣几个，咱多挣几个就能少借几个，你说行不？"

龙大娘心里咯噔一下，忙伸手拽开灯，披上上衣坐起来，惊异地瞪着龙志奎："你刚才说啥？你想再去干老本行？"

龙志奎说："嗯。"

龙大娘心里一酸，硬起脸反对说："不行！多年不背的东西了，还能拾得起？"

龙志奎知道老伴舍不得自己，就说："没事，学到家的手艺不会忘。年轻那阵子，我背着那个木匣子不知走过多少村，打磨过多少石磨哩。全家的花销，孩子的学费，不都是从那手艺里来的？"好汉都有当年勇，想起自己的"当年勇"，龙志奎心里就涌起一股冲天的劲头，让他摩拳擦掌地直想起来去显显身手，"当年的家什都还在，前几年来收废铁的，你还说要卖了它，多亏没卖，你看现在不又用上了？"龙志奎用烟袋指指床底，满脸喜悦地说。

龙大娘想起自己跟龙志奎年轻时那阵，虽说日子过得艰难，可心里踏实着哩。临到老了，龙志奎又想背上那个木匣子出门，她这心里突然就酸楚得不行。她说："你都这把年纪了，还能搬得动那石磨？人不服老不行，前几年你为啥不干的，还不是力不从心了？"

龙志奎满不在乎地说："没事，这点力气还有。"

"这几年你的腰疼病老犯，你挺不住。"

"我悠着点就是了。"

龙大娘说啥也不让龙志奎出去。头发都白了，咋能像个叫花子样再去走街串巷给人家修磨呢？不能为了儿子的婚事，让老伴再去受罪，就是家里穷死，也不能让他去。"都快进冬了，天这么冷，你不能去！"她听着窗外狼嚎样的风声，拦挡龙志奎说。

龙志奎也知道外面冷，可他决心已定，谁也甭想拦挡他，他打年轻时就是这么个脾性。他知道老伴不放心他，就安慰她说："我先出去看看，这条路要是行得通，我就到年底回来，过完年就给有胜操持婚事，要是行不通，顶多三五天就回来。"

见龙志奎执意要去，龙大娘只好点点头，嘱咐他说："行不行的，你别走得太远了，现在这条件好了，用磨的人家少，没多少活立马回来，在外面人生地不熟，天又冷，吃不好睡不好的……"龙大娘说着说着，嗓子一哽，说不下去了。

"你看你，你这是干啥？我又不是三两岁的小孩。"龙志奎责怪龙大娘说。

龙大娘擦一把眼窝，说："他爹，你不能去啊！"

龙志奎见老伴又变了卦，心里一怔，说："你看你，咋又变卦了？"

龙大娘心里有好多理由不让他走，可她不想说出来，想来想去，只是说："孩子们也不会让你去。"

龙志奎松了一口气，说："这事甭让他们知道，等我走了再说。"

龙大娘就不再说啥，她太了解龙志奎了。

夜好长，龙志奎和龙大娘都没睡，面对面坐着，从两人年轻时的岁月谈到现在的光景，从大儿有余的婚事谈到二儿有胜的，还有将来有山的、有田的……这一夜，老两口把能说的都说了，把该叮嘱的都叮嘱了。

听到天明的鸡叫，龙志奎干脆爬起身来，说："咱别坐着了，赶快起来，你去做早饭，我去拾掇拾掇那些家什，趁天不亮早走。"

龙大娘给龙志奎做了碗他爱吃的荷包蛋，又找出那件穿了多年的羊皮大衣，给他带上六十块钱，千叮咛万嘱咐，这才送他出门。

龙志奎背着那个装满锤子、钎子等家什的木匣子，带着沉甸甸的希望和老伴疼燎燎的牵挂，迎着清晨冰条刀刃样的寒风冷气，深一脚浅一脚一步三回头地出了村。

这时，天刚麻麻亮。

43.

小妹对有田有了一种陌生感

入冬后的第一场雪悄没声地下了一夜。第二天早晨，远山、远村，田野里，树上、屋上全都像盖了一层厚厚的棉被，天地茫茫一片晃眼的白呢。天晌晴瓦蓝，日头甜蜜喜地红着脸挂在青云山顶上。空气清新地凉，路上的行人嘴里跟抽着烟一样往外吐着白色的雾气。

村街上，一群早起的孩子吱吱呀呀地打雪仗，三五只黑狗跟在他们身后追逐嬉戏，雪蛋偶尔打在狗身上，狗们跟小孩样撒娇地哼嘤几声，使劲抖抖身子，沾在身上的雪四处飞溅，身上立马油光闪闪黑得好看。

这天早晨，张小妹早早就来到了村前的杨树林里。她那张白皙的脸颊透出娇羞的红晕，一双黑葡萄样的亮眼怯意地躲在跟雪一样白的围巾里。鲜红的羽绒服跟一团燃烧的火一样，紧紧裹在她身上，这么红白相衬，越发衬出她身材的秀美，就像一朵在雪地里盛开的蜡梅，让人怦然心动。

有田夜里从省城回来了。他回来得也巧，正好在下雪封山前到了家，要不他得等雪化通车后才能回来。有田给小妹发微信，约好明天一早在老地方见面。

有田循着小妹的脚印在一棵挂满雪花的杨树下找到了她。

"真是的，"小妹佯装生气地噘起嘴，埋怨有田说，"人家都等你大半天了。"

有田不好意思地解释说："夜里睡得晚，就……"

小妹愠怒地打断他的话："你压根儿就没把人家放在心上！"

"哪能呢?"有田忙说,"我在外面天天想你哩!"

"你骗人!"小妹把脸扭到一边去,"我不信!"

有田说:"谁骗你是小狗!我一个人在外面,整天除了想你,就是想家里人。"

小妹才不理他这一套,好像自己的一片真情真被欺骗了似的,满腔委屈满腔怨愤地冲有田发泄说:"你知道吗,自从你走了,我是咋想你的?我天天抱着手机给你发微信,你半天也不回,连我妈都笑话我哩,说我掉了魂。我每天在上下班的路上,一看见从城里开来的客车,就想你一定坐这趟车回来了,可每次都让我失望……"说到这里,小妹的眼里滚豆样骨骨碌碌地滚下两串泪珠子。

有田被小妹的真情感染着,一脸愧疚地垂着头,嘴里不停地念叨说:"对不起,对不起……"

小妹并没有原谅有田的意思:"我不听!"她像是受了天大的委屈,转身伏到树干上,嘤嘤地哭出了声。

有田站在小妹身后,跟个罪犯样垂着头,听着小妹一声一声地抽泣,心里难受着,不知张嘴说啥好。等小妹的哭声渐小,他才开口说:"保安公司实行军事化管理,先培训后上岗,整天搞训练,有时候半夜还集合呢,我天天累得跟死狗样……"

小妹眼泪汪汪地看着有田。

"我在那里,整天想家,一天下来浑身跟散了架样,倒在床上就不想起来,还没等歇过劲来,第二天一早又去训练,天天这样,压根儿就甭想干别的,别说回微信,有时饭都不想吃……"

小妹静静地听着有田的话,眼里的泪珠又无声地滚下了脸颊。

"训练又不让带手机,只能晚上在梦里给你发微信!"

小妹想着有田合着两眼玩手机的样,忍不住"扑哧"一声笑了。这个有田,真让她恨不起来。

见小妹笑了,有田微微地挺一挺胸,长长舒了一口气。笑声告诉他,小妹已经原谅他了。不一会儿,寂静的杨树林里就传出了小妹风铃样的欢笑声。

　　有田和小妹在白雪的杨树林里追逐、嬉闹，小妹像一团燃烧的火，把整个白雪覆盖的杨树林给点着了，红红的火焰连同柴汶河都照亮了，映红了。

　　后来，有田和小妹倚在一棵大树下，仰脸看着枝条上的树挂，细细地说起两人分别之后的思念和彼此的牵挂。有田说，要不是心里有她，他早就跑回来了。小妹说不对，心里有她跑回来才对。有田说怕她看不起才不敢跑回来。他出去了一回，咋着也得干到上岗开工资吧，要不让村里人笑话哩！

　　小妹一脸爱怜地看着有田："现在有山哥包了村里的制胶厂，正缺人哩。"

　　"三哥跟我说了。"

　　小妹像个叽叽喳喳的花喜鹊："三哥头脑灵活，又肯吃苦，一定能搞活胶厂。我跟雨芹商量好了，转天也去制胶厂上班。"

　　小妹的这个打算让有田吃了一惊："咋？你要辞去鞋厂的工作？"

　　小妹点点头："这还有假啊？我都跟俺爸说了。"

　　"你爸同意？"

　　"我爸早就不想让我去鞋厂上班了，让我在家打理淘宝店！"

　　看着一脸天真的小妹，有田上前拉起她的手，凝视着她的两眼问："小妹，你真认为制胶厂有发展？"

　　小妹怔怔地看着有田："你不相信三哥？"

　　有田忙摇头："不不，我知道三哥头脑灵活，又吃苦耐劳，不过……不过……"

　　"不过啥？"小妹好像看透了有田的心思，"你跟别人一样，担心胶厂没前途？"

　　有田鸡啄食样点点头。

　　小妹甩开有田的手，不解地瞪着他说："你咋能这么想？胶厂开业才半个月，仓库里的积压品就卖出了一多半，现在马上投产了，你咋知道胶厂没前途？"

　　"这才刚起步，以后咋样还很难说。"有田跟小妹争白说，"胶厂刚上马时也红火过一阵子，当时巴结龙志生进厂工作的人多着哩，后来咋样？还不是好景不长？"

"你不能拿三哥跟龙志生比，三哥有理想，是个干大事的人！"小妹生气地反驳有田。

因为两人观点不同，话不投机半句多，说着说着就吵起来了。刚刚还是一对欢天喜地又说又笑的恩爱情侣，转眼就成了一对互不相让的敌对冤家。

有田说："我拿三哥跟龙志生比，不是比人品，是比社会关系、比能力，这些三哥绝对没有人家龙志生强。"

小妹把她那好看的小嘴一撇，挖苦有田说："龙志生有能力，社会关系多，那他咋下台了？仓库里的积压品压了多年，他有关系有能力，咋没卖出一两？三哥不到半月就卖出了一多半，你咋解释？"

有田被小妹问得一时接不上话，等她说完了，顿了顿，他才说："厂里的积压品质量不行，家具厂根本不要，现在火柴厂都少了，三哥脑子活，贱价卖给了三合板厂，还有各村各庄的小木匠。这么个手工作坊一样的村办工厂，就是投产了又该咋样？"

小妹惊异地盯着有田问："听你的意思……你不去三哥的胶厂？"

有田直言不讳地说："那么个小厂，我不去。"

小妹一听这话，赌气地冲他说："你不去拉倒，我去！"

有田说："我劝你还是不去为好，要是胶厂有一天像上回一样垮了，你后悔也来不及。"

"你不去拉倒，我不管你，你也别管我。"小妹仍然跟有田赌气，"我跟雨芹说好了，后天就去胶厂上班。"

有田看着眼前这个固执的女孩子，无奈地叹了口气。他在心里想，张光德现在是村支书了，又开着毛刷厂，就是三哥的胶厂真有一天垮了，她也不用再回鞋厂，可以去她爸的厂子上班。这么想过，也就不再劝她，不过那个雨芹也跟她犯傻他就有些不明白。

"李雨芹为啥也想回来？"有田疑惑地问小妹。

小妹白了有田一眼，爱搭不理地说："为有才。"

"有才？"

小妹两眼盯着有田，别有深意地强调说："对，为有才。"

有田明白小妹的意思，她是希望胶厂有他有田，想到这一层，豁然又明白了啥，惊诧地问："雨芹喜欢上了有才？"

小妹又白了有田一眼，说："事情还没公开，不许你往外说。"

有田嘴上应着不说，心里却想这事能成吗？有才家在龙旗村可是人见人躲哩，三婶又患有尿毒症，隔上段时间就得进城做一次透析，是个填不满的穷坑，那么一个漂亮大姑娘，咋会看上这么一个家庭呢？爱情这东西，真没法琢磨哩。

有田心情复杂地叹了口气，既为有才高兴，又为雨芹叹息，好像自家占了大便宜，心里又不踏实，就将信将疑地探问小妹："雨芹看上有才，这事能成吗？她爸她妈能同意？"

小妹反问有田："你说呢？"

有田想了想，说："事在人为哩，有情人终成眷属！"

既然有田不想去胶厂，小妹拐弯抹角地对他说："你不去胶厂也行，我爸的毛刷厂，现在正想培养个推销员。"

有田笑了一下，说："我……我不去。"

一阵冷风吹过，挂在树上的雪纷纷落下来，落进了小妹的脖子里，让她打了个寒噤，颤声问："为啥？我爸的毛刷厂也是小作坊？"

"不不，不是。"有田忙摆手。

"那为啥？"

小妹的眼光看得有田浑身不自在，他嗫嚅着说："我……我已经有工作了。"

"啥工作？"

"中国人民解放军！"

"你去当兵？"

有田给小妹敬了个军礼："Yes Madam！"

有田有他自己的美好打算。他抬头看着远处的雪山，眼里露出无限憧憬，脸上挂出热切的笑容对小妹说："要不你也去当兵吧，咱俩都去部队，离开这个兔子不拉屎的山旮旯，将来咱跟城里人一样，过那种轻松愉快的生活。"

小妹不屑地看着有田，一字一顿地说："哼，我从来都不羡慕什么城里人。"

有田说："你这是脑子不开窍，等你开了窍，你就明白城里人就比咱农民强。"

小妹对有田的话感到好笑。她疑疑惑惑地上下打量着这个相处多年的心上人，才分开一个月，好像陌生得跟换了个人样。她苦口婆心地劝他说："有田，你去当兵我支持，在部队上锻炼几年有好处，但是你说的城里人比咱农民强我不赞成。你没听说城里人现在正想方设法往农村办户口？你没看到许多城里的老人退休后来农村住？"

小妹的话让有田没法反驳。她说得对，现在的农民不比城里人差，能做生意，办企业当老板，小妹她爸和大哥有余就是活生生的例子。可他心里总觉着城里人到点上班，到点下班，不用操心地里的庄稼旱了涝了，要是在部队上混好了，当个一官半职的，又比城里人的生活更上一个台阶，于是，他坚定着决心说："我也没有你爸和我哥那种本事做买卖挣大钱，我现在只能去当兵，我再也不想待在这个穷山恶水出刁民的山沟沟里了。"

小妹真不敢相信有田出去闯了一趟省城，竟嫌弃起这片生他养他的土地来了。她惊异地瞪着有田，好像不认识。

"你也去当兵吧，咱俩一起当兵，跟神雕侠侣样形影不离……"有田说到高兴处，亲昵地走上前，伸手去揽小妹的腰。

小妹慌忙一转身，躲开有田，说："我不去!"

有田说："为啥？你不愿意跟我在一起？"

小妹咬着嘴唇，用脚碾着脚下的厚雪，过了半天才说："我不想当啥城里人。"她把城里人三个字说得特别重。

有田哈哈一笑，不以为然地说："你先留在家里也行，以后再说。"

小妹目光淡淡散散地看着远处，喃喃自语说："谁知道你以后会变成啥样哩!"

　　有田从地上抓起一把雪，走到小妹面前说："小妹，你放心好了，不管走到哪里，我对你的爱跟这雪一样洁白无瑕哩。"

　　小妹看着有田手里的雪遇到温暖点点滴滴地开始融化，心里忽悠一下生出一种不祥的感觉。从柴汶河上游吹来的风让她禁不住打了一个寒战。她回头望着来路她和有田留在雪地上的脚印，弯弯的、曲曲的、深深的、浅浅的……是那样的不协调，而这不协调的脚印，也不会在这里留多久，让太阳一晒……她不敢再想下去，眼里一潮，就模糊了视线。

　　有田扔了手里的雪团，扳过小妹的两肩问："小妹，你咋了？"

　　小妹像个羔羊样把脸深埋进有田怀里，有田的胸脯被山风吹得冰一样清冷，让她感觉不到一丝温暖。

44.

有勇救了龙志生一命

柴汶河岸边的水井工地上，人们像蚂蚁样车推肩担来来回回地搬运泥土，黑压压的人比起前几天来好像多了一半，连学生放学后都来到了工地上，两人一伙抬土。眼下最要紧的是趁着天还没交九，砌井封顶土方回填和挖沟埋水管，不然到数九寒天，地冻三尺厚，水泥没法用不说，水井也不能封顶，这一拖就得等到明年开春。

每天天不亮，有余就在喇叭里把村民们从被窝里喊起来，一直干到掌灯才放工。虽是义务工，活紧不说，还又脏又累，村民们却毫无怨言，没有一家耍奸磨滑、懒散怠工的。就连有胜这样的懒虫，在工地上的表现也大受张光德称赞。可惜他干了十几天，有田从山外回来了，有田一回来，有胜就有了攀比找到了替身，忙借口去看怀孕的俊容，一去就再也没有回来。有胜不在，这义务工只能由有田一人干，有田干了两天，镇上征兵办通知他去泰城集训。

有田一走，这全家的义务工又落在了龙大娘身上。在工地上守夜的有勇看不下去，干完自己的，就去帮龙大娘。村里人都说龙大娘有福，没白疼有勇，从小把他拉扯大，他没失良心，拿龙大娘当亲娘对待哩！

村里人说得没错，有勇是拿大爷大娘当亲爹亲娘对待的。为了帮有山包成胶厂，他不顾何长英的拦挡，晚上去龙志生家院外大闹了一场，气急败坏的何长英找上门去给他下了最后通牒：要么跟龙志奎一家断绝往来，跟她一块过日子；要么滚到龙志奎那边去，再去过他的光棍子生活。有勇想都没想，就把铺盖搬到了白龙岭建水塔的工地上，跟村里一个老头住在一起守夜。他用行动支持有余这个新主任，支持大爷大娘一家。有勇要用行动证明，龙旗村在有余兄弟的带领下，一定能过上好光景，他这个光棍子，也一定能讨上个好女人做老婆！

这天上午，为了开采垒水塔的石料，有余又从一级扬水站工地上抽调出一部分壮劳力，来白龙岭打炮眼炸石头。白龙岭上，叮叮当当打炮眼的声音响了一个上午。吃过午饭，人们回到工地上继续干活，有余带众人存好炮，仔仔细细检查一遍，这才带着人撤离炮区。

有勇是个点炮能手，他一支烟能点六眼炮，其他人负责打炮眼、存炮，他专门负责点炮。有勇为了安全起见，站在白龙岭上扯着喉咙又喊过几遍，确认周围没人了，点上一根烟含进嘴里。他把烟头抽得像个火炭，这才从嘴里取下来捏着，蜻蜓点水样往导火线上轻轻一点，“呲”的一声，导火线射出一股刺鼻的青烟，有勇赶紧去点下一个，他一路跑过去，身后就陆续升起一溜袅袅的青烟。青烟缭绕，有勇手快脚健，一气点到第六炮时，忽听山上有余他们扯着喉咙喊——

“有勇——有人——”

有人？有勇一怔，抬头朝山上看，只见有余他们正朝他乱摆手。有勇心里话，哪里有人？他回头四下撒目，这一看不要紧，脑袋嗡一声，立马出了一身冷汗。喝得酩酊大醉的龙志生一步三摇地朝炮区走来。下台后的龙志生每天憋在家里喝闷酒，这几天，酒后经常到工地上转悠。他去工地不是干义务工，而是别有用心。他是让村里人看看，他龙志生虽然下台了，但下台不影响他吃喝，他还是像从前一样天天有酒喝。这天他喝完酒又去一级扬水站和二级扬水站工地上转了一圈，听说水塔建在白龙岭上，就摇摇晃晃地找了上来。刚才有余带人是向山上撤离的，没想到他会从山下爬上来。山下有人把守，咋没拦住他呢？

六眼炮已经点完了，估摸时间，头几炮也快响了，有勇回头看看一根根冒着青烟“呲呲”叫的导火线，心里一沉：“这下完了！”

山上的有余喊破了嗓门——

“有勇——快跑——”跑？往哪跑？白龙岭上跟和尚头一样光秃秃的

连棵树都没有，压根儿就没处藏，山上有勇看好的那个石窝，他一人跑上去还行，要是带上龙志生跑，时间根本来不及。也是有勇心慌无智，他就没想到抱着龙志生往山下滚，往山下滚顶多摔个鼻青脸肿。有勇脑子里嗡嗡滚成一锅白开水，劈头盖脸的汗珠子噼里啪啦往下滚。

轰隆！惊天撼地的响声，一团白烟裹着乱石冲上了天。头炮响了！

有勇只觉得两个耳朵"铮"一声，脑袋似要炸裂开一样生疼，全身也跟在船上一样来回剧烈地一阵颠簸晃动，接着"噼里啪啦"响成一片，天空乱石冰雹一样砸在脚下的土地上，砸起一朵朵干巴巴硬邦邦的土花。

"娘啊！"一声驴样的哭号，透过弥漫的烟雾，有勇看见龙志生两手抱头跪在了地上。他不由张开双臂朝龙志生扑过去。

轰隆！又是一声响，有勇觉着有一双力大无穷的手从脚底往上掀着他，掀得他脚下无根站立不稳，飞一样往前冲。他挓挲开两手控制着身体的平衡，像展开翅膀的老鹰，一直朝着龙志生扑去……他扑到龙志生身边，又像座轰然倒塌的铁塔样，把跪在地上的龙志生严严实实地盖在身子底下……

接二连三的轰鸣声在身后轰轰隆隆地响起，烟雾和乱石瀑布样从九天之上倾泻下来，眨眼工夫淹没了白龙岭……

白龙岭上，有余等人被眼前的场景惊得丢了魂失了魄，僵硬地趴在地上想动动不了，想喊喊不出声。待"隆隆"的炮声滚过，浓浓的烟雾散尽，他们才找回魂魄，兔子一样从地上跳起来，大呼小叫地冲下来……

众人七手八脚地扒开乱石，扒出了鼻嘴流血的有勇和哼哼唧唧的龙志生。有勇气若游丝地躺在有余怀里喊有田。有余说有田去泰城集训了，不在家。有勇又说："小……小妹……"

有余赶紧喊人去叫小妹。正在胶厂上班的小妹、有山、有才等人全都跑了来，围在有勇身边大哭小叫。一直瞪着两眼的有勇看见满脸是泪的小妹，说了一句："对……不……起……"

众人都不明白有勇为啥对小妹说"对不起"。小妹也不明白。有勇对小妹说完"对不起"，这才合上眼。

45.

龙大娘夜哭

掌灯的时候，龙大娘才拖着疲惫不堪的身子从工地上回到家。她把肩上的锨顺墙根放好，人像木桩样站在冷清清的天井里，就连那条亲热着脸跑来舔她手的花狗也懒得搭理。

院子里空空荡荡，没有一丝活气，还没喂食的猪、羊、鸡们也都委屈着身子早早睡下了，龙大娘伤感着，想起往日这个院子里老伴在家时的旺相劲，眼泪止不住骨骨碌碌往下滚。摸索着开了房门，也没开灯，也没张罗着去生火做饭，也没去伺候牲口，就一头扎到了床上，扯过被子蒙头大哭。前几天有勇还在工地上帮她干活哩，可现在，这人说没就没了……

哭过一阵，觉着心里竟然好受些，同时又觉得无依无助无抓无挠得慌，就支撑着身子爬起来，摸黑出去，一路放开喉咙痛痛快快地哭着，深一脚浅一脚地去了村口，坐在村口那棵老槐树下，想着出门的龙志奎，想着死去的有勇，哭声越发悲切，她拖着长腔，一边哭一边唠叨："有勇哎，好孩子，你别走啊，大娘还没给你说上媳妇哩……你大爷要是回来知道你走了，他可咋活啊……"

龙大娘的哭声在凄冷的冬夜里悠长而遥远，既神秘又伤感。村口渐渐聚来许多人，有男有女，有老有少，最多的是与龙大娘年龄相仿的老太太。她们一边不住地抹眼泪，一边安慰龙大娘，劝她想开，劝她多吃饭保住身子。有人劝她回家，她说她不回去，她这么哭哭心里就好受了。大冷的天，人们陪着龙大娘站在村口，抹着眼泪听她上气不接下气地哭有勇。

龙大娘的哭声传到了村委大院，正在村委办公室开会的有余风一样跑出来，正在车间里试机器的有山、有才、小妹等人也蜂一样跑了出来……

龙大娘见在家的几个孩子都被她哭了出来，听着有余和有山的劝慰声，空落落的心里一下就踏实了许多、安稳了许多，在村人们的劝说下，她撩起衣襟擦擦眼窝，跟随着有余和有山去了村委大院。

有余正跟村委们商量明天工地上的事，有山就领着龙大娘去了自己的办公室。有山的办公室跟村委办公室挨着，原先是胶厂供销科的办公室。龙大娘坐在沙发上，四处撒目着。办公室整洁得跟公家单位一样，靠前墙的窗口摆着两张写字台，两把木椅，桌面上放着笔墨纸张，东墙上贴着各种地图，靠西墙立着个文件柜，旁边挨着个食品橱，里面放着茶杯、茶叶盒、暖水瓶等。北墙根的窗台下就是自己身下坐的长沙发和玻璃茶几。龙大娘用手摸着身下的软和沙发，真想不到自己这个种地出身的三儿子还能像模像样地坐起了办公室，这个办公室还是他一个人的，她打心里为这个儿子高兴。

有山给龙大娘倒杯水，递到她手里问："娘，俺爹出去多少天了？"

"整整二十六天！"龙大娘想都没想，脱口就对有山说，"你爹走了这么多天，我这心里老是放心不下……"说着，鼻子一酸，放下手中茶杯就去抹眼泪。

有山潮着眼安慰她说："娘，你甭担心，俺爹没事。"有勇哥这一走，让娘一下就苍老了。给有勇哥送丧时，她哭昏过好几回，连着两天没吃东西。有勇是她从小拉扯大的，比大哥有余大两个月的生日，跟亲生儿子一样哩。有勇哥年纪轻轻就走了，老来丧子，白发人送黑发人，当娘的能不伤心？现在快奔六十的爹又出门在外，离家的日子越多，她越挂心哩。

"夜来后晌我又梦见你爹回来了，人瘦得皮包骨头，都不成人样哩！"龙大娘的喉咙里跟堵了把草样，眼泪扑簌簌地往下落，在儿子面前，她毫不掩饰地像个孩子似的"呜呜"放声哭起来。

隔壁的有余听到龙大娘的哭声，赶忙过来埋怨她说："娘，你咋又哭开了？你要是哭坏了身子，俺们咋办？"

有山也安慰她说："娘，没事哩，外面实在苦，俺爹早就回来了。"

龙大娘止住哭声，一脸懊悔地对有余说："唉！当初我就不该让你爹走哩！"

有余叹了口气，没有吱声。当初爹走时，就应该跟他说一声，假如当初他知道爹有那个打算，决不会让他走。不就几千块钱吗？他来出！一个奔六十岁的老人，为给儿子操办婚事，冷冷哈哈地走东跑西给人家修磨挣几个血汗钱，他这做儿子的不忍心哩！这事要是让村里人知道了，还不戳断他们这些当儿子的脊梁骨？看着满脸懊悔的娘，他又不忍心再去埋怨她。刚听说这事时，他和有山已经狠狠埋怨过她一回了。

有山也生自己的气，恨恨地对自己说："我真该死，要是第二天趁咱爹没走远，也能把他追回来！"

这件事不能怪儿子，龙大娘开口说："去哪里追？你爹临走那天不让我跟你们说，骗你们说是去了你大姑家，怕的就是你们去找他。"

"咋着第二天也不会走多远。"

"出了家门，你咋知道他朝哪个方向去了？"龙大娘好像安慰儿子说。

有余又叹了口气，说村里正开会，等开完会他再过来，就回隔壁村委办公室去了。

村里的工程越来越紧，龙大娘忙完义务工又忙家里的猪羊鸡狗，再加上有勇这一走，心里又牵挂龙志奎，她真有些撑不住了。有胜要是在家也好些，可他又溜到他媳妇家不回来。想起有胜，一向袒护他的龙大娘这时恨得牙根疼："你二哥那个畜生，回家干了没几天，又死在他媳妇家了！"她越说越有气，"为了他的婚事，你爹现在不知吃啥苦受多大的罪哩，让他回家干几天义务工都不干，真是个没长良心的狼犊子！"

提起不争气的二哥，有山也恨得牙疼。他赌气似的对龙大娘说："我去把俺爹找回来，他有胜的婚事咱们不管了！"

现在龙大娘也希望有山能把老伴找回来："这么多天走出不少路哩，你往哪找去？"

有山惆怅地直叹气。当初娘跟自己商量借钱时，要是答应借钱给她就好了，也不会把爹逼出去为人家修磨。那个行当早被淘汰了，原认为出去不挣钱很快就回来，没想到这么多天了还不回来。

"说好活少就早回来，咋就不知道回来呢？眼看就交九了，这大冷的天，他一个人在外……"龙大娘没说下去，大儿正在隔壁为全村乡亲们的事操心哩，她不能分他的心，就抬手使劲掩住了嘴，不让自己哭出声来。龙大娘越是这样，眼泪就越是止不住，泪水跟柴汶河样哗哗顺着鼻凹流下来，漫过手背，落到她胸前的衣襟上，把她的前胸洇湿了一大片……

46.

"重生"的龙志生

　　天越来越冷，虽说还没上大冻，但两头的一早一晚冷得人伸不出手。

　　水井已临近封顶，趁着正午的老阳紧紧手中的活，下午天黑前就能完工。眼看着工程接近了尾声，村民们的干劲一下高涨起来，身上跟潜藏着无穷的力量一样，手脚麻利，镬锹轻快，还不时发出阵阵忙中偷闲的欢笑声。

　　龙志生这几天也跟变了一个人一样，带着老婆早早上工地干义务工，是有勇的死让他获得了"重生"。给有勇送完丧回到家里，他把自己平日里当作命根子的酒壶、酒盅全都摔在地上，从此再也没有动过带酒的东西。他早起晚归在工地上争脏活抢累活，用繁重的体力劳动改造着自己。犯过错误不怕，只要诚心实意改正，大家伙儿是不会翻旧账的，这就是沂蒙山人，这就是革命老区。

　　龙志生的这种干劲，也给工地上带来了一定的积极推动作用。插在柴汶河岸边的红旗呼呼啦啦抖得精神，大姑娘小媳妇们手里的铁锹也扬得有劲，工地上真个是忙得热火朝天哩。

　　就这么着，日子一天一天在忙忙碌碌不知不觉中过去了。

47.

有田的绝情激怒了有山

在泰城集训的有田回来了。有田这次回来跟上回不一样，上回像个瘦狗，这次白生生地胖了一圈，板板正正地穿着一身不戴徽章的军装。听说有田回来了，小妹闻讯赶了来，两个人关在西厢房里已经说了大半天的话，现在还没出来，看样子亲热着哩。龙大娘去街上割了肉，狠狠心杀了一只鸡，又去买来一瓶红葡萄酒。

有山也知道有田回来了，他趁着午饭时间回了家。龙大娘在厨房里叮叮当当忙活得带劲着哩，有山进了门，看着一样样丰盛的饭菜，故意大发感慨说："儿跟儿就是不一样哩，出去这么几天就大鸡大肉地给他接风洗尘，真是天下爷娘向小儿哩。"

龙大娘喜眉笑眼地对有山说："你甭在这里说风凉话，人家小妹来咱家吃饭，咱再穷，也不能太寒碜了。"

有山跟个孩子样吐了下舌头，扭头往西厢房里瞭一眼，回头又冲龙大娘吐了下舌头。

龙大娘愠怒着脸训斥他说："看你没大没小的，没个当哥的样!"说完这话自己又忍不住先笑了，借着这个话题对有山说："你也老大不小了，也该定门亲了。"

有山伸手捏起块鸡肉填进嘴里，说："我不急，我年龄还小哩! 定亲早了不好，像我二哥，得花多少钱?"

龙大娘镇着脸，认认真真看着有山说："连有田都有了，中间隔着你，还不知外人咋瞎琢磨哩，这可对你不好。”

有山哈哈一笑，说：“娘，你就放心吧，我打不了光棍子。”

龙大娘一想也是，有山现在当上厂长了，还能耽搁下媳妇了？孬的都不要，要就要个像模像样的，不图别的，论人品论长相，跟有田找的张家小妹样式的就行。龙大娘对这个张小妹打心眼里喜欢，咋看咋顺眼，比起前两个儿媳妇来，强到天上去了。有山要是也找上这么一个媳妇，她可就掉进福囤里去了。

做中饭菜，龙大娘打发有山去喊有田和小妹。有田一个当哥的，在未来的弟媳妇面前不好咋咋呼呼地喊有山，虽然小妹天天在自己的厂里上班，抬头不见低头见，虽然他们的年龄相差不到哪里去，可他还是“封建”着自己，决定啥话也不说，只过去敲几下门立马回来。

有山走到西厢房门口，刚要举手敲门，一阵压抑的哭泣声从门缝里溢出来，让他心里咯噔一下，举起的手忙又缩了回去。他静着耳朵站在门口，心里想，小妹哭啥哩？两人吵架了？小妹的哭声真真切切地传进他耳朵里，让他一个当哥的不知是站在这里听个明白好呢，还是躲开回堂屋去好。正当他犹豫不决进退两难时，就听有田说：“不是我抛弃你，是我配不上你。”

有山这心里咣啷又一震，想走也不走了，就想听个明白。

就听小妹止住哭声问：“你不爱我也没啥，我只想你跟我说实话。”

就听有田不耐烦地说：“我跟你说过多少遍了，是我配不上你。”

——“不对，这不是实话。”

——“信不信由你，反正咱俩分手定了。”

门外的有山打了个寒战，明白小妹为啥哭了。可他不明白有田为啥这么对待小妹？两人从小青梅竹马两小无猜，挑不出有啥不隔不阂的地方来。难道真像有田说的配不上小妹？不对，这分明是假话，鬼才相信哩。

——“小妹，咱俩就好说好散吧，咱俩从小一块长大，就跟亲兄妹一样，这种感情不是爱情！咱俩那时年龄小，不懂这些，你就把我当亲哥哥吧！”

——“我不！”

——"你别这样好不？"

——"你不把原因说清楚，我不让你走。"

——"我跟你说过多少遍了，是我感觉自己实在配不上你，你家里那么有钱，我家里这么穷，你爸现在是村支书，我爹是个平头老百姓，咱两家门不当户不对哩！"

——"我嫌过你家穷了吗？你跟我谈恋爱跟家庭有啥关系？"

——"……"

——"你说呀，你为啥骗我？"

——"此一时，彼一时，我没骗你，我要是骗你，就不提出与你分手了，我也是为你好，你人长得好，家庭又好，我不想连累你，世界上比我好的人有得是，你会找到真正属于你的幸福的。"

门外的有山听着两个人的对话，心里直打鼓，像小妹这么好的姑娘，能拥有本身就是一种幸福，有田为啥不知道珍惜？难道他这是故意考验小妹不成？就像小说里、电视上演的那些传奇故事、无聊的恶作剧。要真是这样，有田也太过分了，这么做是对爱情的一种亵渎，是对小妹的不信任，是对她人格的侮辱！从小妹伤心的哭声里难道还看不出她的真情？有田要是这么继续胡闹下去，说不定他真会失去小妹。

——"你就是在骗我，你一直在骗我！你上回出门就不爱回我微信，这次出门也不给我回微信，你……呜呜——你骗我……呜呜——"

——"不管你咋认为，反正我不会再和你在一起了。"

有山再也听不下去了。小妹的哭声揪得他心里生疼，有田的绝情让他感到愤怒，听话音他不是在考验小妹，他是真的要跟小妹分手。他抬腿照门狠劲踹了一脚，"咣啷"一声响，门被踢了个四敞八开。

门开了，一股冷风灌进屋里，让有田打了个激灵，有山的突然出现，又让他吃了一惊，没等他醒过神来，脖领子被有山一把薅在了左手里："有田，你给我说老实话，你为啥这么对待小妹？"有山右手点着有田的鼻子问。

有田像根冻鱼一样挺在有山面前，一双眼不敢与有山对视。他试着挣扎了几下，没能成功，就不敢再挣扎了。

"你说，小妹她哪一点不好？哪一点配不上你？你为啥要这样对待她？为啥？你说为啥？"有山死死地抓着有田的脖领子来回晃动着，晃得有田像条被人吊上树的狗一样痛苦地扭动着身子，两手死劲抱住了有山的手腕子。

"这……这是我的事。"有田憋得满脸通红，费劲地对有山说。

"好，这是你的事。"有山咬牙切齿地瞪着有田，忽然挥起右拳，"嗵"一声打在了他的嘴巴上。

有田"嗷"了一声，栽倒在地。

打倒有田，有山脑子里轰隆一下清醒了，他愣愣地看着趴在地上的有田，不相信这是真的。他从来没动手打过人，特别是动手打自己的亲弟弟有田。

翻身从地上爬起来的有田惊恐地看着有山，他的嘴角往外淌着血，他没想到向来让他尊重的三哥对他下此"毒手"。

两人目光相撞，一个流露出歉疚和倔强，一个充满了惊诧和迷惑……目光相峙着，世界凝滞着……

小妹最先从惊愕中醒来。有山的这一拳把她震得目瞪口呆。等她愣过神来，忙扑上前去，死死扯住有山的右手往后拽："有山哥，别打了，别打了！"

就这一拳，已经让有山懊恼得不行，经小妹一拉，他退到床边坐下了。有田从地上爬起来，一声不吭地走了出去。有山起身想去抓他回来，被小妹死死拉住，摁在了床沿上。

小妹满眼是泪，说："有山哥，你甭管他，让他走吧。"

有山心软，见不得小妹哭："他为啥变心？"他想问个明白，再去找有田算账。

有山的问话让小妹又哭出了声："我听有勇哥说，武装部部长的女儿看上他了……"

"啥？"有山惊得张着大嘴半天没合上。

"这个无情无义的东西！"有山咬牙切齿地骂有田，"我去找他！"小妹一把没拉住，有山气势汹汹地冲了出去。

有山冲进堂屋，见娘正坐在床上抹眼泪，就问有田呢？龙大娘站起身，眼泪汪汪地说："走了，也不知为啥，他嘴也破了，问他也不吭声。"

"这个混账玩意儿！"有山嘴里骂着，在屋里直转圈子。

"出了啥事？"龙大娘问。

"他把小妹蹬了！"

"啥？"

"有田不要小妹了！"有山对娘说。

"啊？！"龙大娘雷击般跌坐在了床上……

48.

老实巴交的龙志奎成了车站乞丐

有山的制胶厂生产出的第一批粒子胶，达到了行业标准。第二批产品质量更好，达到了行业最高标准！产品质量好，黏度高，就不愁销路。为了不让有限的资金转成产品后积压进仓库里，有山签订一批货单，就生产一批产品，这样稳扎稳打，厂里的资金滚雪球样越滚越大，越来越多。

有山带着厂里生产的粒子胶样品，先去莱芜待了两天，签下一家纸厂的供应合同，又坐车去了省城济南。济南的厂家多，收获也大，两家用胶量最大的家具厂都跟他签了供应合同。

在济南，有山见了几位要好的同学，包括他的前女友。前女友并没有嫁给那个公司副总，有山也不多问，临别前，她交给有山一个银行卡，说是他前几年攒的购房首付款，密码还是两个人生日后三位数，因为这是自己的血汗钱，有山就没有推辞，爽快地收下了。有一天，有山路过一家银行，去取款机查了一下，卡里居然有一百万！他立马给前女友打电话，对方却已停机，发微信，居然也被拉黑了！有山给其他同学打电话，同学告诉他，她昨天已经出国了，还以为他知道呢！

有山呆呆地坐在银行门口的水泥台阶上，半天没缓过神来。后来，他把前女友的电话和微信删除了。做完这些，他竟然感到浑身一阵轻松。他知道，一切都结束了。

有山每天都发微信给小妹，报告自己的行程和战绩，高兴得小妹顾不上关心他几句，抱着手机就往车间跑，把他的喜讯及时告诉有才，告诉胶厂所有的工人，激动得全厂上下情绪高涨人气旺盛。因为春节临近，有山后来发微信说，他从济南直接去临沂，要是能跟临沂砂布厂签下合同，那他的计划就算圆满完成，就可以返程回家过年了。

三天后，有山又来了电话，没等张嘴说话先哭了，电话里声音哽咽嘶哑，吓得小妹出了一身冷汗，抱着电话直问他咋了？出了啥事？过了半天，有山才说他在临沂车站找到了他爹⋯⋯

有山找到他爹了，小妹撂下电话往外跑，她像只花喜鹊样一路飞一路叫逢人就说，等她把这个消息告诉龙大娘时，全村的人也都知道了，人们呼呼啦啦地拥到龙大娘家，七嘴八舌地替龙大娘高兴着，高兴得龙大娘抓着小妹的手，只知道流眼泪，说不出一句话。

有山顺利地跟临沂砂布厂签下供应合同后，当天就去车站买票准备回家。连日来的成功喜悦让他一直处在亢奋中，一旦停歇下来，疲乏和困倦就饿虎一样扑上来，他坐在候车室的最后一排靠墙的排椅上，双手插在羽绒服口袋里，头脸裹进衣帽领子里，合上两眼，昏昏沉沉地睡着了。刚睡着，就听睡梦里有人对他说："同志，可怜可怜吧，俺遇上难处了，没钱回家过年了⋯⋯"有山梦里还想，在沂蒙山，"同志"这个词听起来还是那么亲切，这声音也觉着耳熟，蒙蒙眬眬那个声音又说，"同志，行行好吧，俺不是要饭的，俺是遇上难处了，没钱回家过年了⋯⋯"

"爹！"有山激灵一下跳了起来，回头往候车室大厅里四处撒目。他明明听见那声音是他爹，没错，一点儿也没错，是他爹的，可大厅里没有他爹的影子，正当他疑疑惑惑地想坐下时，身后那个苍老的声音说："有山！"

有山雷击冰打着样浑身一震，回头看见他爹龙志奎正颤颤巍巍站在他身后。没错，面前这个可怜巴巴的乞讨者正是自己一个多月不见的爹！头上那顶乌黑油亮的狗皮帽子严严实实地裹着那张熟悉苍老的脸，由于惊喜涌出的眼泪蚯蚓样弯弯曲曲挂在干瘦焦黄的颧骨上，干裂的嘴唇颤抖着，花白胡子乱草一样垂在下巴上，喉结小鼠一样上下不住地蹿动着，嘴里发出一种模糊不清的"呜呜"声。

有山木呆呆地注视着眼前这个乞讨老头，从他痛苦的表情里读遍了这段离家的日子他所经受的诸多苦难。这就是他爹，老实巴交了一辈子的爹，竟然成了车站乞丐！

"有山……我是你爹……我是你爹……"龙志奎生怕有山认不出他这个爹来，热切着一张脸反反复复地对有山说。

"爹……"话没出口，喉咙里就像被一把乱草堵住了，眼泪哗哗啦啦地淌下来，有山一把抓住爹的手，"爹……"

龙志奎这个六十多岁的老头子，在儿子面前像个六七岁的小孩样突然放声哭了起来。他不怕有山笑话，他不怕候车室里的人围过来看他，他放开声音哭了。

"爹，你甭难过，咱这就回家了。"有山把龙志奎扶到座位上，然后给大哥打电话，又给小妹打，回头领他去车站饭店吃了顿饱饭。

从饭店回到候车室，爷俩在排椅上坐下，龙志奎可怜巴巴地对有山说："有山，爹十来天没抽烟了，净捡人家的烟腚抽。"

有山忙从兜里掏出烟，含进嘴里帮爹点上，龙志奎哆嗦着两手接过去，一口吸进了大半截。看着像个倒虾一样蜷曲着腰身的爹，有山心里跟招了蛆虫样蛄蛄蛹蛹阵阵难受，过了好长时间才平复下来。

抽完一根烟的龙志奎好像不过瘾，又让有山给他点上一根，几口抽完了，这才缓起精神来，焦急着脸问有山："有山，你娘好不?"他首先挂念的是老伴。

有山眼里一热，点点头说："好，天天在家念叨你。"

"你的生意哩?"

"也挺好，我跟几家用胶单位签了长期供应合同，这次来临沂也签了个长期合同。"

"这就好，这就好。"龙志奎听说三儿的生意红火，用干柴一样粗糙的手擦擦眼窝，脸上涌出了笑纹。接下来他得知小儿子当兵去了，村里的自来水工程也完成了一半，已经打好水井封了顶，龙志奎张开没了前牙的嘴乐哈哈地笑出了声。有山没敢告诉他有勇的事，等回家再说吧，还有有田跟小妹分手的事，回家再说。

车站对面有家宾馆，有山去售票处退了票，带龙志奎去开了个标间。

有山出门这些天只住价格便宜的小旅馆，这次破费完全是为了爹。他帮爹先洗了个热水澡，又跑去商场买来一身新棉衣让他换上，本想把他那件破棉袄扔掉，龙志奎一把抢过去不让，像件宝贝样叠好，把木匣子里的铁家什扔掉，把破棉袄装了进去。有山领龙志奎去理发店理了发，刮了胡子，最后爷俩去了一家小饭馆，叫上两样小菜，一壶热酒，一边喝着，一边听爹说他这段出门在外的经历——

"我那天早晨出了门，顺着公路一直往东走，过了龙廷，直接去了沂源。我不想在龙廷一带转悠，龙廷亲戚熟人多，一把年纪了，不知内情的人还以为儿子们不孝顺，赶我出门混穷哩。

"我巴望着自己能跟年轻时那样混个好钱，可我到了沂源才发现，修磨这个行当没啥生意可做了。原先山里没有电，村子家家户户有石磨，十天半月修不完哩，现在山里都通了电，有了电磨，这石磨摆在家里就成了'万年闲'，派不上啥用场了。我赶一天的路，也招揽不上一个活。没有活，肚子就饿着，我舍不得花你娘临走时塞给我的那些钱。不挣钱还花钱，我可不干。实在饿得不行了，我就找家人家讨顿饭。咱沂蒙山的人厚道，有收留讨饭的人吃住的习惯。

"我也想过回家，可我想起有胜的婚事急等着用钱，就狠狠心，又四处走村串庄去吆喝修磨。我从沂源吆喝到莒县，又从莒县吆喝到蒙阴，总共才修了十眼磨，还都是开香油坊的小石磨。修一眼小石磨，我跟人家要十块钱，也有大方的给二十，小气的还价五块我也干，这么着，就挣了百十来块，加上出门带在身上的那六十块，也有小二百哩。这一路上的吃喝，还是走到哪讨要到哪。在沂蒙山，要饭不丢人，闯东北躲计划生育那阵子，我跟你娘就要过饭，那时你娘肚子里还怀着你二哥有胜哩。我一路要着饭到了临沂。在临沂，有人可怜我，给我找了个看山护林的活。因为冬天偷木材的人多，原先的那个看林人借口天冷不干了，人家答应每天管我三顿饭，外加五块钱。管吃管住还挣钱，我就高兴地应承了人家。

"娘个脚，我在山上住了不到十天，有天夜里就有人去敲门，说是夜里走迷了路，想进屋避避风寒。我出门在外风风雨雨经受了那么多天的难，知道出门在外的人都不容易，也没多想，就披上棉衣开了门，门一开就拥进两个高高大大的壮汉，二话没说把我手脚捆了，嘴堵了，我光听见外面山林里一阵刀砍斧劈跟锯响……

"我第二天一早挣开绳索出门一看，那片山林光秃秃只剩了一圈一圈白惨惨的树桩子。看着那一个个蹲在地上的树桩子，我不知咋办好了。我蹲在一个树桩上抽了一袋烟，想去报告那个村的主任，又怕人家怪罪我，少了那么多树，这得多大的损失啊？我想来想去，最后拿定主意，起身去拾掇拾掇行李，背起木匣子，趁着送早饭的人没上山，就跟个山兔子一样火急火燎地蹿了圈……"

龙志奎说到这里，忍不住跟个孩子似的得意地冲有山笑了起来。

有山心里蛆虫蛹动蝎蛰蛇咬般地难受着："那你还不赶快回家，待在这车站干啥？"

提起车站，老实巴交的龙志奎有些不好意思："你回去甭跟你娘说，我留在这车站也是挣钱哩。"

有山定定地瞪着喝了二两白酒脸上有了血色的爹，好像明白了啥。他端起酒杯，眼泪砸进酒杯里："爹，你甭说了……"

龙志奎仍然喜着脸，小心地朝四周撒摸一下，压低嗓音对有山说："你知道我为啥不让你扔那件破棉袄吧？"

"为啥？"

"那里头藏着五千多块钱哩！"

……

49.

婚后三天就分家

　　新年的鞭炮还没歇息下来，龙志奎家就借着喜气大张旗鼓地为有胜操办了婚事。婚期定在了正月二十三。龙志奎家请了吹鼓手，雇了小轿车，热闹场面在村史上少有，从清晨一口气忙活到夜里上灯，那个大肚子螳螂似的田俊容才算正式成了龙家的人。

　　婚后第二天，有胜领着俊容又回龙廷认了丈母娘家的门，整个婚事这才算彻头彻尾利索了。

　　操办完有胜的婚事，正月二十五这天，龙大娘去迎丰庄把娘家哥搬了来，龙志奎也把家族里几个老兄弟，包括当过村主任的龙志生，全都请进门，等有胜回门回来，让他们共同主持分家。

　　"分得早，过得好。"婚后第三天分家，柴汶河一带的人讲究这个。分了家就是两家人了，一家门户一家天，过好过孬全靠自己去抓天扑地劳作。既然是分家，那么一根草棒也得掰成两截一家一截，既要分家产，也要分债务，当年有余分家时也是这样。从有胜盖新房到置办结婚家具婚礼费用，加起来总共借了九千五百多块钱的债。

　　家里除了有田其他人都到齐了，有胜舅主持着开了家庭会，把家里的粮食、农具、锅碗瓢盆等，跟有胜二一添作五小葱拌豆腐分个一清二楚，接着分拉下的债务。九千五百块钱的债家里留下四千七百五，分给有胜四千七百五。当年有余结婚时没大操大办，婚事节俭才欠下了一千块钱的债，有余只分五百。前有车后有辙，有胜分四千七百五合情合理。

当有胜舅征询有胜的意见时，没等有胜表态，床沿上坐着的春花先站起来反对说："俺结婚时只给家里留下了五百块钱的债，有胜要留下四千七百五，这不合理。"

有胜舅见春花提出了反对意见，假模假式地咳嗽两声，说："既然大外甥媳妇反对，那就听听她的意见，咋个分法才合理。"

春花嘴角挂着白沫，两眼斜楞着有胜说："俺当初只留给家里五百块钱的债，下边的兄弟也得是这个数，谁超了谁顶着，现在这九千五，有胜分九千才对。"

"你！"坐在门口的有胜像蝎子蜇了腚样"噌"一下站起来，仇恨地瞪着春花刚想发火，见春花也横眉怒目地瞪着他，吓得他缩头乌龟样又坐了回去。

屋里的人酌量了一番春花的意见，觉得她说得在理，有胜舅赞成地点点头，龙志奎和龙大娘更是高兴得不得了，他俩盼的就是这样分家哩。为了这个婚事，家里值钱的东西该卖的都卖了，又欠下这么多债，下面还有有山和有田，他们老早就犯愁哩。春花这么一提，他们真是喜出望外，心里一下对这个平日里跟自家疙疙瘩瘩的大儿媳妇充满了感激。到底是老媳妇哩，关键时候向着公婆，看来这亲也不是光凭钱就能买来的，一家人就是一家人哩，平日打成一窝猪，骂成一窝蜂，该论理的时候也得论理，只要论理，就是个好人哩。

有胜那个花白胡子大舅见大家都赞成春花的意见，就开口对有胜说："大外甥媳妇提得在理，谁超了谁顶着，二外甥，这债务就按你嫂子说的办，家里承担五百，剩下九千全都由你承担。"

有胜愤怒地瞪了一眼他大舅，没好气地说："我不要！"

满屋里的人都吓了一跳。

有胜舅被有胜顶了这么一口，气呼呼地瞪着他这个二外甥问："你为啥不要？"

有胜低眉垂脸耍赖皮说："这么多债，我没钱还。"

"你年纪轻轻的，这九千块钱还不好挣？"有胜舅镇着脸训斥有胜说。

有胜眼皮也不翻，嘴里发牢骚说："刚分家的日子家底薄，经济上没来源，别说还债，就是日常开支也得紧巴结哩。九千块钱，扎起脖子不吃不喝，光靠几只母鸡下蛋，一年到头喂头猪，养上几只羊，田里打几百斤粮食，那也得还到猴年马月哩!"

旁边坐着的龙志生也沉不住气了，插嘴教训有胜说："有胜，你别光想着自己的光景，净为自己哭穷。刚分家底子薄这是实情，可你们年轻，有力气，抽空去山外打一年工就能还个差不离儿。这些债放到你身上不算啥，放到你爹娘身上分量就不一样，你想想，为了你的婚事，这个家里都变成啥了？鸡也不叫了，猪也不哼哼了，那几只小羊羔也没留下，这还像个家吗？这个家底也没多厚了，你爹你娘年纪大了，没本事出去挣大钱了，只能靠田里那些出产。你现在成家立业以后就单独过日子了，你得为这个大家庭想想，你下边还有两个弟弟……"

没等龙志生说完，有胜粗声大气打断他的话说："俊容快生产了，这孩子一出世，孩生日娘满月的亲戚都得来，不知要花多少钱哩!"他抬头不满地瞪着屋里所有的人。现在谁劝他他恨谁。他想的远不止这些，他想到等把这九千块钱的债卸掉，孩子又要上学，长大了订婚……他这辈子甭盘算着能享上一天福。

"为你办婚事欠下的债你不还谁还？"龙志奎也上了阵，"你真想让俺老两口替你驮着?"

有胜瞪了龙志奎一眼，垂下头，两个耳朵里跟塞了驴毛一样，任凭众人说啥，他也不吭声。他豁上当哑巴不吭声，众人就拿他没法，最后气得他大舅把脸一沉，冲龙志奎和龙大娘说："这孩子不听话，不孝顺，你们也别由着他，今天他不应下这些债务，趁着大伙儿都在，咱去把他的屋门贴上封条，那是你们借钱盖的，他凭啥住在里面?"

有胜舅的话音刚落，有胜忽地站起身来，几步蹿出门外，边跑边说："我回家跟俊容商量商量。"

有胜一溜小跑回到家，上气不接下气地把分债的事跟俊容一说，俊容像个肉球一样骨碌从床上滚下来，二话不说，挺着大肚子去把娘家姑——玉明婶请了过来。

玉明婶跟在俊容的身后，来到有胜的新房，一进门就教训起有胜，说："有胜，你真行，粮食没多分，这债倒怪'富有'，总共九千五，一下就分了九千，你真能你！你应下这些债，准备还几年？以后的日子还想不想过？"

有胜像块腌萝卜咸菜，垂头蔫脑说："我不应，他们就来封门。"

脸上涂着厚粉的俊容立马又厚上一层冰霜："有胜你这个软骨蛋，九千块钱咱咋还？眼看咱的孩子要出生，你想把俺娘俩饿死你……"俊容说着掉了泪，泪水划"破"了面相，像两道刀疤刻在脸上。

玉明婶也对有胜恨铁不成钢："有胜你这个傻瓜蛋，有山的制胶厂挣钱着哩，这些钱在他身上还不是老黄牛身上的一根毛？再说有田如今当了兵，户口也迁走了，过几年结婚家里压根儿不用给他盖房，这些债你一分也不能背。"

"咱姑说得对，"俊容也一下来了劲，"我是来跟你过日子的，可不是来跟你还债的，今天咱把丑话说在前头，你要债不要人，要人不要债，我……我这就回娘家，你自己过吧你……"俊容说完就动手收拾衣裳，拉出了准备回娘家的架势。

"好了好了，我听你的，我这就去回话。"有胜像个癞皮狗，垂头丧气地出了门，去给爹娘回话。

有胜的回话气炸了全家人的肺，他口气强硬得像吃了枪药："你们想封门就封门，拆屋也行，反正这债我不要，别说九千，我一千也不还，一厘也不掏。"

有胜的大舅嘴唇哆嗦了大半天没能说出一句话来。龙志奎知道有人给有胜长了心眼，气得他摸起门后的顶门棍就往有胜身上抡，吓得有胜抱着脑袋跑出门，家也没敢回，找个地方猫了起来。

龙大娘紧跟着撵出来，不见有胜的人影，就撵到他家里，一进院门就骂："有胜你个石头缝里蹦的，喂不出良心的狼犊子，你给我滚出来……"

龙大娘还没骂完哩，玉明婶惊慌着脸从屋里跑出来："嫂子嫂子别骂了，来喜了来喜了。"

"来喜了？"龙大娘愣怔着，听见俊容在屋里拖着哭腔也在骂有胜，"哎哟疼死我了，死有胜你死到哪里去了……"

　　龙大娘慌手慌脚地冲进屋，见俊容正躺在床上嗷嗷叫唤着直蹬腿，屋里不见有胜的人影，忙打发玉明婶出门去找有胜，自己也不失当年的利索劲，"咕咚咕咚"跑出一股风，搬来了开车的有余，让春花陪着俊容去医院。

　　娘家哥知道这家分不成了，就嘱咐老妹子几句，背着手出了门，回家去了。

　　送走娘家哥，打发走龙家几个老兄弟，龙大娘燃上三炷香，扑通跪在观音菩萨像前磕头。又从怀里掏出一个红布包，一层层打开，捧出那个黄澄澄光灿灿的金镯子，就像捧着一个活生生的胖孙子，嘴里念念有词。

　　有山光听说家里有个金镯子，可从来没见过，就好奇地凑到龙大娘跟前瞪大眼看，龙大娘虎起脸把他赶到了一边："去去去，有啥好看的？你奶奶临死前嘱咐了，谁先生了男孩给谁！"

　　有山撇了撇嘴，说："这个金镯子早晚得给我。"

　　"你说啥你？"龙大娘听不得有山说不吉利的话。有山的话是好话，金镯子给他证明他能生儿子，可这么一来就是说有胜这回生女孩，有胜不生女孩这金镯子到不了他有山手里。她狠狠瞪着有山，"你给我滚出去！"

　　有山知道娘为啥要赶自己走，故意逗她说："你放心，俺二嫂准能给你生个胖孙子，我才不稀罕跟她争哩，等我有了孩子，我自己花钱买一个更好的。"

　　龙大娘这才喜了脸："好好好，你自己买，别在这烦我！"

　　龙大娘在观音菩萨像前念叨了好半天，趴下身子磕了仨响头，收好了金镯子。

　　俊容在医院折腾了大半天，晌饭以前产下个肉团，等护士抱着孩子从产房里出来，问谁是家属时，春花抢先凑上前，拨拉开两腿看了一眼，脸上当即现出了不易觉察的笑意。

　　俊容也给龙家添了个不能尿墙的。

50.

婆 媳 战

何长英三十来岁就先后死了两个男人，这个女人不怨自己命不济，只怨龙旗村容不下她，只怨老天爷对她不公平。听说有勇在白龙岭出了事，她在家里哭了整整一夜，第二天也没去给有勇送丧，带上孩子去娘家住了一个多月。她现在对龙旗村充满了仇恨。她已经跟娘家人打了招呼，过些日子就找个外庄的主改嫁，离开这个该死的龙旗村。她嫁到龙旗村，没几年就死了丈夫，现在连她相好的有勇也死了，这个鬼地方还有啥好留恋的？不过临走之前，不能便宜了龙志奎一家。没有龙志奎一家，有勇就不会离开她，不离开她也就不会死在工地上。现在龙志奎一家，真成了她的仇家哩！她在心里发下毒誓，临走前不把龙家搞个鸡犬不宁就不姓何。

有胜分家，她给表姐春花出主意，说有胜办婚事拉下的债让有胜自己还，有胜肯定不干，龙志奎和那个老太婆更不干，这家人准会狗咬狗。春花依她的计行事，果然就让他们吵了起来，气得龙志奎摸顶门棍，老太婆骂骂咧咧上门去找有胜。现在俊容过门才三天就生了个女孩，村里人没有不笑话的，趁着这个热乎劲，她更该去给春花煽风点火，让她去找那个老太婆算算旧账，出出心里的恶气。

何长英去春花家总是瞅有余不在家的时候，有余从来没给过她好脸看，不知为啥，她心里有些怵有余。镇上要在柴汶河一带打造绿色长廊，有余一大早就跟镇上的领导去"玫瑰之都"平阴县参观学习了，没个三五天回不来，这可是好机会，她吃过早饭，碗也不洗就急急去了春花家。

"你说表姐，现在的年轻人咋这么开放，结婚才三天就生出小孩来了。"何长英坐在春花家的沙发上嗑着瓜子，没扯几句闲话就把话直奔主题。

"嘻，现在的年轻人可不像咱们那阵了，"春花感慨说，"咱没结婚时，都不敢跟有余拉拉手哩。"

何长英也装出一副正经人的样，嘴里吐着瓜子皮，说："俺跟涛涛他爹结婚时，两人一个床上睡觉，两整夜谁都没敢碰谁哩！"这个小寡妇，真是个假正经，她跟有勇未婚就住到了一起咋不说？黑老鸹飞到猪腚上，光看见人家黑了。

"也不嫌丢人！"春花狠狠地往地上吐着瓜子皮。

何长英不要脸地说："现在的年轻人懂得多，那块'田'是早种早收，不种也是白荒着。"

"就是，那块'田'地气好，种上旱涝保收。"

"看来还是早种'田'好。"

"咱那时要懂这些，俺那平平不都上小学了？"

"哈哈哈……"

狗浪满街跑，马浪咴咴叫，人浪哈哈笑，两人毫无顾忌地浪笑，大街上的人都能听到。

春花一副幸灾乐祸的样："俺生平平时，老太婆嫌俺生了个不尿墙的，现在老二家也生了个不尿墙的，就让她老太婆盼孙子，哼，让她盼白了毛等着吧！"

"嘻嘻，俊容生了个妮儿，气坏了老太婆，乐坏了你哩！"何长英笑着对春花说。

"哼，前段时间我听说俊容怀的是个男孩，差点没把我气死，现在好了，"春花长长舒了口气，"听说老太婆差点儿跌个四脚朝天哩。"

"嗯，老太婆这几天心里难受，你要是抽空再去逗逗她……"何长英神秘着一张脸，让春花把耳朵凑到她嘴边，叽叽咕咕说得春花鸡啄食样不住点头，嘴角撇出了白骨精想吃唐僧肉时的那种笑样。

春花去找龙大娘之前，先站在换衣镜前精心打扮了一番：梳梳头，挤挤眼，弄弄眉，哼哼鼻子，噘噘嘴……然后大步流星往龙大娘家奔。一路上她逢人就打招呼，一张脸亲热得跟烧红的烙铁样，心情好得想唱一唱跳一跳哩。想象着老太婆生气时的样，她就偷偷笑出了声。

龙大娘正在自家厨房里给俊容熬小米粥。现在她想开了，生儿生女一个样，对俊容可不能跟上回对待坐月子的春花一样了，那样只会带来家庭不和睦。家里不和外人欺，龙大娘想跟几个儿媳妇搞好团结。

春花进了院门，看见正在熬粥的龙大娘，阴阳着脸说："哟，这是给谁熬粥呢？里面还放红枣哩，这个人还真有福，功劳不小哩！"

龙大娘心里跟明镜样，早就料到她会来找自己"算账"。一样的媳妇两样对待，换个哑巴也得叫唤几声，甭说是精明得跟豆儿一样的春花了。龙大娘沉着脸，用勺子搅和着小米粥，聋了样哑了样不接春花的话茬。自己理亏，站在人家面前矮一大截，她有啥话好说？不说还好一些。

见龙大娘不说话，性急的春花把话摆在了明案上："家里东借西凑给有胜盖了房，谁想他成了家就变成了白眼狼，欠下的债一分不还不说，也生了个不尿墙的，你还给她熬红枣粥，我问你，俺家有余可是从石头缝里蹦出来的？可是捡的讨的？他跟有胜不是一个娘生的？"

春花装出一脸气愤难平的样，两眼偷偷瞅着龙大娘的脸色。

春花的话跟针锥一样刺得龙大娘心里淌血，可她依然沉着脸，不紧不慢地搅和着粥锅，不愠不怒地开口说："有余和有胜都是我生我养的，十个指头咬咬个个疼，有胜欠的债到时他会还，俊容生了个啥，那都是咱龙家的亲骨肉，男孩女孩都一样。"顿了顿又说，"当初你坐月子时怪我老封建想不通，是我对不住你，你也甭老记挂在心里，平平都这么大了，我也老了……"

龙大娘的这番话让春花心里直犯嘀咕，自己今天撞上邪了咋着？往日老太婆可不是这么明理的人哩。本想气歪她的鼻子，她倒跟自己服软认起错来了。她不相信老太婆会变了肠换了肺，仍然不依不饶说："是啊，生啥都一样，不过俊容要是真能生个男孩，也算龙家有了条后根哩，省得外人背后说你没有后，我听到这些话，恨不得撕烂她的嘴！"春花咬牙切齿地说着，眼角瞥着龙大娘脸上的表情。

"让那些闲着没事的人去磨牙吧，嘴巴长在人家身上愿说啥说啥，我现在也不在乎啥后根不后根了，多子多福那是封建思想，以后甭往那上面想，我这么大年纪了都想通了，生男生女都是咱的亲骨肉，要是他们兄弟四个都是闺女，我跟你爹就用不着一把年纪还为娶儿媳妇盖房的事犯愁了。现在这个社会，还是闺女好，闺女孝顺，儿子操心费力还不讨好，就拿有胜来说，摊上这么一个儿还不把你气死？"

龙大娘能心平气和地说出这么一番话来，让不怀好意的春花吃惊不小。她不甘心就这么收场了事："是啊，生闺女比生儿省心，可人家骂个'绝户头'气你个半死哩！"她故意把"绝户头"三个字说得特别重，看看龙大娘有啥反应。

春花这是蹬着鼻子上脸哩，龙大娘这回恼了，接过她的话茬说："俺绝户不了，日后要是再有人这么说俺，你就这么说，俺就算大儿二儿没指望了，下面还有三儿四儿哩！"

龙大娘这话深着哩，含沙射影骂她春花是绝户呢，春花跟被蝎子蜇了样浑身打着哆嗦，嘴唇发了青，眼睛发了绿，狼脸虎相地瞪着龙大娘，恨不得扑上去把她撕个粉碎。可龙大娘又没明着招惹她，她要是跟龙大娘动了手，自己不占理不说，有余回来也不会饶了她。她气呼呼地哼一声，掉头气急败坏地往外走，走到院门口，见那条花狗卧在那里，抬腿一脚踢过去，踢得花狗"嗷"一声跳起来，逃进了厨房里，趴在龙大娘脚下哼哼嘤嘤哭诉冤情。

春花一走，龙大娘手里的勺子"当啷"一声掉在锅台上，眼泪砸到炉灶上，嗞嗞啦啦响。

春花可不是盏省油的灯，她哪里肯吃龙大娘的窝囊气。她出了门，满脸怒容往何长英家奔。何长英正在家等着春花的好消息哩，见春花铁青着脸就知道她没打着狐狸惹了身臊。听春花骂骂咧咧诉完苦，她咯咯嘣嘣把牙咬得震地响，说："这个老太婆跟茅坑里的石头样又臭又硬哩，得想别的法治她才行。"就斜楞着眼，绞尽脑汁替春花想主意。

蛇毒蝎毒没有坏女毒，女人要是坏起来比蛇蝎还毒哩！何长英前几天从妇女主任玉明婶嘴里得知，她家现在对龙志奎家同样怀着不满哩。首先是去年秋上投标包胶厂，李玉明没争过有山，接着这个当了多年村保管的李瘸子又上了"官"瘾，想竞选村委主任，可他这回又没争过有余，是龙志奎的两个儿子破坏了他的"发财梦"和"当官梦"。另外龙大娘也没把玉明婶这个大媒人当回事，送喜柬没用她不说，有胜结婚时也没让她这个大媒人坐上座，原因是她娘家来了两个岁数辈分都比她大的嫂子，这上座轮不到她。她责怪龙大娘不懂事，抠门小气，为啥不单独为她出个席，把她跟她娘家嫂子分开？归根结底，龙志奎一家人算是把李玉明两口子得罪透了。

李玉明两口子现在对龙志奎家"恨"着哩。有了这种"恨"，李玉明两口子经常在大街上指桑骂槐，说老天爷早晚有一天让有余从主任这个位子上摔下来，有山这个厂长也当不长，早晚有一天让他的胶厂关门倒闭。他们能答应女儿雨芹去胶厂上班，并不是心甘情愿。张光德的女儿回来了，再让雨芹一个人起早贪黑地上下班，他们不放心她的安全。虽然雨芹在胶厂上班，但这并不影响他们诅咒有山的胶厂早日垮台。

何长英突然想起李玉明两口子来，脑子里忽悠一道灵光闪，龙大娘一把鼻涕一把泪，坐在村头哭天抢地的模样电影样闪现在了她眼前……

51.

借债还钱

今年十龙治水，七牛耕地，四人分丙，九日得辛。

十龙治水代表今年气候以干燥为主，天旱或局部内涝；七牛耕田指劳力不缺，做事求财是大趋势；四人分丙指收成不错，生活太平；九日得辛指下半年的年景好于上半年，收获比较晚。总体上说，年景倒是个好年景，就是十龙治水不好，没个正当家的，鸡多了不下蛋，人多了瞎胡乱，怕是整年下乱场子雨旱涝不均。自打立春，这天就跟个腻歪娘们样一直灰尘着脸，不下雨也不落雪，就那么灰沉着，盼着过了雨水下场大雪，也没下。天冷得跟三九时没啥区别，山洼里的白雪一直厚厚地卧着，地也冻得跟骨头一样硬邦邦实心着。龙大娘找人查了日子，想趁着天冷地里上着冻能进车，把猪圈里的土粪推进地瓜地里。

二月二龙抬头。龙志奎早早起床，放了一挂鞭炮，拿着镢锨走进猪圈里，刨了几镢土粪，扬到圈外几锨，算是破了土动了工。

龙大娘去厨房里给俊容熬猪鞭。这个俊容，奶水还不旺，饿得孩子干张着嘴哭。熬猪鞭不放盐，放黄酒红糖，烂乎乎地喝下去，隔夜就能下奶，奶水旺得跟泉眼样，保准一个孩子吃不完。吃不完也不能让她挤到地上，接到碗里让有胜喝，奶水养人哩。龙大娘在心里这么想着，又忽一下想起自己生有余那年，也是不下奶，婆婆给她熬了一顿猪鞭吃下去，那奶水就旺得有余吃不了，胀得两个奶像豆腐布袋，疼得她受不了，就往地上挤，婆婆看见板起面孔训了她一顿，让她挤到碗里端给龙志奎喝，起先龙志奎害羞死活不喝，让婆婆骂了一顿，逼着他捏起鼻子一口气灌下去，放下碗，龙志奎吧嗒吧嗒嘴说，咦，还怪甜哩，惹得婆婆笑着骂他瞎驴拴到槽上，喂他不知道。喝过一回，龙志奎就喝上了瘾，夜里还跟孩子争食吃哩，他一个大人，三口就能把奶水吮干，饿得有余又开始哇哇哭，婆婆又来训了她一顿，说让龙志奎到另一张床上睡去，他还没喝够哩，说得她脸红脖子粗不敢言语，以后再也不敢让龙志奎吃了，馋得龙志奎跟个孩子样伸着舌头直舔嘴。嘻嘻，龙大娘想起年轻时那阵，忍不住在厨房偷偷笑出了声。

"哎哟嫂子，你一个人在这里偷着喜啥哩？"玉明婶不知啥时站在了身后，唬得龙大娘心里一跳，脸上一红，忙把她迎进堂屋里。

龙大娘把玉明婶让到床头上，泡茶端水，抓出一大把剩下的喜糖往她怀里塞，热情得跟接天神样。人家是有胜的大媒人，自家的贵人，龙大娘打心眼里觉着一直恩情不过哩。

玉明婶坐在床头上，也没有多余的寒暄绕圈子，直截了当对龙大娘说："嫂子，过完年这天一变暖，我跟你玉明兄弟商量着买辆面包车，他腿脚不好，将来在高速路出口跑出租。"

"那怪好，"龙大娘满口赞成说，"在高速口跑出租准有活。"

玉明婶叹了口气说："唉，活多活少的先不说，这买车钱三万多哩。"

龙大娘说："听说跑出租当年就能挣回来！"

玉明婶又叹口气，说："唉，俺现在这钱不太凑手，这不玉明打发我来，问问你借俺家那五千块钱能不能还给俺，俺急等着用哩。"

龙大娘心里咯噔一下，那股热情劲立马凉下来，脸上爬了层厚厚的愁云。借债还钱理所当然，可眼下哪来的钱还呢？

龙大娘苦着脸又赔着笑对玉明婶说："他婶子，你帮了俺家不少忙，俺和龙志奎都感激不尽哩。你家的钱俺一定还，可眼下还没那个力量哩。你也知道，欠下的债还没跟有胜分开，你看能不能拖延些日子？"

玉明婶一脸为难："嫂子，欠下的债该咋分就咋分，卖酒的跟打酒的要钱，你们的家务事俺不管，你从俺家里拿的钱，俺跟别人要不着，只能跟你要。"

"这……"龙大娘哭丧了脸，一时不知说啥好。

"车都订好了，后天就得去交钱，要不是等着用钱，我可不好意思来张嘴跟你要。"玉明婶一脸的焦急和难为情。

龙大娘没再求下去，人家已经把话说明了，要不是急等着用钱，不好意思来张嘴要哩。她愁苦地红了眼圈，这可咋是好？人家车都订好了，不还人家这五千块钱怕是不行哩。

"听说胶厂的生意现在好着哩，你让有山……"玉明婶旁敲侧击提醒龙大娘说。

让有山还债，龙大娘连想都没想过："胶厂才承包过来不到半年，厂子小，利润少，挣不了几个钱，有山刚买回来一辆小货车，怕是没有多少钱了哩！"

"五千块钱，对一个厂子来说不算啥。"

虽然龙大娘有一万个理由还不上钱，可她没法开口，欠人家的债就是欠人家的情哩，当初人家救了自家的急，反过来人家急等着用钱了，你能说没钱不还？正当她左右为难不知如何是好时，春花风风火火地从外面冲进来了。

来者不善善者不来，从她横眉冷目的凶相上，龙大娘就能看出来，春花是来闹事的。果然，她进屋没等站稳脚跟，张嘴就跟龙大娘索要九千块钱。

龙大娘被春花要的这九千块钱吓了一大跳，她疑惑着脸问："啥钱？"

春花气势汹汹地说："啥钱？啥钱你有心数！有胜那九千块钱的债他不要，当爹娘的不能一个锅里做两样饭，有胜是你的儿，有余也是，一样的儿不能两样对待。有胜不认账，分家这事就不能这么不声不响算完，债务得分清摆明。过去俺留给家里五百块钱，有胜要是应下这九千则罢，不然，两个儿子的债就得拉平才行，你再给俺九千块钱……"

玉明婶这边还没打发走，大儿媳妇又来要钱，龙大娘浑身打着战，一句话也说不出来。她今天才突然明白，为啥分家那天春花咬着要留给有胜那么多债，她这是黄鼠狼给鸡拜年没安好心哩！当一回"好人"是为了挑拨离间另有企图。可春花说的这些虽然不是正理，她也没有合适的理由去跟她争白。她只觉得心口窝堵得慌，就是没有话堵她。春花这是因为昨天的事不舍气，来报复她哩。

在猪圈里挖粪的龙志奎刚一听见春花的动静，早就拄着铁锨出来，一直站在堂屋门口听着她跟老伴争吵。他这时见老伴败下阵来，就干咳一声进了屋，也没落座，跟春花理论说："他嫂子，你跟有余结婚时不是挺好吗？都分开家各过各的日子这么多年了，就是有胜结婚时比你们开支大一些，你咋能回家来跟他们攀比？儿是一样的儿，都是……"

春花不等龙志奎说完，就狼腔虎调地顶撞道："既然儿是一样的儿，为啥有胜结婚花那么多钱？为啥有胜住三间瓦房，让俺住两间草房……"春花这么委屈地叫嚷着，仿佛委屈的眼睛里还真流下两行委屈的泪水哩。

因为当着李玉明家里的面，龙志奎强压着火气，尽量缓和着口气说："现在跟从前不一样了，从前一块钱能当现在十块钱花哩。你跟有余结婚那阵子，能住上两间草房就算是好的了，哪能跟现在比？现在谁家结婚不是三间瓦房，有钱人家还盖二层小洋楼来。我跟你娘结婚时，就住一间小土房，不也养了全家这一大窝人口？"

"现在这社会是跟过去不一样了，可儿是一样的儿，虽然分家单独过了，可有余过去喊你爹，现在不也还是喊你爹？"

春花胡搅蛮缠，气得龙志奎蹲下身说："你……你……你不拉理！"

"我不拉理？我咋不拉理？当着玉明婶的面，你让她评评，我咋不拉理了我？"春花好像受了天大的委屈，抬手真真假假地抹了把眼窝，"我这人最拉理！那九千块钱我也不是无缘无故来讹你，有胜要是应下他来还，我一分不要。"

"你玉明婶现在也急等用钱哩，我上哪去给你讨要这九千块钱？"龙大娘这么说，一是找理由堵春花的嘴，二是说给玉明婶听，让她知道家里确实没有钱还她。

一直坐在床头上一言不发的玉明婶，经龙大娘这么一提醒，好像一下想起自己来的目的，忙接上话茬说："是哩，俺家现在急着用钱，大哥大嫂，咱两家邻居这么多年，俺和玉明可从来没求过你们，现在就当俺求你们了，把五千块钱还俺，俺好去提车。"

　　龙大娘本心认为，玉明婶看到春花来闹的事实后，会产生同情，转天再来讨债，没想到她还是不依不饶没有半点同情心。这么一来，她对玉明婶就彻底寒了心，就再也控制不住，眼窝里骨骨碌碌地淌出了泪。

　　春花更是火上浇油："那九千块钱今天也得给俺！"

　　"你……"龙志奎愤怒地指着春花，"你……"

　　"我咋了我?"春花满不在乎地瞪着龙志奎。

　　龙志奎嘴角抽搐手指着春花直打战："我……我……我没有你这样的儿媳妇！"说完，一腚坐在门槛上，悻悻地从腰里掏出旱烟袋，闷着头抽起烟。

　　春花看着被自己打败的公婆，心里涌上一股沾沾自喜和扬扬得意："既然你当老人的说出这么绝情的话，那也罢，今天咱就当着玉明婶的面把话挑明了，只要你从今往后不认我这个儿媳妇，不认有余是你的儿，这辈子我也不会赶到你门里喊你一声爹。"

　　龙大娘突然像个袋鼠一样从床沿上跳起来，破着嗓门冲春花嚷："我还你钱！我谁也不欠！我砸锅卖铁一分也欠不下你们的！"她说着放声哭起来，一边哭一边往外走。

　　春花还以为龙大娘要跟她拼命，吓得她身子趔趄着直往后躲。可龙大娘连看都没看她一眼，径直从她身边走过去，那条花狗也"噌"地一下跟出去，跟在她身后一前一后出了院门。

52.
有山关停有污染隐患的制胶厂

    有山突然接到了赵副镇长的电话，要他立马去趟镇政府。有山急匆匆赶到赵副镇长办公室，赵副镇长面色冷峻，递给他一封信。有山看完信，脸色也变得冷峻起来。这是一封举报信，说龙旗村的制胶厂存在污染水源隐患，市里三令五申，柴汶河上游污染水源的工厂一律关停，为什么这家制胶厂还在违规生产？举报人落款是李玉明。有山的制胶厂建有几个蓄水池，安装了净水过滤设备，把洗皮子的污水全部排进几个蓄水池中沉淀过滤……

    有山刚从镇上回来，龙大娘一把鼻涕一把泪找到了他的办公室。有山听完家里发生的事，肺都要气炸了，立马开车又返回镇上，去银行一下取出三万送回家。

    忙完家里的糟心事，有山回到厂里，找有才和小妹开了个小会，决定让工人加夜班，快把供应临沂的货抢出来。

    雨芹来办公室里找有才，进门就说："个别工人说胶厂又要垮台了！"有才忙朝她使个眼色，雨芹见有山愁眉苦脸的样，忙噤了声。

    坐在办公桌前的有山，手里夹着烟紧紧摁在嘴上，像个烟囱一样大口大口地往外喷着滚滚浓烟。小妹想劝有山几句，话到嘴边又咽了回去。

    办公室静得跟坟场一样，四个人默不吱声各自想着各自的心事。

    有才对李玉明的行为气愤难平。自从有山包下胶厂，厂子遇到困境时，李玉明就幸灾乐祸四处扬言说，胶厂早晚非让他有山搞垮不可。厂子一景气，他就心理不平衡了，在大街上跟有山走个对面，有山喊他玉明叔他都装聋不答应。他写举报信完全就是为了报复有山。想到李玉明，有才脸上一红，他可是自己未来的岳父呢。现在有才已跟雨芹确定了恋爱关系，虽说还在秘密阶段，但她爹做出这种事，他要不说话，就有偏袒的意思，遂破冰凿洞样冷不丁打破静默责怪自己的心上人说："都是你爹干的好事！"

雨芹不知发生了啥事，不知所措地摆弄着胸前的那颗玻璃纽扣说："我爹他咋了？"

有山一个劲冲有才使眼色，不让他说。

有才压根儿不理有山的暗示，两眼逼视着雨芹，好像她就是李玉明："你爹小肚鸡肠，写举报信说咱厂违规生产污染水源，他这么做是有意报复有山哥，当初他没竞争过有山哥，他心里不痛快！"

"有才！"有山起身喝止有才。

雨芹莫名其妙地看看有才，又看看有山，怯生生问身边的小妹："俺爹他真的……"

没等小妹开口，有才抢先说："你爹卑鄙，为了报复有山哥……"

雨芹身上的血轰隆一声涌上了头顶，脸涨得跟紫茄子样没了正色。她"呼"地从沙发上弹起来，往外边走边说："我找俺爹去！"

有山起身一把拽住就要冲出门的雨芹，把她劝回沙发上坐下，安慰她说："玉明叔不是那种人，别听有才胡说！"

为了不让雨芹难堪，小妹也批评有才说："就是，玉明叔不是那种人，有才哥你错怪玉明叔了。"

雨芹坐在沙发上低垂着头不好意思看大家。她心里明白，大家这么说是替她解围，给她个台阶不让她难堪。

有山在办公室里跟个老母鸡样心事重重地走过来走过去。办公室不大，他这么来来回回地一走，走得众人心里都有点焦躁不安。有才性急地说："你看你，转啥圈子？"

香烟烧疼了有山的手指头，他打了个激灵，忙扔下烟头问有才："还有多少原料？"

有才大体预算了下，说："按现在的生产量，顶多三天。"

有山说："够不够临沂砂布厂的供货？"

有才说："够！"

有山说："加上两天夜班，三天的料两天生产完，工人工资这月按满勤发。"

有才和小妹心里都明白，有山这是关停胶厂的打算。但有才还是有些不死心，拖着哭腔问："真要关呀？引进最先进的净水设备也不行吗？"

"那得多大的投资呀！"有山看着有才，深吸一口气说，"再说柴汶河沿岸的村子都喝这河里的水，这污水再怎么净化，也不如原生态的水好吧？咱们不能坏了自家的好风水啊！"

"那我们将来……"有才眼圈一红，说不下去了。

小妹见不得有才难过，知道他最担心啥，从旁说："你就放心吧，俺爹的毛刷厂也要扩大生产规模，你失不了业！"

雨芹抢话说："那我也去！"

有山被小妹逗笑了："我这还没散伙呢，你就开始挖人了？"

小妹一下不好意思了："有山哥，我不是那个意思，我这是……"

有山冲她直摆手："你们谁都走不了！"

有才惊奇地看着有山，等他往下说。

有山指着生产车间问："咱厂里有烘干机、烘干床吧？"

有才和雨芹连连点头。

"除了能烘胶，还能烘啥？"有山一脸神秘地看着面前的三个生产骨干。

有才、雨芹、小妹面面相觑。

雨芹小声念叨说："能烘衣服，能烘眉豆花生豆角地瓜干子！"

有山被雨芹逗得嘿嘿直笑。

有才和小妹两眼一亮，几乎异口同声说："还能烘玫瑰！"

53.

春花给公婆下跪认错

家里那条看家狗抬头冲着柴门外慵懒地叫了几声，接着又低头趴在草窝里闭上眼，好像它的心情也不好似的的。

听到狗叫，龙大娘风风火火地从屋里跑出来，接着人就像被点了穴样定在了那里。她看见柴门外走进三个人。这三人是万德爷爷、龙廷村的亲家王长江和他的女儿王春花。

原来，龙大娘用有山的钱还给玉明家和春花后，龙志奎在家里越想越憋气，没吃晌饭就去找了万德叔，进门就问他是咋给他找的儿媳妇。老实巴交了一辈子的龙志奎这么责问龙万德还是头一回，把龙万德吓了一大跳。他听龙志奎诉完苦，二话没说，起身就去龙廷村找他的老部下王长江。

走在前头的王长江手里握着一根短木棍，看到龙大娘，铁青着一张脸回头瞪了春花一眼，吓得春花浑身一哆嗦。女儿在龙旗村干的那些丢人现眼不上场的事，他的老首长全都说给他听了，也没顾上跟老首长在家喝盅酒，两人立马坐车从龙廷赶过来，先去女儿家，见了春花抬手就是一巴掌，扇得春花娘呀一声趴在了地上。要不是老首长劝着，他非用木棍捶扁她。王春花后来告了饶认了错，说是以后再也不敢了，他这才解了气，让她带上钱来给公婆赔罪。

春花眼里淌着泪，哭得身子一抽一抽的。她知道自己错了，自己真不该听从小寡妇的挑拨。

"进去!"王长江用短木棍指着春花,"去给你公婆跪下赔罪!"

春花抽抽搭搭地哭着走进院子里,"扑通"一声就给龙大娘跪下了,膝盖捣地的震响让屋里院外的人听得真真切切。

一见大儿媳妇跪在地上,龙大娘先是吓了一跳,正手足无措不知如何是好,龙志奎从屋里迎了出来,王长江疾步上前一把拉住龙志奎的手,说:"好亲家哩,我王长江对不住你,没管教好自己的孩子,让你受难为了!"说着,突然把手里的短木棍往龙志奎手里一塞,"喏,我把她带过来了,你往死里打,出出心里这口气!"

龙志奎把木棍往地上一摔,紧紧攥住亲家的手,眼里汪着泪,嘴唇翕动了几下,没能说出话来。

龙大娘从亲家的话里冷不丁猛醒过来,疾步上前去拉春花:"好孩子,快起来,快起来!"

春花仰起汪汪的泪脸说:"娘,我对不住你……你就打我骂我吧……呜呜——"说完两手捧住脸,放声哭起来。

龙大娘抹把眼窝,说:"这不是你的错,我们当老人的做事也有不周的地方哩!"想起过去自己对春花的冷漠,她也懊悔。要不是自己有个封建脑袋,婆媳俩的关系也不会走到今天这地步。

龙万德走上前,又跟当年给部队战士讲话一样,洪亮着嗓门对在场的人说:"春花这孩子啥都跟我讲了,这几天发生的事,都是外人挑拨的。"顿了顿又说,"还是咱柴汶河的那句老话,这人没有一辈子不打个白碗的,打破了找个铜匠铜起来照样用哩。你们都听我一句话,过去的事跟阵风样吹过去就没了,谁也甭再提,日后一家人和和睦睦地过日子!"他伸手扶起了春花,回头又对龙大娘说,"他嫂子,你给咱弄几样菜,我今天高兴,想喝几盅!"

龙大娘连声应:"哎,哎,我这就去!"

王长江支使春花说:"去,进屋帮你娘做饭!"

春花应一声,花搭着脸随龙大娘进了厨房。

54.
小妹最关心的人

太阳出来了。

远山近树都披上了火红的绸缎。田野里有了浅浅的春意，麦苗汪汪地泛着青，枯草丛里，野蒜和狗皮草拱开地皮嫩绿着眼往外偷瞧。柴汶河两岸的柳树，已经褪了枯黑的冬衣，换上一身温暖的翠绿。一些从南方飞来的不知名的鸟儿站在树梢上啾啾叫得欢畅。

高高的白龙岭上，有的勤快人家扛着镬锹爬上山脉，提前把地里的土粪块砸开敲细，然后均匀地撒开，以备春耕。

从山梁上或者田野里飞来的春的气息，在房顶上、砖墙上、平地里、窗台上，无处不在欢蹦乱跳。

办公室里只有小妹一个人。有山和有才的办公椅好像是两个多余的摆设，这几天总是空着。小妹坐在靠窗的办公桌前，双手托腮，看着窗台上那盆开得像刚出蛋壳的鸟嘴样的迎春花呆呆地出神，那盆迎春花在悠悠晨风里正欢悦地冲她笑。

一大清早，熬了一夜的有山和有才，顾不上回家躺一会儿，连办公室也没进，跟工人们一起往临沂来的那辆车上装货。往常手脚勤快的小妹点完货后，总会跟大家一起忙活，给装袋的粒子胶缝口贴标签。刚才她在仓库里点好今天要发的货，做完发放记录就回到了办公室。她坐在窗前痴痴呆呆地盯着窗台上的那盆迎春花，听着后面仓库门前吆吆喝喝的搬货声，不时地回转身去，透过后窗玻璃，去寻找一个人。一个她最关心的人。

　　让小妹最关心的人会是谁？自从有田跟小妹分了手，小妹的微信就被有田拉黑了。小妹最关心的不是别人，正是有山。她一看到有山，心里就乱成一团麻线，咋也解不开理不顺越解越紧越理越烦乱！特别是近几日，她一见有山，心里就跟猫抓一样，无缘无故跳得跟火车一样快。她现在是怕见有山又想见有山，这种奇怪的感觉跟有田在一起时不一样。她一天不见有山，心里就空落落的不知干啥好，见了有山却又六神无主慌乱得不行。这种感觉平日里偶尔也有过，但没有现在这么强烈……

　　小妹的脸红得跟刚出来的太阳一样，火辣辣的目光透过后窗玻璃，看见装车的有山满脸汗珠往脖子里滚，看见他不时地抬起胳膊用衣袖擦，她赶忙起身摸起一条毛巾跑出来，在众人异样目光的注视下，心疼地把毛巾递到了有山手里："有山哥，看把你热的。"

　　有山不好意思地接过毛巾，在脸上擦了一把，说："人家司机师傅等着回去！"

　　有山还给小妹毛巾后，小妹羞羞答答地跑回了办公室。所有在场的人异样着目光盯着小妹做完这一切，送她跑回办公室，不知是谁大声说了句啥，人们"哄"一声笑了。

　　小妹没等落座，听到后面装车的人们春雷样的哄笑声，冷不丁猛醒过来，自己这是咋了？自己为啥当着众人的面为有山哥做这件事呢？刚才的哄笑声，八成是他们开有山哥的玩笑，她这是咋了？

　　小妹脸上立马滚起油锅，烧得她满脸发烫，忙把毛巾搭回绳条上，然后毛手毛脚地把办公桌上的文件夹锁进抽屉里，也没跟有山打招呼，就急匆匆地跑出办公室，跑出了制胶厂……

55.

带刺的红玫瑰

　　春天真正来临，柴汶河开了冻化了冰，河水就像山里淳朴女人们的笑，手风琴一样欢响起来。杨树柳树跟站岗的军人样绿了柴汶河两岸。青云山和老榆山上满眼的绿淹没了满山的褐黄和石白。漫山遍野一片绿，绿里蠕动着点点云白和大块头的土黄，那是白山羊和老黄牛在绿地上觅食。清亮新鲜的空气里散漫着青草和泥土浓浓淡淡潮润的气息。

　　龙旗村的村委大院里，一辆黑色帕萨特轿车缓缓驶出，开车的人是张光德，旁边坐着的是张小妹。小车驶出村口，穿过杨树林，左拐弯往东，急急驶往去济南方向的青云湖高速收费站。

　　有山拉着行李箱站在高速收费站前面的马路边大半天了，远远地驶来一辆大巴车，没等有山招手，就缓缓停下了。司机探出头问："去哪？"

　　有山说："济南！"

　　有余从"玫瑰之都"平阴县考察学习回来后，经村委会研究决定，龙旗村作为柴汶河"绿植长廊"试点，把沿河两岸的麦田全部套种上玫瑰，将来还要投资研发生产玫瑰精油。有山看准了这个商机，决定亲自去"玫瑰之都"平阴县学习玫瑰精油生产提炼技术。

　　去济南的人不多，有山直接把行李提到了车上。大巴车刚要启动，一辆黑色帕萨特轿车停在了前面，大巴车司机又探出头问："去济南吗？"

　　推门下车的小妹，急忙跑到了大巴车前，拍打着车门，大喊："有山哥，快下车！"

车门打开，小妹一个箭步跳上车，嘴里埋怨着："你这人真是，打你手机也不接！走，下车！"

有山一手被小妹拉着，一手慌慌地抓着行李箱，嘴里直念叨："真不用送，从济南倒车可方便了……"

其实有山是故意回避小妹的。他为小妹的这份情感备受折磨。本来他是视小妹如同亲妹妹的，因为她曾经是有田的女朋友，是有田对不住她，而他这个当哥的也觉得自家对不住小妹，平日里也就对她格外关照，但是时间长了，这种情感就发生了微妙变化。不是他不接受小妹，是他自尊心在作祟，说白了还是自卑导致的。张光德是村里的首富，现在又是村支书，而他有山好不容易盘活的制胶厂也关停了，他不想落个攀高枝的话柄，所以他选择去平阴学习，与其说是学习，不如说是逃避。张小妹就像一朵带刺的红玫瑰，让有山心存着许多顾忌。

张光德下车掏出一盒烟递给大巴司机："对不起了师傅！"

大巴司机大度地摆摆手："没事没事，你不用这么客气！"

小妹把有山的行李箱放在副驾位上，打开后车门，先把有山推进去，然后自己才坐进去。

张光德上车后，看看副驾上的行李箱，又回头看看后面的小妹，忍不住笑了。小妹脸一红，娇羞地喊了一声："爸——"

张光德放声笑着："哈哈哈，走了！"

车子过了收费站，驶向济南方向。

透过车窗，有山看到村北的白龙岭上，负责修砌水塔的工匠们手握铁钎和锤头，叮叮当当地精雕细刻着每一块石料。用不了多久，龙旗村的乡亲们就能吃上自来水了。

白龙岭下那片开阔地，几台推土机正轰轰隆隆地忙着推土。那是一家开发商要在那里盖楼房，有人说是建龙旗社区。想到龙旗村过几年也要拆迁上楼，有山突然生出一股浓浓的留恋和伤感。他突发奇想，抬头问开车的张光德："将来咱们村真要搬迁上楼，空出来的房屋保留着，打造成沂蒙山民俗文化村咋样？"

"这个想法好，符合当下形势！"有山的想法得到了张光德的认可。

小妹两眼顿时亮得放光，兴奋地叫嚷起来："那可太好了！村里人都舍不得老宅子呢！"

柴汶河沿岸的麦田里，龙旗村的男女老少齐上阵，有人翻土挖坑，有人担水栽苗……一片火热的劳动场景。这是有余正带领着村民们栽种玫瑰苗。

龙志奎和龙大娘也在自家的麦地里栽种玫瑰。

龙志奎两腿跪地，双手捧起一把黄土，眼里浸满了热泪。

这片祖祖辈辈耕耘了一代又一代能长出好庄稼的土地，这片曾经浸染着革命烈士鲜血的土地，定能长好带刺的红玫瑰！

这是一片长玫瑰的土地。

跋

一部深邃温情的乡村画卷

长篇小说《长玫瑰的土地》是一幅描写乡村生活的写实画卷，其深度与温度并存，堪称书写新时代乡村振兴的创业史。

小说围绕大学毕业的龙有山回乡创业的艰难历程，全景式叙写了地处沂蒙山腹地农村的现实生活以及当代青年农民的理想追求。在新时代文学的长廊里，仿若一株茕然挺立、兀自绽放的奇卉，吐露着独树一帜且摄人心魄的芬芳。

这部小说其深度不仅仅表现在主题的挖掘、人物的塑造、情节的架构等方面，而在诸如乡村振兴、传统与现代冲突、农民命运的探讨以及对人物命运和内心世界的刻画等方面，亦皆有着精彩而深刻的丰富呈现。同时，小说所展现的乡村生活中的人际关系、处事态度、人情冷暖以及对美好生活的向往和追求，又强化了人性的主色调，也延展了当代小说的艺术内涵。

如此，借其深邃的表达和暖人心扉的情愫，作者潜心描绘出一幅如梦如幻的乡村画卷，让人读来，沉浸其中，陶醉不已。

以其深邃，引人思考

乡村振兴这一恢宏的时代主题，于作者的笔下，绝非空洞无物的口号，而是一场真切实在、饱含艰辛的探索与百折不挠的挣扎。小说剔除诸多虚浮的社会表象，直抵事物的核心，全方位、多层次地展现了当下的乡村在新农村建设中的迷茫与希望、传统产业的渐趋衰落与新兴产业的勃然兴起、农民在土地和市场之间的犹豫不决与毅然决然的抉择。

传统的习俗、陈旧的观念与现代文明之间的交织对撞，是激烈的、不加掩饰的，也由此引发了一连串深刻的变革与阵痛。譬如，龙有山的创业故事，不仅仅是个人的奋斗历程，更是乡村产业升级换代的一个缩影。他所面临的资金短缺、技术瓶颈、市场竞争等，反映了乡村振兴道路上所遭遇的现实困难。然而，正是在克服这些困难的过程中，我们看到了希望的曙光，感受到了乡村发展的强大内生动力。作者以细腻入微、丝丝入扣的笔触，精心勾勒出乡村社会在这股时代浪潮中的坚守与妥协、无奈与失落，使读者得以深刻体悟到时代的变迁，给乡村社会所带来的深远影响，如晨钟暮鼓，振聋发聩。

小说在人物塑造上，细腻入微，入木三分，展现出了令人赞叹的深度。龙有山勇敢坚毅，他的内心世界丰富而复杂。他既有对家乡的深厚情感和对土地的眷恋，又有对现代知识和技术的渴望与追求。他在创业过程中遭遇了无数次的失败，但每一次挫折都没有击垮他，反而让他更加坚定了带领村民致富的信念。其内心的挣扎，尽显人性的复杂多面。他的每一步，皆踏在时代与自我之博弈中。他的决策和行动，也并非总是一帆风顺，有时也会因为急于求成而犯错，但正是这些不完美，让他的形象更加真实可信、立体鲜活。

龙有山先是用土法熬胶，因设备简陋导致第一次创业失败。后在大哥龙有余的支持下，他带领龙有才、张小妹等村里的年轻人二次创业，历经艰辛，令停产的制胶厂起死回生。后因环保问题，制胶厂被迫关停，损失惨重。然而，痛苦与迷茫并未将他击倒，反而使他越挫越勇。他在困境中反思，在绝望中寻找希望的曙光，最终找到了种植玫瑰、精炼玫瑰油的产业转型之路。

龙旗村作为"玫瑰生态园"的试点单位，由此拉开了一场生态文明建设推动新农村振兴的创业序曲。龙有山的创业故事，令人动容。在这部小说里，作者所塑造的一批新农村青年，像龙有余、龙有山、龙有才、张小妹、李雨芹等，个个形象鲜明，善良执着，给人以奋发向上的感人力量。龙有勇直率如弦，性情如火，冲动豪迈，真纯毕现，鲁莽中藏真情。

他的一言一行，彰显出乡村人物的质朴纯真、憨态可掬。在面对爱情与道德的艰难抉择时，他内心的挣扎与纠结，淋漓尽致地展现了人性的复杂性和最后的坚守，深邃幽微。龙有才和李雨芹两情相悦，乖巧善良的张小妹勇敢地追随有山去外地学习，在这片长玫瑰的土地上，散发着幸福美好的馥郁花香。龙大娘，这位善良传统的女性形象，代表了乡村中老一辈人的价值观和生活态度。她以宽容和慈爱包容着家庭中的种种矛盾，用智慧和经验为晚辈们指引着人生的方向。她的存在，让我们看到了乡村传统文化的传承和延续，以及在现代社会中依然具有的重要价值。

众多人物的命运相互交织、彼此牵连，共同构成了一幅乡村生活的繁杂绚丽画卷，让读者对乡村人物的内心世界，有了更为深刻透彻的洞悉与理解。

而小说的情节架构，仿若精巧编织的锦绣，多线交织，却丝毫不显杂乱。矛盾冲突，此起彼伏。乡村振兴的主线贯穿始终，其间穿插着传统与现代的激烈冲突、家庭的纷争、爱情的纠葛。从龙有山的创业艰辛历程到乡村的拆迁变革风云，从村庄内部的纷争扰攘到危难面前的不计前嫌、安危与共，这些情节相互交织，共同奏响了一曲波澜壮阔的乡村乐章。每一个转折都出人意料，每一次冲突都扣人心弦。如村民之间因利益分配不均而产生的争吵、家族内部的纷争等，矛盾冲突的巧妙设置恰到好处，既极大增强了故事的戏剧性张力和扣人心弦的魅力，又有力推动了情节的跌宕起伏、峰回路转，更深刻地反映了乡村社会的现实问题和人性的弱点。通过小说，我们既能目睹人性的光辉璀璨、熠熠生辉，也能洞察到乡村社会在变革浪潮中所面临的种种棘手难题和严峻挑战。这种深度的情节架构，让小说绝非只是一个简单的故事叙述，而是对乡村生活深邃洞察、深刻剖析与精准把握之后的即时呈现。

以其温情，给人力量

小说中的父老乡亲，亲戚厚知，邻里故旧的情感乃至家国情怀，恰似冬日里熊熊燃烧、炽热旺盛的炉火，温暖着读者心灵的每一寸角落。那份淳朴真挚、毫无杂质的关爱，令人深切感受到人性的美好纯粹、至善至真。

乡村生活之琐碎，皆含温情。尤其是在艰难困苦的时刻，邻里之间的相互扶持、倾囊相助，让人坚信人间自有真情在。当龙有山创业遭遇困境时，村民们纷纷伸出援手，有的提供资金支持，有的出谋划策，这种团结互助的精神让人倍感温暖。

家庭的温暖是小说中另一道绚丽夺目、光彩照人的风景。父母对子女的无私付出、默默奉献，兄弟姐妹之间的深厚情谊、血浓于水，让人于纷繁复杂、喧嚣浮躁的尘世中，觅得了心灵的温馨港湾、宁静栖息之所。

爱情的描绘同样细腻入微、动人心弦，那份羞涩的暗恋，炽热的追求，以及相濡以沫、患难与共的长久陪伴，宛如绽放在乡村广袤无垠土地上的缤纷夺目的野菊花、玫瑰花，璀璨大地。

对美好生活的向往与不懈追求，乃是小说温度的核心精髓的又一所在。尽管乡村生活充斥着艰辛、生活的不易、自私、嫉妒，但人们始终心怀希望、憧憬未来，奋力改善自身的生活境遇。他们在土地上辛勤耕耘、挥汗如雨，用汗水悉心浇灌着梦想的种子，期待其生根发芽、开花结果。每一次的尝试、每一次的挫败，都未能熄灭他们心中那团炽热燃烧、永不熄灭的火焰。这种对美好生活的执着坚守、追求与向往，如繁星点点，给人以希望的微光，让小说洋溢着积极向上、朝气蓬勃的力量，激励着读者无惧艰险，勇往直前。

而在环境描绘方面，作者仿若丹青妙手，用细腻如丝、精妙绝伦的画笔，勾勒出一幅绚丽多彩的水墨画。那广袤的田野、金黄的麦浪、芬芳的玫瑰园，都在作者的笔下焕发出迷人的光彩。四季的更迭、自然的律动，都与人物的情感和命运紧密相连。春天的希望、夏天的热烈、秋天的丰收、冬天的沉寂，都为故事增添了丰富的底色。

山川田野，皆有灵性。春花秋月，各呈风姿。通过这样生动的、诗意流淌的描写，田园风光、花开花落，皆是华章。不仅为故事增添了浪漫迷人的韵致风情，更让读者深深领略到乡村的宁静致远、美好宜人。同时，环境的更迭变化也映衬着人物的心境起伏和命运波折，让读者能够更加深切地理解人物的内心世界，感同身受、引发共鸣。

在语言运用上，作者恰似一位技艺娴熟、出神入化的乐手，弹奏出一曲曲动人心弦、余音绕梁的乐章。乡音俗语，韵味无穷，如陈年佳酿。小说中充盈着生动形象、妙趣横生的比喻、拟人、排比等修辞手法，让文字充满了跃动的活力和强烈的感染力，如春风拂面、润物无声。地域文化及意识形态话语，更使小说文本充满了特别的"沂蒙精神"气息，比如"都什么年代了，还有要饭的？要是传到外面去，多丢咱革命老区的脸啊！"这种原汁原味的语言，增强了小说的地域特色和真实感，让读者仿佛置身于沂蒙山村，亲耳聆听着村民们的家长里短、琐碎日常。隽永蕴藉的语句、通俗易懂的表达，让每一个场景都栩栩如生，每一个情感都细腻入微。既展现了乡村生活的质朴，又传递出深刻的思想内涵。

《长玫瑰的土地》这部小说，兼具深邃幽远的深度和炽热如火的温度，观之如品佳茗，回味无穷。以其深度，引人深思；以其温度，给人希望。深度与温度，在此完美融合，乡村振兴之艰难，尽显笔端。传统与现代之磨合，发人深省。农民命运之坎坷，令人悯怀。这一切的一切，方成就了这一部生动的篇章，值得细品深思。

它为我们展现了一个真实质朴且魅力无穷的乡村世界，让我们真切感受到乡村人民的喜怒哀乐、悲欢离合和对美好生活的坚定执着、矢志不渝。

它让我们看到乡村的真实模样，感受其灵魂的跳动。

它不单是一部书写乡村振兴的小说，有些地方，难免粗糙，但确实是一部新时代乡村生活的真实写照和即时记录的用心之作。

它原生态一般地记录了一个乡村的样板，以及这个时代的变迁更替和人心的坚守、拼搏的足迹。

在《长玫瑰的土地》这部小说里，我们找寻到了心灵的寄托港湾、精神的栖息家园，也获取了奋勇前行、锐意进取的强大力量和无畏勇气。

杨　府

2024 年 8 月于北京

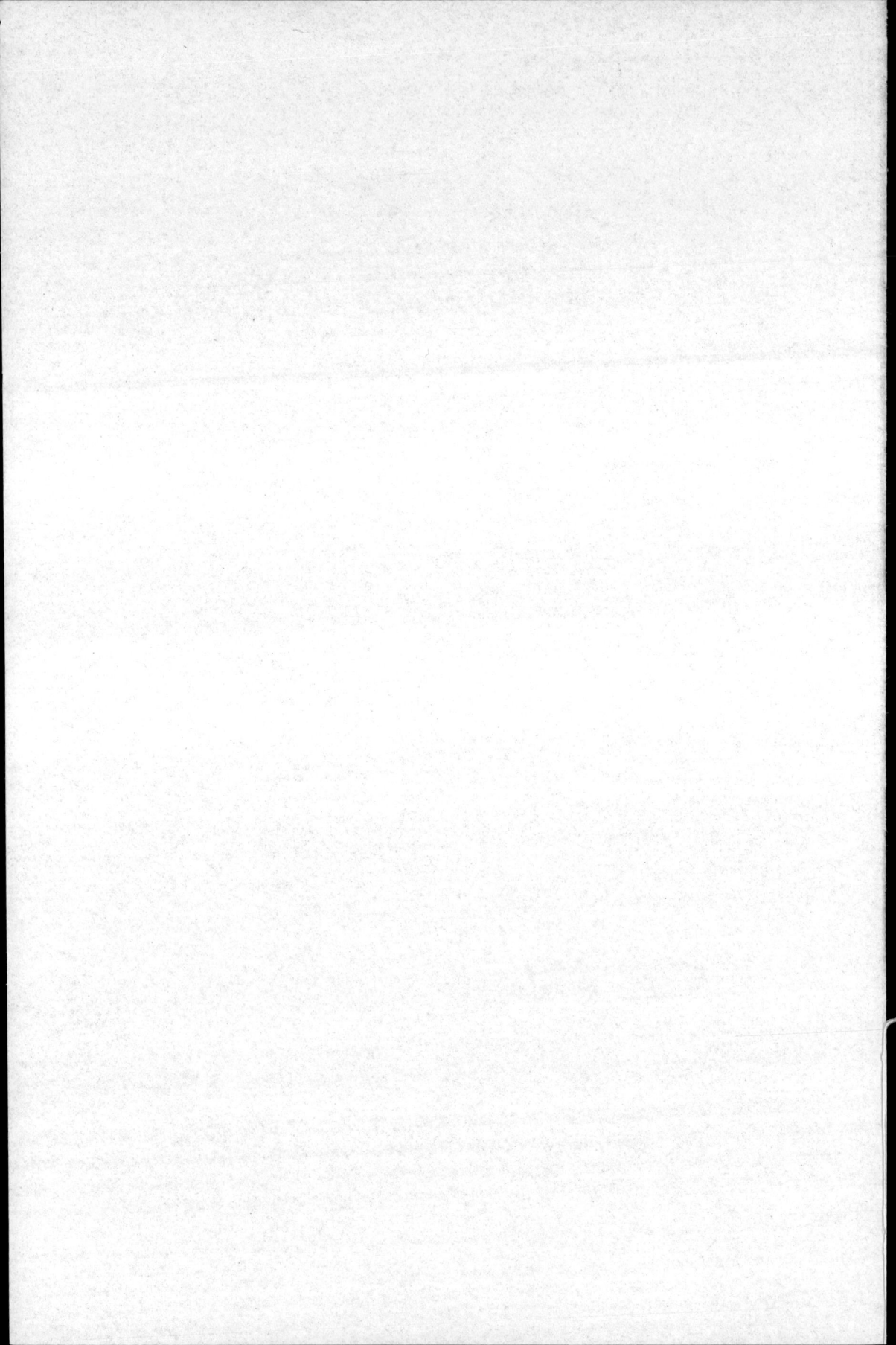